HEYNE BÜCHER

Das Buch

Im September des Jahres 1070 feiert die russische Stadt Rostow die Vermählung des jungen Fürsten Wladimir mit der englischen Prinzessin Guita. Fast zeitgleich findet ein wichtiges politisches Ereignis statt: das Kiewer Reich will mit Byzanz Frieden schließen. Botschafter und hoch gestellte Persönlichkeiten reisen aus Griechenland und der ganzen Welt an. Sie überbringen der Prinzessin wertvollen Schmuck der byzantinischen Kaiserin Theophanu als Geschenk zur Hochzeit und als Zeichen des Friedens. Was zunächst niemand ahnt: Auf dem Schmuck liegt ein Fluch, er soll seiner Besitzerin Unglück bringen. Tatsächlich überschatten zwei schreckliche Morde und der Raub des traumhaften Kolliers das glänzende Hochzeitsfest. Der Boyar Artem, Chef der russischen Armee und enger Vertrauter des Prinzen, soll die hinter der perfekten Maske der Diplomatie verborgenen Beweggründe der Gäste aufdecken. Wie sich bald herausstellt, hatten mehrere Personen Grund zu einer so abscheulichen Tat …

Die Autorin

Elena Arseneva wurde 1958 in Russland geboren. Sie lebt heute in Paris, wo sie sich dem Schreiben widmet. Ihre historischen Kriminalromane basieren auf ihrer Vorliebe für die russische Geschichte des 11. Jahrhunderts, mitnichten eine finstere Epoche, sondern eine Art Goldenes Zeitalter. Im Wilhelm Heyne Verlag erscheint auch der erste Krimi mit Boyar Artem: *Das gestohlene Siegel* (01/13037).

ELENA ARSENEVA

DAS GOLD DER THEOPHANU

Roman

Aus dem Französischen
von Dietlind Rank

WILHELM HEYNE VERLAG
MÜNCHEN

HEYNE ALLGEMEINE REIHE
Band-Nr. 01/13111

Titel der Originalausgabe
LA PARURE BYZANTINE

Umwelthinweis:
Dieses Buch wurde auf
chlor- und säurefreiem Papier gedruckt.

Redaktion: Birgit Groll

Deutsche Erstausgabe 10/2000

Printed in Germany 2000
Umschlaggestaltung: Nele Schütz Design, München,
unter Verwendung des Gemäldes »Saint Casilda«
von Francisco de Zurbarán
Satz: Buch-Werkstatt GmbH, Bad Aibling
Druck und Bindung: Pressedruck, Augsburg

ISBN 3-453-16297-8

http://www.heyne.de

HAUPTPERSONEN

Artem	Bojar warägischer Herkunft, Befehlshaber der Druschinen und Berater Wladimirs, Fürst von Rostow
Mitko	Vasall, Artems Untergebener
Wassilij	Vasall, Artems Untergebener
Philippos	Artems Adoptivsohn
Wladimir	Fürst von Rostow
Andrej	Bojar, Wladimirs zukünftiger Bücherwart
Guita	englische Prinzessin (Tochter von Harold II.), Wladimirs Verlobte
Aldine	junge Engländerin adliger Herkunft, Dienerin von Guita
Radigost	Bojar und Statthalter von Rostow
Nastasia	Tochter von Radigost
Jdan	Sohn von Radigost
Strigo	junger Bojar, Nastasias Verlobter
Mina	junge Bojarin von Rostow
Bratoslaw	junger Bojar, Minas Verlobter
Demetrios	hoher byzantinischer Beamter mit dem Titel des Magistrats
Renzo	venezianischer Reisender

1. Kapitel

Es war Anfang September im Jahr des Herrn 1070. Nach alter heidnischer Sitte begann mit diesem Monat in Russland ein neues Jahr. Wenn der für den Fürsten bestimmte Tribut beim Statthalter bezahlt war, feierten alle freien Männer von Rostow – reiche und arme, Bojaren und Nichtadelige – das Ende der Ernte, dankten Gott und Mutter Natur und bereiteten Bankette, Spiele und Feste vor, die während des ganzen Spätsommers anhielten. Wie es der Brauch vorschrieb, war dieser fröhlichste Monat des Jahres auch den Verlobungsfeiern und Eheschließungen gewidmet.

Dieses Jahr hatten die Einwohner von Rostow einen besonderen Grund zu feiern: Der junge Fürst Wladimir, der seit zwei Jahren über das Gebiet von Rostow herrschte und die Zuneigung und den Respekt aller seiner Untertanen genoss, bereitete seine Vermählung mit der englischen Prinzessin Guita vor.

Der fünfte September versetzte die Bewohner von Rostow in Hochspannung: Das Gerücht hatte sich ausgebreitet, dass die Druschina des Fürsten – sie war vor einem Monat nach Kiew gereist, um dort die Gesandten des Kaisers zu treffen – wieder nach Rostow zurückkehrte. Sie bildete die Eskorte für drei byzantinische Würdenträger und für die außergewöhnlich kostbaren Geschenke, die der Kaiser von Tsar-Gorod[1] dem jungen Fürstenpaar überbringen ließ. Wladimir wartete nur noch auf das Eintreffen der griechischen Gesandtschaft, um die Heirat prunkvoll zu begehen. Seine Verlobte war

[1] Name, den die Russen Konstantinopel gaben. *Gorod* bedeutet »Stadt«, in Russisch, sodass die Namensgebung sowohl als »Königsstadt« wie auch als »Stadt des Kaisers« verstanden werden konnte.

vor zwanzig Tagen in Rostow eingetroffen, und alles war für den Beginn der Festlichkeiten vorbereitet.

Während auf dem Marktplatz, wo die Händler und Handwerker auf ihren Verkaufstischen die besten Waren stapelten, größte Aufregung herrschte, war es auf dem Platz vor dem Fürstenpalast noch ausgesprochen ruhig. Es war kurz vor Mittag, dem Zeitpunkt, an dem der offizielle Empfang der Gesandtschaft und die Übergabezeremonie der kaiserlichen Geschenke beginnen sollte. Die noch kräftige Herbstsonne ließ die mit goldenen schuppenförmigen Platten verzierten Kuppeln der Mariä-Himmelfahrts-Kirche und das rote Dach des Palastes in tausend Lichtern erstrahlen.

Unter den Mansarden, in der zweiten Etage des Palastes, zeichnete sich eine schmale Gestalt in einer Fensteröffnung ab. Die Läden waren hier mit roten Hahnenbildern geschmückt. Ein zwölfjähriger Junge mit schelmischem Gesicht und dunkelblonden Locken stützte sich auf die Fensterbank; die Nase an die Fenster aus Glimmerschiefer gepresst, den Blick auf den von einem massiven Zaun mit vergoldeten Spitzen umgebenen Hof gerichtet. Er trug ein weißes, am Kragen besticktes Leinenhemd und einen grünen Kaftan, der an der Hüfte durch einen mit Kupferplaketten verzierten Gürtel zusammengehalten war. Diese kostbaren Kleidungsstücke schienen ihn zu stören – umso mehr, als es heiß war.

»Öffne das Fenster, wenn du willst, Philippos«, erklang eine Stimme aus dem Hintergrund des Zimmers. »Aber du kannst die Gäste noch besser sehen, wenn du in den Hof hinuntergehst.«

Bojar Artem saß vor einem massiven Eichenholztisch, der unter zahlreichen Schriftrollen aus Birkenrinden, bedeckt mit russischen und griechischen Inschriften, beinahe verschwand. Mit einer Schilfrohrfeder in der Hand überflog Artem die Dokumente und machte von Zeit zu

Zeit Notizen auf einem Stück Birkenrinde. Der Fürst hatte ihn beauftragt, einige Abschnitte in seinem jüngsten Schriftwechsel mit Romanos IV., dem regierenden Kaiser, zu überprüfen.

»Ich dachte, dass dich der Lärm stören könnte: Die Zusammenkunft mit dem Fürsten ist anscheinend beendet. Die Druschinen entfernen sich allmählich – aber habe ich denn heute keine Geschichtsstunde?«

»Nun spiel mir nicht vor, dass dir das Leid tut. In dieser Woche hast du genug Unterricht in der Schule gehabt.«

»Das ist nicht das Gleiche wie mit dir! Du erzählst mir die Schlachten viel lebendiger, als ob du immer dabei gewesen wärest – nicht nur das Aufgeschriebene!«

»Was erwartest du von einem Druschinen, der nicht mehr kämpfen kann?«

»Ja, immer noch deine alte Knieverletzung!«, bemerkte der Junge, und seine schwarzen Augen blitzten schalkhaft. »Du bist nicht nur imstande, großartig zu kämpfen, sondern darüber hinaus betreut dich der Fürst – obwohl du nicht mehr an militärischen Operationen teilnimmst – mit den gefährlichsten Aufgaben, die es überhaupt gibt! Offen gesagt, du hast keinen Grund zur Klage, Bojar Artem! Seit du mein Vater geworden bist[1], haben mir die Vasallen einige deiner Heldentaten erzählt. Du hast immer ein aufregendes Leben geführt!«

»Mir gegenüber spricht man auch alle Tage von deinen Heldentaten, Bojar Philippos! Und in der Tat, seit einigen Monaten weiß ich nicht mehr, was ein ruhiges Leben ist. Du willst wirklich nicht in den Hof hinuntergehen?«

»Aber du hast doch die Geschichte von Prinzessin Guita, der Verlobten von Wladimir, noch nicht zu Ende

[1] Philippos war von Artem im Zusammenhang mit der Untersuchung des Mordes an Wladimirs Bücherwart adoptiert worden; erzählt in dem Roman *Das gestohlene Siegel.*

erzählt. Ich will sie unbedingt noch hören, bevor die Hochzeitszeremonie beginnt.«

»Ich habe dir das Wesentliche bereits gesagt. Dieser jungen Frau ist viel Unglück widerfahren! Nachdem Guitas Vater, König Harold II., von den durch Wilhelm angeführten Normannen getötet worden war … du erinnerst dich an das Datum?«

»Das war im Jahr des Herrn 1066.«

»So ist es. Also, nach dem Tod ihres Vaters hat Guita England verlassen und sich in Norwegen bei Königin Elisabeth aufgehalten. Elisabeth ist zudem Wladimirs Tante. Sie war die jüngere Tochter von Jaroslaw dem Weisen. Jaroslaw hat den Gesetzeskodex aufgestellt, den du in der Schule studierst. Königin Elisabeth hatte die Idee, Guita mit unserem Fürsten Wladimir zu verloben.«

»Gut gemacht. Die arme Prinzessin hatte keine Familie und kein Heim mehr …«

»Dennoch, obwohl Guita weder Ländereien noch eine Mitgift besitzt, behält sie alle ihre Rechte auf die Krone von England. Die Mächtigen dieser Welt haben diese Entscheidung für gut befunden. Nun, Guita ist vor einigen Monaten bei Großfürst Wsewolod und seiner Gemahlin Maria eingetroffen. Am Kiewer Hof ist die Prinzessin Wladimir zum ersten Mal begegnet. Es war Liebe auf den ersten Blick.«

»O ja, man sieht, dass sie sich lieben!«

»Und das ist ein Glück. Denn die Liebe begleitet nicht alle arrangierten Hochzeiten! Dann ist Wladimir nach Rostow zurückgekehrt, während Guita in Kiew geblieben ist. Sie hat die Zeit genutzt, um in unserer Sprache schreiben und lesen zu lernen. Kennst du den jungen Bojaren Andrej? Er unterrichtete Guita in der russischen Sprache. Übrigens … Wladimir will ihm den Posten des Bücherwarts, der seit dem letzten Frühjahr verwaist ist, anvertrauen. Der Fürst hat mit mir darüber gesprochen, und ich habe ihm zugestimmt: Die Bildung dieses jungen Mannes ist erstaunlich.«

»Andrej wird der neue Bücherwart? Aber warum sieht er dann so traurig aus? Er sollte sich über die Ehre freuen, die Wladimir ihm erweist! Oder ist er nicht froh darüber, dass Guita und Wladimir endlich heiraten können?«

»Ich vermute, Bojar Andrej ist zu verschlossen, um seine Gefühle zu zeigen. Guita und Wladimir bekunden ihm ihre Zuneigung, während er immer etwas zurückhaltend bleibt. Dennoch, er hat mehr Zeit mit der Prinzessin verbracht als ihr Verlobter! ... Aber du hast Recht: Wir haben September, und die Wartezeit ist beendet. Wie es der Brauch verlangt, hat Wladimir den Wunsch geäußert, dass zwei adlige junge Paare aus Rostow zur selben Zeit ihre Hochzeit feiern wie seine Verlobte und er.«

»Ich weiß, dass eine der Ausgewählten die Tochter des Statthalters ist«, rutschte es Philippos heraus.

»Jeden Augenblick werden alle hier ankommen«, fuhr Artem kopfnickend fort. »Nach dem Empfang der griechischen Gesandtschaft hat der Fürst ein Unterhaltungsprogramm für seine Gäste vorgesehen ...«

Artem stand auf und öffnete das Fenster.

Mehrere Vasallen in Kampfuniform – Kettenhemd, spitzer Helm, langes flaches, am Gürtel befestigtes Schwert – gingen über den Hof und unterhielten sich. Ihre gelben Seidencapes warfen Schatten auf den Boden und das Geräusch ihrer Stiefel hallte auf den Holzdielen nach.

Ein alter Krieger der Großen Druschina – bekleidet mit einem langen, zobelgesäumten Cape und einer Brokatkappe – stieg die Stufen der aus Holz geschnitzten Freitreppe hinunter, überquerte den Hof und drängte sich durch das Portal, bevor er auf den Platz hinaustrat.

»Die Versammlung der beiden Druschinas ist abgeschlossen«, sagte Artem. »Die Älteren verabschieden sich, und die Vasallen sind auf dem Weg in ihre Unterkünfte. Ich habe meine Arbeit für den Fürsten beendet. Komm mit mir: Du hilfst mir, Mitko und Wassilij zu finden. Ich möchte ihnen einige Fragen über ihre Unternehmung stellen.«

In seiner Eigenschaft als Ratgeber des Fürsten erfreute sich Artem zweier großer Zimmer im linken Flügel des zweiten Stockwerks, in dem sich auch die Räume des Bücherwarts und gelegentlicher Gäste befanden. Wladimirs Räume lagen auf dem rechten Flügel derselben Etage. Die Bibliothek – auch das »Bücherarchiv« genannt, da Wladimir seine Manuskripte gerne an die drei Schulen der Stadt und an gebildete Bürger auslieh – belegte die Hälfte der ersten Etage. Die andere Hälfte teilte sich auf in den Empfangssaal und ein Vorzimmer. Eine überdachte Galerie auf der Höhe dieses Stockwerkes verband den Palast mit der Himmelfahrts-Kathedrale. Im Erdgeschoss befanden sich der riesige Bankett- und der Waffensaal. Letzterer beherbergte eine prächtige Waffensammlung aus den verschiedensten Ländern und Epochen: Hier beriet sich Wladimir mit den Älteren und versammelte die Kommandanten der Jüngeren Druschina, um ihnen seine Entscheidungen mitzuteilen.

Als Artem und Phlippos im Erdgeschoss ankamen, hatten bereits die meisten Druschinen den Waffensaal verlassen. Einige standen noch im Hof zusammen, andere gingen schon zu dem zweistöckigen Gebäude mit den Unterkünften, das sich ungefähr dreihundert Ellen hinter dem Palast befand.

Mitko und Wassilij blieben unauffindbar. Die Vasallen hatten den Schutz der byzantinischen Gesandten, die mit den Geschenken des Kaisers nach Rostow kamen, zu gewährleisten. Diese Aufgabe hatte bis jetzt weder besondere Schwierigkeiten noch Gefahren mit sich gebracht, denn Wladimir hatte ein Kommando von mehr als zweihundert bis an die Zähne bewaffneter Krieger mitgeschickt. Dennoch wollte Artem sich persönlich über die Einzelheiten der Reise informieren – zur Beruhigung seines Gewissens und auch, weil es ihn interessierte. Geschenke aus Byzanz, die solch einen Schutz erforderten, beunruhigten ihn aufs Äußerste.

Zu diesem Zeitpunkt tauchten zwei Burschen, die gerade eine Gastwirtschaft verlassen hatten, auf dem Platz vor dem Palast auf. Beide trugen Vasallenkleidung, hatten jedoch ihren Helm abgenommen und trugen ihn unter dem Arm. Sie überquerten den Platz bis zur Hälfte und machten es sich an der einzigen vor der Mittagssonne geschützten Stelle bequem – in einem Winkel der hohen Freitreppe zur Kathedrale. Nur etwa fünfzig Schritte trennten sie von der Palastmauer. Sie saßen mit dem Rücken an die Kichenmauer gelehnt, deren Steine eine angenehme Kühle ausstrahlten, und betrachteten die Mitglieder der Großen Druschina, die gerade den Palast verließen.

»Glaubst du, dass Wladimir unseren etwas überstürzten Abgang bemerkt hat, Wassilij?«, fragte der Stämmige, dessen Hautfarbe verriet, wie eifrig er dem Wein und der guten Küche in der Gastwirtschaft zugesprochen hatte.

»Ach was, Mitko!«, entgegnete der andere mit einem schiefen Lächeln. »Der Fürst ist äußerst zufrieden über die Ankunft der Gesandten. Morgen kann er endlich seine Schöne von jenseits der Meere heiraten!«

Wassilijs helle Hautfarbe, seine Schlitzaugen und seine hohen Backenknochen erinnerten an seine kumanische Abstammung. Er war der Sohn eines kumanischen Fürsten, der sich vor zwanzig Jahren an die Seite der Russen gestellt und den orthodoxen Glauben angenommen hatte. Sein Freund Mitko, der Hüne mit den rosigen Wangen, wurde zwei Jahre später anlässlich einer blutigen Schlacht mit den Horden der Steppe in die Druschina aufgenommen. Wassilij war sehr stolz auf seine Herkunft, und in der Reitkunst oder der Kunst des Bogenschießens konnte sich niemand mit ihm messen.

»Und wenn Bojar Artem uns sucht?«, erkundigte sich Mitko. Doch sein schuldbewusster Gesichtsausdruck wich augenblicklich einem heftigen Schluckauf.

»Nun gut, ihm werden wir die Wahrheit sagen. Du weißt, er mag ebenso wenig offizielle Reden wie wir!«

In diesem Augenblick kamen zwei Männer und eine junge Frau auf reich geschmückten Pferden von der Hauptstraße her. Während sie den Platz überquerten, drehten sich die Leute mit bewundernden Pfiffen nach ihnen um, aber die kleine, langsam und majestätisch sich vorwärtsbewegende Gruppe schenkte ihnen keinerlei Aufmerksamkeit.

»Unser Statthalter versäumt niemals eine Gelegenheit, sich in Szene zu setzen!«, bemerkte Wassilij halblaut. »Schau, wie er seinen Reichtum zur Schau stellt! Und trotzdem ist sein Geiz nur mit dem chasarischer Händler zu vergleichen!«

»Ich sehe mir vor allem seine Tochter an«, murmelte Mitko und zupfte an seinem kurzen blonden Bart herum. »Nastasia ist die schönste Frau, die ich jemals gesehen habe. Der Bursche, der sie heiraten wird, hat Glück gehabt!«

»Nicht allzu viel«, gab Wassilij zurück. »Man sagt, dass sie den Charakter ihres Vaters geerbt hat. Ich kenne Strigo, ihren Verlobten. Er ist nicht gerade eine schwächliche Figur … aber ich frage mich, wie er dieser Megäre Widerstand leisten will!«

Die kleine Truppe ritt weiter auf den Palast zu. Die beiden Freunde konnten die schöne Nastasia in aller Ruhe beobachten, da man sie in ihrer schattigen Ecke nicht erkennen konnte. Nastasia trug einen langen Brokatsarafan, fasste mit graziöser Geste die Stoffbahnen ihres

Gewandes zusammen und ließ zwei kleine bestickte Schuhe sehen. Ein kostbares Diadem zierte ihren Kopf, aber ihre herrliche goldglänzende Haartracht ließ die Pracht ihres Schmuckes vergessen. Unempfänglich für die Bewunderung der Vorübergehenden drückte Nastasias schönes Gesicht nur eine Mischung aus Langeweile und Verachtung aus. Ihr Vater allerdings schien vor Stolz buchstäblich zu platzen. Der alte Bojar Radigost – korpulent und hochrot im Gesicht – war mit einem purpurfarbenen Kaftan bekleidet; mit seiner freien Hand strich er seinen langen grau melierten Bart glatt und tastete von Zeit zu Zeit einen dicken Geldbeutel ab, der an seinem Gürtel hing.

»Unser Statthalter droht zu zerplatzen wie eine faule Tomate!«, lästerte Mitko.

»Heute hat er allen Grund zufrieden zu sein«, murmelte Wassilij. »Schließlich hat er Strigos Vater davon überzeugt, ihre wertvollen Ländereien durch die Heirat ihrer beiden Kinder zusammenzulegen. Dabei handelt es sich also weniger um eine Heirat als um einen Handel! Jdan, der Sohn von Radigost, wird beim Tod seines Vaters so gut wie nichts besitzen, da der größte Teil des Erbes schon in Nastasias Händen ist. Ich habe gehört, dass dem Statthalter nicht eben viel an seinen Sohn liegt.«

»Es stimmt, Idan hat nichts von einem Krieger!«, kommentierte Mitko boshaft und mitleidig zugleich. Kopfschüttelnd fuhr er fort: »Sieh ihn nur an: Er kann sich kaum im Sattel halten! Dennoch liebt ihn der Fürst sehr.«

»Wladimir schätzt sein Wissen. Jdan verbringt seine Tage in der Bibliothek des Fürsten, und ich habe sie oft lebhaft diskutieren sehen. Aber der alte Radigost kann mit all diesen Kenntnissen nichts anfangen: Er hätte lieber einen Sohn gehabt, der gut mit dem Schwert umgehen kann anstatt mit einer Feder!«

Als ob er die Meinung Wassilijs bestätigen wollte, drehte sich der Statthalter um und warf dem jungen Mann, der ihm in sicherem Abstand folgte, einen wütenden Blick zu.

»Immer nur im Schlepptau! Das ist kein Sohn, das ist eine Strafe Gottes!«, rief er zu Nastasia hinüber. »Ich verstehe nicht, warum Wladimir ihn heute eingeladen hat! Man sagt, Jdan wird aus dem Griechischen übersetzen. Als ob der Fürst nicht Griechisch verstünde!«

»Vater, du bist der Statthalter von Rostow. Und du wirst der einzige der ganzen Versammlung sein, der das Griechische nicht versteht«, antwortete Nastasia mit einem Seufzer der Entrüstung. »Aus Respekt vor dir hat Wladimir ihn eingeladen.«

»Ich habe ihn um nichts gebeten! Außerdem, wenn ich dich und deinen Bruder griechisch lernen ließ, sollte euch dies bei Handelsgeschäften nützlich sein und nicht, um damit am Hof anzugeben! Wäre es nicht der Wille des Fürsten ...«

Trotz seines ebenmäßigen Gesichts, das in all seinen Zügen stark dem seiner Schwester glich, sah Jdan mit seinen strohigen Haaren und blassblauen Augen wie eine schwache Kopie Nastasias aus. Der junge Mann hielt den Kopf gesenkt und war anscheinend ganz in seine Träumereien versunken. Doch waren ihm die Äußerungen seines Vaters nicht entgangen, denn er gab seinem Pferd einen Hieb mit dem Schwert und schloss zu den anderen auf. Die Vasallen betrachteten ihn mit Mitleid. Plötzlich, als ob er sich beobachtet gefühlt hätte, wandte Jdan den Kopf zu den beiden Druschinen. Im nächsten Augenblick ritt die kleine Truppe durch das Tor der Umfriedung.

»Was hat er?«, meine Mitko verunsichert. »Warum hat er uns mit solchem Abscheu angestarrt?«

»Er hat nicht uns angesehen«, antwortete Wassilij. »Er blickte gegen die Sonne; bestenfalls hat er unsere Umrisse ausmachen können.«

»Trotzdem habe ich niemals solch einen gehässigen Gesichtsausdruck wahrgenommen!«, widersprach Mitko.

Wassilij zuckte mit den Schultern.

»Wer weiß, was ihm durch den Kopf gegangen ist! Vielleicht hat er unsere Anwesenheit gespürt. Oder er dachte an die liebenswürdigen Bemerkungen seines Vaters ...«

Wassilij schwieg. Er bemerkte gerade Artem, der sich vor dem Portal aufhielt, und eingehend den Platz überprüfte.

Die zwei Vasallen erhoben sich auf einen Schlag, brachten eilig ihre Helme wieder in Ordnung und vergewisserten sich, dass ihr Schwert korrekt am Gürtel befestigt war.

»Da seid ihr endlich!«, rief Artem aus.

Leicht hinkend wandte er sich zu den Druschinen, die ihm bereits entgegengingen.

»Ich vermute, ihr habt ein gutes Essen allen Danksagungen, die der Fürst seinen tapferen Soldaten hat zukommen lassen, vorgezogen!«

»Das ist ... Da wir schon unseren Bericht abgeliefert hatten ...« stotterte Mitko.

»Wir haben unsere Aufgabe zufrieden stellend ausgeführt, der Rest war Routine«, bestätigte Wassilij.

»Es gibt niemals Routine in der Arbeit eines Druschinen«, entgegnete Artem trocken. »Und jetzt erstattet ihr mir persönlich Bericht.«

Die Vasallen berichteten kurz von ihrer Flussreise bis nach Kiew, dem Empfang der griechischen Würdenträger durch den Großfürsten und dann der Rückkehr nach Rostow auf demselben Weg. Auf dem Dnjepr stellte Wladimirs Garde den Schutz der Gesandtschaft sicher.

»Also wisst ihr nicht mehr als ich über den Inhalt der Kisten, die ihr transportiert habt«, folgerte Artem und sprach damit den Punkt an, der ihn am meisten interessierte. »Und ihr habt keinerlei bedrohliche Anzeichen während der Reise bemerkt?«

»Die Kumanen und die Petschenegen haben sich nicht blicken lassen«, antwortete Wassilij. »Einmal dachten wir, wir würden durch den rebellischen Fürsten Wseslaw angegriffen: Man mag ihn ›Fürst ohne Land‹ nennen, aber er verfügt über eine beachtliche Armee von mindestens dreihundert Kriegern. Ein Druschine von Smolensk hat uns gewarnt, dass man Wseslaws Männer an den Ufern des Flusses herumlungern gesehen hätte, aber das war offensichtlich falscher Alarm.«

»Wseslaw sät nach wie vor Unruhe und Zwietracht, wo immer er auftaucht«, erklärte Artem. Heute ist er der Einzige, der noch gegen die Kiewer Macht opponiert. Wseslaw ist aus seinen Gebieten verjagt worden, und solange er sie nicht zurück gewonnen hat, wird er sich weiter wie ein Bandit im großen Stil aufführen. Seine Männer plündern nicht nur die Landgüter der Bojaren, die dem Großfürsten Treue und Unterwerfung geschworen haben, sondern sie greifen auch Handelskonvois an. Sich der Geschenke des Kaisers zu bemächtigen, wäre für Wseslaw doppelter Gewinn gewesen: Er hätte einen diplomatischen Konflikt hervorgerufen und sich Güter von unschätzbarem Wert angeeignet. Ich fürchte ihn und seine Männer mehr als die Nomaden der Steppe.«

»Der Fürst ohne Land hätte niemals gewagt, sich mit den zweihundert besten Kriegern Wladimirs zu messen!«, ließ sich eine helle Stimme hinter Artems Rücken vernehmen.

Jetzt erst entdeckte Artem Philippos.

»Dein Sohn hat vollkommen Recht«, bestätigte Mitko mit einem komplizenhaften Augenzwinkern zu dem Jungen hin. »Aber was bedeuten diese Prunkgewänder? Sag mir nicht, dass du dich auch verloben willst!«

»Noch nicht«, antwortete Philippos lachend. »Zuerst

muss ich bei dir Unterricht nehmen: Bei jedem Fest gibt es so viele junge Mädchen, die um den schönen Mitko herumflattern wie die Schmetterlinge in Wladimirs Garten. Aber ich habe noch nicht verstanden, wie du es schaffst, sie zu fangen.«

»Richtig beobachtet, Schmetterlinge sind empfindliche Tierchen; ebenso die jungen Mädchen ...«

»Genug davon«, ging Artem dazwischen. »Philippos, du wolltest mich zum Empfang der griechischen Gesandtschaft begleiten. Gehen wir, es ist Zeit. Ich hätte auch gerne, dass ihr Vasallen anwesend seid.«

»Gibt es einen besonderen Grund?«, erkundigte sich Mitko.

»Eigentlich nicht«, gab Artem nachdenklich zurück. »Aber während eurer Abwesenheit hat der Fürst mehrere neue Wachsoldaten angeworben. Ich möchte, dass ihr sie während der Übergabezeremonie der Geschenke beobachtet. Vergesst nicht, dass Wseslaw, der Fürst ohne Land, seine Spione überall hat. Wir können nicht den kleinsten Zwischenfall riskieren.«

»Haben wir noch Zeit uns umzuziehen?«, erkundigte sich Wassilij. »Wenn nicht, werden unsere Uniformen Aufsehen erregen.«

»Zieht einfach ein Seidenhemd und eure weißen Capes an. Und vergesst vor allem eure Schwerter nicht!«

Die drei Druschinen gingen durch das Tor der Palastmauer, Philippos allen voran. Mitko und Wassilij begaben sich zur Gardistenunterkunft, Artem wandte sich zum Eingang des Palastes.

Bojar Artem befand sich mitten auf dem Platz, als ihn ein fremdes Gesicht abrupt stehen bleiben ließ: Ein junges rothaariges Mädchen, dessen flammende Haare nicht zu einem Zopf geflochten, aber mit einem Haarnetz zusammengehalten waren, stand auf der Freitreppe. Es war Aldine, die englische Dienerin von Prinzessin Guita. Ihre zarte Gestalt wurde fast vollständig verdeckt durch einen Mann, dessen prächtiges nachtblaues Cape mit der bescheidenen Aufmachung der Engländerin kontrastierte. Artem täuschte vor, seine Capespange zu justieren, während er fieberhaft überlegte, wer der Unbekannte sein könnte. Es schien nicht das erste Treffen zu sein: Die jungen Leute führten ein lebhaftes Gespräch, und der junge Bojar ergriff leidenschaftlich Aldines Hände.

Plötzlich bemerkte Aldine die Gegenwart des Druschinen. Sie stieß ihren Begleiter brüsk zurück, lief eilig die Stufen der Freitreppe hinab und ging zu den Nebengebäuden. Als sie dicht an Artem vorbeikam, verbeugte sie sich, um ihn zu grüßen. Artem sah, dass ihr hübsches sommersprossiges Gesicht von Tränen bedeckt war. Der junge Mann verschwand schnell im Eingang. Wer es auch sein mag, ich werde ihn an seinem Cape erkennen, dachte Artem, und stieg ebenfalls die Stufen hinauf. Da sah er Philippos unter der Freitreppe hervorkommen.

»Ich habe etwas glänzen sehen … und ich habe einen Silberknopf gefunden!«, meinte der Junge.

»Versuche nicht dich zu rechtfertigen, du weißt sehr genau, dass man die Unterhaltung anderer nicht belauscht! Zumindest, wenn man ein Bojarensohn ist.«

»Ich habe es nicht absichtlich getan. Und außerdem, wenn du deine Untersuchungen durchführst, sind dir auch alle Mittel recht, um die Wahrheit herauszufinden! Du wirst mir dankbar sein, wenn du erfährst, was ich gehört habe!«, argumentierte der Junge herausfordernd, während er sich linkisch über seine kleine, mit Pelz verbrämte Kappe fuhr.

»Nun gut, welches außerordentliche Geheimnis kannst du mir verraten? Hat Aldine auch einen Verlobten und will ihre Hochzeit gern zur selben Zeit feiern wie ihre Herrin? Ist es das?«

»Ja. Aber sie kann nicht, weil … es ist nicht ihr Verlobter. Es ist Strigo, der Verlobte der schönen Nastasia.«

»Bist du dir sicher?«

Artem blickte Philippos forschend ins Gesicht. Es offenbarte ihm eine Trauer, die nichts Kindliches mehr hatte.

»Sie sind verzweifelt. Strigo hat gesagt, er wäre zu allem bereit, um diese Hochzeit zu verhindern, er würde sogar Aldine entführen. Aber Aldine hat geantwortet, es sei zu spät … Dann hat Strigo erklärt, dass der Freitod die einzige Lösung sei, da er ohne seine Geliebte nicht leben könne. Oder Nastasia zu töten!«

Artem runzelte die Stirn.

»Das sind in der Tat unüberlegte Redensarten! Wiederhole keiner Person gegenüber, was du gehört hast. Ich werde diesen hitzigen jungen Mann im Auge behalten. Ich bin sicher, dass seine Worte sein Denkvermögen übertreffen, aber ich will die Hochzeit des Fürsten weder durch eine Eifersuchtsszene noch durch einen Tränenausbruch verderben.«

»Aldine macht mir Kummer«, seufzte Philippos. »Sie ist nicht so schön wie Nastasia, aber sehr liebenswürdig! Aldine ist eine Fremde und hat niemanden, der sie beschützt. Dennoch hat Strigo sie getröstet … Der Bojar tut mir jedoch Leid: Er hat solche Angst vor seinem Vater!«

»Das fehlte gerade noch, dass du seine Verteidigung übernimmst! Der Bursche hätte seine Herzensangelegenheiten klären sollen, bevor er sein Ehrenwort an einem offiziellen Verlöbnis gibt. Jetzt komm, die Zeremonie beginnt!«

Der Empfangssaal war voll mit Gästen. Alte Bojaren in steifen, überreichlich bestickten Prunkgewändern besetzten die für die Mitglieder der Großen Druschina und die Notablen der Stadt reservierten Bänke. Die Wände waren mit herrlichen Teppichen geschmückt, die die höchsten Feste der orthodoxen Kirche darstellten, sowie Schlacht- und Jagdszenen. Unter der Decke, die das von großen Sternen bedeckte Himmelsgewölbe nachahmte, erhellten vier Kronleuchter in Form von Blumenbuketts den Saal.

In der Mitte des Saales stand Hilarion, der Bischof von Rostow. Sein ausgemergeltes Gesicht signalisierte unter der hohen Haube deutlich Unzufriedenheit: Der Fürst hatte sich verspätet, was den Gesandten missfiel. Diese Gäste saßen rechts von den beiden auf einer erhöhten Estrade stehenden Thronstühlen. Sie trugen prächtige Umhänge, und die Brust war mit goldenen, dem jeweiligen Rang entsprechenden Insignien bedeckt.

Artem hatte kaum Zeit, einige alte Bojaren zu begrüßen, als der Bischof dreimal mit seinem silbernen Krummstab auf den Boden stieß. Die Unterhaltungen verstummten. Ein sehr junger Vasall erschien auf der Schwelle der hinteren Tür. Er trug das Schwert des Fürsten, das auf einem purpurroten Samtkissen lag. Hinter dem Vasallen hielt Bojar Andrej, der zukünftige Bücherwart und Guitas Lehrer während ihres Aufenthaltes in Kiew, das Kästchen mit dem persönlichen Siegel Wladimirs in seinen Händen. Endlich erschien das fürstliche Paar, gefolgt von dem Fahnenträger, einem alten Druschinen mit kahler Stirn und langem weißem Schnurrbart, den er wie Artem in Erinnerung an seine warägischen Ahnen beibehielt.

Die drei Männer, die Schwert, Siegel und Fahne Wladimirs trugen, waren hinter dem Thron stehen geblieben. Der Fürst und seine Verlobte stiegen langsam die Stufen der Estrade hinauf. Wladimir hieß die Gesandten willkommen, ließ sich dann auf dem Thron nieder und bat zugleich die englische Prinzessin, neben ihm Platz zu nehmen. Es war das erste Mal, dass Guita an der Seite ihres zukünftigen Ehemannes einer offiziellen Zeremonie beiwohnte. Mit ihrem vor Aufregung geröteten Gesicht, ihren hellgrünen Augen, ihrer gekrausten Stirn – die griechische Sprache war ihr kaum vertraut –, schien Guita Charme und weibliche Zurückhaltung zu verkörpern.

Die drei Gesandten erhoben sich und grüßten Wladimir nach byzantinischer Art, indem sie sich verbeugten und den Boden mit ihrer rechten Hand berührten. Dann hielt der Älteste von ihnen eine bilderreiche Ansprache, die mit der traditionellen Redewendung »Zahlreiche Jahre …!«, begann.

In diesem Augenblick betraten Mitko und Wassilij unauffällig den Saal. Alle Sitze waren belegt, und einige Nachzügler blieben in der Nähe der Tür stehen. Die Vasallen überblickten schnell die Versammlung. Sie entdeckten nichts Verdächtiges und hatten Zeit und Muße, ihre Aufmerksamkeit auf die Gäste hinter dem Sitz des Bischofs zu richten: die zwei Paare, die ihre Heirat zur selben Zeit wie der Fürst feiern wollten.

»Schau!«, flüsterte Mitko und stieß Wassilij mit dem Ellenbogen an. »Da, hinter Nastasia, siehst du die andere Braut; ich bin ihr mehrmals am Ausgang der Kirche begegnet. Ich kenne nicht den Namen ihres Vaters, aber sie heißt Mina.«

»Sie ist mir heute Morgen am Hafen aufgefallen«, erwiderte Wassilij, dessen sonst undurchdringliches Gesicht vor Bewunderung strahlte. »Sie half bei der Ankunft unserer Boote. Erinnerst du dich? Wir sind ganz dicht an ihr vorbeigegangen. Was für Augen! Tief wie der Nero-See. Wenn du meine Meinung hören willst, dieses Mädchen ist zehn Mal mehr wert als dieses hochnäsige Frauenzimmer Nastasia. Kennst du ihren Verlobten, den jungen Bojaren, der direkt neben ihr sitzt?«

»Du fragst, ob ich Bratoslaw kenne!«, knurrte Mitko. »Seit der letzten Schlacht mit den Kumanen hält ihn Wladimir für den besten Krieger seiner Armee! Außerdem geht nach dem Tod seines Vaters, der neulich verstarb, der Sitz des alten Bojaren im Rat der Alten an den

Sohn über. Das nennt man einen schnellen Aufstieg. Trotzdem erzählt man sich, dass Mina ihn nicht aus Liebe heiratet. Bratoslaw hat beim Vater seiner Braut hartnäckig darauf dringen müssen …«

»Ruhe«, zischte Mitkos Nachbar, ein gut aussehender Mann von ungefähr vierzig Jahren, eingehüllt in ein langes rotes, mit goldenem Adler geschmücktes Cape.

»Kurz gesagt, du kannst immer noch dein Glück versuchen, alter Bruder!«, folgerte der Vasalle.

»Überflüssig!«, seufzte Wassilij. »Du weißt sehr genau, dass die Sprösslinge des alten Rostower Adels nur unter sich heiraten!«

Ihr Nachbar warf ihnen einen wütenden Blick zu, und die beiden Freunde schwiegen. Sie musterten den Mann im roten Cape: Kleidung, Haartracht und auch sein kurzer schwarzer Bart wiesen ihn als byzantinischen Höfling aus. Die goldenen Insignien auf seiner Brust zeigten seinen Rang als hoher Beamter von Tsar-Gorod an. Daher schluckte Mitko die ironische Bemerkung über das Interesse an offiziellen Reden, die ihm gerade auf der Zunge lag, hinunter. Dann wurde seine Aufmerksamkeit durch eine Person neben dem griechischen Würdenträger gefangen genommen. Dieser Gast war ebenfalls fremd, konnte auf Grund seiner Kleidung jedoch Lombarde oder Römer sein. Mitko und Wassilij waren Latinern bereits in Kiew und sogar in Rostow während der großen Herbstmärkte begegnet.

»Hast du seine Beine gesehen? Mit seiner eng anliegenden Hose und seinen spitzen Schuhen sieht er aus wie ein Schmierenkomödiant!«, flüsterte Mitko und zog wilde Grimassen.

»Und Hut erst?«, entgegnete Wassilij. »Man könnte sagen, ein hart gebackener Pfannkuchen, mit einer Hahnenfeder geschmückt. Das erinnert mich an unseren Bischof, der immer gegen die Latiner wettert. Ich habe nie richtig verstanden, was er gegen sie hat, aber man muss zugeben, dass es sonderbare Leute sind. Und dennoch misstraue ich dem Gerede der Popen: Wenn man sie hört, ist alles Sünde …«

»Schweigt Ihr jetzt endlich?«, fuhr der Grieche im roten Cape erneut dazwischen.

Er sprach ein tadelloses, fast akzentfreies Russisch – mit dem Selbstvertrauen eines Mannes, der es gewohnt ist, dass man ihm ohne ein Wort des Widerspruchs gehorcht. Die Vasallen waren ihrerseits nicht gewohnt, dass ein Unbekannter sie in diesem Ton ansprach und wollten gerade eine passende Antwort geben, als sich der Grieche plötzlich mit schnellen Schritten zu Wladimirs Thron begab.

»Demetrios, unser werter Gast aus Tsar-Gorod, den ich bitte, zu meiner Rechten, bei seinen Landsleuten, Platz zu nehmen«, sagte Wladimir.

Also zählte der griechische Würdenträger zu den Ehrengästen des Fürsten! In diesem Augenblick konnte Wladimir das Ritual des Botschafterempfangs unterbrechen, um dem Zuspätgekommenen einen seinem Rang entsprechenden Platz anzubieten. Der Grieche verneigte sich, indem er den Boden mit seiner rechten Hand berührte, und machte es sich in einem der beiden von jungen Dienern herbeigebrachten Sesseln bequem.

»… Ebenso bitte ich den edlen Renzo De' Moretti seinen Ehrenplatz einzunehmen«, fuhr Wladimir fort und verwies auf den Sessel neben Demetrios. Der Latiner, dessen Kleidung den beiden Vasallen überhaupt nicht gefiel, ging ohne Eile mit geschmeidigen Schritten zum Thron vor. Er verbeugte sich, nahm dabei mit graziöser Geste seine Baskenmütze ab und dankte dem Fürsten auf Griechisch – mit einem Lächeln, als wollte er sich für seinen Akzent entschuldigen. Wäre nicht sein Gewand gewesen, hätte man ihn mit seinem blassen Gesicht und den schwarzen Locken für einen Landsmann von Demetrios gehalten. Aber sein feuriger Blick und sein ironisches Lächeln hoben sich stark von der ruhigen Würde, die die ganze Person des Griechen ausstrahlte, ab.

Wladimir gab den drei Gesandten ein Zeichen und der Älteste von ihnen ergriff erneut das Wort:

»Edler Wladimir, Herrscher über das Land von Rostow! Im Namen unseres heiligen Kaisers Romanos IV., oberster Herr aller Christen, und gemäß seinem heiligen Willen, habt die Güte, diese Geschenke aus der ruhmreichen Stadt Konstantinopel entgegenzunehmen!«

Der Grieche klatschte in die Hände, die Tür im Hintergrund öffnete sich und Diener brachten drei gewaltige Kisten, verschlossen mit den in Blei gepressten Abdrücken des kaiserlichen Siegels, herein. Nachdem die Versiegelungen aufgebrochen worden waren, öffnete der Gesandte die erste Kiste und entnahm daraus liturgische Gefäße. Mit langsamen majestätischen Gesten gab er die Geschenke an die anderen Gesandten weiter, die sie in einer Linie am Boden der Estrade aufstellten. Ein bewunderndes Raunen ging durch den Saal: Nach den liturgischen Gefäßen und den riesigen Silberplatten wurden vor den verblüfften Augen der Bojaren ganze Rollen von Seide und Brokat weitergereicht. Noch niemals hatte der Kaiser solche aufwendigen Präsente an einen anderen Herrscher als den Großfürsten gesandt!

»Offensichtlich will Tsar-Gorod von nun an seine Beziehungen zu dem Thronerben von Kiew verbessern!«, meinte Artem halblaut, als er sich zu Mitko und Wassilij in der Nähe des Eingangsportals gesellte.

»Byzanz ist tatsächlich das reichste Land der Erde!«, rief Mitko aus, der gerade einen mit Goldlamellen verzierten Helm erblickte, der zu den am Fuß des fürstlichen Thrones ausgebreiteten Schätzen gelegt wurde.

»Und dennoch hat Byzanz heutzutage eine starke Allianz mit den russischen Fürstentümern nötiger denn je, da es von den Petschenegen und den Türken bedroht wird!«, bemerkte Artem.

Er schwieg, da der Gesandte um besondere Aufmerksamkeit für das letzte Geschenk des Kaisers bat. Alle Blicke waren auf das Kästchen aus Rosenholz gerichtet, das ungefähr eine Elle breit und anderthalb Ellen lang war. Vorsichtig hob der Gesandte den Deckel hoch: Im Inneren glänzten kostbare Steine von märchenhafter Schönheit und strahlten mit tausend Lichtern, die das Feuer der Kerzen widerspiegelten.

»Das ist ein besonderes Kleinod des kaiserlichen Schatzes! Der heilige Basilius, Herr und Hüter des Universums, hat mich beauftragt, dieses unschätzbare Geschenk der Verlobten des russischen Herrschers zu überreichen – Prinzessin Guita, Tochter des tapferen Königs Harold!«, verkündete der Gesandte.

Heilige Stille herrschte im Saal. Zufrieden mit der Wirkung seiner Rede, fügte der Grieche hinzu:

»Im Jahr des Herrn 960 schenkte Kaiser Romanos II. diesen Schmuck seiner Gattin, der berühmten Theophanu. Das Ensemble besteht aus einem Diadem, einem Collier und Ohrringen aus Diamanten und Rubinen.

Bewundernde Zurufe folgten dieser Erklärung. Einige drückten ihren Beifall nach byzantinischer Sitte aus und klatschten in die Hände. Schließlich bat der Fürst die Versammlung um Ruhe und begann eine lange Dankesrede im besten Stil byzantinischer Redner.

»Der Kaiser ist gut beraten worden«, flüsterte Artem. »Nichts hätte Wladimir mehr Freude bereiten können als ein wertvolles Geschenk für seine Verlobte! Dieser Schmuck hat also den verstärkten Schutz der Gesandtschaft erfordert!«

Als Wladimirs Rede zu Ende war, erhob sich eine Stimme im Saal:

»Einen Augenblick, edler Fürst!«

Jdan, Nastasias Bruder, der bis jetzt in der Nähe seines Vaters geblieben war, um ihm die die Zeremonie begleitenden Reden zu übersetzen, hatte sich erhoben und sah – ganz rot geworden vor Aufregung – Wladimir erwartungsvoll an.

»Erlaubt, dass auch ich Euch ein bescheidenes Geschenk anbiete, um Euch für die Zuneigung zu danken, die Ihr mir bezeugt, und um an unsere gemeinsame Passion zu erinnern!«

Er reichte dem Fürst ein mit kostbarem orientalischem Tuch umhülltes Päckchen. Neugierig geworden, ergriff Wladimir das Geschenk und nahm das Tuch ab.

»Eine Schrift des großen heidnischen Philosophen Platon! Das ist ein Geschenk, das direkt zu meinem Herzen führt!«, lobte der Fürst. »Ihr kennt wirklich meine Vorlieben, Bojar Jdan!«

»Wir haben oft darüber diskutiert ... Wie Ihr schätze ich ...« stammelte Jdan.

»Du schämst dich nicht, dich zur Schau zu stellen?«, zischte Nastasia ihrem Bruder zu. »Was für eine billige Schmeichelei! Mit allen Mitteln willst du dir die Gunst des Fürsten erkaufen!«

In dem allgemeinen Schweigen klangen Nastasias Worte wie ein Peitschenschlag. Wladimir zog die Brauen hoch und seine Augen verfinsterten sich.

»Ihr täuscht Euch, junge Bojarin. Euer Bruder muss meine Freundschaft nicht kaufen: Sie ist ihm sicher, seit ich das Ausmaß seines Wissens kenne!«

»Ich hätte es lieber gesehen, wenn mein Sohn diese Freundschaft durch große Taten auf dem Schlachtfeld erlangt hätte und nicht indem er mein Geld mit dem Kauf alter Pergamente verschwendet!«, murrte Radigost.

»Die Bücher enthalten ein unerschöpfliches Wissen«, erklärte Demetrios belehrend in russischer Sprache. »Sie lindern den Kummer und erziehen zur Mäßigkeit. Sie sind wertvoll für die einfachen Bürger; unerlässlich hingegen für die Statthalter und Fürsten, die weiser und umsichtiger als das Volk sein müssen!«

Artem stieß einen Seufzer der Erleichterung aus: Demetrios' Intervention hatte die durch die Bemerkungen des Statthalters und seiner Tochter entstandene Spannung gelöst. Als Wladimir das Ende der Zeremonie ankündigte, gab Artem den Vasallen ein Zeichen, und die drei Druschinen verließen unauffällig den Saal.

»Welch außergewöhnlicher Mann!«, betonte Artem, kaum dass sie draußen waren. »Wladimir hat mir von Demetrios erzählt. Dieser Würdenträger besitzt den Rang eines Magistrats, er gehört zu den vierundzwanzig wichtigsten Beamten des Kaiserreiches. Ich bewundere die Geschicklichkeit, mit der er den Statthalter in seine Schranken verwiesen hat.«

Mitko und Wassilij tauschten einen verlegenen Blick aus in Erinnerung an ihre unerfreuliche Begegnung mit dem Griechen.

»Die Gesandten kennen ihn sehr wohl«, fuhr Artem fort. »Demetrios hat als Poet und Schriftsteller unserer Zeit seine Reise quer durch das russische Land mit der Absicht unternommen, in Tsar-Gorod eine Chronik unseres Landes vom Zeitpunkt der Übernahme der griechischen Liturgie bis heute zu publizieren. Anlässlich seines Aufenthaltes in Kiew wurde Demetrios durch den Großfürsten zur Hochzeit Wladimirs eingeladen. Aber ich weiß nicht, wie der Fürst auf die Idee kam, den Venezianer Renzo einzuladen! Ich vermute, dass er es seiner adligen Herkunft zu verdanken hat – zumindest spricht er überall davon. Laut Wladimir reist er zu seinem Vergnügen.«

»Wann sind sie angekommen?«, fragte Mitko.

»Demetrios hat den üblichen Flussweg genommen und fuhr den Dnjepr mit seinem Schiff hoch. Renzo dagegen reist zu Pferd. Auf mich macht er den Eindruck eines Abenteurers!«

»Auf uns ebenfalls; wir haben ihn sogar für verdächtig gehalten, nicht wahr, Wassilij?«

»Auf jeden Fall mangelt es ihm nicht an Dreistigkeit«, bemerkte Mitko. »Während der Zeremonie hat er nicht aufgehört, die junge Bojarin Mina anzustarren, dabei hat er die wütende Miene ihres Verlobten völlig ignoriert.«

»Solange ihn nicht der byzantinische Schmuck anzieht«, meinte Artem düster. »Ich bin kein Freund übereilter Beurteilungen, aber es ist sicher sinnvoll, ihn im Auge zu behalten! Nun kommt, Ihr werdet mir jetzt eure Eindrücke von den neu angeworbenen Gardisten mitteilen.«

Das vom Fürsten zu Ehren seiner Gäste gegebene Bankett war in vollem Gang, als Artem in den großen Saal eintrat. Die Wände waren hier mit großartig gearbeiteten Fresken ausgestaltet. Mit weißen Leinentuniken bekleidete Diener eilten zwischen drei großen Tischen hin und her, wechselten die Gedecke, füllten die Becher mit Wein und frischem Met auf. Der Tisch des Fürsten, höher stehend als die anderen, befand sich im Hintergrund des Saales, genau gegenüber dem Eingang. An ihm saßen Wladimir, umgeben von den Gesandten zu seiner Rechten und Guita zu seiner Linken. Die Gäste saßen auf Bänken, die mit Tierhäuten und Kissen bedeckt waren.

Artem war etwas zu spät wegen der Unterredung mit den Vasallen. Ein Diener führte ihn an den Platz, der ihm neben Philippos reserviert war. Als er sich setzte, fiel ihm der arrogante Gesichtsausdruck von Nastasia auf. Während ein anderer Diener Artems Weinbecher füllte, zog ihn Philippos ungeduldig am Ärmel.

»Wir haben kein Glück mit unseren Tischnachbarn! Sie hören nicht auf, sich laut zu zanken«, murmelte der Junge.

»Wer denn? Nastasia und ihr Verlobter?«, fragte Artem zerstreut.

»Nein, Nastasia und ihr Bruder Jdan! Sie sprechen

nur über Geld und Erbanteile. Ich hätte lieber gegenüber, bei den ausländischen Gästen, gesessen! Sie werden sicher interessantere Sachen zu erzählen haben!«

Die Gäste auf der gegenüberliegenden Seite des Saales schienen durch die Rede des Demetrios, der gedämpft sprach und seinen Vortrag mit gezierten Gesten begleitete, geradezu gefesselt zu sein. Plötzlich unterbrach ihn sein Nachbar Renzo.

»Der edle Demetrios wird mir diese kleine Einmischung verzeihen«, verkündete er, während er sich erhob und dem Tisch des Fürsten zuwandte, »aber ich finde, dass sein Vortrag allgemeine Aufmerksamkeit verdient, und insbesondere die der schönen Verlobten Wladimirs!«

Als Renzo wieder Platz nahm, richteten sich die erstaunten Blicke Guitas und der anderen Geladenen auf Demetrios. Dieser war zunächst etwas verlegen, erklärte dann aber:

»Was ich erzählte, betrifft weniger die Gegenwart als viel mehr die Vergangenheit. Es handelt sich um die Geschichte des vom heiligen Basilius an die Prinzessin gesandten Schmucks ... Dieser war das Hochzeitsgeschenk der schönen Theophanu, überreicht von Kaiser Romanos II. Der Kaiser war Theophanu, der Tochter eines einfachen Gastwirts, per Zufall bei Manövern der kaiserlichen Armee begegnet. Wie der Kaiser selbst, waren der Hof und die Hauptstadt von Theophanus Schönheit fasziniert. Die Dichter verglichen Theophanu sogar mit Helena von Troja. Aber ihr Glück war nur von kurzer Dauer. Romanos starb bald nach der Hochzeit – übrigens wie Nikephoros Phokas, der zweite Ehemann der schönen Theophanu. Johannes Tzimiskes heiratete dann seinerseits die Kaiserin und wurde Regent. Er klagte Theophanu an, ein Komplott gegen den Staat zu schmieden und ihre zwei früheren Ehemänner vergiftet zu haben. Auf Befehl des neuen Kaisers wurde Theophanu in ein Kloster an den Grenzen des Reiches verbannt.

Seit dieser Zeit, mehr als hundert Jahre, gehört dieses Schmuckensemble, einzig in seiner Art und ›der Schmuck der Theophanu‹ genannt, zum Reichsschatz, ohne dass eine Kaiserin jemals gewünscht hätte ihn zu tragen. Man munkelte am Hof, der Schmuck bringe Unglück, da Theophanu – bevor sie ins Exil ging – jeden verflucht hätte, der wagen würde, sich ihres Schmuckes zu bemächtigen. Aber die weise Entscheidung des jetzigen Kaisers hat dieses Schicksal abgewendet. Außerhalb von Konstantinopel hat die Verwünschung der Theophanu keine Macht, und der Schmuck kann endlich gebührend bewundert werden und die Schönheit einer Frau zur Geltung bringen.«

Demetrios schwieg. Artem überraschte der erschrockene Ausdruck in Guitas Augen, und er dachte, Renzo hätte seinen Nachbarn nicht ermutigen sollen, diese düstere Geschichte vom byzantinischen Hof vorzutragen. Demetrios jedoch ergriff schnell wieder das Wort, als ihm die allgemeine Verlegenheit bewusst wurde.

»Der edle Herrscher Wladimir und seine Braut mögen den mit dem Gold und den kostbaren Steinen verbundenen Berichten nicht zu viel Aufmerksamkeit widmen. Die Einbildungskraft der Leute dichte den Schätzen von Konstantinopel alle Arten von Legenden zu, die meistens überhaupt nicht glaubwürdig sind. Die wahren Wunder unserer heiligen Stadt sind andere, und die Poeten besingen deren Ruhm auch in anderer Weise! Es sei mir erlaubt, die hohen lichten Gewölbe, die Fresken und Mosaiken der Sophienkathedrale zu erwähnen, die Marmorbrunnen, deren Wasserstrahlen die von der Sonne überfluteten Straßen erfrischen, den kaiserlichen Palast und die Kunstschätze, die er enthält …«

»Und trotz allem, edler Demetrios, wie überragend auch immer die Schönheit eurer Städte ist, nichts wiegt die Wunder der Natur auf! Das sage ich dir, nachdem ich bereits die Hälfte der großen weiten Welt gesehen habe! Ich kenne Konstantinopel, eine außergewöhnlich schöne Stadt, aber es gibt im Universum auch andere Plätze, die der Bewunderung und des Entzückens würdig sind! Wie zum Beispiel die weit entfernte Insel, von der Prinzessin Guita zu uns gekommen ist: Der dichte Nebel dort vermag ganze Städte einzuhüllen und sie vor unseren Augen verbergen! Die jungen Mädchen der Insel haben alle Augen von der Farbe des Meeres ...«

Die Erinnerung an ihr Heimatland bewegte Guita und sie lächelte dem Venezianer zu. Renzo sah zu Wladimir hinüber. Als ihm der Fürst bedeutete fortzufahren, leerte er seinen Becher in einem Zug und wandte sich erneut an die versammelten Gäste.

»Im Westen dieser Insel gibt es noch eine andere Insel, Irland genannt; sie ist reich an Weideland und zählt mehr Schafherden als irgendein anderes Land der Welt. Man kennt dort einen Baum, auf dem kleine Schafe wachsen! Weiter nördlich liegen die Regionen ewiger Kälte. Jedes Mal, wenn es schneit, verwandeln sich die herunterfallenden Schneeflocken in Hirsche, die später durch die Welt ziehen und in Wäldern und Tälern leben. Aber im Orient habe ich die erstaunlichsten Dinge gesehen.

Nach meinem Besuch in Jerusalem, wo ich mich vor dem Grab unseres Herrn Jesus Christus verneigt habe, musste ich eine unermessliche Wüste durchqueren. Dort, inmitten der Sandwüste, liegt das Land des Wak-Wak-Baums. Wenn er seine Blüten verliert, wachsen statt Früchten junge Mädchen mit grüner seidiger, bis zur Erde reichender Haarpracht auf den Ästen. Sie sprechen zu den Reisenden, lachen und singen, aber wenn man sie vom Baum pflückt, verdorren sie und zerfallen zu Staub. Diese Gegend ist nicht weit von dem Land der Amazonen entfernt: Diese sind schöne Kriegerinnen, die alle Männer töten, die sich in ihr Königreich wagen. Jedoch einmal im Jahr laden sie die Männer der benachbarten Länder ein, um sich mit ihnen zu vereinigen. Wenn das Neugeborene männlich ist, töten sie es. Wenn es ein Mädchen ist, entfernt man ihm später die rechte Brust, damit es als erwachsene Frau genau so gut mit dem Bogen schießen kann wie die anderen Amazonen.

Der Ozean ist nicht weit davon entfernt. Dort liegen die Länder, wo die Menschen wegen der großen Sonnenwärme schwarz wie Ruß sind; diese Männer und Frauen leben nackt wie Adam und Eva im Paradies und haben keinerlei Scham voreinander ...«

Gefesselt durch den Bericht des Venezianers vergaßen die Gäste zu essen und die Diener zu servieren!

Artem hörte dem unermüdlichen Erzähler nicht mehr zu, sondern hing seinen eigenen Gedanken nach. Er wusste, dass der kostbare Schmuck sich jetzt in den Gemächern der englischen Prinzessin befand, die sie bis zur Zeremonie der Eheschließung bewohnte. Diese war auf den folgenden Morgen festgelegt. Ich muss herausfinden, auf welche Seite Guitas Fenster gehen, sagte sich Artem, und eine Wache vor der zum Dachgeschoss führenden Treppe postieren.

Seit die Geschenke des Kaisers eingetroffen waren, beherrschte ihn eine vage Unruhe. Allerdings hatten die Vasallen während der Zeremonie nichts Verdächtiges ausgemacht! Rührte das Gefühl einer verborgenen, aber sehr wohl realen Bedrohung von der Spannung her, die der Streit zwischen Nastasia und ihrem Bruder bei ihm hervorgerufen hatte? Oder hing es mit der verwirrenden Persönlichkeit des venezianischen Reisenden zusammen? Oder ging es von Strigo aus, der es – so Philippos – gewagt hatte, Guitas englischer Zofe seine Liebe zu gestehen, während er mit Nastasia verlobt war!

Plötzlich wurde seine Aufmerksamkeit durch Bojar Andrej, den zukünftigen Bücherwart, in Anspruch genommen. Der Druschine war über den angestrengten und zugleich zerstreuten Ausdruck seines Gesichts erstaunt. Außer Artem war er der Einzige, der dem Venezianer nicht zuhörte! Bleich, die Gesichtszüge angespannt, die Stirn in Falten, schien Andrej von irgendeinem düsteren Gedanken geplagt zu sein. Er folgte weder Renzos Vortrag, noch rührte er seinen Teller an. Ohne zu bemerken, dass er beobachtet wurde, leerte Andrej seinen Becher, bedeutete einem Diener, ihm neu einzuschenken und wandte sich zum Tisch des Fürsten um. Artem bemerkte ein seltsames Leuchten in Andrejs Augen, als dieser zu Guita hinübersah. Aber in diesem Moment hörte der Druschine Philippos flüstern:

»Diese Pflanze mit schwarzen Beeren kenne ich auch!«

»Was sagst du?«, fragte Artem.

»Hör Renzo zu!«, antwortete der Junge.

»... Die Schönen dieses Königreiches steigern den Glanz ihrer Augen mit Hilfe eines Präparates auf der Basis dieser Pflanze, die man *bella donna,* also ›schöne Dame‹ nennt. Tatsächlich vergrößert es die Pupillen und gibt dem Blick einen ganz besonderen Reiz ...«

»Ich kannte diese Eigenschaft von Belladonna nicht«, unterbrach Demetrios. »In Konstantinopel verschreiben die Ärzte Tropfen, die aus dieser Pflanze gewonnen werden, gegen Koliken. Außerdem besitze ich ein Fläschchen dieses Heilmittels, das ich jeden Abend anwende.«

»Ich würde gerne die Wirkung dieses Mittels ausprobieren!«, rief Nastasia, wobei sie abwechselnd ihren Verlobten und Demetrios anschaut.

Statt einer Antwort zuckte Strigo nur verächtlich mit den Schultern.

»Ich würde es auch gerne ausprobieren«, fügte Mina, die ihre grauen Augen nicht von Renzo lösen konnte, vorsichtig hinzu!

»Ich wette, meine geliebte Guita brennt vor Neugierde, die Wirkung dieser Tropfen zu überprüfen!«, rief Wladimir aus. »Meinetwegen! Wenn Demetrios nichts dagegen hat …«

»Ganz und gar nicht«, meinte der Grieche höflich, während er sich erhob, »ich gehe sofort mein Fläschchen holen.«

Artem ging kein Wort dieses Wortwechsels verloren, obwohl er zugleich hörte, was Philippos ihm ins Ohr flüsterte. Er stand unvermittelt auf und hielt Demetrios, der gerade den Saal verlassen wollte, mit einer knappen Bewegung an.

»Einen Augenblick, edler Gast! Mein Sohn kennt die Kräuter und ihre unterschiedlichen Wirkungen sehr gut, und er hat mir versichert, dass Belladonna ein gefährliches Gift ist. Ich lege Wert darauf, die Damen zu warnen, bevor sie sich unnützen Versuchen ausliefern und … leichtsinnig … riskieren, für ihre Eitelkeit teuer zu bezahlen«, schloss er mit einem missbilligenden Ton, bevor er sich wieder setzte.

Ein erstauntes Murmeln folgte seinen Worten.

»Ich wage nicht, ein Wissen anzufechten, das über das meinige hinausgeht«, erwiderte Renzo. »Vor allem, da die Schönheit der anwesenden Damen keinerlei Kunstgriffe benötigt«, fügte er hinzu und sah Mina mit seinem feurigen Blick dermaßen durchdringend an, dass das junge Mädchen errötete und den Kopf senkte.

Demetrios zuckte mit den Schultern und ging zu seinem Platz zurück.

»Ich hätte mein Fläschchen mit den medizinischen Tropfen den Damen gerne zur Verfügung gestellt, aber es ist gut möglich, dass der jugendliche Bojar Recht habt. Mein Arzt hat mich um Vorsicht gebeten; ich soll niemals die Dosis überschreiten, die er mir verschrieben hat. Ich möchte hinzufügen, dass ich – ohne dem illustren venezianischen Reisenden Verdruss zu bereiten –

über seinen Vorschlag jetzt ebenfalls im Zweifel bin. Selbst die geltungsbedürftigsten Schönen des kaiserlichen Hofes in Byzanz kennen diese Eigenschaft von Belladonna nicht. Dennoch gibt es keine schöneren und in der Kunst zu gefallen geschickteren Frauen als diejenigen von Konstantinopel!

Die Schönheit Ihrer Hoheit Prinzessin Maria, Mutter des Herrschers Wladimir, ist der lebende Beweis meiner Worte; die Gemahlin des Großfürsten von Kiew hat den Hof von Byzanz vor gut zwanzig Jahren verlassen, aber die Kaiserstadt hat die Schönheit der Tochter des großen Konstantin Monomach nicht vergessen.«

Wladimir, der durch die Erinnerung an seine Mutter sehr bewegt war, dankte Demetrios mit einem Kopfnicken und fragte ihn, wo er so vorzüglich die russische Sprache erlernt habe.

»Ich wurde im Goldschmiedeviertel geboren, im Herzen der Vorstadt ›Heilige Mütter‹, wo sich auch die größte russische Kolonie unserer Stadt befindet. Ich stamme aus sehr einfachen Verhältnissen. Meinem Vater ist es dank der Vermittlung eines seiner Klienten gelungen, für mich eine erste Ausstellung im kaiserlichen Palast zu erwirken. Tatsächlich zog ich es seit meiner Jugend vor, statt an kostbaren Metallen am Stil meiner literarischen Kompositionen zu arbeiten. Aber ich habe niemals die schöne Sprache vergessen, die man in dem Viertel meiner Kindheit sprach – so wie ich meine bescheidene Herkunft nicht vergessen habe. Mein Vater diente als einfacher Goldschmied dem Kaiserreich mit demselben Eifer, wie ich es heute tue, mit derselben Hingabe wie Tausende von Bürger, die alle ihre Talente in den Dienst des Staates stellen! ...«

Es war zwei Uhr nachmittags, als das Bankett zu Ende ging. Einige Gäste, wie der Bischof und der Statthalter, verabschiedeten sich, andere gingen für eine Ruhestunde auf ihre Zimmer. Nach der kurzen Pause sollten die Gäste sich wieder einfinden, um an weiteren Vergnügungen dieses ersten festlichen Tages teilzunehmen. Artem kehrte etwas weniger besorgt als zu Beginn des Banketts in seine Zimmer zurück – gefolgt von einem schläfrigen Philippos. Der Junge hatte dank der Unaufmerksamkeit des Druschinen griechischen Wein probiert.

Die Glocke der Kathedrale schlug vier Mal, als Philippos wie ein Wirbelwind in Artems Arbeitszimmer hereinstürzte.

»Ich weiß, was der Fürst vorbereitet hat! Die Gäste werden einen Gang über den Markt machen, sich dann zur Einfriedung begeben, wo die wilden, in der Steppe gefangenen Pferde gehalten werden! Wladimir will den Gesandten vorführen, wie man die Pferde nach Art der Kumanen zähmt. Könnte ich mit den anderen dorthin gehen? Es ist ganz nahe bei der Stadtmauer, neben dem Tor!«

»Wenn du versprichst, folgsam zu sein«, ermahnte ihn Artem.

Als Artem und Philippos wieder zu den Gästen stießen, waren alle schon für den Spaziergang bereit. Trotz der Ungeduld der Versammlung schien Wladimir es nicht eilig zu haben, den Palast zu verlassen. Nach einer Diskussion mit Demetrios bat er um jedermanns Aufmerksamkeit.

»Auf die Bitte des Magistrats hin, der mit zwei Kisten voller Manuskripte reist, lasse ich diese Kisten in meine Bibliothek bringen«, erklärte der Fürst. »Während der drei Tage, die Demetrios im Palast verbringen wird, bleiben die Schriften versiegelt im Bücherarchiv. Dieser Wunsch gibt mir die Möglichkeit, meine Bibliothek den Gesandten von Tsar-Gorod und anderen Ehrengästen zu zeigen … Wo ist eigentlich Andrej? Er soll sofort herkommen!«

»Ich bin hier, Fürst«, sagte der junge Bojar.

Artem war aufs Neue über Andrejs angestrengten Gesichtsausdruck erstaunt. Er hatte seinen silberbestickten Kaftan nicht gewechselt und trug Hausschuhe aus schwarzem Samt; er war ohne Kopfbedeckung und hatte augenscheinlich nicht die Absicht, an dem Ausritt teilzunehmen.

Artem nahm Wladimirs Anordnungen zur Kenntnis, rief dann zwei Diener und befahl ihnen, die Kisten des griechischen Würdenträgers in die Bibliothek zu bringen. Er ging der kleinen Gruppe voran und stieg die breite Treppe hinauf, die zur ersten Etage führte. Nur Philippos folgte den Gästen nicht: Nachdem er Artems Erlaubnis bekommen hatte, lief er voller Ungeduld hinaus, um das weiße Pferd des Druschinen im Stall zu besuchen.

Das Licht dieses schönen sonnigen Septembernachmittags fiel durch sechs schmale, vergitterte Fenster aus Glimmerschiefer in die Bibliothek. Regale bedeckten die Wände von oben bis unten und waren mit Manuskripten verschiedener Herkunft beladen: Es gab schwere Bände mit aus Gold und Silber gearbeiteten Einbänden, Papyrusrollen und Pergamente; aber auch dicke raue Blätter, die aus Schilfrohr hergestellt, zu Stapeln zusammengefasst und zwischen zwei Leisten mit Eisenecken gepresst waren. Andere Bücher waren in großen, an den Wänden entlang aufgestellten Kästen untergebracht, wieder andere lagen geöffnet auf den Chorpulten. Bei diesen Büchern konnte man in aller Ruhe die mit ausgemalten Bildern geschmückten oder mit Inschriften aus rot und golden verlaufener Tinte bedeckten Seiten betrachten. Um die kostbaren Schriften vor Würmern und Larven zu schützen, lagen da und dort Absinthbüschel auf den Regalen und zwischen den Kisten. Die wild wachsenden Kräuter der Steppe verströmten einen feinen und zugleich durchdringenden Duft, der in der Luft schwebte und sich mit dem alter Pergamente vermischte. In einer Ecke, wo die Holzplanken aus Angst vor Bränden mit dicken Eisenplatten bedeckt waren, stand ein Backsteinofen.

Auf Andrejs Zeichen hin verließen vier junge Schreiber den Saal, während die Diener die Kisten von Demetrios abstellten. Nachdem Wladimirs persönliches Siegel den Petschaften aus rotem Wachs aufgedrückt worden war, stellte Andrej kurz die Schätze der Bibliothek vor, auf die der Fürst so stolz war.

»Die interessantesten Manuskripte stammen natürlich aus Tsar-Gorod«, sagte er, woraufhin die Gesandten zufrieden mit dem Kopf nickten. »Und die meisten Bücher sind in griechischer Sprache. Wir besitzen jedoch auch viele russische Bücher, die nicht notgedrungen Kopien sind. Gewisse Schriften sind der gebildeten Bevölkerung zugänglich, da wir eine viel billigere Unterlage verwenden als das Pergament: die Birkenrinde. Ihr einziger Mangel ist, dass sich die Blätter einrollen. Man benutzt sie vor allem für den Briefwechsel …«

»Aber auch, um Lesen und Schreiben zu lernen«, fügte Guita vorsichtig hinzu. »Ich liebe die Rollen aus Birkenrinde sehr, sie erinnern mich an meine russischen Unterrichtsstunden.«

»Die Prinzessin hat unsere Sprache mit erstaunlicher Leichtigkeit gelernt!«, erklärte Wladimir.

»Weil Prinzessin Guita hervorragend begabt ist«, fügte Andrej mit dumpfer Stimme hinzu. »Bedauerlich, dass solch eine talentierte junge Frau sich nicht dem Studium widmen darf!«

»In Zukunft wird sich Prinzessin Guita, so begabt wie sie ist, mir widmen!«, gab der Fürst lachend zurück.

Er küsste verliebt Guitas Hand, und alle Gäste lachten – so offensichtlich war das Glück des jungen Paares! Hierbei fiel Artem Demetrios' befremdlicher Gesichtsausdruck auf. Im Gegensatz zu den anderen sah der

Grieche nicht die englische Prinzessin an, sondern beobachtete seit einiger Zeit den zukünftigen Bücherwart. Was er sah, schien ihn derart zu amüsieren, dass er ein kleines, kaum hörbares Lachen ausstieß. Artem warf ihm einen fragenden Blick zu. Demetrios zuckte mit den Schultern und antwortete leise mit einem einzigen Wort: »Pygmalion«. Artem wollte gerade fragen, was dieser ihm unbekannte Name bedeutete, als Nastasia plötzlich seine Aufmerksamkeit erregte.

Die junge Frau stand ein wenig abseits und blätterte langsam die Seiten eines kostbaren Psalterbuches um, das fast die ganze Oberfläche des Chorpultes einnahm.

»Auf diese Schrift bin ich besonders stolz«, sagte der Fürst, als er sich Nastasia zuwandte. »Sie ist ganz in Russisch verfasst und wurde auf Anordnung meines Vaters ausgeführt. Die ausgemalten Bilder stammen von Meister Alimpi, dem berühmtesten Künstler von Kiew.«

Offensichtlich interessierten die Bilder die junge Frau wenig. Sie schloss das Psalterbuch, ging jedoch nicht vom Chorpult weg, sondern vollführte ein ausgefallenes Ritual. Mit zurück geworfenem Kopf und geschlossenen Augen sprach sie einige Worte mit leiser Stimme aus, öffnete dann – alles, ohne das Buch anzusehen – die Schrift an irgendeiner Stelle und legte ihren Zeigefinger auf die Mitte der Seite. Der Fürst und seine Gäste blickten die junge Frau ratlos an. Im Saal herrschte vollkommene Stille. Schließlich öffnete Nastasia die Augen und trug mit lauter Stimme den Vers vor, den sie blind ausgesucht hatte.

»Männer von Geblüt:
Sie haben verbrecherische Hände, ihre Rechte ist voller Geschenke.«

Irritiert sahen sich die Gäste an, wagten jedoch nicht, das Schweigen zu brechen. Nachdenklich las Nastasia den Vers noch einmal durch, als ob sie versuchte, den in den Worten verborgenen Sinn zu erfassen. »Sie haben verbrecherische Hände, ihre Rechte ist voller Geschenke.«

»Aber das ist Unsinn!«, rief sie aus.

Dann wurde sie sich der Aufmerksamkeit bewusst, die sie auf sich gezogen hatte.

»Was starrt ihr mich alle so an? Das geht nur mich etwas an, und außerdem ergibt es keinen Sinn!«

Zum ersten Mal sah Artem, dass sich auf ihrem schönen kalten Gesicht eine starke Verwirrung widerspiegelte.

»Was soll das alles bedeuten?«, fragte Wladimir. »Sprecht offen, junge Bojarin!«

»Ich bitte Eure Hoheit um Verzeihung, aber es gibt nichts zu erklären!«, gab die junge Frau zurück. Ihre Stimme zitterte allerdings vor unterdrücktem Zorn.

»Ganz im Gegenteil!«, beharrte der Fürst. »Ihr schuldet uns eine Erklärung, junge Bojarin! Was bedeuten diese rätselhaften verletzenden Äußerungen?«

Da Nastasia weiter schwieg, fügte Wladimir hinzu:

»Ihr und Euer Verlobter Strigo seid meine Gäste. Ihr dankt mir auf wenig höfliche Art und Weise! Gegen wen richtet sich Eure Anspielung?«

»Gegen niemanden!«, schrie Nastasia und verbarg ihr Gesicht mir dem Ärmel. »Ich wollte doch niemanden verletzen!«

»Bitte vergebt mir, wenn ich mich einmische«, ließ sich Mina plötzlich verlauten und sah Wladimir direkt an.

Sie errötete heftig, fuhr jedoch fort:

»Eure Mutter ist in Tsar-Gorod geboren, sie hat daher einige Sitten junger russischer Mädchen nicht kennen lernen können. Zum Beispiel glauben manche, dass eine Braut am Vorabend ihrer Hochzeit ihre Zukunft in einem zufällig geöffneten Psalterbuch lesen kann. Glaubt mir, Nastasia wollte niemanden kränken, sie versuchte nur ihr Schicksal vorauszusagen …«

»Ich habe Euch nicht um eine Erklärung gebeten«, schrie Nastasia. »Das fehlte noch, dass sich die anderen unsinniges Zeug über mich zusammenreimen!«

Da der Sinn ihrer Geste jetzt klar geworden war, verstand jeder, welche Unruhe Nastasia ergriffen hatte. Guita ging zu der jungen Frau, umfasste freundlich ihre Schultern und sprach ihr beruhigend zu. Aber Nastasia wandte sich ab und schüttelte den Kopf: Ihr Stolz erlaubte ihr nicht, tröstende Worte anzunehmen, sie wollte den Vorfall nur noch vergessen. Guita blickte Hilfe suchend zu Wladimir. Der Fürst ergriff die Initiative.

»Ich bitte meine Gäste um Entschuldigung, wir haben uns zu lange in der Bibliothek aufgehalten«, erklärte er in ruhigem Ton. »Und ist dies eigentlich eine geeignete Zerstreuung für junge Frauen? Nicht alle lieben die Bücher wie meine verehrte Guita … Aber alle lieben Kleider und Stoffe, Halsketten und Armbänder! Ich habe Euch versprochen, den Markt von Rostow zu besuchen. Schmuckhändler und Waffenschmiede, die angesehensten Handwerker und Händler der Stadt erwarten uns bereits. Meine lieben Gäste sollen wählen, was ihnen auf den Ladentischen meiner Untertanen gefällt: der Fürst wird es begleichen!«

Draußen bei den Ställen erwartete Philippos, der das weiße Pferd von Artem bereits gesattelt hatte, mit Ungeduld den Aufbruch, während er mit Mitko und Wassilij plauderte. Die beiden Kameraden gesellten sich zu den Gästen und freuten sich über die unerwartete Abwechslung: Auf dem Markt würden sie die Burschen mit den allzu schnellen Händen beobachten, den ausländischen Gästen beim Handeln in russischer Sprache helfen … Und vor allem war die Anwesenheit der beiden Vasallen in der Einfriedung der wilden Pferde nützlich!

Artem wäre selbst gerne bei dem geplanten Spektakel dabei gewesen, aber er musste die Liste der Geschenke prüfen, die der Fürst seinerseits dem Basilius schicken wollte. Der Druschine seufzte, während er die Reitknechte beobachtete, die den Damen und den griechischen Würdenträgern halfen aufzusitzen. Er wartete, bis das Gefolge die Einfriedung des Palastes über den Platz vor der Kathedrale verließ, dann begab er sich wieder in sein Arbeitszimmer.

Der Abend brach herein, als Philippos und die beiden Vasallen von ihrem Ausritt zurückkamen und Artem in Wladimirs Garten aufsuchten. Sie hielten ihre Besprechung in der Gartenlaube ab, die ganz mit Motiven blühender Pflanzen, Vögeln und Tierköpfen ausgemalt war. Das abendliche Dämmerlicht erlaubte noch, dieses elegante kleine Bauwerk zu bewundern, das Wladimir kurz vor Guitas Ankunft hatte errichten lassen. In der Mitte der Laube stand ein Tisch mit einem Leuchter. Die zwei Druschinen und der Junge machten es sich auf der Bank bequem die um den Tisch herumführte. Artem rief nach den Dienern, befahl, Licht und ein schlichtes, aber reichliches Abendessen aus Fleisch und gedünstetem Gemüse zu bringen.

»Und Wladimirs Bankett?«, fragte Philippos enttäuscht. Gehen wir nicht zu den Gästen?«

»Zwei Bankette am Tag, das ist zu viel für einen Druschinen«, antwortete Artem. »Der Fürst weiß, wo er mich findet. Und du hast heute genug Aufregendes erlebt.«

Eine Viertelstunde später war das Essen aufgetragen und Artem hörte den Vasallen zu, die vom Besuch des Fürsten und seiner Gäste auf dem Markt erzählten.

»... Die Gewürzgalerie, die Wladimir so sehr schätzt, hat die Fremden kalt gelassen«, meinte Mitko. »Die chasarischen, bulgarischen und arabischen Händler mit ihren bunt bemalten Kleidern, alle diese Turbane und flammend rot gefärbten Bärte hatten keinerlei Wirkung – desgleichen übrigens auch der Schund und die Kräuter, mit denen sie handeln.«

»Das ist nicht erstaunlich«, bemerkte Artem. »Ihr dürft nicht vergessen, dass der Basar von Tsar-Gorod der berühmteste der Welt ist! Die Farben des Orients können in Rostow unsere Gäste nicht beeindrucken.

»Dafür haben sie mit großen Augen die riesigen Fische betrachtet, die man im Nero-See – unterhalb der Rostower Mauern – fängt!«, mischte sich Wassilij ein. »Der Fürst hat ihnen versprochen, heute Abend im Verlauf des Banketts Karpfen und Stör servieren zu lassen.«

»Bei den Tierhäuten und Fellen«, fuhr Mitko fort, »hat Wladimir jedem der ausländischen Gäste einen pelzgefütterten Mantel seiner Wahl angeboten: Marder, Zobel, was weiß ich alles … Sie sind buchstäblich den Sprüchen unserer fliegenden Händler gefolgt, die riefen: ›Nach Sankt Simeon besorgt euch Pelzmäntel geschwind, denn bald pfeift aus Nordost der Wind.‹ Die Regale bogen sich unter den schönsten Pelzen, die man in Rostow finden kann, und die Gäste ließen sich nicht lange bitten!«

»Die Gastfreundlichkeit des Fürsten ist bekannt«, bemerkte Artem. »Sagt mir zuerst, was sich bei den wilden Pferden abgespielt hat. Wladimir hat mir schon einiges gesteckt, aber ich möchte eure Version des Vorfalls hören.«

»Wassilij, erzähl du«, brummte Mitko. »Ich könnte ausfällig werden, wenn ich an die Unverschämtheit des Bojaren Strigo denke.«

»Wie du willst«, meinte Wassilij. »Als die Gäste auf dem kleinen Hügel oberhalb der Wiese angekommen waren, gingen der Fürst, Mitko und ich zu den Männern, die die Herde zur Einfriedung treiben sollten. Wir blieben mit den Pferden ungefähr hundert Schritte vor dem Hügel stehen, sodass jeder das Geschehen gut verfolgen konnte. Auch der Fürst war mit einem Seil ausgerüstet, da er Prinzessin Guita ein Pferd der Steppe schenken wollte. Wladimir vollbrachte eine wahre

Glanzleistung: Es gelang ihm, einen schwarzen Hengst von seltener Schönheit einzufangen und ihn zu reiten. Er übergab ihn Guita und lud dann alle anwesenden Männer ein, ebenfalls ihren Mut beim Zähmen eines wilden Pferdes zu beweisen. Nach den Gesetzen der Steppe gehört das Pferd demjenigen, der es als erster bändigen und reiten kann. Der Fürst verkündete, jeder, der seinem Beispiel folgt, könne über ein Pferd verfügen.

Die Griechen fanden seinen Vorschlag sehr verlockend. Aber die byzantinischen Höflinge reiben sich anscheinend lieber den Körper mit Balsam ein, behängen sich mit Schmuck und schmieden Komplotte in den Gängen des kaiserlichen Palastes, als sich in der frischen Luft zu bewegen! Auch der Venezianer soll bei dieser Art von Leistungsschau nicht sehr geschickt sein. Aber schlau wie ein Fuchs, rief er dem Fürsten zu:

›Euer Angebot bleibt einzigartig und unnachahmlich – wie der Schmuck der Theophanu!‹ Bojar Strigo jedoch war kühn genug, die Herausforderung anzunehmen!«

Wassilij fuhr fort, während Mitko mit der Faust auf den Tisch donnerte und einige wenig schmeichelhafte Worte über Strigo von sich gab.

»Der junge Bojar stieg in die Einfriedung hinunter, und konnte nach einem ersten gescheiterten Versuch eine schöne rotbraune Stute einfangen und aufsitzen. Das war keine einfache Sache bei dieser wilden Stute!«

»Und weiter?«, hakte Artem ungeduldig nach.

»Er führte seine Eroberung vor den Platz des Fürsten und verkündete, das habe er nicht für seinen eigenen Ruhm getan, sondern für eine edle Frau, der er dieses Geschenk anbiete. Natürlich dachte jeder an seine Verlobte, Nastasia … Und dann verschenkt er die Stute an Aldine, Guitas Zofe!«

»Die junge Frau mit den roten Haaren?«, erkundigte sich Artem.

»Genau die! Ein Aufschrei der Entrüstung ging durch die Menge. Nastasia weinte und überhäufte ihren Verlobten mit Vorwürfen; Prinzessin Guita versuchte Aldine in Schutz zu nehmen und erinnerte daran, dass ihr Vater einer der tapfersten Krieger König Harolds war … Als ob das ein Grund wäre: eine Zofe bleibt eine Zofe!«

»Und eine Verlobte bleibt eine Verlobte, er hat seine Ehre aufs Spiel gesetzt!«, fügte Artem hinzu. »Hat Strigo versucht, sich zu rechtfertigen?«

»Er hat erklärt: ›Unter all den hier anwesenden Frauen ist sie die Einzige, die kein Pferd besitzt!‹ Danach blieb er stumm wie ein Karpfen, während jeder sich bemühte, Nastasia zu trösten. Wieder einmal war es Demetrios, der die Situation rettete. Er erklärte, Strigo habe sich sehr ritterlich verhalten und mache dem Hof des Fürsten Ehre. Dieses Argument wurde allgemein angenommen und von Wladimir und Guita ausdrücklich bekräftigt, sodass sich die junge Bojarin schließlich beruhigte.

Artem überlegte einige Augenblicke, säuberte seinen Bart mit der Serviette und bemerkte nachdenklich:

»Das Ganze gefällt mir überhaupt nicht. Ich spreche nicht nur von Strigos skandalösem Benehmen; da ist auch noch dieser Venezianer. Seine Anwesenheit im Palast beunruhigt mich, ohne dass ich genau wüsste warum. Er ist eine undurchsichtige Persönlichkeit. Ich sollte mich über die Hochzeit des Fürsten freuen, aber ich spüre ein Gewitter, das jede Sekunde über uns hereinbrechen kann. Ich meine, der Liebeskummer junger Bojaren interessiert mich wenig; solange ich den Fürsten und seine Güter wirkungsvoll schützen kann und vor allem den berühmten Schmuck der Theophanu …«

Plötzlich fuhr der Druschine zusammen. Im Palast hörte man Schreie, die Eingangstür schlug zu, dann rannte jemand die Freitreppe herunter.

»Bojar Artem! Schnell! Hierher!«

Artem lief durch den Garten, gefolgt von den beiden Vasallen und Philippos. Jetzt konnte er die Schreie noch deutlicher hören. Jemand rief um Hilfe. Artem ging um den Waffensaal herum und kam zum Eingang. Von hier aus konnte er die großen erleuchteten Fenster und das aufgeregte Kommen und Gehen beobachten. Zwei zu Tode erschrockene Diener empfingen Artem oben auf der Freitreppe.

»Der Fürst erwartet Euch, Bojar! Ein Unglück hat sich ereignet …«

Artem stieß die zwei Männer beiseite und ging schnell in den Saal hinein. Als erstes sah er mehrere Personen, die ihm den Rücken zuwandten und sich über einen auf dem Boden liegenden Körper beugten. Er bemerkte zwei kleine Füße, die in goldverzierten Knopfstiefeln steckten. Irgendjemand flüsterte ihm zu:

»Es steht sehr schlecht um sie!«

Artem bahnte sich einen Weg durch die Menge der Gäste und Diener und blieb dann abrupt stehen. Vor ihm lag die junge Bojarin Nastasia mit schmerzverzerrtem Gesicht, die blicklosen Augen zur Decke gerichtet. Nastasia umklammerte mit ihren beringten Fingern den Arm ihres Vaters, der ihr den Kopf stützte. Jdan stand neben seiner Schwester und schien in eine Salzstatue verwandelt. Er blickte mit tiefster Verwunderung auf Nastasia.

»Ich habe Durst …«, stammelte die junge Bojarin mit kaum hörbarer Stimme.

Renzo ergriff schneller als alle anderen einen Becher und führte ihn an Nastasias blau anlaufende Lippen. Nur mit Mühe konnte die junge Bojarin einen kleinen Schluck trinken. Sie schien zu ersticken. Renzo warf Artem einen hilflosen Blick zu und stellte den Becher auf den Tisch zurück.

»Macht Platz!«, befahl Artem und ließ sich dicht neben Nastasia nieder.

Nur der Statthalter, Artem und Philippos blieben bei der jungen Frau.

»Was ist geschehen, junge Bojarin? Sprecht!«, stieß Artem hervor und suchte zugleich, Nastasias Blick fest zu halten. Doch ihre Augen mit den unnatürlich geweiteten Pupillen waren schwarz und schienen ihn nicht zu sehen.

»Wasser!«, stöhnte sie erneut.

»Gebt ihr verdammt noch mal zu trinken!«, brüllte der Statthalter, ohne die Augen von dem fahlen Gesicht seiner Tochter abzuwenden.

Dieses Mal brachte Philippos einen mit Wasser gefüllten Becher. Als Artem versuchte, ihr einige Tropfen einzuflößen, legte Nastasia plötzlich seine Hand auf ihr Herz. Ihre Atmung ging schneller und zugleich mühsamer. Philippos legte seine Fingerspitzen auf Nastasias Schläfe und saß ganz still, mit hellwachem Gesicht, als ob er irgendetwas hören würde. Plötzlich lief ein heftiges Zittern durch den Körper der jungen Frau. Mit letzter Kraft drehte sie sich um, und Schrecken breitete sich auf ihrem angespannten Gesicht aus. Sie keuchte nur noch:

»Der Psal, der Psal …«

Denn fiel ihr Kopf nach hinten und blieb regungslos liegen. Radigost schloss, von Schluchzen geschüttelt, seine Tochter in seine Arme.

»Heilige Jungfrau! Tu irgendetwas! Rette meine Tochter!«

Aber Nastasia konnte niemand mehr helfen. Die junge Bojarin war tot.

2. Kapitel

Artem erhob sich unter den Blicken der erschrockenen Gäste, die den leblosen Körper umstanden.

»Der Psalm«, sagte Artem klar und deutlich. »Dieses Wort versuchte Nastasia kurz vor ihrem Tod auszusprechen.«

»Der Psalm«, wiederholte Mina verängstigt vor sich hinmurmelnd. »Mein Gott, die Unglückliche muss sich an diesen Vers, der sie in der Bibliothek so erschreckt hatte, erinnert haben.«

»Erinnert Ihr Euch an den Vers, den sie gelesen hat, junge Bojarin?«, fragte Artem.

»Sie haben verbrecherische Hände, ihre Rechte ist voller Geschenke«, antwortete Mina mit zitternder Stimme. Arme Nastasia! Es war doch eine Vorahnung!«

»Die Vorahnung gibt uns einen Anhaltspunkt«, fügte Artem ernst hinzu. »Das einzige Indiz, das sie uns hinterlassen hat! Nastasia konnte nicht mehr sprechen, sie fühlte, dass ihr wenig Zeit blieb. Es ist sehr gut möglich, dass die junge Bojarin uns damit die Person oder die Personen beschreiben wollte, die sie für ihren Tod verantwortlich machte.«

»Aber das ist absurd!«, stellte der Fürst fest. »Wenn es sich um Geschenke handelt Guita und ich haben von jedem etwas geschenkt bekommen, angefangen mit den erlauchten Gesandten aus Tsar-Gorod. Außerdem muss mein Arzt noch die Ursache für diesen überraschenden Tod feststellen. Vielleicht litt die junge Bojarin an einer unbekannten Krankheit!«

Der Fürst wurde durch die drei Gesandten unterbrochen. Sie verneigten sich vor ihm und zogen sich nach ihren Beileidsbekundungen wieder auf ihre Zimmer zurück. Augenscheinlich wollten sie nicht in ein Drama verwickelt werden, das ausschließlich die Angelegenheiten des Fürsten betraf. Demetrios war unschlüssig, ob er ihnen folgen sollte, entschied sich aber, zu bleiben. Renzo schien das Ganze überhaupt nicht zu berühren: Das gebräunte Gesicht des Venezianers zeigt mehr Neugierde als Mitgefühl.

Artem beobachtete die anderen Gäste. Jdan blickte dumpf vor sich hin, als ob er die Tatsache von Nastasias Tod gar nicht begreifen könne. Er wollte Radigost, der immer noch vor sich hinweinte, etwas sagen, aber kein Ton entrang sich seiner Kehle. Schweigend legte der junge Mann eine Hand auf die zitternden Schultern seines Vaters.

Allmählich wich der Schock von den Gästen. Demetrios und Bojar Andrej unterhielten sich mit gedämpfter Stimme, als ob sie damit ihr Unbehagen vertreiben wollten. Wladimir wandte sich Guita zu, während die englische Zofe ihrer Herrin zu trinken brachte. Aldine sah blasser aus als die Prinzessin, und ihre Hand mit dem Silberbecher zitterte dermaßen, dass sie etwas Wasser auf Guitas Gewand verschüttete. Das ist merkwürdig: Aldine hat sich mehr als die Prinzessin erschrocken! dachte Artem. Der Druschine hielt nach Strigo Ausschau. Der junge Bojar schenkte sich gerade einen Becher Branntwein ein. Er trank ihr mit einem Zuge aus, füllte und leerte den Becher dann noch einige Male. Er tat dies wie unter Zwang mit mechanischen Bewegungen. Plötzlich zog Philippos Artem am Ärmel.

»Ich weiß, was den Tod der jungen Bojarin verursacht hat!«, flüsterte er.

Artem beugte sich zu dem Jungen hinunter und hörte ihm aufmerksam zu.

»Fürst, ich habe eine betrübliche Mitteilung für Euch. Nastasia ist keines natürlichen Todes gestorben. Es handelt sich um eine Vergiftung, deren Anzeichen mein Sohn genau erkannt hat: unerträglicher Durst, Zittern, erweiterte Pupillen. Philippos weiß da, da ihn seine verstorbene Mutter, die eine Apothekerin war, das Unterscheiden der verschiedenen Gifte und deren Auswirkungen gelehrt hat. Nastasia ist nach Einnahme einer tödlichen Dosis Belladonna gestorben.«

Ein ungläubiges Murmeln ging durch den Saal. Jeder erinnerte sich an Renzos Bemerkung über das wundersame Kraut, das die Schönen eines weit entfernten Königreiches verwendeten. Alle Köpfe wandten sich dem Venezianer zu, dem Wladimir schnell Philippos Erklärungen übersetzte. Renzo sah den Fürsten verblüfft an.

»Ihr glaubt doch nicht ...«, begann Renzo auf Griechisch. Ein gezwungenes Lächeln huschte über sein Gesicht. »Ich habe nichts mit dieser unheimlichen Geschichte zu tun! Ich wusste noch nicht einmal, dass diese Pflanze als Gift verwendet werden konnte!«

»Was erzählt er?«, fragte Radigost seinen Sohn mit rauer Stimme und wandte seine rot geweinten Augen nicht von Renzo ab.

Jdan hatte seinem Vater kaum geantwortet, als Radigost sich in unmäßiger Wut auf Renzo stürzte. Auf Wladimirs Zeichen hin hielten zwei Diener den Statthalter mit großer Mühe zurück.

»Er ist verrückt!«, schrie Renzo, und das Lächeln verschwand ganz aus seinem Gesicht. »Ich hatte keinerlei Grund, irgendetwas von seiner Tochter zu wollen! Und ich habe nicht einen Tropfen dieser verdammten Flüssigkeit bei mir. Warum klagt er nicht Demetrios an? Der Magistrat besitzt ein ganzes Fläschchen Belladonna, wie ich weiß!«

»Das ist wahr«, stammelte der Grieche. »Aber der edle russische Fürst und seine Untertanen müssen zugeben, dass es unsinnig ist, jemanden ohne Begründung anzuklagen – wer immer es sei. Und warum sollte diese traurige Angelegenheit nun mit mir in Zusammenhang stehen?«

Artem beobachtete aufmerksam das Gesicht des Venezianers, dann das des Griechen. Er ging zu Wladimir hinüber und sagte ihm einige Worte ins Ohr. Der Fürst schüttelte den Kopf und wandte sich dann an den Statthalter, der immer von den zwei Dienern fest gehalten wurde!

»Ich teile Eure Trauer, verehrter Radigost«, erklärte Wladimir, »aber trotz meines Respektes vor Eurem Rang und Eurem Schmerz als Vater will ich keine übereilten Schlussfolgerungen ziehen.«

Eine offizielle Untersuchung ist notwendig. Ich übertrage sie meinem Berater, Bojar Artem. Am Ende der Untersuchung wird er uns seine Ergebnisse mitteilen.

Artem wusste, jetzt lag die Initiative wieder bei ihm, und so wandte er sich unverzüglich an den Griechen.

»Edler Demetrios! Wir müssen ohne Verzögerung feststellen, ob Euer Fläschchen Belladonna noch an seinem Platz ist.«

»Bojar, ich bitte Euch, mir zu folgen!«, rief Demetrios eilfertig aus.

Auf Artems Zeichen hin brachte der Diener eine Fackel und entzündete sie an der Flamme eines Wandkandelabers, bevor er sie dem Druschinen reichte. Artem verließ in Begleitung des Griechen schnell den Saal. Die zwei Männer gingen die Treppe hinauf. Demetrios hielt einmal an, um auf Artem zu warten, der durch seine Behinderung etwas langsamer war.

»Ich bitte Euch, nicht nur Euer Fläschchen zu finden, sondern auch den Stand der Flüssigkeit genau zu überprüfen«, ermahnte ihn der Druschine, während Demetrios ihn zu seinen Zimmern im zweiten Stockwerk führte.

»Nichts leichter als das!«, entgegnete der Grieche. »Die Phiole steht auf meinem Nachttisch! Bei der Abreise aus Konstantinopel nahm ich zwei Fläschchen mit. Eines ist aufgebraucht, aber das zweite ist kaum angebrochen. Ich habe es lediglich heute Nachmittag vor der Ruhepause geöffnet, da die Mahlzeit sehr opulent war.«

Noch während er sprach, führte Demetrios Artem in das erste Zimmer. Der Druschine hatte Zeit genug, einen Kleiderständer zu registrieren, zwei Sessel und einen Arbeitstisch mit Regalen darüber, auf denen Wladimir alles zum Schreiben Notwendige für den Gast zur Verfügung stellte. Eine mit Kissen bedeckte Bank vervollständigte die Einrichtung. Diese diente gewöhnlich dem Diener zum Schlafen, aber Demetrios reiste allein. Artem folgte dem Griechen in das zweite Zimmer. Es war kleiner als das andere, enthielt zwei Kleiderkoffer, ein großes Bett mit Baldachin und einen Nachttisch, auf dem sich ein hoher silberner Kerzenständer und ein Buch mit schön gearbeitetem Einband befanden.

Sobald Artem das Zimmer erleuchtet hatte, machte der Grieche einen Schritt auf den Nachttisch zu und schrie auf:

»Das Fläschchen ist verschwunden! Obwohl ich es vor nicht einmal zwei Stunden aus meinem Koffer geholt habe. Sicherlich ist es heruntergefallen.«

Demetrios ging in die Knie und tastete unter dem Bett und zwischen den Tischfüßen nach der Phiole. Er wandte sich zu Artem um:

»Nichts! Ich habe die Spange wieder gefunden, die ich glaubte, heute Nachmittag auf dem Markt verloren zu haben, aber keine Spur von dem Fläschchen. Ich verstehe das nicht …«

»Ich schon«, gab Artem scharf zurück.

»Wenn ich gewusst hätte …« murmelte Demetrios mit schuldbewusster, bestürzter Miene. »Ich hätte einen Schlüssel erbeten, um meine Zimmer abzuschließen!«

»Es gibt keine Schlüssel für die Privaträume des Palastes«, antwortete Artem. »Hier würde es keinem Diener in den Sinn kommen, auch nur den kleinsten Gegenstand zu stehlen: Nach den russischen Gesetzen wird diese Schandtat als eine der schwersten betrachtet.«

»Trotzdem würde ich mich gerne versichern …« begann Demetrios plötzlich beunruhigt.

Er wühlte hastig in jedem seiner Koffer herum und erklärte dann:

»Man hat sonst nichts entwendet! Meine kostbaren Ehrenabzeichen, mein Schmuck, meine Kleider … alles ist da. Wer kann dann Interesse daran gehabt haben, sich in mein Zimmer zu schleichen?«

»Irgendjemand, der die Bojarin Nastasia loswerden wollte«, fügte Artem ernst hinzu.

Zurück im Festsaal, teilte Artem dem Fürsten die Nachricht mit. Obwohl er mit leiser Stimme gesprochen hatte, genügten einige Minuten, und die ganze Versammlung war über das Verschwinden der Phiole auf dem Laufenden. Eine unbehagliche Stimmung breitete sich aus. Heimliche Blicke und halblaute Kommentare wurden unter den Gästen ausgetauscht.

»Kann es sein, dass die junge Bojarin Nastasia den Gegenstand selbst entwendet hat, um die Wirkung der Tropfen auszuprobieren?«, fragte Demetrios. »Dann würde ein Unfall vorliegen – gewiss beklagenswert, aber man müsste nicht die Beteiligung eines anderen annehmen.«

Artem schüttelte den Kopf.

»Das ist unwahrscheinlich. Ihr habt jedoch Recht, edler Magistrat. Wir müssen selbst den kleinsten Zweifel ausräumen. Mit Erlaubnis seiner Hoheit Wladimir und des Bojaren Radigost können wir uns auf der Stelle Klarheit darüber verschaffen.«

Artem ließ sich dicht neben Nastasia nieder und steckte seine Hand in eine der weiten Taschen ihres Kleides. Der Grieche tastete die andere Tasche ab. Nach einigen Sekunden zeigte ihm Artem eine kleine Dose mit aromatischem Heilöl, aber Demetrios winkte ab.

»Das ist es nicht! Außerdem ist das Fläschchen groß genug, um es durch den Stoff hindurch zu spüren. Wir hätten es sofort bemerkt. Nein, meine Idee war nicht gut!«, fügte er seufzend hinzu.

Artem untersuchte sorgfältig die neben dem Opfer ausgebreiteten Gegenstände: Die Parfümflasche, ein Spitzentaschentuch, ein kleiner glänzender Silberspiegel, einige silberne Haarnadeln. Da war nichts Verdächtiges. Er legte alles in die Tasche von Nastasia zurück und wandte sich um. Der Druschine gab zwei Dienern ein Zeichen, die daraufhin sofort den Saal verließen und mit einer Tragbahre aus Bärenhaut zurückkehrten. Als sie Nastasias Körper vorsichtig darauf niederlegten, warf sich Radigost vor dem Fürsten auf die Knie.

»Bitte vergebt mir und erlaubt mir zu sprechen, edler Wladimir!«, brachte er mit zitternder Stimme hervor. »Nicht der Statthalter von Rostow wendet sich an Euch, sondern ein armer Vater! Meine Tochter, Fleisch von meinem Fleisch und Blut von meinem Blut, ist in der Blüte ihrer Jugend getötet worden! Mein Unglück ist zweifach, Fürst, da mit dieser Heirat eine wichtige Angelegenheit verknüpft war. Ich hatte gehofft, meine besten Ländereien mit denen von Strigo zu vereinigen ...«

»Die menschliche Natur erstaunt mich immer wieder aufs Neue«, flüsterte Demetrios Artem zu. »In dieser traurigen Stunde denkt euer Statthalter in erster Linie an den günstigen Handel, der ihm durch die Finger geglitten ist!«

Der Geiz von Radigost ist in der ganzen Stadt bekannt«, antwortete der Druschine ebenfalls mit leiser Stimme.

Er zuckte die Schultern.

»Augenscheinlich hat der Kummer sein Laster nicht besiegt!«

Während der ganzen Zeit schlug Radigost mit der Stirn auf den Boden, um seinem Schmerz Nachdruck zu verleihen. Dabei brachte er aber auch sein Gesuch an den Fürsten zum Ausdruck: den Schuldigen zu finden und die übliche Bestrafung – den Preis des Blutes und die entsprechende Abgabe an die Staatskasse – durch den Einzelkampf zu ersetzen.

»Sieht die Rechtsprechung von Kiew nicht die Todesstrafe für einen Mord vor?«, fragte Demetrios erstaunt.

»Der durch Jaroslaw den Weisen eingeführte Gesetzeskodex gründet auf der Achtung vor dem Leben«, erklärte Artem dem Griechen und war froh, dem gebildeten Reisenden eine erhellende Antwort geben zu können. »Im Unterschied zur Gesetzgebung von Tsar-Gorod wird die Todesstrafe auf russischem Gebiet nicht vollzogen. Auch der Mord an einem Adligen wird mit einer Geldabgabe bestraft. Ihre Bedeutung liegt darin, dass die meisten Verbrecher dieser Verpflichtung nicht nachkommen können und folglich ihre Rechte als freier Mann für den Rest ihres Lebens verlieren. Zudem kann ein naher Verwandter des Opfers den Mörder zum Einzelkampf herausfordern: Genau das wünscht der Statthalter.«

»Aber er ist ein Greis!«, wunderte sich der Grieche. »Und sein Sohn scheint nicht sehr geschickt im Umgang mit Waffen zu sein!«

»Das ist wahr. Im vorliegenden Fall müsste der Verlobte oder der Bruder den Vater ersetzen. Der Fürst kann jedoch auch einen seiner Krieger damit beauftragen, die Familie des Opfers zu vertreten.«

»Wie alle Adligen ist Strigo ein Krieger«, bemerkte der Grieche. »Er ist ein gut gewachsener und handfester Bursche. Dennoch scheint er an seiner Bereitschaft, die Strafe auf sich zu nehmen zu zweifeln!«

Statt einer Antwort flüchtete sich Artem in eine vage Geste. Dann konzentrierte er sich auf Wladimirs Rede. Radigost stand jetzt ganz in der Nähe des Fürsten.

»Dieses abscheuliche Verbrechen unterliegt nicht der

Zuständigkeit des gemeinen Rechts, denn dies ist auch ein Verbrechen gegen die Majestät!«, verkündete der Fürst. »Es ist unter meinem Dach begangen worden und hat die Freude meiner Hochzeit getrübt. Ich werde über die Bestrafung des Mörders nachdenken, aber ich erkläre vor euch allen, dass er sein Verbrechen teuer bezahlen wird! Ich schiebe die Hochzeitszeremonie drei Tage auf. In dieser Zeitspanne muss Artem den Schuldigen finden und ins Gefängnis werfen. Und alle Gäste werden vorgeladen und befragt, angefangen mit den nächsten Verwandten des Opfers. Ich bitte meine ausländischen Gäste um Entschuldigung für die durch diese Untersuchung anfallenden Unannehmlichkeiten.«

Wladimir hatte bei seiner Rede jedes Wort deutlich hervorgehoben, und man konnte schwerlich den jungen Mann mit dem unbeschwerten, vor Glück strahlenden Gesicht wieder erkennen, den die Gäste bis kurz vor einer Stunde noch erlebt hatten.

Radigost verbeugte sich stumm und ging zu den beiden Dienern, die auf ihn warteten, um Nastasias Leichnam in die Hauskapelle des Statthalters zu bringen. Jdan folgte seinem Vater mit gesenktem Kopf. Die anderen begannen sich zu zerstreuen. Einige gingen in Richtung Garten hinaus, um die nächtliche Frische nach der stickigen Luft des Festsaals zu genießen. Artem hörte, wie Demetrios Renzo die Unterschiede zwischen der Gesetzgebung von Konstantinopel und den russischen Gesetzen erklärte. Die beiden Männer verließen diskutierend den Saal. Als sie sich den Vasallen näherten, die auf ein Zeichen ihres Vorgesetzten warteten, befahl Artem:

»Kommt, wir haben einiges zu besprechen.«

Sie gingen in die von Artem und Philippos bewohnten Zimmer. Im vorderen Raum standen die Schlafbänke, ein großer Kleiderkoffer und zwei Kleiderständer in Kreuzform. An dem einen hingen Artems mit Biberpelz besetzte Kappe und sein schwerer Brustpanzer aus Eisenplatten, am anderen ein spitzer Helm und ein Kettenhemd. Artems Schwert, aus der Werkstatt eines berühmten germanischen Waffenschmieds, und Streitaxt hingen über seinem Bett an der Wand. Der kleine Dolch neben dem Schwert, am Griff mit einem Smaragd verziert, gehörte Philippos.

Artem warf sein weißes Cape auf eine Bank und führte seine Gefährten in das hintere Zimmer. Der Druschine hatte absichtlich hier sein Arbeitszimmer eingerichtet, um neugierige Ohren von seinen Zusammenkünften mit den Vasallen fern zu halten. Philippos zündete den Kerzenleuchter an, Mitko und Wassilij ließen sich auf der Bank gegenüber dem Tisch nieder. Artem nahm in seinem Sessel Platz und Philippos setzte sich auf einen kleinen Hocker dicht bei der Tür: So konnte er jedes verdächtige Geräusch hören.

Artem fasste kurz die wichtigsten Ereignisse des Abends zusammen.

»Wir haben also zwei wesentliche Elemente: »erstens, zwischen dem Nachmittags- und dem Abendbankett hatte der Verbrecher Zeit, sich mit der gefährlichen Flüssigkeit zu versorgen, denn der Grieche hielt sich oft außerhalb seines Zimmers auf. Zweitens, Nastasia hat versucht, mit dem Psalmvers, den sie in der Bibliothek gelesen hatte, einen Hinweis auf ihren Mörder zu geben.«

»Ich bin mit dir einer Meinung, was dem Hergang des Verbrechens anbetrifft«, bemerkte Wassilij: »Leider hat Demetrios dem Mörder eine ausgezeichnete Gelegenheit gegeben, sogar innerhalb des Palastes ein tödliches Gift in die Hand zu bekommen. Aber worauf reimt sich die Anspielung im Psalm, die von der ›Hand voller Geschenke‹ spricht? Es macht Sinn, wenn der Fürst auch die Botschafter zu den Verdächtigen zählt; sie haben das prächtigste Geschenk mitgebracht – den Schmuck der Theophanu!«

»Sehr richtig«, meinte Mitko. »Aber etwas Anderes erscheint mir äußerst seltsam in dieser Geschichte. Wenn jemand Nastasia töten wollte, warum sollte er warten, bis ihm der Grieche das Gift –sozusagen auf einem silbernen Tablett – serviert? Der Verbrecher konnte nicht ahnen, dass der griechische Würdenträger dieses verdammte Fläschchen mitbringen würde!«

»Es ist in der Tat ziemlich unwahrscheinlich, dass der Mordplan zwischen den beiden Banketts geschmiedet wurde«, bekräftigte Artem. »Wir müssen zwei Hypothesen ins Auge fassen: Unter Umständen hat der Mörder die Tat erst im letzten Moment beschlossen, als er plötzlich eine Möglichkeit sah, an Gift zu kommen, ohne den Palast zu verlassen. Oder aber – und in diesem Fall handelt es sich um einen länger geplanten Mord – der Mörder dachte an ein anderes Mittel, um die junge Frau zu beseitigen – Dolchstoß, Strangulieren, was weiß ich … Dazu hätte er aber eine günstige Gelegenheit abpassen müssen. Mit der Phiole von Demetrios schlug er zwei Fliegen mit einer Klappe. Er bekam ein schnell wirkendes Mittel in die Hand, bequem und lautlos zum einem, und außerdem lenkte er den Verdacht auf die ausländischen Gäste.«

»Bei beiden Hypothesen«, ergänzte Mitko, »stellt sich die entscheidende Frage: Wer konnte dafür sorgen, dass Nastasia das Gift während des Banketts einnahm? Für mich beginnt die Liste der Verdächtigen mit den Tischnachbarn der jungen Bojarin!«

Wassilij nickte und fügte hinzu:

»Dann müssen wir klären, ob einer der Gäste ihr einen Becher Wein oder Met brachte. Der Mörder befindet sich zwangsläufig unter denen, die sich der jungen Bojarin während des Abendessens zu nähern suchten!«

»Eure Überlegungen sind ausgezeichnet, aber im vorliegenden Fall überflüssig!«, stellte Artem fest. »Sonst müsste man alle Gäste als Verdächtige einstufen. Ich werde euch erklären warum! Ihr kennt die alte warägische Sitte, die darin besteht, der Frau einen Becher Wein zu bringen, deren Schönheit man bewundert. Die Frau muss dieses Zeichen der Aufmerksamkeit honorieren, indem sie zumindest einen kleinen Schluck aus dem Becher trinkt. Nach dem Vorfall in der Einfriedung der wilden Pferde, wollten *alle anwesenden Männer* Nastasia eine Freude machen und ihr einen Becher bringen – vom Fürsten bis zu den Gesandten! Ich bekam diese Information von Wladimir. Alle außer einem – dem Verlobten der jungen Bojarin.«

»Wir sollen also Strigo aus der Reihe der möglichen Schuldigen ausschließen!«, widersprach Wassilij. »Diese Idee gefällt mir ganz und gar nicht …«

»Nicht so voreilig«, unterbrach Artem. »Strigo und Radigost waren die Tischnachbarn von Nastasia! Es liegt auf der Hand, dass ihr Vater über jedem Verdacht steht, was ich von ihrem Verlobten nicht sagen kann.«

»Zumindest verfügt Strigo über ein handfestes Motiv«, fügte Mitko eifrig hinzu. »Er hat Aldine seine Liebe offenbart, ohne die Verlobung mit Nastasia auflösen zu können! Dieser erbärmliche Kerl hat sich nicht getraut, einer Frau mit feurigen Temperament gegenüberzutreten.«

»Er besitzt den Charakter einer Megäre!«, brummte Wassilij. »Warum aber hat Nastasia dann nicht klar ihren Verlobten beschuldigt? Warum hat sie diesen berühmten Psalm erwähnt, der gut die Hälfte der Eingeladenen als Schuldige hinstellt – und vor allem die Fremden, die keinerlei Grund hatten, ihr irgendetwas anzutun?«

Einen Augenblick blieb es ganz still. Philippos, dessen glänzende Augen an Artem hingen, holte Luft. Der Druschine zwirbelte nachdenklich seinen Schnurrbart um den Finger und hatte plötzlich einen Einfall:

»Das ist ganz einfach. Nastasia hat die Hand ›voller

Geschenke‹ beschworen. Das bedeutet nicht irgendein Geschenk! Von allen Geschenken, die Wladimir bekommen hat, betraf nur ein einziges Nastasia unmittelbar: das alte Manuskript, das ihr Bruder Jdan dem Fürsten überreicht hat. Es rief bei Nastasia einen Zornesausbruch hervor. Sie beschimpfte ihren Bruder als Heuchler und billigen Schmeichler gegenüber dem Fürsten.

Und das ist noch nicht alles. Ein weiteres Geschenk, das nichts mit Wladimir zu tun hat, hat sie zutiefst beleidigt … schlimmer noch, verwundet: das Geschenk, das Strigo Aldine gemacht hat. Ich denke, Nastasia hatte nicht viel Zeit zu überlegen, welcher der beiden Männer ihr verdächtiger vorkam – ihr untreuer Verlobter oder ihr eifersüchtiger Bruder. Ihr letztes Wort zeigt, dass sie eine Verbindung zwischen der unheilvollen Vorhersage in dem Psalm und dem Hass, den ihr Bruder und ihr Verlobter ihr gegenüber empfanden, gesehen hat. Ich vermute sogar, dass ihr Strigos Untreue erst heute klar geworden ist.«

»Bei allen Heiligen, Bojar Artem hat Recht!«, rief Wassilij aus und schlug mit der Faust auf die Bank. »Nastasia war egoistisch genug, um sich nur mit Sachen zu beschäftigen, die sie direkt betrafen! Also hat sie an die Geschenke gedacht, die in ihren Augen wichtig waren!«

»Welcher der beiden Männer ist nun der Schuldige?«, hakte Mitko nach.

»Genau das müssen wir noch herausfinden. Jeder hat ein ausgezeichnetes Motiv. Ich hege nicht viel Sympathie für Bojar Strigo, aber Jdan ist ebenfalls verdächtig. Schon zu Nastasias Lebzeiten hatte Radigost seiner Tochter den größten Teil seines ungeheuren Vermögens vermacht, einschließlich der besten Ländereien, die die junge Frau als Mitgift bekommen sollte. Jetzt ist Jdan der einzige Erbe des Statthalters.«

»Wir müssen beide überwachen«, fasste Mitko zusammen. »Einer unserer Verdächtigen wird sich schließlich verraten. Obwohl ... ich wette, dass Strigo unser Mann ist.«

»Vergesst nicht, dass wir nur drei Tage Zeit zur Aufklärung haben«, meinte Artem besorgt. »Der Mörder wird sich nicht leicht überlisten lassen! Ich beginne mit der Befragung der Gäste, denn einem von ihnen fällt sicher noch ein für die Untersuchung wichtiger Punkt ein. Außerdem soll der Mörder nicht wissen, dass wir den wahren Sinn von Nastasias letzten Worten entschlüsselt haben. Während ich die Gäste vorlade, überwacht Mitko völlig unauffällig alles, was Jdan unternimmt. Und beachte auch seine Gesten, sein Mienenspiel, seine Stimmung ...! Versuche in das Anwesen von Radigost einzudringen und mit den Dienern zu sprechen. Wassilij, du kümmerst dich um diesen schamlosen Strigo, der – dafür lege ich meine Hand ins Feuer – weiter um Aldine herumstreichen wird. Du bleibst also im Palast. Bemühe dich, so unsichtbar wie irgend möglich zu sein, denn die zwei Verliebten sind auf der Hut.«

»Ich kann Wassilij ablösen«, mischte sich Philippos ein. »Selbst wenn Wassilij durchsichtig wird wie Glimmerschiefer, ist es für ihn schwierig, zwei Personen zugleich zu folgen, vor allem, wenn Strigo den Palast verlässt. Ich kann mich um Aldine kümmern, die mich ein bisschen kennt und mir nicht misstraut. So kann Wassilij Strigo bei seinen Unternehmungen außerhalb des Palastes beschatten.«

Die drei Druschinen sahen einander fragend an. Dann nickte Artem und fügte hinzu:

»Du schwörst auf die Bibel, dass ich meine Entscheidung nicht bereuen werde! Keine Dummheiten! Vergiss nicht, dass es sich um einen Mordfall handelt!«

»Und vergiss du nicht, dass es sich um den zweiten Fall handelt, bei dem wir zusammen arbeiten!«, gab der Junge mit stolzgeschwellter Brust zurück.

Die Vasallen lachten, aber Artem bedeutete ihnen zu schweigen und kam zu dem Schluss:

»Morgen haben wir hier zwei weitere Zusammenkünfte: um die Mittagszeit und gegen sechs Uhr abends. Ich brauche täglich zwei Berichte, da auch die scheinbar unbedeutendste Information zu analysieren ist und wir unsere Aktionen aufeinander abstimmen müssen. Jetzt macht voran!«

Nach dem Abgang der Vasallen öffnete Artem das Fenster, das wie alle Fenster des linken Palastflügels auf den Hof hinausging. Niemand war zu sehen.

»Ich glaube, die Gäste haben sich auf ihre Zimmer begeben«, sagte Artem zu Philippos. »Was hältst du davon, wenn wir in den Garten hinuntergehen, um frische Luft zu schnappen?«

»Hast du deinen warägischen Talisman mit? Den magischen Stein, den du befragst, um zu wissen, woran du bist?«

»Du weißt genau, dass der Stein nicht magisch ist!«, lachte Artem. »Wenn ich ihn ›befrage‹, geschieht dies, weil er mir hilft, mich in schwierigen Augenblicken zu konzentrieren. Nun gut, warum nicht! Es wird Zeit, um bei der ›Kraft des Himmels‹ Rat zu holen.«

Artem griff nach einer kleinen emaillierten Dose auf dem Regal über dem Tisch und nahm einen flachen ovalen Stein heraus; von der Form her glich er einem Taubenei. Auf einer Seite des Steins war ein seltsames Muster eingraviert: Es stellte eine menschliche Gestalt dar, mit einem durch einen senkrechten Strich symbolisierten Körper. Am unteren Ende spaltete sich der Strich in zwei Linien, sodass die Zeichnung zugleich an ein menschliches Wesen und an ein Trinkgefäß denken ließ. Über dem Kopf der Figur erinnerten zwei geschwungene Linien an die Bewegung der Wellen. Artem hing trotz seines festen christlichen Glaubens sehr an dieser Reliquie, die noch von seinen heidnischen Vorfahren stammte. Dieser Talismann ging in seiner Familie vom Vater auf den Sohn über und damit auch die Formel, die das eingravierte Symbol begleitete: die ›Kraft des Himmels‹.

Artem steckte den Talisman in seine Tasche und ging mit Philippos in den Hof hinunter. Die beiden umrundeten den Palast und erreichten den kleinen Garten. Das Gartenhäuschen, in dem die drei Druschinen am frühen Abend gegessen hatten, war leer. Artem machte es sich bequem und wartete auf den Jungen, der vorsichtshalber schnell noch eine Runde durch den Garten lief und auf dem schon dichten Teppich abgefallener Blätter nicht das geringste Geräusch verursachte.

»Ich habe überall nachgesehen, es ist niemand hier!«, rief Philippos, als er aus der Dunkelheit der Bäume auftauchte. »Beeil dich, hol deinen Talisman heraus und frage ihn, ob du auf der richtigen Spur bist!«

»Erstens brauche ich diese Frage nicht zu stellen« antwortete der Druschine. »Zweitens habe ich dir schon mehrere Male erklärt, wie man sich dabei verhalten muss.«

»Ich weiß. Du reibst den Stein und rufst die ›Kraft des Himmels‹ an!«

»Ich versuche mich zu konzentrieren. Aber das gelingt mir nicht, wenn du mich weiter drangsalierst!«

Philippos schwieg. Artem fuhr langsam über das eingravierte Muster und betrachtete die Sterne, die er zwischen den kahlen Baumwipfeln ausmachen konnte. Aber es gelang ihm nicht, seinen Geist mit der gewohnten Klarheit arbeiten zu lassen. Trotz seiner Gewissheit, die zur Verfügung stehenden Anzeichen zutreffend interpretiert zu haben, hinderten ihn viele Fragen, die gar nicht direkt mit dem Verbrechen in Beziehung standen, die zum Nachdenken nötige innere Ruhe zu finden.

»Nimm du ihn!«, gab er in resigniertem Ton von sich und legte den Stein Philippos in die Hand.

Als der Junge ihn feierlich zwischen seine Handflächen nahm, fuhr Artem fort:

»Philippos, heute Abend möchte ich deine Geistesgaben prüfen. Von deinen leiblichen Eltern her bist du Grieche, also musst du die alten heidnischen Mythen deiner früheren Heimat kennen?«

»Ja, meine Mutter hat sie mir oft genug erzählt«, bestätigte der Junge. »Warum fragst du?«

»Es hat nichts mit dem Mordfall zu schaffen. Heute Nachmittag hat Demetrios in der Bibliothek den Namen Pygmalion genannt. Ich meine, es handelt sich dabei um einen alten griechischen Mythos. Kennst du ihn?«

»Aber natürlich«, rief Philippos begeistert. »Es ist der Name eines Bildhauers. Eines Tages schuf Pygmalion eine Statue von unermesslicher Schönheit, die er Galathea nannte … Ich stelle sie mir ein wenig wie Nastasia vor«, seufzte Artems Sohn. »Sie war so schön und anmutig, dass der Bildhauer sich in sie verliebte. Die Figur bestand aus Marmor, war ein von seinen Händen erschaffenes Geschöpf, aber das hinderte ihn nicht, sie von ganzem Herzen zu lieben. Doch mit der Zeit wurde er immer trauriger, weil sie nicht lebendig war …«

»Und dann?«, fragte Artem, wider Willen ganz fasziniert von Philippos Geschichte.

»Die Götter bekamen Mitleid mit ihm. Die Göttin Aphrodite schenkte der Marmorstatue das Leben. Galathea wurde eine wirkliche Frau, und Pygmalion konnte sie heiraten. Das ist alles. Meine Geschichte ist nicht lang! Meine Mutter erzählte sie allerdings besser als ich«, fügte das Kind traurig hinzu.

»Das ist nicht schlimm, deine Geschichte ist sehr hilfreich für mich. Jetzt verstehe ich, warum Demetrios Bojar Andrej mit Pygmalion verglichen hat.«

»Ich nicht. Erklärst du es mir bitte?«

»Ein andermal«, antwortete Artem, der sich müde mit der Hand über das Gesicht fuhr. »Sei nicht ärgerlich, das hat überhaupt nichts mit dem Mord an Nastasia zu tun. Der Fürst will, dass ich morgen die Zeugen befrage, und ich zähle auf dich beim Überwachen von Aldine. Wir brauchen alle beide genügend Schlaf.«

Am nächsten Morgen frühstückten Artem und Philippos zusammen auf ihrem Zimmer. Sie hatten sich nur einige Scheiben Fleisch und eingelegtes Gemüse bringen lassen. Der Druschine trug seine graublaue Tunika und war mit einem langen, am Gürtel befestigten Dolch bewaffnet. Von den Regalen über seinem Arbeitstisch nahm er mehrere unbeschriebene Birkenrinden und eine frisch zugeschnittene Schilfrohrfeder.

Artem folgte Philippos, der hoffte Aldine oder Strigo zu treffen und gleich mit seiner Beschattung beginnen zu können. Die beiden gingen in die erste Etage hinunter. Artem begab sich zum Vorzimmer des Empfangssaales, der jetzt geschlossen war. Der vor der Tür postierte Vasall grüßte ihn militärisch und trat zur Seite, um Artem in das Vorzimmer zu lassen. Wladimir hatte ihm diesen imposanten Raum zur Befragung der Gäste überlassen.

Artem setzte sich hinter einen langen Tisch aus glänzendem Tannenholz, der gewöhnlich dem Schreiber zur Verfügung stand. Einige einzelne Sitze und die an den Wänden entlang aufgestellten Bänke waren in normalen Zeiten für die Öffentlichkeit bestimmt, die darauf wartete, vom Fürsten empfangen zu werden. Zwei Holzkisten standen neben dem Tisch; man verwahrte darin die Liste der Besucher mit den Klage- und Bittschriften.

Die Sitze waren – außer dem des Schreibers – ohne Kissen, und kein Schmuck hellte die Möbel aus unbemaltem Holz auf. Dieses karge Mobiliar war allerdings mit Bedacht gewählt: Sein strenges nüchternes Aussehen sollte mit der Pracht des Empfangssaals kontrastieren. Es war sogar Absicht, dass der Sitz gegenüber dem

Tisch, wo der Besucher seinen Namen und den Grund seines Besuches nennen musste, ohne Rücken- und Armlehne war: Man wollte dadurch, jedem, der im Palast vorstellig wurde, die »entsprechende Körperhaltung« – wie Wladimir sagte – aufzwingen. Außerdem imitierte er damit darin die Vorzimmer des kaiserlichen Palastes in Byzanz.

Artem rollte vor sich ein Stück Birkenrinde aus, öffnete das Tintenfass und konnte einen Seufzer nicht unterdrücken. Die Etikette schrieb vor, die Befragung mit den Ehrengästen zu beginnen – also den Gesandten aus Tsar-Gorod – was seiner Meinung nach verlorene Zeit war.

Der im Gang postierte Gardist öffnete die Tür und wartete auf Artems Zeichen. Dann führte er die drei Würdenträger herein, die wie am Vorabend ihre Prunkgewänder trugen. Die Botschafter ordneten sorgfältig die Falten ihrer langen Mäntel, bevor sie sich dem Druschinen gegenüber niederließen. Während der ganzen Zeugenaussage stellten sie eine Märtyrermiene zur Schau. Am Schluss der Unterredung sahen sie Artem mit süßsaurem Lächeln an und verließen betont würdevoll den Saal. Sie schienen über die Beendigung der Prozedur außerordentlich erleichtert zu sein. Damit standen sie Artem in nichts nach, der froh war, sich den wichtigen Dingen widmen zu können.

Jetzt musste der Verlobte der Verstorbenen gehört werden. Der Wächter ließ Bojar Strigo passieren. Strigos nachtblauer, mit Perlen verzierter Umhang hing nachlässig über seinem Arm. Er warf das Kleidungsstück auf die Bank beim Eingang und nahm vor Artem Platz. Sein bleiches aufgelöstes Gesicht stand in starkem Widerspruch mit den lebhaften Farben seiner luxuriösen Kleidung

»Ich sehe, dass das Erwachen schmerzvoll war«, bemerkte Artem geradeheraus.

»Überflüssig es zu verheimlichen, Bojar, ich habe gestern Abend zu viel Branntwein getrunken. Doch das entspricht nicht meinen Gewohnheiten.«

»Hat Euch der Kummer verleitet, über den Durst zu trinken?«

Strigo schlug die Augen nieder und nickte schweigend.

»Welche Dreistigkeit!«, donnerte Artem und schlug mit der Faust auf den Tisch. »Der ganzen Stadt ist Eure unstatthafte Liebe zur Zofe Aldine bekannt und wie wenig Respekt habt Ihr Eurer verstorbenen Verlobten Nastasia bezeugt! Gesteht: Ihr habt Euch Nastasias auf die gemeinste und niederträchtigste Art entledigt, da Ihr Angst vor ihren berechtigten Anklagen hattet! Und Angst davor, dass Euch niemand mehr als Ehrenmann behandelt. Solch eine Demütigung hättet Ihr nicht ertragen. Euer maßloser Hochmut hat Euch zum Mord getrieben!«

Mit dieser direkten Beschuldigung hoffte Artem, Strigo zu verwirren, ihn in die Sackgasse zu treiben und ein schnelles Geständnis zu bekommen. Aber Strigo schien eher niedergedrückt als erschrocken und überführt zu sein.

»Gott ist mein Zeuge, ich bin an diesem Verbrechen unschuldig! Trotzdem ist es wahr, dass ich durch Feigheit gesündigt habe. Ich habe Nastasia niemals geliebt, doch es fehlte mir an Mut, mich der von meinem Vater so sehr gewünschten Verbindung zu widersetzen. Er und der Statthalter wollten unsere Ländereien zusammenlegen ...«

»Das ist mir alles bekannt«, unterbrach ihn Artem. »Erzählt mir lieber von Aldine.«

Strigo hob den Kopf, seine Augen leuchteten.

»Seit ich dieses junge Mädchen kenne – so sanft trotz all des Unglücks, das sie erlitten hat – hat sich mein Leben verändert. Es begann vor einem Monat, als Aldine und Prinzessin Guita in Rostow eintrafen. Wladimir gab einen Empfang zu Ehren seiner Verlobten: Ich nahm mit anderen Bojaren der Stadt daran teil. Im Verlauf des Banketts erzählte Guita von der letzten Schlacht ihres Vaters, König Harold. Sie sprach von seinem Mut, beklagte dann die außerordentliche Grausamkeit der Normannen, denen es nicht genügte, Harold zu töten. Sie verstümmelten sein Gesicht und hieben den Körper in Stücke, um den König unkenntlich zu machen. Die dem König am nächsten stehenden Krieger erlitten das gleiche Schicksal. Vergeblich irrten Königin Edith und andere adlige Sächsinnen zwischen den Leichen umher, in der Hoffnung, ihre Gatten an ihren Waffen zu erkennen. Die Normannen verweigerten der Königin und den Damen des Hofes das Recht, Harold und seine Getreuen christlich zu bestatten. Sie warfen die Reste der zerstückelten Körper den Hunden vor. Königin Edith starb vor Kummer, und die junge Guita musste ins Exil gehen …

Als die Prinzessin uns mit vor Erregung zitternder Stimme diese schreckliche Geschichte erzählte, erhob sich ein junges rothaariges Mädchen vom Tisch und ging schnell hinaus. Das war Aldine, deren Vater zu den an der Seite von Harold gefallenen Kriegern gehörte. Guita bat einen der Diener, Aldine zurückzubringen. Aber das war nicht die Aufgabe eines Domestiken. Also ging ich sie suchen und fand sie weinend im Garten. Ich tröstete sie so gut ich konnte … Ich schwor ihr, meine Ehre einzusetzen und alles in meinen Kräften Stehende zu unternehmen, um sie glücklich zu machen. Dieses edle junge Mädchen war völlig auf sich gestellt und brauchte jemanden, der sie beschützt! Es war, als ob der Himmel mir diese Aufgabe geschickt hätte. Denkt an den Fürsten! Indem er Guita heiratet, eine Waise und ohne Mitgift, vollbringt er eine gottgefällige Tat. Wie ich …«

»Wladimir war frei, als er Guita begegnete!«, fuhr Artem dazwischen.

»Das stimmt, ich war schon mit Nastasia verlobt. Aber mein Herz war frei geblieben. Nastasia sprach mit mir nur über ihre Mitgift und den Gewinn, den wir aus unseren Ländereien ziehen würden; nichts anderes schien sie zu interessieren. Aldine dagegen erzählte mir von ihrer Kindheit in einem einsamen Schloss mitten im Wald, den schrecklichen Schlachten, die England in Blut ertränkten, den langen Märschen quer durch kalte ungastliche Länder und vor allem von dem Mut, den die glücklosen Exilanten beweisen mussten – wie immer ihr Stand war … Bei Aldine habe ich den wirklichen Adel der Seele kennen gelernt. Ist es Euch niemals widerfahren, Bojar, dass Euer Herz von einem unbezähmbaren Gefühl überrascht wurde?«

Artem räusperte sich. Nach einem Moment des Schweigens antwortete er in sehr ironischem Ton:

»In der Tat, wenn es Euch nicht gelungen ist, Eure Gefühle zu beherrschen, habt Ihr zumindest eine Lösung all Eurer Probleme gefunden! Gestern hat ein Zeuge Eurer Unterhaltung mit Aldine zugehört. Ihm kam zu Ohren, wie Ihr gedroht habt, Nastasia zu töten – Jetzt riskiert Ihr nicht mehr, von Eurem Vater enterbt zu werden … und könnt Euer englisches Waisenkind heiraten!«

Strigo brach in bitteres Lachen aus.

»Euer Zeuge kennt mich nicht. Gestern habe ich den Kopf verloren, und wisst Ihr warum? Aldine wollte mich verlassen! Das wäre das Schlimmste für mich. Was die Erbschaft meines Vaters anbetrifft, kann man genau so gut ein Kreuz darüber machen. Er findet eine andere Verlobte für mich, aber er wird niemals akzeptieren, dass ich Aldine heirate!«

Artem machte sich einige Notizen auf dem Birkenholzstück und fuhr dann kalt fort:

»Ihr erinnert an Aldines Mut; worin aber besteht Euer Mut? Er erlaubt Euch, Euch mit einem wilden Pferd zu messen, aber nicht mit Eurem Vater!«

»Ihr habt Recht, ich bin ein Feigling. Ich habe ein Pferd gezähmt und es Aldine geschenkt, um mich ihr öffentlich zu erklären. Ich habe dafür den Fürsten und den Hof herausgefordert … Aber nicht meinen eigenen Vater. Wenn er dabei gewesen wäre, hätte ich dies nicht gewagt. Aldine ist von anderer Willenskraft! Sie war sogar damit einverstanden, dass ich sie entführe. Wenn ich mir jedoch den Zorn meines Vaters nur vorstelle, verliere ich den wenigen Mut, den ich besitze. Jetzt ist es zu spät, um noch irgendetwas ins Auge zu fassen. Aldine muss mich verachten: Die anderen verdächtigen mich, wie Ihr, Nastasia getötet zu haben. Alles was mir bleibt, ist, mich von der Welt zurückzuziehen. Ich werde Bischof Hilarion bitten, mich in eine religiöse Gemeinschaft zu schicken …«

»Nicht so voreilig! Zuerst bezahlt Ihr für Euer Verbrechen!«, dröhnte Artem und warf zornig seine Schreibfeder hin.

»Ich bin bereit, für meine Sünden und meine Irrtümer zu bezahlen. Es ist mir gleichgültig, ob ich sterbe! Ich wollte Aldine vor Armut und Einsamkeit bewahren, da sie bereits allzu viel Unglück erlitten hat. Ich wollte die Ungerechtigkeit des Lebens angesichts eines jungen Mädchens, das nur Unschuld und Güte ist, ausgleichen! Wenn ich das nicht schaffe, hat nichts anderes mehr Bedeutung für mich.«

»Ihr wollt also die andere Ungerechtigkeit, den Mord an Nastasia, nicht ausgleichen?«

»Wie soll ich das können, wenn Ihr mich anklagt? Glaubt mir, wenn ich den Schuldigen finde, werde ich ihn im Einzelkampf herausfordern!«

»Wer hatte außer Euch Interesse daran, Nastasia zu töten? Verdächtigt Ihr irgendjemanden?

»Niemanden im Besonderen. Gott verzeihe mir, so über Nastasia zu sprechen, aber dieses junge Mädchen war überheblich und missgünstig. Selbst Prinzessin

Guita, die so sanft ist, fand keine Gnade in ihren Augen. Ich weiß nicht, ob die junge Bojarin viele Feinde hatte, aber diesen entsetzlichen Tod hat sie nicht verdient! Das ist alles, was ich Euch zu sagen habe. Wenn Ihr mich jetzt immer noch verdächtigt, tut Eure Pflicht. Ohne Aldine hat das Leben keinen Sinn für mich!«

Artem betrachtete den Bojaren den tatsächlich nichts mehr zu berühren schien, einige Augenblicke nachdenklich. Mit hängenden Schultern und erloschenen Augen saß Strigo vor ihm und bot ein Bild des Jammers.

»Ich lasse Euch gehen«, entschied Artem schließlich. »Aber Ihr müsst mir Euer Wort geben, die Stadt nicht ohne meine Erlaubnis zu verlassen.«

»Gilt mein Wort überhaupt noch etwas für Euch?«, erkundigte sich Strigo bitter.

»Es gilt genau den Preis, den Ihr Euch selbst zuschreibt.«

»Wenn Ihr Angst habt, ich würde jetzt Aldine entführen, könnt Ihr beruhigt sein! Sie wird nicht einmal mehr mit mir sprechen. Aber Ihr habt mein Wort, das ist abgemacht.«

Strigo erhob sich. Sein mürrisches Gesicht und seine gebeugte Gestalt erinnerten in nichts an den forschen Bojaren, den Artem am Vorabend auf der Treppe des Palastes bemerkt hatte.

»Eure Aufgabe ist nicht einfach«, bemerkte der junge Mann niedergeschlagen beim Hinausgehen. »Ich werde Gott bitten, dass er Euch beisteht!«

»Betet für euch selber, Strigo! Gerade Ihr braucht dringend Hilfe!«, rief Artem ihm nach.

Als er wieder allein war, schimpfte er vor sich hin:

»Dieser junge Flegel versteht es wirklich mich aufzubringen. Dennoch spüre ich bei ihm zweifellos einen aufrichtigen Ton. Kann er mit solcher Perfektion schauspielern?«

Plötzlich bemerkte Artem, dass Strigo seinen Umhang vergessen hat. Er nahm ihn auf und wollte ihn dem Bojaren bringen, als ein leises Rascheln seine Aufmerksamkeit erregte. Er suchte schnell in der Innentasche herum und zog ein Stück Birkenrinde hervor. Die Botschaft war in großen ungelenken Buchstaben geschrieben. »Geliebter, wenn du wünschst, dass wir zusammen sind, musst du lernen zu handeln. Du kannst – wenn du willst – Mönch werden, aber ich erinnere dich daran, dass du von Geburt adlig und ein Krieger bist«, las Artem. Obwohl die Kleine fremd hier ist, weiß sie sich auszudrücken! dachte Artem. Aldine hat Charakter. Wir müssen sie ganz genau beobachten. Wer weiß? Vielleicht ist dieses untröstliche Waisenkind gefährlicher als ihr großer verliebter Dummkopf!

Artem steckte das Birkenholzstück in die Umhangtasche zurück. Er öffnete die Tür und befahl einem Gardisten, einen Diener zu rufen, der das Kleidungsstück seinem Besitzer bringen sollte. Im selben Augenblick bemerkte er Jdan, der im Gang auf ihn wartete.

»Ich grüße Euch, Bojar. Man hat mir Euren Befehl übermittelt …«, begann der junge Mann.

Artem nickte und ließ ihn eintreten. Als Jdan sich auf dem erhöhten Sitz ohne Kissen niederließ, musterte Artem sein ruhiges bleiches Gesicht und seine bescheidene Kleidung aus ockerfarbenem Samt genau. Nach kurzem Schweigen sagte Artem:

»Welche Wirkung hat es auf Euch, der einzige Erbe des reichsten Bojaren von Rostow zu werden?« Zu seiner Überraschung füllten sich Jdans Augen mit Tränen.

»Ihr seid heute schon die zweite Person, die mir diese geschmacklose Frage stellt. Aus welchem Grund zweifelt auch Ihr an der Aufrichtigkeit meines Schmerzes?«

»Wer ist der andere?«

»Bratoslaw. Ich denke, dass er meinen Vater verletzen will: In seiner Eigenschaft als Statthalter hat er den Tribut, den Bratoslaw dem Fürsten entrichten muss, erhöht. Die beiden stritten darüber heftig. Ich weiß nicht, ob Bratoslaw im Recht ist, aber er soll seinen Zorn nicht an mir auslassen. Nur die junge Bojarin Mina richtete einige freundliche Worte an mich; sie hat als Einzige Verständnis für meine Qual …«

»Dennoch habt Ihr und Eure Schwester euch nicht sehr gut verstanden!«, unterbrach ihn der Druschine, während er einige Worte auf ein Stück Birkenholz schrieb.

»Diesen Eindruck haben wir ohne Zweifel erweckt«, stimmte Jdan seufzend zu. »Nastasia und ich waren zu verschieden. Meine Schwester verachtete das Bücherwissen, und ich machte mich über ihre wenige Bildung und ihren Händlergeist lustig. Wie ich das jetzt bereue!«

»Sie war Euch gegenüber auch nicht gerade zart fühlend«, merkte Artem versöhnlich an. »Gestern, als Ihr dem Fürsten ein altes Manuskript geschenkt habt, machte sie sehr abfällige Bemerkungen über Euch.«

Jdan errötete heftig und rutschte unruhig auf seinem Stuhl hin und her.

»Sie hatte nicht ganz Unrecht. Sicher, meine Geste war keineswegs heuchlerisch oder berechnend, wie sie unterstellte, aber es fehlte ihr an Takt. Im Grunde verstehe ich ihren Ärger. Sie hätte so gerne einen Bruder gehabt, der sich auf dem Schlachtfeld auszeichnet; das Schwert in der Faust und nicht in der Bibliothek mit der Schreibfeder zwischen den Fingern. Selbst mein Vater verachtet mich. Ich, der Bruder Nastasias, bin nicht einmal fähig, ihren Mörder im Kampf herauszufordern!«

»Quäle dich nicht sinnlos. Nicht jeder ist zum Krieger berufen. Hast du eine Idee, wer der Mörder sein könnte?«

»Überhaupt nicht. Ich weiß, dass einige meine Schwester sehr arrogant fanden. Aber sie kaltblütig zu töten …«

Jdans Stimme versagte erneut, sein Blick wirkte in sich gekehrt. Er zog ein blaues, mit Goldstickereien verziertes Seidentaschentuch heraus und tupfte sich die Augenwinkel. Artem blickte auf seine Birkenrinden, als ob er einige Notizen machen wollte, beobachtete dabei aber verstohlen den jungen Mann.

»Wie steht Radigost zu Euch?«, fragte er schließlich. »Jetzt wird Euch sein ganzes Vermögen zufallen. Habt Ihr darüber nachgedacht, was Ihr später mit diesem Geld machen werdet?«

Jdan blickte den Druschinen offenherzig an und zuckte mit den Schultern:

»Ich weiß es nicht. Geld lässt mich eigentlich gleichgültig. Mein Vater ist ein leidenschaftlicher Geschäftsmann. Seit er zum Kämpfen zu alt ist, könnte er einen Sitz im Rat der Alten einnehmen, aber er zieht es vor, sich um den Handel zu kümmern. Immerhin hat er seinen Reichtum verdreifachen können. Ich bin für Geschäfte nicht begabt. Bücher sind meine einzige Leidenschaft, und das Schreiben meine Lieblingsbeschäftigung. Ich schreibe kleine Gedichte«, fügte Jdan schüchtern hinzu. »Darf ich Euch eines vortragen?«

Bevor Artem antworten konnte, blickte Jdan zur Decke und begann mit verzückter Stimme zu deklamieren:

»Dein Gesicht ist frisch wie der Morgentau,
Deine Augen glänzen wie weit entfernte Sterne,
Dein Blick ist tief wie das warägische Meer …«

»Ich sehe, es ist von großer Qualität«, unterbrach ihn Artem eilig.

»Mein Gedicht? Das glaubt Ihr wirklich?«

»Ich sprach von dem jungen Mädchen« berichtigte Artem. »Jedoch verstehe ich nicht, dass ein feinfühliger Mensch wie Ihr nicht einige Verse dem Gedächtnis seiner Schwester gewidmet hat!«

»Ich mache das noch!«, versprach Jdan eifrig. »Ich habe heute Morgen darüber nachgedacht, warte aber noch auf die nötige Inspiration. Sobald ich das Gedicht geschrieben habe, werde ich es Euch vorlesen …«

»Lieber nicht!«, wehrte Artem ab. »In diesem Bereich habe ich ein sehr schlechtes Urteilsvermögen. – Gut. Ihr könnt jetzt gehen.«

Jdan verließ den unbequemen Stuhl mit Erleichterung und verbeugte sich, bevor er zur Tür ging.

»Übrigens«, rief ihm Artem nach, »seid Ihr jemals mit dem Schiff über das warägische Meer gefahren?«

»Nein, warum?«, wunderte sich der junge Dichter.

»Es gibt dort viele Sandbänke«, meinte Artem und zwirbelte seinen Schnurrbart. »Und was die Tiefe anbetrifft … Vergleiche den Blick der Schönen besser mit dem Schwarzen Meer.«

»Danke … Ich werde es nicht versäumen …«, stotterte Jdan und war schnell aus der Tür.

»Diese verfluchten Poeten!«, schimpfte Artem vor sich hin, musste aber auch über Jdans Darbietung schmunzeln. Der Reimeschmied hat mich ganz aus dem Konzept gebracht! Er überflog noch einmal seine Notizen, trat dann ans Fenster. Nach dem Stand der Sonne war es bald Mittag. Artem hätte die verbleibende Zeit gerne genutzt und im Anschluss an die zwei Hauptverdächtigen den Venezianer befragt. Aber um die Mittagszeit wollte die Prinzessin Renzo in ihrem Gemächern empfangen. Am Vorabend hatten Wladimir und seine Braut diese besondere Audienz vereinbart; obwohl ihre Bedeutung rein formal war, konnte Artem hierbei nicht stören. Er steckte die beschriebenen Birkenrinden in seine Tasche, nannte dem Wachsoldaten den Zeitpunkt seiner Rückkehr und ging zur Treppe.

Kaum hatte er den letzten Treppenabsatz erreicht, als er verwundert stehen blieb. Der unterhalb der Mansardenwohnung postierte Wächter schlief tief und fest. Den Rücken an die Wand gelehnt, kauerte er im Treppenwinkel. Seine mit Biberpelz eingefasste Kappe bedeckte die Hälfte seines Gesichts, und ein regelmäßiges Schnarchen drang aus seinem offen stehenden Mund. Artem versetzte dem Soldaten einen heftigen Schlag auf die Schulter. Der Mann schnaufte, schob langsam seine Kappe in den Nacken und öffnete die Augen. Beim Anblick des Druschinen stand er mit einem Ruck auf. Seine Kopfbedeckung fiel herunter.

»So bewachst du die Gemächer der Prinzessin?«, dröhnte Artem und verpasste ihm eine Ohrfeige, die den Wächter taumeln ließ.

»Das ist nicht mein Fehler« schrie der junge Soldat. »Ich wurde nicht abgelöst. Ich habe die ganze Nacht hier verbracht, ... ich kann nichts dafür«, murrte er und rieb sich die Augen.

Er hielt sich immer noch die Wange, war aber schon wieder wach genug, um Artem einen eisigen Blick zuzuwerfen.

»Um wie viel Uhr solltest du abgelöst werden?«, fragte Artem.

»Um neun Uhr. Zuerst dachte ich, Gleb – er sollte mich ablösen – kommt zu spät, aber er ist überhaupt nicht gekommen. Da ich niemanden benachrichtigen konnte, hatte ich Angst, meinen Posten zu verlassen. Bojar Bratoslaw hat uns eingeteilt. Gleb und mich ...«

»Ich weiß«, unterbrach ihn Artem ungeduldig.

Am Vorabend hatte der Druschine selbst Bratoslaw beauftragt, zwei Soldaten seiner Druschina auszuwählen, die sich während des Aufenthaltes der Gäste im fürstlichen Palast als Wächter ablösen sollten. Kurz vor dem Mittagsbankett hatte Artem den Gardisten Gleb gesehen, einen Burschen von kaum siebzehn Jahren mit roten Wangen und blonden lockigen Haaren. Ich muss Bratoslaw mitteilen, dass die Disziplin in seiner Druschina zu wünschen übrig lässt! dachte Artem.

»Was ist hier los?«, rief Wladimir plötzlich mit herrischer Stimme.

Der Fürst kam eilig die Treppe herauf. Artem setzte ihn schnell ins Bild.

»Du meldest Bojar Bratoslaw sofort die Abwesenheit deines Kameraden«, befahl Wladimir dem Gardisten. »Dann wartest du auf Bojar Artem im Vorzimmer. Er wird dich gleich genauestes befragen.«

Als der Stiefellärm sich entfernte, fügte der Fürst hinzu:

»Der arme Kerl konnte wirklich nichts weiter anstellen: Aldine steht gewöhnlich sehr früh auf, während Guita erst gegen Mittag herunterkommt. Dagegen muss über den anderen Gardisten eine exemplarische Strafe verhängt werden!«

»Ein derart schwer wiegender Fehler eines Soldaten, selbst wenn er neu im Dienst ist, beunruhigt mich«, erwiderte Artem. »Dennoch glaube auch ich lieber an eine Nachlässigkeit, selbst wenn sie für meinen Geschmack ziemlich schwer wiegend ist ...«

Der Druschine bemühte sich, eine düstere Vorahnung abzuschütteln. Er stieg mit dem Fürsten die wenigen Stufen hoch, die sie von der Dachwohnung trennten, und betrat den langen schmalen Gang; nicht ohne einen diskreten Blick auf die zwei großen Kleiderkoffer zu werfen, von denen einer mit purpurfarbenem Stoff überzogen und mit dem byzantinischen Kreuz verziert war.

»Meine Mutter hat noch Kleider für Guita geschickt«, lächelte der Fürst, indem er auf die Koffer zeigte. »Seit Guitas Aufenthalt in Kiew hört sie nicht auf, ihre zukünftige Schwiegertochter zu verwöhnen. Aber Guita hat gar nichts von einer am Hof von Tsar-Gorod aufgewachsenen Schönen. Wenn diese prächtigen perlenbestickten Kleider sie nur zerstreuen könnten! Das Geschehen gestern Abend hat sie sehr mitgenommen.

Sie waren noch ein Dutzend Schritte von der schweren, mit Eisen beschlagenen Tür entfernt, als sie einen schwachen Schrei und das Geräusch eines Sturzes aus Guitas Zimmer vernahmen. Artem erkannte die Stimme der Prinzessin. Sofort hatten die beiden Männer die Tür erreicht und stießen sie mit vollem Schwung auf. An der Seite des großen Baldachinbettes, vor dem mit Cremetöpfen und Schminkutensilien bedeckten Frisiertisch lag Guita. Ihre Augen waren geschlossen, ihre Gesichtsfarbe aschgrau. Zwischen einem umgekippten Schemel und dem niedrigen Hocker, von dem die Prinzessin gefallen war, stand auf dem Boden ein größeres Kästchen. Artem kniete sich neben Guita nieder und sah ihr prüfend ins Gesicht: Es war unbeweglich wie eine Wachsmaske. Wladimir blickte den Druschinen fragend an.

»Es ist nichts Schlimmes, sie ist nur ohnmächtig geworden«, sagte Artem leise und massierte Guitas Schläfen mit den Fingerspitzen. Sie saß wahrscheinlich vor dem Spiegel und ihr wurde übel. Glücklicherweise ist sie nicht verwundet.

Wladimirs Gesicht entspannte sich. Er nahm eine kleine runde Dose vom Frisiertisch.

»Reibe ihre Schläfen damit ein«, befahl er. »Ich kenne diesen Balsam, meine Mutter hat ihn geschickt. Er wird ihr helfen, wieder zu sich zu kommen.«

Tatsächlich schlug Guita einige Augenblicke später die Augen auf.

»Euch ist wirklich nichts geschehen, meine liebe Guita?«, fragte Wladimir und zog seine Braut vorsichtig an den Schultern hoch. »Ihr habt uns eine schreckliche Angst eingejagt!«

»Sie muss sich hinlegen«, meinte Artem. »Wir machen es ihr auf dem Bett bequem.«

Behutsam half Wladimir der jungen Frau aus dem langen Brokatmantel, öffnete den Kragen ihres Kleides und legte sie auf ihr Bett. Kaum lag die Prinzessin ausgestreckt auf der bunten Daunendecke, als sie den Vorfall zu erklären versuchte. Sie fand jedoch nicht sofort die russischen Worte, um die große Angst auszudrücken, die man in ihren Augen lesen konnte.

»Sprecht, meine Vielgeliebte! Was ist geschehen?«, insistierte Wladimir.

»Ich bedaure«, murmelte Guita schließlich, »ich wollte Euch keine Angst einjagen! Ich war neugierig, ich wollte nur ausprobieren … Etwas Schreckliches hat sich ereignet! Der Schmuck der Theophanu …!«

Jetzt erst bemerkte Artem das Köfferchen aus Rosenholz auf dem Fußboden. Er stürzte zu dem kostbaren Schmuckkästchen und öffnete es: Es war leer. Das unschätzbare Geschenk des Basileus, der byzantinische Schmuck, war verschwunden.

3. Kapitel

»Wer?«, schrie Wladimir. »Wer konnte einen Diebstahl von solch beispielloser Dreistigkeit begehen?«

Guita lehnte sich in die Kissen zurück. Der Fürst hatte sich neben sie gesetzt und fixierte Artem durchdringend mit seinen blauen Augen.

»Ich muss zuerst Prinzessin Guita befragen«, antwortete Artem mit gepresster Stimme.

Ohnmächtiger Zorn raubte ihm den Atem. Seine schlimmsten Befürchtungen hatten sich erfüllt!

»Ich kann Euch nun den Hintergrund meiner Gedanken erklären«, fuhr der Druschine fort. »Das Verschwinden des Schmucks steht im Zusammenhang mit der Abwesenheit des wachablösenden Soldaten!«

»Das stimmt«, rief der Fürst aus. »Wer sollte heute Morgen auf dem Posten stehen?«

»Ein Soldat namens Gleb. Er und der Dummkopf, den wir soeben gesehen haben, wurden gestern von Bratoslaw bestimmt. Sie gehören zu seiner Druschina.«

»Bratoslaw?«, wunderte sich der Fürst. »So etwas passt nicht zu ihm. Gewöhnlich überzeugt er sich persönlich davon, dass die Soldaten ihre Aufgaben sorgfältig ausführen …«

Wladimir schlug sich zornig auf die Stirn.

»Aber natürlich! Der Bojar ist damit beschäftigt, seine Verlobte zu überwachen! Seit gestern langweilt er mich mit seinen Klagen über den venezianischen Reisenden. Dieser Renzo, ich weiß nicht warum, hört nicht auf, Mina unter Bratoslaws Augen Schmeicheleien zu sagen. Und Bratoslaw vergisst seine Pflicht! Artem, Ihr werdet so schnell wie möglich diese beiden Taugenichtse von Gardisten verhören. Wir müssen bei jedem überprüfen, wann er gestern und heute für einen Augenblick nicht auf dem Posten war!«

»Ich fürchte, wir müssen auf den zweiten Gardisten verzichten«, erklärte Artem mit düsterem Gesicht. »Er hat zu viel Vorsprung vor uns. Aber vielleicht kann Prinzessin Guita unsere Informationen vervollständigen.«

»Ich weiß nicht, ob ich Euch helfen kann«, meinte Guita zaghaft. »Ich sehe nur Männer, die ich nicht kenne, niemals genau an.«

»Prinzessin, bitte vergebt mir!«, rief Artem ungeduldig aus. »Aber Ihr habt doch sicherlich gesehen, ob der Wächter gestern und heute immer anwesend oder ob er vorübergehend abwesend war!«

»Ja, heute Morgen war der Gardist da, ich habe Aldine ihm ›Guten Morgen‹ sagen hören. Ich selbst sah ihn jedoch nicht. Der von gestern war … Wie heißt das auf Russisch? Blond wie ein Engel. Während der Mittagsruhe war ich im Bankettsaal, da ich die Sitzordnung der Gäste nach byzantinischen Zeremoniell vorbereitete, wie Prinzessin Maria mir es in ihrem Brief angegeben hat. Am Abend nach dem Bankett und dieser schrecklichen Sache, die geschehen ist, habe ich einen Gardisten hinaufsteigen sehen. Aber es war nicht derselbe blonde Soldat.«

Artem und Wladimir wechselten einen Blick.

»Ich danke Euch, Prinzessin«, gab Artem zurück. »Jetzt hätte ich gerne, dass Ihr mir sagt, wo sich das Kästchen seit gestern befand, und wie Ihr das Verschwinden des Schmucks bemerkt habt.«

»Mein geliebter Verlobter möge mir vergeben«, brachte die Prinzessin mit unsicherer Stimme hervor. »Meine Neugierde hat mich zu diesem unangebrachten Vorgehen verleitet. Da unsere Hochzeitsfeier hinausgeschoben wurde, wollte ich schon heute den Schmuck der Theophanu ausprobieren, schämte mich jedoch, dafür um Erlaubnis zu fragen. Ich habe also den Moment ausgenutzt, wo Aldine und alle Dienerinnen hinuntergegangen waren. Ich setzte mich vor den Spiegel; das Kästchen stand zu meinen Füßen, unter dem Frisiertisch. Ich hätte schwören können, dass es niemand seit dem Vorabend berührt hat! Ich wollte es auf den Schemel stellen, aber es war zu schwer. Als ich versuchte, es hochzuheben öffnete ich dabei halb den Deckel … Das Innere war leer. Dann verschwamm alles vor meinen Augen … Als ich wieder zu Bewusstsein kam, wart Ihr beide bei mir. Das ist alles. Ich muss bei meinem Sturz heftig gegen den Schemel gestoßen sein. Die Seite hier schmerzt ein wenig.«

Guita holte Luft und sah dann Wladimir mit ängstlicher Miene an.

»Denkt mein geliebter Bräutigam an diese schreckliche Verwünschung, die über dem Schmuck der Kaiserin Theophanu schweben soll? Habe ich durch meine unüberlegte Geste das Unglück auf dieses Haus gezogen?«

»Auf keinen Fall!«, antwortete Wladimir mit Nachdruck.

»Ich habe den Eindruck«, fügte Guita hinzu, »dass ich kurz vor dem Öffnen des Kästchens – ich betrachtete mich gerade im Spiegel – eine weibliche Gestalt hinter meinem Rücken gesehen habe – obwohl ich allein im Zimmer war. Ich habe allerdings gehört, dass man nach einem alten Glauben Geister und Gespenster durch die Vermittlung eines Spiegels wahrnehmen kann …«

»Prinzessin«, erklärte Artem mit fester Stimme, »wenn Ihr davon überzeugt seid, allein in Eurem Zimmer gewesen zu sein, kann ich Euch versichern, dass Eure Augen euch genarrt haben. Das Gespenst der Kaiserin Theophanu, wenn es überhaupt existiert, steht in keiner Verbindung zu dem Schmuckdiebstahl.«

»Glaubt Ihr das wirklich?«, fragte Guita hoffnungsvoll. »Da gibt es noch eine andere Sache. Als ich gestern wieder in meine Zimmer kam, nach dem … was beim

Bankett geschah, habe ich ein unbekanntes Parfüm gerochen. Es steigt einem zu Kopf, wie alle Duftöle aus dem Orient. Zuerst fand ich das unbedeutend, aber nach allem was geschehen ist, ließ es mich an Byzanz denken … und an die Kaiserin Theophanu.«

»Erinnert Euch dieses Parfum an einen der Gäste, Prinzessin?«, fragte Artem. »Eingeschlossen Nastasia?«

»Nein, überhaupt nicht«, betonte Guita. »ich habe einen sehr feinen Geruchssinn und da ich an allen Gästen vorbeigegangen bin, kann ich Euch versichern, dass keiner dieses Parfüm benutzt.«

»Dann ist es ohne Zweifel eine Dienerin, die ihre auf einem orientalischen Markt erstandene aromatische Essenz ausprobieren wollte. Wahrscheinlich hing dieser Geruch noch nach der Reinigung Eures Zimmers in der Luft. Wenn es Eure Hoheit beruhigt«, ergänzte Artem, »der Schuldige gehört ganz sicher zur Welt der Lebenden.«

Artem verabschiedete sich respektvoll von der Prinzessin und wandte sich zur Tür. Wladimir flüsterte Guita noch einige zärtliche Worte ins Ohr, bevor er Artem in den Gang folgte.

»Ihr verkennt nicht die Tragweite der Situation, Bojar«, mahnte der Fürst mit leiser Stimme. »Ich habe vor Guita nicht darüber sprechen wollen, die Prinzessin ist durch ihre Entdeckung schon aufgeregt genug – ohne von dem Geschehen gestern Abend zu sprechen! Wenn wir den Schmuck nicht schnellstens wieder finden, kann dies zu einem schwer wiegenden diplomatischen Konflikt mit Byzanz führen.«

»Ist es möglich, den Diebstahl den Gesandten zu verschweigen?«, erkundigte sich Artem.

Der junge Fürst saß auf dem großen, mit purpurfarbenen Stoff überzogenen Koffer und starrte verzweifelt auf die Wand. Nach kurzem Nachdenken fuhr Wladimir fort:

»Sie wollten erst nach der Heiratszeremonie abreisen, bei der Guita den Schmuck tragen soll«, erklärte Wladimir und nach kurzem Nachdenken meinte er:

»Sie werden nicht verstehen, wenn ich die Zeremonie noch einmal verschiebe. Ich gewinne nichts, wenn ich sie über den Diebstahl erst im letzten Moment unterrichte. Meine Entscheidung steht fest. Besser mit offenen Karten spielen und es ihnen sofort ankündigen. Übrigens weigere ich mich, die Heiratszeremonie noch weiter hinauszuschieben! Wie für den Mordfall habt Ihr drei Tage Zeit, um den Schmuck der Theophanu wieder zu finden.«

»Zweieinhalb Tage«, brummte Artem. »Auf die Gefahr hin, Eurer Hoheit zu missfallen, mache ich Euch darauf aufmerksam, dass der Schmuck aller Wahrscheinlichkeit nach die Stadt bereits verlassen hat!«

Der Fürst wurde blass.

»Erledigt die Aufgabe« stieß er zwischen den Zähnen hervor. »Ich weiß nicht, wo der Schmuck ist, aber ich will ihn hier haben am dritten Tag von heute an gezählt! Vergesst nicht, dass das Geschenk des Kaisers mir in meiner Eigenschaft als Erbe des Großfürsten von Kiew vermacht worden ist. Guita und Wladimir zählen wenig in dieser Geschichte. Die Beziehungen zwischen Tsar-Gorod und Kiew stehen auf dem Spiel! Und die Zukunft der russischen Fürstentümer hängt zum großen Teil von unseren Beziehungen zu Byzanz ab.«

Mit diesen Worten entließ Wladimir den Druschinen. Artem verneigte sich und ging zur Treppe. Bevor der Fürst hinunterging, drehte er sich noch einmal um.

»Denkt daran!«, betonte der Fürst. »Die Zukunft der russischen Länder liegt in Euren Händen. Und das Glück von Wladimir und Guita!«

Wieder im Vorzimmer sah Artem den Wächter, den er im Schlaf überrascht hatte, nachdenklich an. Seine Kappe locker über dem Ohr hängend, die verschlafenen Augen weit aufgerissen, blickte der junge Soldat ihn erwartungsvoll an.

»Wie ist dein Name?«, fragte Artem.

»Tolets, von der Druschina des Bojaren Bratoslaw. Ich bin hier, um dem Fürsten und Eurer Hoheit zu dienen!«

»Du dienst uns sehr schlecht!«, gab Artem zurück. »Antworte mir: Bist du einen einzigen Moment seit Beginn deiner Wache abwesend gewesen? Pass auf, was du sagst!«

»Nein, Bojar! Um nichts auf der Welt hätte ich meinen Posten verlassen! Selbst heute Morgen ...«

»Gut, das hast du mir schon gesagt. Aber wann hast du Soldat Gleb das letzte Mal gesehen? Gestern Abend?«

»Nein ... Bitte vergebt mir!«, schrie der Soldat und begann heftig zu zittern.

»In Christi Namen, sprich!«, donnerte Artem. »Was hast du mir noch für Heldentaten zu berichten?«

»Ich habe Gleb gestern Morgen gesehen, zum Zeitpunkt, als Bratoslaw uns für diesen Posten bestimmt hat. Ich sah ihn weggehen, um die Tageswache anzutreten. Er war jedoch nicht da, als ich ihn abends gegen neun Uhr ablösen wollte. Er muss seinen Posten etwas früher verlassen haben. Das erschien mir sonderbar, aber trotzdem ging ich ihn nicht überall suchen! Ich wollte ihn heute Morgen deswegen fragen. Was sollte ich anderes machen?«

»Sofort deine Vorgesetzten informieren!«

Außer sich vor Wut legte Artem den Deckel des aus Ton gebrannten Tintenfasses mit solcher Heftigkeit zurück, dass er zerbrach.

»Ist dir klar, welchen Streich dein Freund Gleb uns gespielt hat? Und wegen deiner Dummheit arbeitet die Zeit seit gestern Nachmittag gegen uns! Was heißt, du konntest niemanden benachrichtigen? Du hättest schreien, um Hilfe rufen müssen, was weiß ich!«

Artem reinigte seine tintenbefleckte Hand mit dem Taschentuch und fuhr dann mit gefährlich leiser Stimme fort:

»Bojar Bratoslaw nicht über die Abwesenheit deines Kameraden informiert zu haben, ist ein schweres Versäumnis. Unverzeihlich für einen Druschinen, wie immer sein Dienstgrad ist! Du hast zehn Peitschenhiebe auf dem öffentlichen Platz verdient. Nach deiner Bestrafung gehst du wieder auf deine Felder zurück! Besser du spielst eine Vogelscheuche und jagst den Raben Angst ein, als im Palast des Fürsten Wache zu stehen.«

Der Bursche fiel auf die Knie und bat um Mitleid. »Ich kann nicht in mein Dorf zurückkehren, ohne bei der Druschina des Fürsten gedient zu haben! Und was machst du mit Gleb?«, fügte er streitsüchtig hinzu. »Er hat viel mehr Schuld als ich!«

»Lerne, für deine eigenen Taten gerade zu stehen! Führt ihn ab!«, befahl Artem.

Der im Gang postierte Vasall trat ein, fasste den Burschen bei der Schulter und führte ihn wortlos ab.

»Was ist mit Bratoslaw?«, schrie der entlassene Wächter noch auf der Türschwelle. »Er hat meinen Bericht immer noch nicht gehört, da er sich ständig mit diesem Venezianer streitet!«

Die Tür schloss sich hinter Tolets. Artem war außer sich. Unruhig ging er im Zimmer auf und ab und stieß wütend die Sitze um, die ihm im Weg standen. Als er sich wieder beruhigt hatte, analysierte er im Handumdrehen die Situation: Der Bursche hatte nicht nur seinen Posten verlassen! Hinter Glebs Desertion steckte mehr. Bedenklich war jedoch, dass man dies seit mindestens vierundzwanzig Stunden nicht bemerkt hatte! Dieses außergewöhnliche Verschwinden hatte nichts mit Tolets Nachlässigkeit oder Unerfahrenheit zu tun. Vielmehr stand Glebs Abwesenheit in Zusammenhang mit dem Schmuckdiebstahl! Wer war in der Tat besser postiert als

Gleb und Tolets, um das Kommen und Gehen der Frauen zu überwachen und genau den Moment abzupassen, in dem die Dachwohnung leer war? Und die Untersuchungen, die er angeordnet hatte, um Gleb zu finden, hatten überhaupt nichts ergeben! Man musste kein Hellseher sein, um zu erkennen, was sich ereignet hatte!

Dennoch war es jetzt wichtig, methodisch vorzugehen und kein Indiz zu übersehen. Vielleicht befand sich der Schmuck doch noch in Rostow! Artem schrieb einige Worte auf ein Birkenholzstück: Eine kurze Beschreibung von Gleb und den Befehl, jede in Frage kommende Person, die Rostow verlassen wollte, am Stadttor zu verhaften. Der Druschine rief den Gardisten und gab rasch die notwendigen Anweisungen.

Bis zum Treffen mit den Vasallen blieb ihm noch eine Stunde Zeit. Artem beschloss, die Bäder aufzusuchen. Das entspannte seine Muskeln und beruhigte die Nerven.

Er ging zu dem flachen, ganz aus Tannenholz gefertigten Gebäude hinter dem Palast. Im Vorzimmer des Baderaums zog er sich aus. Zum Glück sah er nur die Kleider eines einzigen Mannes. Er würde also nicht durch die lärmende Gesellschaft der Garden gestört sein, die ganz in der Nähe logierten und die persönlichen Bäder des Fürsten jetzt mit demselben Recht wie die Residenten des Palastes aufsuchten.

Vollkommen nackt ging er in den Baderaum und gab dem Diener ein Zeichen. Während der junge Mann schnell einen leeren Bottich mit frischem Wasser auffüllte, bewunderte Artem den jungen muskulösen Körper. Die Hüften des Jungen waren mit einem dünnen Tuch umgürtet. Artem dachte mit Melancholie daran, dass er in diesem Alter noch nicht in die Bäder gehen musste, um sich zu entspannen.

Die Holzsandalen klapperten auf dem Boden, als sich der Junge zu der Feuerstelle an der hinteren Wand begab und den Bottich über klobigen bis zur Weißglut erhitzten Steinen ausschüttete. Sofort stiegen dicke Dampfwolken auf. Der Junge wiederholte die Prozedur mehrmals, ergriff dann ein Bündel Birkenzweige und begann, kräftig auf Artems Rücken und Hüften einzuschlagen. Endlich legte sich der Druschine auf eine Bank und streckte sich auf dem Rücken aus. Ein außerordentliches Wohlgefühl durchströmte ihn – bis ihn eine Stimme von der anderen Bank quer durch die Dampfwolken erreichte.

»Nun Bojar, ist Eure Untersuchung über den Mord an der jungen Bojarin Nastasia fortgeschritten? Wird der Giftmörder bald hinter Schloss und Riegel sitzen?«

Artem setzte sich unvermittelt auf und sah höchst irritiert die Person an, die es wagte, ihn an diesem Ort der Ruhe und Erholung mit Fragen zu stören. Er reckte sich etwas und erkannte das Gesicht mit den feinen Zügen des Armeniers Sarguis, dem persönlichen Arzt des Fürsten. Sarguis hatte seinerseits die Reaktion des Druschinen bemerkt und beeilte sich hinzuzufügen:

»Entschuldigt, dass ich Euch so überrumpelt habe, aber ich glaubte, die üblichen Formalitäten hier außer Acht lassen zu können. Außerdem, in der Eigenschaft als Arzt …«

»In der Eigenschaft als Arzt … habt Ihr die Todesursache festgestellt?«, unterbrach ihn Artem. »Gestern hat mich eine dringende Verabredung daran gehindert, Euer Eintreffen abzuwarten. Wenn Euch dieser Fall interessiert, beantwortet zuerst meine Frage.«

»Der Tod ist tatsächlich der Aufnahme einer tödlichen Dosis Belladonna zuzuschreiben. »Ich bin mir in diesem Punkt ganz sicher«, antwortete Sarguis ruhig. »Ihr versteht, dass meine Neugier nicht die eines Gaffers auf öffentlichen Plätzen ist. Für einen Arzt ist es eine Frage von größter Bedeutung, die Umstände zu ergründen, die zum Tod eines menschlichen Wesens geführt haben.«

»Im Augenblick habe ich Euch nichts mitzuteilen«, fügte Artem widerwillig hinzu.

Sarguis bemerkte das verdüsterte Gesicht Artems und fragte unverblümt:

»Warum blickt Ihr so sorgenvoll? Ihr habt schon viel kompliziertere Fälle entwirrt! Warum sollte Nastasias trauriges Ende schwieriger aufzuklären sein als die Rätsel, deren Lösung Euch berühmt gemacht hat?«

»Es ist nicht nur der Tod von Nastasia …« begann Artem langsam.

Er biss sich auf die Zunge: Es war Sache des Fürsten, den Zeitpunkt zu bestimmen, an dem er seine Untertanen über den Diebstahl des Schmucks informieren wollte.

»Nicht nur der Mord beschäftigt mich«, beendete er seine Ausführungen. »Wseslaw, der Fürst ohne Land, hält sich nur einige Werst von Rostow entfernt auf. Wer weiß, was er im Schilde führt! Sicher hat er Spione in die Stadt geschickt, aber sie sind nicht leicht zu enttarnen. Wladimir ist besorgt darüber.«

Sarguis brach in Lachen aus.

»Spione hier, in Rostow? Mir scheint, dass der Fürst – trotz seines jugendlichen Alters – an Verfolgungswahn leidet! Bald wird er an diese Fabel glauben, nach der Wseslaw ein Werwolf ist, der nachts selbst durch die Stadt streift. Nein, reden wir ernsthaft. Euer einziges wirkliches Problem ist der Mord an Nastasia. Es handelt sich wahrscheinlich um eine Angelegenheit unter Frauen, denn jeder weiß, dass Strigo Guitas Zofe hemmungslos den Hof macht. Ja, die Frauen!«

Sarguis Gesicht nahm einen verzückten Ausdruck an.

»Was tut man nicht alles für sie! Was mich betrifft, bewundere ich die schönen Augen einer Frau ebenso wie die kostbarsten Diamanten und Karfunkel der Welt. Nastasias Schönheit war blendender als der byzantinische Schatz. Was mich jedoch verblüfft, ist, dass Strigo nur Augen für die kleine Engländerin hatte!«

»Eure fundierte Meinung wird mir sehr nützlich sein« entgegnete Artem in scharfem Ton. »Leider zwingen mich die Notwendigkeiten der Untersuchung Euch zu verlassen.«

Der Druschine wollte dem unverbesserlichen Schwätzer entkommen und ging ins Vorzimmer hinaus. Hier half ihm ein zweiter Badejunge, sich mit einem aufgerauten Tuch abzutrocken. Artem kämmte sorgfältig seinen Schnurrbart, trat ins Freie und atmete gierig die frische Luft ein. Zwar hatte das Dampfbad seine Muskeln entspannt, dafür aber das unaufhörliche Gerede des Arztes ihn mehr als verärgert! Sarguis würde sich nicht mehr lange über seine Sorgen wegen der Umtriebe des Fürsten ohne Land lustig machen! Die Nachricht vom Schmuckdiebstahl und dem Verschwinden eines Wächters würde den Arzt schnell von seiner empörenden Sorglosigkeit kurieren. Innerlich immer noch fluchend, rief Artem einen Diener herbei, der gerade den Hof überquerte und befahl ihm, ein Mittagessen für vier Personen auf seine Zimmer zu bringen.

Wassilij und Philippos hatten auf Artem gewartet und sich die Zeit mit Kartenspielen vertrieben. Mitko war noch nicht da.

»Was ist passiert, Bojar?«, fragte Wassilij, der Artems angestrengte Miene bemerkte.

»Ich erzähle es nicht zweimal! Wir warten auf Mitko!«, brummte er. »Was ist das für eine Bande Vergnügungssüchtiger?«, erkundigte er sich, als er auf die andere Seite des Platzes innerhalb der Einfriedung sah.

»Man feiert das Kohlkopffest«, erinnerte ihn Wassilij. »Es dauert den ganzen Spätsommer an, wie du weißt.«

Eine bunt zusammengewürfelte Menge schob sich auf dem holzgedeckten Platz vor der Kathedrale hin und her. Die jungen Mädchen trugen Sarafane in lebhaften Farben und hatten sich die Haare mit Bändern geschmückt. Sie bildeten einen Kreis und sangen dazu. Die

Männer bewegten sich um die Tanzenden herum und zogen von Zeit zu Zeit eines der Mädchen in die Mitte des Kreises. Einige Burschen hatten einen Kohlkopf unter dem Arm; sie konnten ihn einem Mädchen übergeben, um es am Tanzen zu hindern. Diese Geste glich einer Liebeserklärung und signalisierte oft, dass der junge Mann bald um die Hand der Erwählten anhalten würde.

Während der ganzen Festzeit erwartete man vom Fürsten und den reichsten Bojaren, dass sie ihre Anwesen geöffnet hielten und den jungen Leuten Wein und Met anboten, wie auch frisch geerntete Kohlköpfe, damit das Fest weitergehen konnte. Artem seufzte. Er wusste, dass die Menge bald den Hof füllen und von Wladimir die traditionelle Gabe verlangen würde. Das war etwas, um Demetrios zu zerstreuen, der das Fest in seinen Aufzeichnungen über die russischen Sitten und Gebräuche beschreiben würde! Der Fürste dürfte jedoch nicht in Feierstimmung sein!

Plötzlich erblickte der Druschine Mitko. Er ging um die Tänzergruppen herum und pfiff den jungen Mädchen im Vorbeigehen zu. Der Vasall ging dann schnell in Richtung Palast weiter. Als Mitko wieder zu seinen Freunden kam, hatten sich diese gerade vor einer mit Speisen beladenen Platte gemütlich niedergelassen.

»Ich konnte nicht schneller kommen, ich musste Jdan folgen«, entschuldigte sich Mitko, während er ein großes Stück kalten Fleischs in Blaubeergelee tunkte. Du wirst es mir nicht glauben, Bojar Artem! Er möchte Mina einen Kohlkopf überreichen. Obwohl Jdan genau weiß, dass sie verlobt ist. Aber er kann wohl kaum Paare auseinander bringen!«

»Ich habe erfahren, dass er in Mina verliebt ist«, sagte Artem. »Heute Morgen hat er mir ein Gedicht vorgetragen, das eine Trauerweide zum Lachen bringen würde. Aber wenden wir uns ernsthaften Dingen zu. Ich muss euch eine schreckliche Nachricht mitteilen.«

Artem berichtete kurz die Neuigkeiten über den Schmuckdiebstahl und das Verschwinden des Wächters.

»Ich bezweifle, dass Bratoslaw uns etwas Nützliches zum Thema dieses durchtriebenen Fuchses mitteilen kann«, bemerkte Wassilij. »Gleb und Tolets gehören zu den Soldaten, die gerade eingezogen worden sind. Deshalb hat ihnen Bratoslaw auch solch einen ruhigen Posten zugewiesen; davon war der Bojar schließlich ausgegangen.«

»Wassilij hat Recht«, fügte Mitko hinzu. »Die zwei jungen Burschen gehörten zu den neu Rekrutierten. Ich glaube nicht, dass ein Grünschnabel wie Gleb solch einen gewagten und spektakulären Diebstahl begehen konnte.«

»Ich auch nicht« bestätigte Artem. »Ich bin überzeugt, dass er einen Komplizen hat, oder vielmehr auf Befehl eines Dritten gehandelt hat. Wenn der Schmuck nicht wieder auftaucht, wird dieser Vorfall schwer wiegende Konsequenzen für die Beziehungen zwischen Kiew und Tsar-Gorod haben. Ich denke, dass der Verbrecher die Schmuckstücke nicht nur wegen ihres Wertes gestohlen hat!«

»Wenn wir Wladimirs Feinde ins Auge fassen, denke ich nur an eine einzige Person: Wseslaw, den Fürsten ohne Land!«, ergänzte Mitko.

»Stimmt«, meinte Artem und stellte seinen Teller auf die Platte zurück. »Nach allem, was ihr mir gestern erzählt habt, war der Fürst ohne Land sehr wohl über den Reiseweg und die Ankunft der griechischen Gesandtschaft informiert. Wenn wir annehmen, dass Gleb von Wseslaw gekauft worden ist und er auf dessen Befehl gehandelt hat, hatte der Kerl reichlich Zeit, den rebellischen Fürsten zu treffen. Aber wir brauchen einen unwiderlegbaren Beweis für Wseslwas Schuld. Ansonsten wird Wladimir sich weigern, gegen seinen Onkel, den er immer zu schonen suchte, in den Kampf zu ziehen. Andererseits wird sich der Auftraggeber des Diebstahls, ob es Wseslaw oder ein anderer ist, schnell des unschätzbaren, aber unendlich gefährlichen Schatzes entledigen wollen. Rostow ist eine große Stadt; es ist nicht unmöglich, dass die Gauner sogar versuchen, den Schmuck der Theophanu hier zu verkaufen.«

Wenn der Dieb oder sein Spießgeselle in Rostow auch nur einen Schritt in diese Richtung tun, schnappen wir sie!«, erklärte Mitko im Brustton der Überzeugung. »Wassilij und ich haben zahlreiche Informanten in der Rostower Unterwelt, um genügend Hinweise auf ein Objekt von diesem Wert zu erhalten.«

»Hervorragend«, meinte Artem. »Ab morgen Früh führt ihr eure Untersuchung im Umkreis aller in Frage kommenden Hehler durch.«

»Warum nicht heute schon?«, schlug Wassilij vor. »Die Zeit drängt und die Sache mit dem Schmuck hat Vorrang! Außerdem habe ich über Strigo nichts Verdächtiges zu berichten. Man könnte sagen, seine Begeisterung ist seit gestern erloschen; seine Diener flüstern hinter vorgehaltener Hand, dass er Mönch werden will!«

Mitko brach in Lachen aus, schüttelte dann aber energisch den Kopf.

»Ja, warum nicht sofort die Stadt durchkämmen? Ich habe auch nichts Neues über Jdan in Erfahrung gebracht – außer dass der junge Bojar in Mina verliebt ist … und er nicht die geringsten Aussichten hat, wie groß auch immer sein Kohlkopf sein mag, den er ihr anbieten wird!«, fügte der Vasalle lachend hinzu.

»Euer Gelächter ist fehl am Platz, wir haben zwei schwer wiegende Angelegenheiten auf dem Tisch!«, erwiderte Artem in eisigem Ton. »Was den Mord an Nastasia betrifft, ist es augenscheinlich, dass der Schuldige einer der Teilnehmer am gestrigen Abendbankett ist; er kann die Stadt nicht verlassen ohne aufzufallen. Er verliert also nichts, wenn er abwartet. Ihr habt Recht, das

Dringendste ist, mit unseren Nachforschungen nach dem Verbleib des byzantinischen Schmucks zu beginnen. Aber heute erwartet uns noch eine wichtige Aufgabe im Palast. Denkt nach! Wer außer Wseslaw könnte ebenfalls Nutznießer des Diebstahls sein?«

»Wie du selbst gesagt hast!«, gab Mitko zur Antwort, »sind diese Schmuckstücke schwer zu verkaufen. Der unbekannte Komplize von Gleb ist also durch seinen Hass auf den Fürsten motiviert ...«

»Nun gut, wenn die Diebe den Schmuck aus Geldgier gestohlen haben, müssen sie den Schatz anderswo als in Rostow veräußern«, folgerte Wassilij. »Ich bin ganz deiner Meinung, Bojar. Der Mitspieler beim Diebstahl kann einer der ausländischen Gäste sein. In einigen Tagen verlassen sie die Stadt und kehren niemals wieder zurück. Außerhalb der russischen Gebiete wird der Kriminelle genug Zeit haben, den Schmuck loszuwerden und einen guten Kaufpreis zu erhalten. Es ist ziemlich klar, dass unser Mann ein Fremder ist!«

»Genau das vermute ich«, bestätigte Artem, während er sich zum Fenster wandte.

Seit einigen Augenblicken waren die Rufe und der Lärm des Festes vom Hof her nicht mehr zu hören. Stille war eingetreten. Der Druschine lehnte sich aus dem Fenster und erblickte eine schweigende Menge, die zur Freitreppe hinaufschaute. Wladimir begann gerade eine Rede an seine Untertanen. Artem sah den Fürsten nicht, der unter dem Dach der Freitreppe stand, aber er konnte Wladimirs vertraute Stimme hören. Einen Augenblick später wandte sich Artem wieder seinen Kameraden zu.

»Ihr habt es gehört: Wladimir verspricht jedem zehn Goldgriwnen als Belohnung, der Hinweise zur Wiederbeschaffung des Schmuckes geben kann. Dieses Argument wird euch helfen, die Zungen zu lösen. Wenn ihr es mit Kleinkriminellen zu tun habt, die nicht unmittelbar mit dem Verbrechen zu tun haben, versprecht ihnen trotzdem alle Diskretion, die sie verlangen.«

Ein dumpfes Geräusch war aus dem Hof zu hören. Artem sah erneut aus dem Fenster. Wladimirs Stallknechte waren dabei, drei reich geschmückte Pferde und eine Kalesche aus den Ställen zu holen. Der Druschine sah die griechischen Gesandten zur Troika gehen, während die Menge ihnen den Weg freigab. Sechs Diener, die die schweren mit dem byzantinischen Kreuz gekennzeichneten Koffer trugen, folgten ihnen.

»Jetzt ist der Fall des Falles eingetreten!«, kommentierte Artem das Geschehen, ohne das Gefolge aus den Augen zu lassen. »Die Gesandten verlassen Rostow! Wie ich sehe, haben die Griechen die Geschenke nicht angenommen, die Wladimir für den Kaiser bestimmt hatte. Wartet ... die Gesandten erklären, dass sie in Kiew Station machen und drei Tage auf den Kurier des Fürsten warten werden. Das bestätigt die durch Wladimir festgelegte Frist.«

»Was, die Griechen verlassen die Stadt?«, rief Mitko aufspringend. »Aber wir können sie nicht abreisen lassen, sie gehören zu den Verdächtigen!«

»Denk eine Minute nach«, meinte Wassilij und klopfte sich mit dem Finger auf die Stirn. »Verdunkelt dir das Kohlkopffest den Geist? Der letzte Platz der Welt, an dem der Schmuck verkauft werden könnte, ist Tsar-Gorod!«

»Du hast tatsächlich Recht, alter Bruder! Wir können die Griechen nicht verdächtigen; das erleichtert unsere Aufgabe! Es lohnt die Mühe nicht, sich um diesen eitlen Demetrios zu kümmern. Wir konzentrieren uns besser auf den Latiner! Das ist der einzige ausländische Gast, der nicht aus Griechenland stammt. Zudem sind wir uns einig, dass er wie ein Abenteurer auf der Suche nach Reichtum wirkt.«

»Der Schein kann trügen«, stellte Artem fest und setzte sich wieder an den Tisch. »Ich hege keine Sympathie für Renzo, habe jedoch auch an Andrej gedacht; obwohl sich der zukünftige Bücherwart wie ein loyaler Diener des Fürsten verhält, ist er nun mal hoffnungslos in die Prinzessin verliebt. Ich weiß nicht, wo zu dieser verschlossene und schweigsame Mann fähig ist, um die Hochzeit der Prinzessin hinauszuschieben oder sogar zu verhindern!«

Wir können niemanden ohne Beweise anklagen. Aber, wer auch immer der Auftraggeber ist, Gleb hätte den Schmuck im Umfeld des Palastes verstecken können! Deshalb kämmen wir jetzt gründlich alle Zimmer des zweiten Stockwerks durch, auch die unbenutzten und die Repräsentationsräume. Das wird dauern, aber ihr habt bis heute Abend Zeit dafür. Kommt gegen zehn Uhr wieder hierher. Das Treffen ist beendet.«

»Und mich fragst du nicht, ob ich etwas Neues über Strigo und Aldine erfahren habe?«, fragte ihn Philippos mit beleidigter Stimme.

»Ich nehme an, du wirst es uns wissen lassen, wenn dies der Fall ist«, antwortete Artem lächelnd.

»Aldine ist unschuldig«, erklärte der Junge mit Überzeugung. »Außerdem sind wir freundschaftlich verbunden. Sicher, ich habe keine Beweise … aber das wird sich finden!«

Artem warf einen beunruhigten Blick auf den Jungen. Er machte sich Vorwürfe, Philippos' Mitarbeit bei der Untersuchung erlaubt zu haben. Dies könnte vielleicht zu gefährlich für den Jungen werden! Artem entließ die Vasallen und nahm sich vor, so bald wie möglich die englische Zofe zu verhören. Aber zuerst musste er Renzo sehen und dies um keinen Preis länger hinausschieben.

Während Mitko und Wassilij begannen, die verlassenen Zimmer der Gesandten zu durchsuchen, ging der Druschine in die erste Etage hinunter. Als er den zum

Vorzimmer führenden Flur betrat, hörte er einen Mann laut mit einem Wächter streiten. Kurz danach erblickte Artem den Statthalter. Sein langer schwarzer Bart und sein massiger Körper zitterten vor Zorn. Zwischen zwei dem Wächter zugedachten Beleidigungen verlangte er, vom Fürsten empfangen zu werden. Der junge Vasall blieb unbeirrbar und begnügte sich damit, ihm den Zutritt zum Vorzimmer zu verwehren. Der Statthalter kam zu einer ungünstigen Zeit, aber die Etikette verlangte, ihm zumindest eine Erklärung zu geben.

»Warum werde ich von Wladimir nicht empfangen?«, stieß Radigost hervor, als er Artem erblickte.

»Die gewohnten Audienzbestimmungen sind außer Kraft gesetzt«, erklärte der Druschine. »Aus Gründen, die mit der Untersuchung des Mordes an Eurer Tochter zusammenhängen, hat Wladimir mir diesen Raum als Arbeitszimmer zugewiesen.«

Artem befahl dem Vasallen, Renzo zum offiziellen Verhör vorzuladen. Als der Wächter gegangen war, wandte Artem sich dem Statthalter zu, mit der Absicht, ihn so schnell wie möglich wieder loszuwerden. Aber Radigost ergriff als erster das Wort:

»So, der berühmte griechische Schmuck ist verschwunden, und die Gesandten sind abgereist!«, rief er aus, und seine kleinen Augen glitzerten vor Erregung. »Ich habe die Neuigkeit beim Hereinkommen erfahren. Im Palast geht es drunter und drüber.«

»Diese Ereignisse scheinen Euch wenig zu berühren!«, bemerkte Artem. »Ich glaube, dass Ihr die Bedeutung des Vorfalls unterschätzt.«

»Ich werde keine Tränen vergießen, weil man einige Schmuckstücke gestohlen hat, wo ich doch meine Tochter verloren habe!«, knurrte der Statthalter. »Gestern, während des abendlichen Banketts hat das unglückliche Kind – Gott sei seiner Seele gnädig – mir noch erzählt, wie sehr sie diesen Firlefanz bewundert. Ich habe ihr einen Klaps auf die Stirn gegeben und sie daran erinnert, dass der wahre Reichtum sich am Grundbesitz misst. Ohne Land ist selbst Guita nur eine als Prinzessin verkleidete Bettlerin!«

»Ein sehr taktvoller Gedanke, Bojar Radigost, wenn man bedenkt, dass Wladimir Euch zum Hochzeitsfest eingeladen hat!«, meinte Artem trocken.

»Was weiter?«, fuhr Radigost fort und sah den Druschinen herausfordernd an. »Wladimir ist nicht einmal halb so alt wie ich, er muss sich die Wertschätzung alter Rostower Bojaren erst verdienen. Wenn die griechischen Gesandten vor ihm das Knie beugen, muss ich sie noch lange nicht nachahmen! Außerdem, hast du gesehen, was die Ehrerbietung dieser Heuchler wert ist? Einige Schmuckstücke sind verschwunden, das ist alles! Aber sie tragen eine beleidigte Miene zur Schau, reisen ab und verkünden ein Ultimatum!

Ein russischer Fürst sollte sich nicht so behandeln lassen. Die Griechen sind alle Gauner und Scheinheilige, ob sie Händler oder Priester sind. Und die Latiner sind noch viel schlimmer. Aber der Russe, wenn er den Kopf richtig auf den Schultern trägt, ist schlauer als die Fremden. Das habe ich festgestellt seit ich mit Tsar-Gorod Handel treibe. Wladimir sollte der ganzen Sippschaft die Stirn bieten!«

Artem hatte dieser Tirade mit unterdrücktem Zorn zugehört. Er wusste, dass Radigost in seiner Eigenschaft als Statthalter von Rostow und während der Dauer seines Mandats das Recht hatte, vor der Wetsche die Entscheidungen des Fürsten anzufechten – außer die militärischen Anordnungen natürlich! Trotz seines Ärgers angesichts der Dummheit des alten Bojaren, wollte er die Untersuchung nicht durch Diskussionen mit den Volksvertretern schleifen lassen.

»Ihr begreift gar nichts, Radigost!«, antwortete er. »Der Fürst ist jung, sicherlich, aber er weiß genau, was er tut. In der aktuellen Situation war es am klügsten, dieses Verbrechen als eine Staatsangelegenheit zu behandeln und eine Belohnung für jeden auszusetzen, der hilft, den Schmuck wieder zu finden.«

»Ihr sprecht von einer Belohnung!«, gluckste der Statthalter. »Der dümmste Dieb begreift, dass zehn Goldstücke weit vom tatsächlichen Wert des Schmucks entfernt sind! Jetzt«, erklärte er in verändertem Tonfall, »da *Ihr* mich empfangt, erzähle ich Euch, was ich dem Fürsten zu sagen hatte. Ich fordere die Verhaftung Strigos, des Verlobten meiner verstorbenen Tochter! Er ist der Schuldige!«

»Seit wann gibt der Statthalter dem Ratgeber des Fürsten Instruktionen?«, warf Artem ein. »Kehrt zu Euren Tätigkeiten zurück, wacht über den Reichtum der Stadt und eures eigenen Handels; und lasst mich für einen erfolgreichen Verlauf der Untersuchung sorgen!«

»Ich hatte Zeit, über die letzten Worte Nastasias nachzudenken«, fuhr der Statthalter fort, ohne sich aus der Fassung bringen zu lassen. »Der im Psalm beschworene Schurke – dessen Hände voller Geschenke sind – ist niemand anderes als Strigo. Das hätte mir eher einfallen müssen, aber die Vorstellung ist dermaßen ungeheuerlich, dass sie mir erst jetzt in den Kopf kam!«

»Wenn Nastasia auf Strigo hinweisen wollte, warum hat sie dann nicht seinen Namen ausgesprochen?«

»Meine Tochter war durch die unheimliche Vorhersage zu beeindruckt. Auch ich bin empfänglich für gewisse Zeichen, die niemals täuschen. Gestern zum Beispiel, als wir zum Palast aufbrachen, ist Nastasias Pferd drei Mal beim Durchritt unter dem Portal gestrauchelt. Obendrein haben wir auf dem Weg den Flug der Störche beobachtet …«

»Diese Art von Beweisen wird das Tribunal des Fürsten nicht interessieren!«, bemerkte Artem gereizt.

»Ich verstehe, die alten Glaubensüberlieferungen unseres Volkes sind nicht nach Eurem Geschmack?«, gab der Statthalter zurück. »Wie Ihr wollt, ich habe noch etwas Solideres in Reserve, um meine Behauptungen zu untermauern!«

Radigost warf ein großes Medaillon aus Emaille auf den Tisch. Auf ihm war das Antlitz der Heiligen Jungfrau abgebildet. Ihre Augen wirkten unendlich traurig. Das Bild der Mutter Gottes war von einem feinziselierten Goldrahmen eingefasst und hing an einer goldenen Kette. Artem erkannte den Gegenstand sofort wieder: Strigo trug ihn während des Empfangs der Botschafter als Halskette!

»Ich weiß, wem dieses Medaillon gehört«, bestätigte der Druschine. »Wo habt Ihr es gefunden?«

»Ich entdeckte es, als sich die Dienerinnen mit Nastasias Totenkleid beschäftigten. Wie Ihr bestätigen könnt, ist das Kettchen nicht zerrissen. Man muss nicht besonders schlau sein, um sich auszumalen, was geschehen ist! Strigo hat sein Medaillon Nastasia geschenkt, um ihr vorzugaukeln, dass er sein unverschämtes Verhalten in der Einfriedung der wilden Pferde bereut. In Wirklichkeit hat er dies getan, um ihr Misstrauen zu zerstreuen, das das Geschenk für Aldine hervorgerufen hat! Welchen Beweis braucht Ihr noch?«

Artem dachte nach. Die Schlussfolgerung des Statthalters schien Hand und Fuß zu haben. Strigo konnte das Medaillon nicht verloren haben, da das Kettchen intakt war. Andererseits, als Artem den Inhalt von Nastasias Taschen untersucht hatte, befand sich das Schmuckstück nicht darin. Strigo hatte es der jungen Bojarin also ganz aus freien Stücken gegeben, und Nastasia hatte es sich um den Hals gelegt … Ja, das war möglich. Als Nastasia ihr Ende nahen fühlte, dachte sie an dieses letzte Geschenk. Strigos Heimtücke war ihr erst in diesem Moment klar geworden.

»Ich hatte Unrecht, Strigo zu unterschätzen«, wetterte

der Statthalter. »Dieses Geschenk war lediglich eine Finte, um die Wachsamkeit meiner Tochter zu täuschen. Sein Plan ist fehlgeschlagen. Meine Tochter hatte einen scharfen Verstand, den sie von mir geerbt hat! Mit ihren letzten Worten hat sie uns auf den Mörder hingewiesen. Ich fordere die Verhaftung des Schuldigen. Ist er erst einmal der Folter unterworfen, wird er gestehen, ob er allein gehandelt hat oder mit Hilfe der kleinen englischen Hexe!«

In diesem Moment öffnete sich die Tür und Wladimir kam auf Artem und Radigost zu.

»Was geht hier vor?«, erkundigte er sich. »Was kann ich für Euch tun, verehrter Radigost? Die Bedeutung des gerade begangenen Verbrechens hat mich Euer Unglück nicht vergessen lassen.«

»Gerechtigkeit!«, schrie Radigost. »Ich will, dass Gerechtigkeit herrscht!«

Er wiederholte Wladimir die Gründe, die ihn zum Palast geführt hatten, um die Verhaftung Strigos zu fordern.

»Die Argumentation des Statthalters scheint mir zwingend zu sein«, erklärte der Fürst, während er das Medaillon untersuchte. »Ich erinnere mich, diesen Schmuck mehrmals auf Strigos Brust gesehen zu haben. Allem Anschein nach ist er der Schuldige. Ich verstehe nicht, warum Ihr zögert, ihn zu verhaften, Bojar Artem! Wie ist Eure Antwort?«

Artem verstand, dass der Augenblick für eine Diskussion wenig günstig war. Wladimirs blasses Gesicht und seine unruhigen Augen standen im Gegensatz zu seiner gebieterischen Stimme und der gewohnten Bestimmtheit seines Auftretens. Dem Fürsten lag viel daran, wenigstens eines der zwei Delikte, die seine Hochzeit in einen Albtraum verwandelt hatten, als erledigt betrachten zu können.

»Fürst, dieser Beweis ist für das Tribunal zulässig, aber

er ist leider der Einzige«, sagte Artem ernst. »Wenn ich Strigo sofort verhafte, habe ich das Gefühl, diese Angelegenheit allzu schnell abzuschließen. Ihr habt mir drei Tage gegeben, und der erste ist noch nicht verflossen!«

»Ihr gebt also zu, dieselbe Schlussfolgerung wie Radigost gezogen zu haben? Wir besitzen das Indiz, das Nastasia hinterlassen hat und den Gegenstand, der uns erlaubt, den Schuldigen zu identifizieren. Das erscheint mir ausreichend, um Strigo vorerst in den Kerker zu werfen. Dieser Mann ist gefährlich! Wenn es Euch gelingt, während der Frist, die ich Euch zugestanden habe, ein weiteres Indiz zu finden, werdet Ihr mich benachrichtigen. Inzwischen – da Radigost zufrieden gestellt ist – kümmert Euch lieber um die Suche nach dem Schmuck!«

Der Fürst grüßte den Statthalter und überließ die beiden Männer sich selbst.

Radigost verabschiedete sich seinerseits mit übertriebener Höflichkeit von Artem und verließ das Vorzimmer.

Als Artem wieder allein war, hieb er mit solcher Wucht auf den Tisch, dass einige Birkenrinden hinunterfielen. Ohne sich die Mühe zu machen, sie wieder aufzuheben, ging er zum Fenster und wartete darauf, Radigost aus dem Palast kommen zu sehen. Einige Minuten vergingen, ohne dass er den alten Bojaren die Freitreppe hinuntergehen sah.

»Verflucht sei die Beschränktheit des Statthalters!«, murmelte Artem. »Ihm ist zuzutrauen, sich noch im Palast herumzutreiben, um wegen Strigos Verhaftung auf Nummer sicher zu gehen und seine Genugtuung zu genießen.«

Dennoch hatte der Druschine heute Morgen selbst an die Schuld Strigos geglaubt. Aber die Unterredung mit dem jungen Mann hatte seine Gewissheit zerstört. Ohne Strigo als Verdächtigen auszuklammern, dachte Artem jetzt, dass die Affäre komplizierter war, als zuerst angenommen. Jedoch hatte ihn Wladimirs Intervention mit dem Rücken an die Wand gestellt. Das Geschick Strigos war demnach vorgezeichnet.

Er ging wieder zu seinem Platz und wollte den Befehl für Strigos Verhaftung aufschreiben, als er die ausgetrocknete Tinte im Fass mit dem zerbrochenen Deckel bemerkte. Er sammelte seine verstreut herumliegenden Notizen ein, schloss sie in den Kasten des Schreibers und rief die Wache.

»Der genannte Renzo De' Moretti befindet sich nicht innerhalb der Palastmauern!«, meldete ihm der junge Vasall. »Ich habe einen Soldaten vor seinen Räumen postiert, damit er bei seiner Rückkehr sofort vorgeladen werden kann. War das richtig?«

»In Ordnung«, gab Artem zurück und bemühte sich, seinen Ärger zu unterdrücken.

Am Vorabend hatte er allen ausländischen Gästen den Termin ihres Verhörs bekannt gegeben. Diesem Renzo mangelte es nicht an Dreistigkeit! Aber er würde nicht um das scharfe Verhör herumkommen, das für ihn vorgesehen war. In der Zwischenzeit musste er sich um Strigos Verhaftung kümmern.

Der Druschine befahl dem Gardisten, aus dem Lager der Bibliothek neue Tinte zu holen, dann verließ er das Vorzimmer, ging schnell die Treppe hinunter und verließ das Gebäude über die Freitreppe. Vom oberen Treppenabsatz blickte Artem noch einmal in den Hof hinunter. Da er weder einen Soldaten noch einen Palastdiener sah, ging er zum Gebäude der Vasallen hinüber.

Auf seinem Weg um den Palast sah er Philippos und Aldine. Die junge Frau und der Junge kamen aus den Ställen. Sie führten die von Strigo gezähmte Stute zum Brunnen mitten im Hof. Artem verbarg sich schnell im Schatten der Treppe, um die englische Zofe beobachten zu können. Nach russischer Art trug sie einen Sarafan und eine Bluse mit Puffärmeln. Ihre füllige rote Haarpracht war in einem tief sitzenden, mit roten Schleifen geschmückten Knoten zusammengefasst. Philippos ermutigte sie die Zügel zu nehmen, während er selbst seine kleine pelzbesetzte Mütze abnahm.

»Schaut Aldine, jetzt lege ich dieses Silberstück auf den Boden meiner Kappe und fülle sie mit Wasser. Haltet den Zügel fest, Ihr müsst eurem Pferd Gehorsam beibringen. Die Stute ist noch wild und bekommt schnell Angst.«

Der Junge entrollte die lange Kette, an der ein Holzkübel befestigt war. Er zog den gefüllten Kübel wieder hoch und stellte ihn auf den Brunnenrand. Dann tauchte er vorsichtig seine Kappe ins Wasser und holte sie tropfnass wieder heraus.

»Seht Ihr? Das Silberstück ist immer noch am Boden meiner Mütze; jetzt gebe ich Eurer Stute das frische Wasser zu trinken. Dieses Ritual heißt ›ein Pferd mit Geld überhäufen‹. Die Russen machen es während der ersten drei Tage nach dem Erwerb des Tieres. Dann legen sie das Geldstück unter den Futtertrog. Man sagt, dadurch wird das Pferd fügsam und ausdauernd. Aber vor allem schützt dies das Tier vor dem bösen Blick.«

»Wer kann denn hier einen bösen Blick haben?«, wunderte sich Aldine.

Ihr Russisch hatte noch einen Akzent, war aber ansonsten korrekt.

»Der fürstliche Palast ist weit entfernt von den Wäldern, in denen Hexen hausen!«

»Wer in den Wäldern wohnt, ist nicht unbedingt eine Hexe, und man kann Hexen auch anderswo als im Wald treffen«, meinte Philippos und ein Schatten huschte über sein Gesicht. »Insbesondere Nachbarn können einen Übles wollen!«

»Oder besser gesagt, die Nachbarinnen!«, verbesserte ihn Aldine lachend. »Die Frauen sind gefährlicher als die Männer.«

Philippos ließ die Stute trinken. Aldine streichelte die

seidige Mähne des Tieres. Artem hatte den beiden amüsiert zugehört und hätte beinahe den Vasallen übersehen, der zum Ausgang der Palastmauern ging. Er trat sofort aus dem Schatten der Freitreppe heraus, rief ihn an und befahl dem jungen Druschinen, ihm unverzüglich drei Soldaten zu schicken. Artem tat so, als ob er den Jungen und die Zofe nicht gesehen hätte. Diese beobachteten ihn jedoch, seit sie seine Anwesenheit bemerkt hatten. Der Druschine gab den vier in aller Eile herbeigerannten Soldaten seine Befehle:

»Ihr geht zu Bojar Strigo und verhaftet ihn. Wenn er den Befehl sehen will, sagt ihm, dass er im Palast schon für ihn vorbereitet ist. Führt ihn direkt in den Kerker.«

Als die kleine Truppe weggeritten war, hörte Artem Philippos etwas zur Zofe murmeln. Aldine war ganz blass geworden, ging aber tapfer auf den Druschinen zu. Zum ersten Mal konnte er Nastasias Rivalin aus der Nähe ansehen.

Die junge Engländerin konnte es an kühler und stolzer Schönheit der verstorbenen jungen Bojarin in keiner Weise gleichtun, aber ihre kleine Stupsnase und ihre großen braunen, vor Intelligenz sprühenden Augen gaben ihrem Gesicht unbestreitbar einen besonderen Reiz. Alle ihre Bewegungen waren von einer katzenhaften Anmut geprägt, und trotz ihrer Sommersprossen, die ihre feine Blässe gut zur Geltung brachten, hielt Artem sie für sehr anziehend – für einen Jungen von Philippos Alter umso mehr, seufzte er.

Aldine öffnete den Mund, als ob sie etwas sagen wollte, aber es kam kein Ton über ihre Lippen. Plötzlich, fiel die Zofe vor dem Druschinen auf die Knie und streckte ihm flehend ihre Hände entgegen.

»Habt Mitleid, Bojar!«, flüsterte sie. »Ich hoffte mich getäuscht zu haben, aber Euer Sohn hat es mir bestätigt: Ihr habt gerade befohlen, Strigo ins Gefängnis zu werfen, nicht wahr?

»Er ist unschuldig, glaubt mir! Ich schwöre es beim Andenken meines Vaters! Strigo ist unfähig, einer Fliege Leid anzutun.«

»Er ist des Mordes angeklagt. Noch gestern habe ich euch im Hof diskutieren hören, und ich kenne den Inhalt eurer Unterredung genau so gut wie ihr! Die Indizien, über die ich in dieser Sache verfüge, sprechen gegen Strigo. Lasst meine Stiefel in Ruhe und steht auf!«

»Der wichtigste Beweis ist dieser hier, nicht wahr?«, schrie Aldine, drehte sich um und zeigte auf die Stute. »Aber spricht dies nicht genauso gut für Strigo? Seine Geste ist die eines aufrechten und mutigen Mannes.«

»Der wichtigste Beweis ist vielleicht nicht, was du glaubst«, antwortete Artem ausweichend. »Was dein Urteil über Strigos Charakter anbetrifft, sage ich dir folgendes: Ein Mann, der weder seinem Vater noch seiner Verlobten die Stirn zu bieten wagt, kann sehr wohl an Gift denken, um seine Schwierigkeiten aus dem Weg zu räumen. Ohne Zweifel hat er sein Verbrechen nicht geplant. Er brauchte nur die Gelegenheit ergreifen, als er von dem Fläschchen hörte, das Demetrios in seinem Zimmer aufbewahrte.«

»Strigo hat das Fläschchen nicht angerührt«, warf Aldine dazwischen. Artem betrachtete die veränderten Gesichtszüge der jungen Frau genau. Irgendetwas in der Stimme und Haltung der Zofe hatte ihn verblüfft.

»Nun gut, vielleicht kannst du mir ja sagen, wer es getan hat!«, antwortete der Druschine ruhig.

In diesem Moment kam Philippos, der den Wortwechsel mit großer Aufmerksamkeit verfolgt hatte, zu der schönen Rothaarigen und zupfte sie am Ärmel:

»Wisst Ihr noch, was ich Euch geraten habe, Aldine? Wenn Ihr Artem etwas zu sagen habt, ist dies der richtige Augenblick!«

Mit niedergeschlagenen Augen und zusammengepressten Lippen drehte Aldine stumm an einem Lederknopf ihres Sarafans.

»Gut, fahrt fort, den bösen Blick abzuwenden«, erklärte Artem und wandte sich zum Gehen. »Ich muss mich um wichtigere Dinge kümmern!«

»Wartet Bojar, geht nicht weg!«, flüsterte die Zofe. »Ich habe Euch etwas zu gestehen. Es ist ... Ich habe das Fläschchen aus dem Zimmer des Griechen geholt!«

»Was sagt Ihr?«, schrie Artem. »Ich warne Euch, wenn Ihr Euren unglücklich Verliebten schützen wollt, keine Lüge kann ihn retten.«

Die Verzweiflung stand Aldine ins Gesicht geschrieben. Sie sah von Artem zu Philippos und schüttelte stumm den Kopf, während ihr die Tränen aus den Augen schossen. Der Druschine zog sie in Richtung Garten, der kurz vor Ende der Mittagsruhe noch verlassen war. Er ging um den Waffensaal herum und befahl Philippos, der hinter ihnen herlief:

»Bleib hier und warne uns, wenn irgendjemand sich dem Garten nähert.«

Aldine und der Druschine setzten sich auf eine Bank dicht am Zaun. Dies war die verschwiegenste Stelle im Garten. Johannisbeersträucher machten sie vom Eingang her unsichtbar, und eine dichte Hecke schützte sie vor Blicken von der anderen Seite des Zaunes. Aldine wischte sich die Augen mit ihrem Ärmel und gestand:

»Folgendes hat sich während des Abendbanketts ereignet: Wie gewohnt saß ich am Ende der fürstlichen Tafel, um schnell meinen Platz verlassen zu können, wenn Guita mich brauchte. Ich konnte den Vortrag des venezianischen Gastes nicht vergessen, seine faszinierenden Geschichten über die weit entfernten Königreiche und die schönen Frauen, die so ausgezeichnet die Zuneigung der Kavaliere zu gewinnen wissen! Ich war eifersüchtig auf Nastasias Schönheit!«

Die junge Frau zog die Nase hoch und sah Artem mit schuldbeladener Miene an.

»Seht, Bojar, vor dem ersten Tag der Festlichkeiten hatte Strigo Nastasia und mich niemals zusammen gesehen. Ich dachte, früher oder später würde er erkennen, wie viel schöner seine Verlobte war, und aufhören mich zu lieben. Diese Vorstellung beherrschte mich! Ich hatte entschieden, die magischen Tropfen, von denen Renzo erzählt hatte, auszuprobieren.

Aber während der Mittagsruhe musste ich Guita im Bankettsaal helfen; danach habe ich das Gefolge der Gäste begleitet ... Sicherlich, Strigos Anwesenheit beim Bankett hat mir gefallen; aber der Skandal hat nichts geklärt, sondern Strigo noch trauriger gemacht. Ich sagte mir unaufhörlich, er liebe mich nicht genug, um endgültig mit Nastasia zu brechen. Sowie das Abendbankett begann, habe ich unauffällig die Tafel verlassen ...«

»Erinnert Ihr Euch, wie viel Uhr es da war?«, unterbrach Artem.

»Ich weiß es nicht mehr genau, aber man hatte noch nicht begonnen zu speisen. Einer der Gesandten brachte einen Trinkspruch zu Ehren der Damen aus und besonders auf die Schönheit Nastasias. Der Fürst erinnerte dann an diese Sitte, nach der die Männer die Dame ihrer Wahl ehren, indem sie ihr einen Becher Wein von den Dienern bringen lassen. Alle Männer wollten Nastasia einen Becher anbieten! Das war für mich unerträglich. In diesem Moment ging ich hinaus, um nicht mitansehen zu müssen, wie Strigo sich diesem Ritual anschloss. Ich hatte schon von den anderen Dienerinnen gehört, wo sich Demetrios' Zimmer befanden.«

»Bist du irgendjemanden auf dem Weg begegnet?«

»Niemanden, außer den zwischen Speisesaal und Küchen hin- und hergehenden Dienern. In Demeterios' Zimmer sah ich sofort das Fläschchen auf dem Nachttisch. Ich tat einige Tropfen in jedes Auge und betrachtete aufmerksam mein Spiegelbild.

Da geschah etwas Schreckliches: Mein Sehvermögen trübte sich, ich konnte nichts mehr unterscheiden. Ich hatte das Gefühl, blind zu werden und zu ersticken … Ich geriet in Panik, öffnete ohne zu überlegen das Fenster und warf die kleine Flasche hinaus. Ich weinte vor Angst, fiel auf die Knie und bat Gott um Gnade. Nach und nach erlangte ich meine Sehkraft wieder. Ich wischte mir die Augen trocken und ging so schnell ich konnte wieder zum Bankettsaal. Nur die Prinzessin hatte meine Abwesenheit bemerkt. Sie sah meine roten Augen und musste denken, dass ich geweint hatte, als die Gäste Nastasias Schönheit feierten …

Ich weiß nicht, wo dieses verwünschte Fläschchen hingefallen ist, aber während des Festessens konnte es niemand an sich nehmen, da ich es weggeworfen hatte. Nastasia fühlte sich erst gegen Ende des Essens schlecht … Ich schwöre Euch, dass ich sie nicht vergiftet habe!«

»Ich wette, dass Ihr alle Kerzen im Zimmer angezündet habt, bevor Ihr die Tropfen ausprobiert habt!«, meinte Artem nachdenklich.

»Das ist wahr! Woher wisst Ihr das?«

»Das ist unwichtig. Habt Ihr die Phiole nach Eurem Experiment wieder verschlossen?«

»Ja, ich machte das Fläschchen wieder zu und hatte es noch in der Hand, als mein Spiegelbild in einer Art Nebel verschwand.«

»Dann komm!«, befahl Artem und stand sofort auf. »Wir gehen zu der Stelle unter Demetrios' Fenster. Wenn meine Überlegung stimmt, müsste die Phiole noch dort sein.«

Als sie den Garten verließen, gab Artem Philippos unauffällig ein Zeichen. Der Junge nickte und folgte dem Druschinen in einer Entfernung von zwanzig Ellen; immer auf der Lauer, ob jemand die beiden sah oder ihnen folgte.

Aldine führte Artem zum Eingang. Sie gingen an der Freitreppe vorbei, und blieben vor den Fenstern des Bankettsaals stehen. Aldine hob den Kopf und zeigte auf die geschlossenen, mit Blumenmotiven verzierten Fensterläden. Wie alle Gäste des Fürsten wohnte Demetrios im zweiten Stockwerk des linken Flügels. Artem erinnerte sich, dass seine Tür die erste war, wenn man in den Gang kam. Große Blumenstauden schmückten die Vorderansicht des Palastes auf beiden Seiten der Freitreppe. Artem gab der Zofe ein Zeichen und kauerte sich vor den Rosen nieder, deren angenehmer Duft die Luft erfüllte, und begann unter den Büschen zu suchen. Nach einigen Minuten hörte er die Stimme der Zofe:

»Hier ... Oh, ich habe mich gestochen!«

Mit dem Finger im Mund reichte sie ihm ein dunkelgrünes Porzellanfläschchen, das zwischen drei und vier Zoll groß war. Der Druschine entfernte vorsichtig den Silberkorken und entdeckte ein Röhrchen aus demselben Material – aber von unregelmäßiger Form. Artem kannte diese Praxis der griechischen Apotheker: Man saugte etwas Flüssigkeit in das Röhrchen und konnte dann die gewünschte Anzahl Tropfen entnehmen, ohne auch nur einen zu vergeuden. Der Druschine nahm den Tropfenzähler heraus und spähte in das Innere der Phiole. Sie war nur noch halb voll.

»Schaut genau hin«, befahl er der Zofe. »ist noch genau so viel darin wie zu dem Zeitpunkt, als Ihr den Stöpsel wieder aufgesetzt habt?«

Ja ... Ich glaube, es ist genau so viel darin wie in dem Moment, als ich das Fläschchen geöffnet habe. Ich habe so wenig entnommen, dass ich keinen Unterschied erkennen kann. Seht jedoch den Stöpsel an! Er ist noch ganz mit Erde beschmutzt. Niemand hat ihn angefasst, seit das Gefäß hier liegt. Ihr seht, Nastasia ist auf alle Fälle durch ein anderes Gift gestorben!«

»Irrtum«, merkte Artem knapp an.

Er wickelte die Phiole in sein Taschentuch und steckte sie in die Tasche:

»Nastasia ist mit derselben Substanz vergiftet worden. Allerdings wurde die notwendige Dosis Belladonna bereits vor deinen eitlen Lehrmädchenexperimenten entnommen!

So viel steht fest. Irgendjemand hat rechtzeitig vor dem Bankett in Demetrios' Zimmer eindringen und das Gift an sich nehmen können!

Ihr eingeschlossen … und Euer geliebter Strigo. Ihr seid noch zu jung um zu wissen, dass Liebe blind macht! Ihr versucht Strigo zu verteidigen; was hat er indessen getan, um Eure Liebe zu verdienen?«

Artem bemerkte plötzlich, dass Aldine ihm nicht zugehört hatte. Sie sah zum Portal; ihre feinen Gesichtszüge waren vor Entsetzen verzerrt! Im selben Moment tauchte Philippos bei ihnen auf.

»Achtung«, flüsterte der Junge, »die Soldaten kommen zurück!«

Artem wandte sich um und sah Strigo, begleitet von vier Militärs, durch den Haupteingang hereinkommen. Der junge Bojar hielt den Kopf gesenkt. Die Hände hatte man ihm auf dem Rücken gebunden, und alles schien ihm gleichgültig zu sein, sowohl seine Umgebung als auch sein eigenes Schicksal. Einer der Soldaten hatte Strigos blaues Cape über dem Arm hängen. Die Gruppe machte in der Mitte des Hofes Halt, dann wandte sich der Vasall, dessen Helm die Insignien eines Hauptmanns trug, mit militärischem Gruß an Artem:

»Der Gefangene hat keinerlei Widerstand geleistet: Er hat nicht einmal nach dem Haftbefehl gefragt! Er hat lediglich seinen Umhang mit sich nehmen wollen; ich nehme an, dass Ihr damit einverstanden seid. Wollt Ihr den Gefangenen sofort verhören oder sollen wir ihn erst in den Kerker bringen?«

»Schließt ihn ein. Führt ihn in eine Zelle mit einem

Fenster und seht nach, ob der Strohsack nicht zu feucht ist. Und lasst ihm seinen Umhang.«

Das Gefängnis umfasste den unter dem Waffensaal gelegenen Teil des Kellergeschosses. Als die Soldaten Strigo zu dem Eingang führten, durch den man das Gefängnis von außen betreten konnte, hob der junge Mann den Kopf und bemerkte Aldine. Für einen Augenblick belebte sich sein dumpfer Blick und seine Lippen deuteten ein schwaches Lächeln an.

Die Zofe flüsterte irgendetwas in ihrer Sprache und wollte zu Strigo eilen, doch der Druschine hielt sie am Arm fest. Sie stieß einen unartikulierten Ton aus, der an eine wütende Katze erinnerte, riss sich los und lief hinter den Soldaten her. Die Gefängnistür hatte sich jedoch schon hinter Strigo geschlossen.

4. Kapitel

Artem erklomm die Stufen der Freitreppe, warf noch einen missbilligenden Blick auf Philippos, der zu Aldine hingestürzt war, und durchquerte die Halle, die den Bankettsaal vom Waffensaal trennte. Er begann gerade, die breite Treppe hinaufzusteigen, als das Knarren einer Tür seine Aufmerksamkeit erregte. Er drehte sich um und bemerkte den Statthalter, der aus dem Waffensaal kam.

»Ihr habt den Palast noch nicht verlassen, Bojar?«, bemerkte Artem in frostigem Ton. »Ich nehme an, Ihr habt gesehen, dass Strigo eingekerkert wurde. Hat Euch dieser Anblick beruhigt?«

»Was meint Ihr?«, fragte Radigost, als ob er aus seinen Gedanken gerissen würde.

»Ich meine, dass Ihr zufrieden sein müsst! Ihr habt sicher gesehen, dass Strigo in den Kerker geworfen wurde! Habt Ihr es vom Waffensaal aus beobachtet? Zumindest will ich jetzt hoffen, dass Ihr mich meine Arbeit in Ruhe fortführen lasst!«

»Das ist in der Tat gut!«, bestätigte Radigost, ohne Artems feindliche Haltung überhaupt zu bemerken. »Der Mörder meiner Tochter wird der Strafe, die er verdient, nicht entkommen. Jetzt muss ich gehen. Eine unaufschiebbare Angelegenheit!«

»Ihr seht besorgt aus, Bojar Radigost! Was beunruhigt euch so sehr?«

»Nichts!«, rief der Statthalter, aber in seinen Augen glomm ein ärgerlicher Funke. Morgen begrabe ich meine Tochter, bis dahin muss ich mich um einige geschäftliche Dinge kümmern. Ich wünsche Euch, niemals so viele Sorgen zu haben, wie ich zur Zeit.«

Radigost drehte sich auf dem Absatz herum und ging, unwirsch die Tür schließend, hinaus.

Artem war noch nachdenklicher geworden. Der alte Mann war ihm plötzlich unruhig und aufgeregt vorgekommen, als ob sich eine geheime Überlegung mit seinem Kummer vermischen würde. Selbst die Befriedigung, die ihm Strigos Verhaftung bereiten sollte, schien Artem aufgesetzt. Er zuckte mit den Schultern. Selbst im Unglück sorgte sich der Statthalter um die Vermehrung seines Reichtums.

Artem wollte sich wieder in sein provisorisches Arbeitszimmer begeben, als von der Bibliothek Lärm zu ihm herüberdrang. Er erkannte die aufgeregten Stimmen von Mitko und Wassilij, die gerade seinen Namen genannt hatten. Die Vasallen waren anscheinend im Begriff, die Bibliothek zu durchsuchen. Hörte er Andrej mit ihnen streiten? Artem kannte den designierten Bücherwart erst seit einigen Monaten, und er war ihm auf Grund seines stets zurückhaltenden und äußerst behutsamen Auftretens ein Rätsel geblieben! Beunruhigt näherte sich Artem der schweren, eisenbeschlagenen Tür und blieb lauschend stehen.

»Ja, ja, ich weiß! Ihr handelt auf Befehl Artems und des Fürsten!«, hörte er Andrej sagen.

Dessen gewöhnlich ruhige und sanfte Stimme klang hoch und spitz und ließ die ungewöhnliche Erregung des Mannes erkennen.

»Könnt Ihr eigentlich auch selbst denken? Die Leute nennen die Vasallen die ›Arme des Fürsten‹: Der Ausdruck ist perfekt, die Arme handeln und nicht der Kopf!«

»Seid Ihr vielleicht der Kopf?«, machte sich Mitko lustig. »Dann lasst Euch eines Besseren belehren! Auch Ihr dient dem Fürsten, selbst wenn Ihr nicht die Schmutzarbeit für ihn macht. Wir gehorchen alle demselben Gesetz und dienen demselben Mann. Nur die Funktionen unterscheiden uns.«

»Ihr täuscht Euch. Ihr gehört beide der Armee an. Selbst Bojar Artem, obwohl Berater, ist nur ein einfacher Ausführender des fürstlichen Willens. Ich hingegen, ich bin der Hüter des höchsten Wissens, das nur in den Büchern enthalten ist.«

»Gut«, gab Wassilij zurück, »Ihr wacht über die Bücher des Fürsten Wladimir, während wir Druschinen für die anderen fürstlichen Güter Sorge tragen. Wo ist der Unterschied?«

»Der Unterschied«, fuhr Andrej fort, »besteht darin, dass ich mehr Anspruch auf die Bücher habe als der Fürst selbst! Nicht weil sie mir gehören, sondern weil ich das in ihnen enthaltene Wissen besser beherrsche. Versteht Ihr das? Das sind Rechte, die sich nicht von der primitiven Frage des Besitzens ableiten, sondern von der göttlichen Gnade; sie hat es mir gestattet, klüger als der Fürst zu werden. Außerdem kennt Wladimir meine Überlegenheit auf diesem Gebiet. Daher gründet sich mein Recht auf ein Gesetz, das nicht von den Menschen erlassen wurde, sondern … Fasst diese Manuskripte nicht an!«

Artem öffnete die Tür einen Spalt. Andrej hatte die Arme vor der Brust verschränkt und verweigerte den Vasallen den Zugang zu einem Teil der Regale, in denen sich Manuskripte mit dicken, aus Silber gefertigten Einbänden stapelten. Andrejs vor Empörung flammender Blick war auf die beiden Männer gerichtet, und auf seiner Stirn hatte sich eine tiefe Falte gebildet.

Wassilij wich etwas zurück und zog sein Schwert

»Welche Rechte auch immer Ihr von Eurem Wissen ableitet, Ihr habt unseren Befehlen zu gehorchen, wie jeder andere auch«, sagte er in drohendem Ton.

»Das wagst du nicht!«, schrie Andrej, ohne seine Position zu verändern.

»Was ist hier los?«, fuhr Artem dazwischen, als er die Bibliothek betrat.

Die zwei Vasallen gingen sofort einen Schritt zurück; Andrej holte Luft.

»Wir haben nur die Hälfte der Bibliothek durchsuchen können!«, erklärte Mitko. »Bojar Andrej hindert uns, unsere Arbeit zu tun.«

»Wir haben allerdings nicht vor aufzugeben!«, fügte Wassilij aufgebracht hinzu.

Mit einer kaum merklichen Kopfbewegung befahl Artem Wassilij, das Schwert wieder wegzustecken. Artem sah, dass die Schreiber nicht anwesend waren und das große Psalterbuch, in dem Nastasia ihre düstere Zukunft gelesen hatte, wieder in seinen Schuber zurückgelegt worden war. Artem bedachte Andrej mit einem ironischen Blick.

»Achtung, Bojar! Ihr riskiert, auf Eure Kosten zu lernen, dass das Schwert mehr Macht verleiht als die Bücher!«

»Ihr seid im Irrtum! Meine Macht ist mir von Gott gegeben!«

»Ihr müsst zugeben, dass nur Er, der gibt, auch zurücknehmen kann!«, antwortete Artem wieder in seinem gewohnten gelassenen Tonfall.

»Zwischen Euch und Gott steht der Fürst« ergänzte Artem ebenso ernsthaft. »Auch er kann geben und zurückziehen. Zum Beispiel kann er Euch zum Bücherwart ernennen – oder es lassen. Bestreitet Ihr immer noch seine Macht?«

»Ich leugne sie nicht; ich betone nur, dass sie Grenzen hat. Wie in Eurem Fall ist die Macht des Fürsten die Macht des Schwerts. Das Schwert kann das Vermögen oder auch das Leben vernichten, wie Ihr betont habt. Aber allein das Wissen kann Leben *geben*, da es dem Wort vorangeht und folglich der Schöpfung. Der Mensch ist in Wahrheit nur ein leeres Gefäß, eine ausgelöschte Kerze … Ihm das Wissen zu bringen, bedeutet, es zu füllen, mit dem göttlichen Funken zu entzünden. Diese vornehme Aufgabe …«

»Meine Druschinen haben ebenfalls eine vornehme Aufgabe, obwohl undankbar und schwierig, wenn sie mit Leuten in Widerstreit geraten, die meinen, über dem Gesetz zu stehen! Genug geschwätzt, wir verlieren kostbare Zeit.«

»Ich verweigere Euren Männern, gewisse Manuskripte zu berühren«, beharrte Andrej eigensinnig. »Ich werde Eure Druschinen mit ihren großen Kriegerpranken nicht an die Texte heranlassen!«

Mitko und Wassilij mussten sich schwer zusammennehmen, um dem Bojaren nicht eine passende Antwort zu geben, die ihm vielleicht etwas über ihre Pranken beigebracht hätte. Artem prüfte indessen genau die Regale hinter Andrejs Rücken. Nach einigen Augenblicken wandte er sich an die Vasallen:

»In Ordnung! Spart diesen Teil der Wand aus. Der Dieb wird den voluminösen Schmuck nicht zwischen zwei Blättern Pergament versteckt haben!«

Mit der Stiefelspitze schob er ein Büschel Absinthkräuter weg, das aus den Regalen gefallen war, und ging zur Tür. Der Zwischenfall in der Bibliothek hatte ihn am Anfang amüsiert, schließlich aber genervt. Er hatte das leidige Gefühl, nicht einen Zoll in den beiden wichtigen Angelegenheiten voranzukommen. Strigos Verhaftung nützte nichts; es wäre sinnvoller gewesen, ihn vorerst in Freiheit zu lassen, um ihn besser überwachen zu können. Artem verabscheute es, wenn man ihm die Hände band! Dies hatte ihn sicherlich in schlechte Stimmung versetzt; jedenfalls mehr als die Halsstarrigkeit des zukünftigen Bücherwarts.

Artem ging in den Vernehmungsraum zurück. Die Sonne schien nicht mehr ins Zimmer; es musste also ungefähr fünf Uhr nachmittags sein. Renzo war immer noch nicht eingetroffen! Der Druschine sah in den Hof hinunter. Die lärmende Menge hatte sich zerstreut. Die jungen Leute würden erst am nächsten Tag wieder vor dem Palast und der Kathedrale tanzen und singen. Jetzt ging das Fest in den Anwesen der reichen Bojaren weiter, die den Feiernden bis spät in die Nacht Essen und Getränke reichten. Nur vereinzelte Gruppen junger Mädchen spazierten langsam vorbei. Sie knabberten Sonnenblumenkerne und warfen ab und zu einen verstohlenen Blick zu den Burschen, die ihnen mit einigem Abstand folgten.

Plötzlich sah Artem Renzo am Rande des Platzes auftauchen. Der Venezianer war nicht allein. Artem glaubte, die zierliche Gestalt von Mina an seiner Seite auszumachen, war sich aber nicht sicher, da Renzos Begleiterin einen grünen Schal um den Kopf geschlungen hatte. Renzo zog wie immer viele Blicke auf sich mit seinen eng anliegenden Hosen, dem schwarzen Umhang und seinem federgeschmückten Barrett.

In der Mitte des Platzes verabschiedete sich Renzo von seiner Begleiterin nach romanischer Sitte, verbeugte sich leicht und küsste ihre Hand. Dann ging er ohne Eile in Richtung Palast. Artem rief den Wächter und befahl ihm, Renzo entgegenzugehen. Der Latiner hatte ihn lange genug warten lassen. Artem sah, wie der Vasall seinen Befehl ausführte. Er wollte sich vom Fenster abwenden, als er Bratoslaw im Hof erblickte, der den Venezianer anhielt.

»Herr Renzo, ich verlange eine Erklärung!«, schrie er mit vor Zorn vibrierender Stimme.

Mit seinem roten Kaftan und seinem streitsüchtigen Gehabe sah er wie ein Kampfhahn aus! Eine Verrücktheit, sich so vor den Gardisten aufzuführen – ohne sich klar zu machen, dass er sich erniedrigte, wenn er mit diesem ruchlosen Latiner derart stritt! Der Fürst meinte zu Recht, dass Bratoslaw vor lauter Eifersucht seine Bojarenwürde vergaß.

»Nicht jetzt, bester Bratoslaw«, antwortete Renzo ruhig. »Der Ratgeber des Fürsten wünscht mich zu sprechen.«

Bratoslaw biss sich wütend auf die Lippe.

»Hoffentlich habt Ihr genügend Mut, mir bei anderer Gelegenheit zu begegnen?«, stieß er hervor. »Bei mir nutzt Euch Euer Geschwätz nichts! Im Unterschied zu meiner Verlobten bin ich für Eure langweiligen Geschichten unempfänglich. Ich will sehen, ob Euer Schwert genauso geschliffen ist wie Eure Zunge!«

»Ich kann allerlei Waffen handhaben«, antwortete Renzo. »Ich weiß jedoch nicht, ob der Gegenstand unseres Disputs es verdient, dass wir die Klingen kreuzen, mein Herr! Beim nächsten Mal können wir alles erörtern!«

Bratoslaw schäumte vor Wut, hatte seinen Degen schon halb aus der Scheide gezogen, als Renzo schnell die Stufen der Freitreppe erklomm. Einige Augenblicke später führte ihn der Wächter in Artems Arbeitszimmer. Der Venezianer nahm sein Barrett ab, machte eine tiefe Verbeugung und nahm auf dem hohen unbequemen Stuhl vor dem Schreibtisch Platz. Währenddessen überflog Artem seine Notizen. Unbeeindruckt von der Stille und der ernsten Miene des Druschinen, schien der Venezianer in bester Stimmung zu sein. Schließlich ergriff er als erster das Wort.

»Wenn Herr Artem es mir erlaubt, wechsle ich den Sitz«, bemerkte er in seinem durch einen starken Akzent gefärbten Griechisch. »Dieser hier muss für verunstaltete Geschöpfe bestimmt sein, deren Beine am Hals angewachsen sind. Wenn es solche Menschen in Russland gibt, ist dies für mich als Reisender durchaus von lebhaftem Interesse!«

Da Artem ihm einen vernichtenden Blick zuwarf, beeilte sich der Venezianer hinzuzufügen:

»Ich finde diese grobe Hühnerstange äußerst unbequem. Mit Eurer Erlaubnis ...« Er schielte zu dem einzigen Sessel im Zimmer, nahm dann aber mit einem gewöhnlichen Sitz Vorlieb. Der Druschine schwieg immer noch.

»Ich nehme an, dass wir über den berühmten Schmuck der Theophanu sprechen wollen!«, versuchte Renzo, das Schweigen zu brechen.

Schließlich verschwand sein Lächeln, die Stille begann auf ihm zu lasten.

»Wie habt Ihr davon erfahren?«, erkundigte sich Artem plötzlich in neutralem Ton.

»Ich hörte, wie der Fürst die Nachricht heute Nachmittag bekannt gab. Ich war mit jungen Leuten zusammen, die Verlobung feierten. Das war sehr unterhaltend, gnädiger Herr. Man hat mir einen Kohlkopf in die Hand gedrückt, sodass ich mir eine Verlobte ausleihen musste …«

»Das genügt«, schnitt ihm Artem das Wort ab. »Eure Eroberungen interessieren mich nicht. Ihr werdet mir jetzt haarklein berichten, was Ihr gestern gemacht habt: von der Mittagsruhe an bis zum Schluss des Abendbanketts. Und hört auf, mich ›gnädiger Herr‹ zu nennen!«

»Ich war während der ganzen Zeit mit den anderen zusammen, Bojar«, antwortete Renzo höflich. »Ihr werdet keine Mühe haben, es nachzuprüfen. Das heißt, die ganze Zeit außer der Mittagsruhe. Zur Zeit der Siesta war ich allein im Garten. Leider war die junge Frau, die von meiner Seele Besitz ergriffen hat, nicht bei mir. Deshalb wird sie Euch diese Aussage nicht bestätigen können. Trotzdem habe ich meine Zeit in angenehmerer Weise verbracht, als einen dummen Wächter zu beobachten und mich in die Zimmer der Prinzessin zu schleichen, um den unverkäuflichen Schmuck zu rauben! Die Dame aus Konstantinopel, die mir Griechisch beigebracht hat, wäre stolz auf mich!«

»Ja, Euer Griechisch ist perfekt für einen gebürtigen Latiner.«

Artem machte sich einige Notizen und fuhr dann fort, Renzo über seinen Aufenthalt in Rostow und in Byzanz zu befragen. Wie erwartet, waren Renzos Antworten besonders vage, als ihn der Druschine über seine Vergangenheit befragte. Viel lieber sprach Renzo von seinen Reiseeindrücken und über seinen kurzen Aufenthalt an Wladimirs Hof. Eine anscheinend ganz nebensächliche Sache hatte Artem verblüfft, aber er konnte den Venezianer unmöglich direkt danach fragen. So kam der Druschine auf die einzige Zeitspanne zurück, in der Renzo allein gewesen war.

»Seid Ihr sicher, dass Euch niemand während der Mittagsruhe Gesellschaft geleistet habt? Versucht Ihr nicht, die junge Bojarin Mina zu schützen? Erzählt mir nicht, das Ihr Euch Sorgen um ihren Ruf macht. Ihr werdet sie bald verlassen, und sie niemals wieder sehen!«

»Eure Offenheit grenzt an Unhöflichkeit, Bojar. Was immer Ihr Euch ausdenkt, dieses reizende Geschöpf war nicht bei mir. Ich hoffe, Ihr werdet sie nicht mit Fragen bedrängen und sie brüskieren. Sie ist eine sehr empfindliche Blume! Ich lege großen Wert darauf, sie zu pflücken, bevor sie verblüht ist.«

Während der ganzen Unterredung war es Artem gelungen, seine Antipathie gegenüber dem Venezianer zu beherrschen, aber jetzt stieg erneut Wut in ihm hoch.

»Schämt Ihr Euch nicht, eine schutzlose junge Frau zu verführen?«, brüllte der Druschine.

Renzo brach in höhnisches Gelächter aus.

»Diese Frage gehört nicht in Euer Ressort, da es sich um nichts Verbotenes handelt. Ich mache lediglich einem jungen Mädchen meine Aufwartung. Es ist ihre Sache, darauf einzugehen oder nicht!«

»Ein junges Mädchen kann schnell einen nicht wieder gut zu machenden Fehler begehen, und Ihr stürzt sie schamlos in ihr Unglück!«

»Nun, es wird *ihr* Fehler sein. Sie ist dafür verantwortlich.«

»Mina ist noch sehr jung, sie besitzt keinerlei Erfahrung. Ihr könntet ihr diese Prüfung ersparen!«

»Warum sollte ich? Wenn dieses junge Mädchen einen angeborenen Hang zum Irrtum hat, ist es besser, diese Neigung vor der Heirat mit einem ehrenhaften jungen Mann aufzudecken. Was habt Ihr mir denn vorzuwerfen? In dieser Angelegenheit habe ich mich den Interessen Bojar Bratoslaws angeschlossen. Es ist zu schade, dass er nicht intelligent genug ist, um meine freundschaftliche Hilfe zu begrüßen.«

Renzo wurde erneut von Lachen geschüttelt, während Artem ihn mit Abscheu ansah.

»Euer Zynismus kennt keine Grenzen, Herr Renzo! Seid vorsichtig! Ich verberge Euch nicht, dass ich die erste Gelegenheit ergreifen werde, um Euch anzuklagen und der verdienten Strafe zuzuführen. Das könnte Euren Aufenthalt in Rostow verlängern – obwohl mich nur der Gedanke, Euch in unserer Stadt zu wissen, anwidert! Unsere Unterredung ist beendet.«

Renzo zuckte mit den Schultern, grüßte den Druschinen stumm und ging hinaus. Artem versuchte, seine Aufmerksamkeit auf die wichtigen Einzelheiten seines Gesprächs mit dem Venezianer zu richten, aber die Erbitterung, die in ihm hochstieg, hinderte ihn an der Konzentration. Da es Zeit war, Demetrios zu empfangen, räumte er seine Notizen zusammen, rief den Wächter und befahl ihm, die Kerzen der Wandkandelaber anzuzünden.

Der Grieche verspätete sich. Dennoch hatte Demetrios auf ihn einen gewissenhaften und disziplinierten Eindruck gemacht. Diese Nachlässigkeit passte schlecht zu dem Bild eines Würdenträgers, der die strenge Etikette des kaiserlichen Hofes gewohnt war. Was hielt ihn also auf?

Der Druschine war zu ungeduldig, um hinter seinem Schreibtisch auf Demetrios zu warten. Er verließ das Zimmer, wollte gerade die Treppe hinaufgehen, als er Wassilij auf den oberen Stufen erblickte. Sein sonst eher blasses Gesicht war rot vor Zorn. Der Vasall fluchte wie ein Kutscherknecht, hörte dann abrupt auf, als er Artem sah.

»Um Christi willen, Wassilij! Was ist passiert? Ich habe Mitko schon öfter gründlich fluchen hören, aber du übertriffst ihn noch! Wo bleibt deine Zurückhaltung als gebürtiger Kumane?«

»Die Kumanen sind nur elende Hunde, von denen sogar die Steppe gereinigt werden sollte!«, zischte er durch die Zähne. »Wenn du den ehrenwerten Demetrios hörst, ist mein Volk ein Irrtum der Natur, eine Beleidigung Gottes und der ganzen Christenheit!«

»Wovon sprichst du?«, wunderte sich Artem.

»Frag den edlen Demetrios, der die Anwesenheit eines Barbaren unter dem fürstlichen Dach als Zumutung empfindet!«

»Du vergisst dich, Wassilij, Sohn des Kitan! Ich befehle dir, mir ruhig und diszipliniert zu erklären, was vorgefallen ist!«

»Verzeihung, Bojar Artem«, murmelte Wassilij und senkte den Kopf. »Dieser Kerl von … Dieser byzantinische Würdenträger hat Äußerungen gemacht, die mich beinahe um den Verstand gebracht haben. Also, wir befolgten deine Anordnungen und aus Achtung vor seinem Stand warteten wir auf seine Rückkehr, um ihm die Durchsuchung seiner Zimmer anzukündigen. Sobald er mich sah, stieß er laute Schreie aus, schimpfte mich einen gottlosen Nomaden, einen Wilden aus der Steppe und weiß Gott noch was! Er hat mir verboten, seine Sachen anzurühren, mich brüsk weggestoßen und sich entrüstet, dass der Fürst jemandem wie mir, dem man die schändliche Herkunft am Gesicht abliest, den Dienstgrad eines Vasallen verleihen konnte!«

»Ich verstehe deinen Zorn«, stimmte Artem zu und legte beruhigend seine Hand auf Wassilijs Arm.

»Lass mich mit Demetrios sprechen. Der Magistrat

kennt nicht die zwischen Russen und Kumanen bestehenden Beziehungen. Einmal aufgeklärt über diesen Punkt, wird Demetrios sich auf alle Fälle bei dir entschuldigen. Komm mit mir!«

Wassilij folgte Artem, der schnell ins zweite Stockwerk hochstieg und auf Demetrios' Zimmertür zuging. Im selben Moment öffnete sie sich, und der Grieche erschien auf der Schwelle. Für die Anhörung bei Artem hatte er einen Umhang und einen Mantel angelegt, die mit den seinem Rang gebührenden Insignien dekoriert waren.

Demetrios grüßte den Druschinen, verbeugte sich tief und berührte den Boden mit der rechten Hand.

»Edler Artem, ich bedauere, dass ich wegen eines ärgerlichen Zwischenfalls zu spät komme«, erklärte er und rückte die Falten seines Zeremonienmantels zurecht. »Außerdem danke ich Euch, dass Ihr meine Anwesenheit während der Durchsuchung genehmigt habt. Dieser Soldat«, sagte er und zeigte auf Wassilij, »wollte sich daran beteiligen …«

»Dieser Soldat, verehrter Demetrios, hat den Rang eines Vasallen wie sein Kamerad, und sie werden Eure Räume zu zweit durchsuchen!«

»Aber … Ich verstehe nicht, dieser Mann ist kein Russe. Es ist undenkbar, dass er befugt ist, solch eine wichtige Aufgabe durchzuführen!«

»Edler Magistrat, Ihr seid einer der wenigen Fremden, die Russland besuchen, um den eigenen Mitbürgern eine zutreffende Beschreibung unseres Landes zu liefern. Deshalb erkläre ich Euch den Grund dieses Missverständnisses«, entgegnete Artem und bat den Griechen, ihm zu folgen. »Während wir uns unterhalten, können meine Männer ihre Aufgabe erledigen.«

»Kann ich nicht dabei sein?«

»Nein«, schnitt ihm Artem das Wort ab. »Wir gehen in mein Arbeitszimmer, oder noch besser, wir machen es uns in der Gartenlaube bequem. Während der Abenddämmerung ist es dort sehr angenehm.«

»Wie Ihr meint, Bojar«, sagte Demetrios und ermahnte die Vasallen noch im Weggehen: »Vorsicht bei den zerbrechlichen Gegenständen!«

Die beiden Männer verließen den Palast. In den Küchen und im Bankettsaal waren die Diener bereits mit den Vorbereitungen für das Abendessen beschäftigt. Artem rief einen Diener zu sich und trug ihm auf, Licht und erfrischende Getränke in die Gartenlaube zu bringen.

Der Bedienstete kam eilig zurück, entzündete die Kerzen eines großen Silberleuchters und stellte Krüge und Becher auf den runden Tisch. Der Druschine begleitete ihn bis zum Gartenausgang, um die kleine Gittertür wieder zu schließen, und nahm dann neben Demetrios Platz.

»Ich bedauere sehr, wenn meine Äußerungen deinen Mann verstimmt haben«, meinte Demetrios und schenkte sich Johannisbeersaft ein. »Ich verstehe, dass der russische Adel unkultivierte Söldner anmietet. Unser Kaiser Romanus Diogenes greift auch mehr und mehr auf Söldner zurück – ob Franken, Normannen oder sogar Petschenegen. Die Lage ist ernst, die Feinde haben die Gebiete des Kaisers wie eine Hundemeute eingekreist!«

Demetrios seufzte.

»Aber wie könnt Ihr außerhalb des Söldnertums einem Gottlosen, einem Wilden der Steppe vertrauen?«

»Ihr irrt Euch«, erwiderte Artem kalt. »Wassilij ist ein Christ; sein Vater, der kumanische Fürst Kitan, leistete vor zwanzig Jahren den Eid auf den Großfürsten von Kiew und erwies ihm mehr als nur einen Dienst. Da das Ziel Eurer Reise die Beschreibung der russischen Länder ist, werde ich Euer Wissen etwas erweitern, Magistrat!«

Artem leerte seinen Becher Met und fuhr fort:

»Die Steppe, Russlands ewiger Feind, schenkt uns

auch treue Verbündete. Es kommt zum Beispiel vor, dass ein kumanischer Anführer sein Nomadendasein aufgibt, sich in unseren Gebieten niederlässt und sein Bündnis mit Kiew bekräftigt, indem er eine junge Bojarin aus dem ortsansässigen Adel heiratet. So war es im Fall von Wassilijs Vater. Außerdem sind Wassilij und sein Kamerad nicht einfache Handlanger; sie sind beide meine engsten Mitarbeiter und die Männer meines Vertrauens.«

»Ihr habt mir eine sehr interessante Information gegeben, Bojar, ich werde mir sofort Notizen machen!«, rief Demetrios aus und griff nach seiner Feder und dem an seinem Gürtel befestigten tragbaren Tintenglas. »Wie schade! Mein Tintenfass ist leer; ich habe heute Morgen vergessen, es aufzufüllen. Ich sollte es Michael Psellos nachmachen, unserem berühmten Höfling und Chronisten! Er hat immer einen Elfenbeinstab und eine Wachstafel bei sich, worauf er seine Beobachtungen notiert, bevor er sie in seine Bücher überträgt. Diese Methode ist zweckmäßiger als das tragbare Tintenglas.«

»Ich habe von Michael Psellos gehört«, fügte Artem hinzu. »Fürst Wladimir bewundert ihn sehr und besitzt mehrere Sammlungen seiner Gedichte.«

»Der russische Herr ist jung«, antwortete Demetrios lächelnd. »So Gott will, besitzt er im Alter mehr Urteilsvermögen. Ich kenne Psellos sehr gut. Seine Einschätzung als gebildeter Mann gründet sich weniger auf seine Gabe als Poet, als auf seine Altweiberneugier. Er verfolgt mit Interesse die geringfügigsten Vorkommnisse in der Hauptstadt, und auch die oberflächlichsten. Man muss wissen, dass er eine sehr lockere Feder hat; er spielt mit den Worten wie ein Marktjongleur. Aber bedenkt die Themen seiner Gedichte! ›Lobrede auf einen Floh‹, ›Die Circen der Hauptstadt‹ … Das ist schon peinlich! Ich verfasse nur Oden auf den Ruhm des Kaiserreiches und den Kaiser.«

»Warum soll man nicht die Natur und unsere alltägliche Umgebung beschreiben?«, meinte Artem, der gerade die kräftigen hohen Bäume und die spitzen Palasttürme betrachtete, die sich eindrucksvoll vom rot gefärbten Abendhimmel abhoben. »Ich verstehe jedoch nicht viel von Poesie; ich sollte besser in meinem Gebiet bleiben. Ich wüsste gerne Eure Meinung über die zwei Vorgänge, die ich schnellstens aufzuklären suche, edler Demetrios! Mittlerweile habt Ihr sicherlich erfahren, dass nach dem Drama gestern Abend ein weiteres Verbrechen entdeckt wurde. Der Schmuck der Theophanu ist gestohlen worden.«

»Ich bin auf dem Laufenden«, bestätigte der Grieche, »bezweifle jedoch, dass ich Euch in der ersten Angelegenheit nützlich sein kann. Ich kenne die Bewohner von Rostow nicht, auch nicht ihre Leidenschaften und Eifersüchteleien. Mir scheint, dass die junge ermordete Frau von ihrem Verlobten nicht geliebt wurde. Da ist allerdings auch diese Engländerin, die mit dem Verschwinden ihrer Rivalin alles zu gewinnen hatte. Man muss den Frauen misstrauen, Bojar! Diese schwachen Wesen können furchtbar werden, wenn es um ihre Interessen geht. Was den gestohlenen Schmuck betrifft, handelt es sich wahrscheinlich um eine Intrige gegen Wladimir.«

Demetrios seufzte abermals, trank seinen Becher aus und fuhr sich durch die schwarzen Locken seines Bartes.

»Es gibt nichts Komplizierteres als die gegen die zentrale Macht angezettelten Ränke und Verschwörungen«, sinnierte er vor sich hin. »Glaubt mir, der oberste Herrscher selbst – der aus Purpur geborene Kaiser – ist vor kriminellen Aktionen, die auf den Thron oder sogar sein Leben abzielen, nicht sicher. Seid nicht überrascht, Bojar: Mehr als ein Kaiser ist schließlich mit ausgestochenen Augen in der ärmlichen Klause eines weit entfernten Klosters gelandet, andere sind von Eunuchen, heimtückisch wie die Frauen, ermordet worden oder von einer untreuen Ehefrau – so war es bei Romanos II. und Nikephoras Phokas. Die beiden wurden von der schönen Theophanu vergiftet. Und trotzdem ... Habt Ihr jemals unsere Stadt und den kaiserlichen Palast besucht, Bojar?«

Da Artem den Kopf schüttelte, fuhr Demetrios mit ekstatischer Stimme fort:

»Ich erinnere mich noch, wie ich als Junge zum ersten Mal den großen Empfangssaal des kaiserlichen Palastes betrat. Vor dem Thron stand ein goldener Baum, dessen Äste mit glänzenden Vögeln aus Bronze geschmückt waren, von denen jeder seinen eigenen Gesang hören ließ. Mit Gold überzogene Löwenplastiken schlugen mit ihren Schwänzen auf den Boden und stießen mit offenen Mäulern und lebendig wirkenden Zungen ein schreckliches Gebrüll aus. Ich näherte mich dem gewaltigen kaiserlichen Stuhl, als dieser plötzlich in die Höhe stieg und dort hängen blieb. Ich hatte keine Angst, da man mir von diesem Wunderwerk erzählt hatte, das die Gesandten fremder Länder beeindrucken sollte. Aber ich zitterte vor Glück und war mir bewusst, den Herrn des Universums zu sehen, dem alle Völker zu Füßen liegen!«

Demetrios richtete den Blick auf Artem. Sein Gesicht verdüsterte sich und er fuhr mit gewohnter Stimme fort:

»Ich habe mit der Zeit gelernt, dass selbst der Kaiser Fehler begehen kann, wenn er die Interessen des Staates vergisst. Der Staat steht über uns allen, er ist der Lebenszweck aller Bürger von Byzanz, ob dies der einfache Bauer ist, ein hoher Beamter oder der Kaiser selbst. Ich weiß nicht, ob Ihr meinen Gedanken folgen könnt, Bojar.

Ich gebe Euch ein anschauliches Beispiel: Vor mehreren Jahren heiratete Konstantin Monomach, der Großvater Eures Fürsten, die alte Kaiserin Zoe; es war eine für das Reich sehr nützliche Entscheidung, und ich komponierte damals eine Ode zum Ruhm des Kaisers. Meine Bewunderung für die Geste des Kaisers war aufrichtig und hatte mit den platten Schmeicheleien eines Michael Psellos nichts zu tun. Psellos besang nämlich in seinen Gedichten die Schönheit von Sklerina, der jungen Mätresse des Kaisers.«

»Ich sehe«, meinte Artem, »Ihr schätzt die Heirat Wladimirs nicht sehr, da sie nichts mit Eurer wohlverstandenen Diplomatie zu tun hat!«

Demetrios lächelte.

»Verzeihung, Bojar, aber verglichen mit dem Reich von Byzanz ist Russland ein kleines Land, und Fürst Wladimir kann heiraten, wen er will. Seine Heirat wird am Lauf des Universums nichts ändern.«

»Edler Demetrios, ich bitte Euch, auf die gestellte Frage zurückzukommen«, wandte Artem ein und konnte seinen Ärger nur schlecht verbergen. »Warum meint Ihr, dass der Schmuckdiebstahl mit einer Verschwörung gegen Wladimir zu tun hat? Habt Ihr etwas Verdächtiges während Eures Aufenthalts in Rostow bemerkt?«

»Keineswegs, Bojar!«, betonte Demetrios. »Ich sehe, dass es noch ein Missverständnis zwischen uns gibt. Diese Hypothese erscheint mir in erster Linie plausibel, wenn ich an die inneren Angelegenheiten von Byzanz denke ...«

Demetrios beugte sich zu dem Druschinen vor und begann mit so leiser Stimme zu sprechen, dass Artem nur Fetzen seines Vortrages mitbekam:

»Der höchste Würdenträger für auswärtige Angelegenheiten hat eine Intrige angezettelt ... Seine Spione sind überall ... Dem Reich droht eine heimtückische Verschwörung ... Der Kaiser ist schlecht beraten, er ist von Verrätern umgeben ...«

»Ich verstehe immer noch nicht, was das alles mit dem hier in Rostow begangenen Verbrechen zu tun hat!«, ging Artem ungeduldig dazwischen. »Es ist auch nicht nötig zu flüstern. Diese Vorsicht ist ohne Zweifel in Tsar-Gorod nötig, aber nicht in unserer Stadt!«

»Ihr unterschätzt den Einfluss dieses hohen Beamten! Wahrscheinlich sind die Gesandten, die jetzt Rostow verlassen, seine Komplizen.

Er hat sie für die Teilnahme an der Hochzeit ausgesucht ...«

Plötzlich ergriff Demetrios Artems Arm und schwieg. Mit angespanntem Gesicht lauschte er einige Augenblicke in die Stille.

»Da vorne ist jemand in den Büschen«, raunte er.

»Auf keinen Fall«, protestierte Artem. »Beruhigt Euch, Magistrat, ich habe die Gartentür verriegelt. Es ist unmöglich, sie geräuschlos zu öffnen. Ich sehe, dass das Thema unserer Unterhaltung Euch beunruhigt, während es für mich nicht viel Interessantes bietet. Sprechen wir von etwas anderem. Stimmt es, dass die Venezianer oft nach Byzanz kommen?«

»Ja. In der Regel handelt es sich um junge Adlige, die der Doge zu uns schickt. Sie kommen mit besten Referenzen in die Hauptstadt, was ihnen ermöglicht, am Hof eingeführt zu werden.«

»Dann hattet Ihr vielleicht Gelegenheit, unserem venezianischen Gast Renzo zu begegnen!«, fuhr Artem fort. »Er ist adlig und hat sich recht lange in Tsar-Gorod aufgehalten, um Griechisch zu lernen. Sicher ist er bei Hofe vorgestellt worden.«

»Bevor ich nach Rostow kam, bin ich ihm niemals begegnet. Er gehört aller Wahrscheinlichkeit nach zu diesen ehrgeizigen jungen Leuten, die nach Byzanz kommen, um eine lukrative Tätigkeit zu erlernen, nützliche Beziehungen zu knüpfen ... kurz gesagt, um sich auf die eine oder andere Art zu bereichern. Warum fragt Ihr? Behauptet er, am Hof verkehrt zu haben?«

»Nicht direkt. Seiner Aussage nach hat er bei einer Dame griechisch gelernt, die die Ehefrau eines hohen Beamten war.«

»Deshalb habe ich niemals geheiratet«, war Demetrios' zorniger Kommentar. »Wer solchen Kreaturen vertraut, muss sehr dumm sein! Werft einen Blick auf meine Bekleidung«, bat Demetrios den Druschinen, hob die Arme und drehte sich so, dass Artem auf der linken Seite seines roten Umhangs einen aufgestickten goldenen Adler sehen konnte. »Einige unserer Kleidungsstücke heißen ›Adler‹, andere ›Meer‹, oder ›blühender Garten‹, je nach Schnitt und Art des Faltenarrangements. Aber jedes Gewand dient dazu, den Körper zu bedecken, ihn vor Kälte zu schützen und vor allem um unsere Gedanken vom Fleischlichen abzulenken. Im Gegensatz hierzu stürzt uns die Frau in die Sünde; in ihren Armen wird der Mann ein Spielzeug ihrer Launen und vergisst seine oberste Pflicht – dem Staat zu dienen. Was der Venezianer Euch erzählt hat, ist sehr gut möglich.«

Artem wollte gerade antworten, als die beiden Männer deutlich ein metallisches Klicken von der Gittertür her hörten. Sie bewegten sich nicht, um besser lauschen zu können. Einen Moment später tauchte Philippos aus der Dunkelheit auf.

»Der Fürst schickt mich, um den Magistrat zu holen«, erklärte er zaghaft. »Seine Hoheit erwartet ihn zum Abendessen.«

»Das kommt mir sehr gelegen!«, rief Demetrios und gewann seine gute Laune zurück. »Ich bekam gerade Appetit. Kommt Ihr nicht, Bojar?«

»Nein, ich habe zu tun. Ich werde mit meinem Sohn und den Vasallen, die Ihr schon kennt, zu Abend essen.«

»Entschuldigt Ihr mich bei dem Vasallen kumanischer Abstammung? Dafür wäre ich Euch sehr dankbar!«, fügte Demetrios verbindlich hinzu. »Bei nächster Gelegenheit entschuldige ich mich dann persönlich bei ihm!«

Artem und Philippos gingen schweigend hinter dem Griechen her. Demetrios trennte sich von ihnen am Eingang des Bankettsaals, wo Wladimir sich bereits in Gesellschaft von Guita und Renzo niedergelassen hatte.

Der Druschine hörte die laute Stimme Renzos, dem ein Lachen der Prinzessin folgte.

»Dem Venezianer ist es gelungen, Guita zu amüsieren!«, murmelte Artem. »Das war sicher seine einzige sinnvolle Tat an diesem Tag.«

Sie gingen schnell die Treppen zu Artems Zimmern hoch, wo die Vasallen sie schon vor einem großen mit Schüsseln und Krügen beladenen Tablett erwarteten. Von der Vielzahl der Speisen, die für das fürstliche Essen zusammengestellt wurden, hatte der Druschine für sich und seine Kameraden einen Topf Gemüse, Hase mit Nudeln und Stör bringen lassen. Artem wollte Wassilij eine Freude machen, der diesen Fisch sehr schätzte. Während des Essens berichtete Artem, was sich nachmittags ereignet hatte.

»In Bezug auf den Mord an Nastasia verfügen wir über ein eindeutiges Indiz gegen Strigo, und wir wissen, wer die Phiole gestohlen hat«, fasste Artem zusammen. »Ich habe völlig vergessen, sie Demetrios zurückzugeben. Er wird entzückt sein, seine Medizin wieder zu bekommen.«

»Was diese Tropfen betrifft«, unterbrach Wassilij, »woher hast du gewusst, dass die englische Zofe alle Kerzen im Zimmer des Griechen angezündet hatte?«

»Kann ich es ihm erklären?«, fragte Philippos. Artem ermutigte ihn durch ein Kopfnicken.

»Mach voran, schließlich habe ich es von dir gelernt!«

»Belladonna bewirkt eine Erweiterung der Pupillen«, sagte der Junge in belehrendem Ton. »Je heller die Beleuchtung ist, desto stärker trübt sich das Augenlicht. Genau das ist Nastasia widerfahren, die in ihrem angegriffenen Zustand nichts mehr unterscheiden konnte, da es auch im Bankettsaal strahlend hell war.«

»Aldine hat sehr wenig von der giftigen Substanz genommen«, ergänzte Artem, »aber die äußerliche Anwendung hat den gleichen Effekt hervorgerufen. Sie bekam Angst zu erblinden, weil alle Kerzen im Raum angezündet waren! Ich denke nicht, dass sie gelogen hat, als sie mir das erzählt hat. Allerdings halte ich sie auch nicht für unschuldig.«

»Also, trotz Nastasias wichtigem Hinweis und dem an ihrem Leichnam entdeckten Medaillon hältst du die Zofe für verdächtiger als Strigo?«, fragte Mitko.

Gut gesättigt lehnte sich Mitko zurück, lockerte seinen Gürtel und trank den Kirschwein in kleinen Schlucken aus.

»Wir haben nur einen einzigen Beweis«, stellte Artem fest und zwirbelte nachdenklich an seinem langen Schnurrbart herum. »Allem Anschein nach ist er unwiderlegbar, aber gerade diese Offensichtlichkeit stört mich. Morgen früh werde ich Strigo noch einmal im Kerker verhören. Mir scheint, dass solch eine Heimtücke und Kaltblütigkeit schlecht zur Persönlichkeit des jungen Bojaren passen. Die englische Zofe hat unendlich mehr Mut als ihr Geliebter. Darüber hinaus hatte Aldine alles zu gewinnen, wenn Nastasia aus dem Weg geräumt war. Als Fremde, ohne jede Mitgift, besitzt sie nur das, was Guita ihr freundlicherweise zukommen lässt. Und Guita hat selbst nicht eben viel! Wenn Aldine auf einen jungen Mann setzt, reich und beim Fürsten gern gesehen, sichert sie ihre Zukunft.«

»Das beweist nichts!«, erklärte Philippos, der sich auf seinem gewohnten Platz bei der Tür niederließ. »Seit heute Morgen bin ich mit Aldine und einer anderen Person freundschaftlich verbunden. Ihr könnt mir vertrauen: Beide sind unschuldig!«

»Ich sollte dir einen kräftigen Schlag mit der Suppenkelle auf die Stirn geben, wie es die alten Bojaren machen, damit du dich nicht mehr in unsere Gespräche einmischst!«, beschwerte sich Artem. »Ich nehme an, die zweite Person ist Mina?«

»Nein … Es ist Renzo«, gestand der Bursche.

»Ich verbiete dir, mit diesem gefährlichen Abenteurer zu verkehren«, schrie ihn Artem wütend an. »Außerdem bin ich mir seit der Unterredung mit Demetrios sicher, dass er keineswegs adliger Herkunft ist.«

»Das beweist seine Ehrlosigkeit!«, stellte Wassilij fest.

»Unbedingt«, bekräftigte Artem. »Sprechen wir jetzt über den gestohlenen Schmuck. Nach allen Zeugenaussagen ist Gardist Gleb während der Mittagsruhe in das Dachzimmer eingedrungen. Zu diesem Zeitpunkt ruhten sich alle Gäste in ihren Räumen aus.«

»Ausgenommen Renzo, der – nach eigener Aussage – im Garten war«, fügte Mitko hinzu.

»Das ändert jedoch nichts, da man unmöglich nachprüfen kann, ob einer der Gäste gelogen hat. Wenn der Komplize zu den Eingeladenen gehört, hat er sich während der Mittagsruhe mit dem Gardisten getroffen. Er spielte zweifellos den Aufpasser, während der Soldat den Schmuck raubte.«

»Auf jeden Fall hat der Soldat den Schmuck weggeschafft!«, meinte Wassilij. »Wir haben den Palast sorgfältigst durchsucht, ohne etwas zu finden.«

»Euer fassungsloser Gesichtsausdruck hat es mir schon verraten«, meinte Artem. »Lasst euch nicht entmutigen! Wenn ihr morgen eure Informanten befragt, seht zu, dass ihr Hinweise auf diesen Schurken Gleb bekommt. Wenn er nicht zu Wseslaw gestoßen ist, muss er irgendwo in der Stadt untergetaucht sein. Wenn wir ihn fassen könnten, hätten wir sicher eine heiße Spur! Ruht Euch jetzt aus, da ihr euch vor Sonnenaufgang auf die Suche machen müsst.«

Die Vasallen salutierten vor Artem, gaben Philippos einen freundschaftlichen Klaps auf die Schulter und gingen zu ihren Zimmern in der Unterkunft der Garden. Artem sah den Jungen an. Seit er ihn getadelt hatte, schmollte Philippos wortlos vor sich hin. Es schien Artem sogar, als habe er geweint.

»Hör auf, wie ein ungerecht behandeltes Kind vor dich hinzubrüten«, sagte er gereizt. »Du weißt genau, dass ich Recht habe. Ich will, dass mein Sohn seinen freundschaftlichen Gefühlen mehr Wert beimisst, anstatt sie dem ersten Besten anzubieten. Komm mit mir, wir bringen Demetrios sein Flakon, er wird es brauchen. Danach gehen wir noch im Garten spazieren, wenn du willst.«

Er legte einen Arm um Philippos' Schultern und streichelte ihm mit linkischer Zärtlichkeit über die Haare. Der Junge schmiegte sich dicht an ihn.

»Und vergiss deine Kappe nicht! Ein Bojar geht niemals ohne Kopfbedeckung hinaus.«

»Abgesehen von deinem Helm, liebst du Kopfbedeckungen auch nicht sonderlich!«, antwortete der Junge spöttisch und fügte kurz vor dem Herauswitschen aus dem Zimmer noch hinzu: »Fürchtest du, deine Haarpracht zu verderben, die schon dünner ist als dein Schnurrbart?«

Sie gingen den Gang im zweiten Stockwerk entlang und klopften an Demetrios' Tür. Artem war erstaunt, als er ein metallisches Klicken hörte.

»Nach dem Schmuckdiebstahl habe ich den Fürsten gebeten, einen Riegel an meiner Tür anzubringen«, erklärte Demetrios und bat den Druschinen einzutreten. »Ein Mann meines Standes besitzt schließlich viele kostbare Gegenstände!«

Er ging schnell in sein Zimmer, kam mit einer brennenden Kerze zurück und zündete die Wandkandelaber an.

»Vielen Dank!«, rief er aus, als er das Fläschchen an sich nahm. »Mein Medikament hat mir sehr gefehlt, da sich die russischen Speisen, obwohl ausgezeichnet, sehr von unseren unterscheiden. Aber … soll das heißen, Ihr wisst, wer das Fläschchen gestohlen hat? Habt Ihr endlich den infamen Mörder der jungen Bojarin gefasst?«

»Nein, ich habe lediglich diese Phiole im Garten gefunden. Der Mörder musste sie irgendwie loswerden, nachdem er die nötige Menge Gift abgefüllt hatte. Ich möchte Euch bitten, die Flüssigkeitsmenge zu prüfen, edler Demetrios.«

Der Grieche öffnete die winzige Flasche, holte vorsichtig das silberne Röhrchen heraus und spähte ins Innere.

»Die Hälfte fehlt!«, stieß er hervor. »Das bestätigt Eure Hypothese. Gestern Morgen hatte ich sie gerade angebrochen. Wie Ihr seht, erlaubt mir dieser Tropfenzähler, mich genau an die mir verschriebene Menge zu halten … Und ich habe keinerlei Interesse, darüber hinauszugehen!«, fügte er mit sprödem Lächeln hinzu.

Demetrios schlug Artem vor, zusammen einen Becher Wein zu trinken. Der Druschine lehnte die Einladung mit der Erklärung ab, dass er und Philippos gerade in den Garten gehen wollten.

»Es gibt nichts Gesünderes als ein Spaziergang nach dem Abendessen!«, bestätigte der Grieche. »Wenn meine Anwesenheit niemanden stört, würde ich mich gerne anschließen!«

Artem stimmte zu, obwohl er Philippos' Enttäuschung spürte. Der Grieche zog sich um, während der Druschine schon hinunterging. Der Junge folgte ihm, murrte aber hinter Artems Rücken:

»Er stört uns nur! Wie sollen wir über die Untersuchung sprechen, mit diesem Schlaumeier, der lang und breit über die Annehmlichkeiten der Abendluft schwätzt?«

»Ganz genau! Ich möchte im Augenblick auf andere Gedanken kommen! Eine Unterhaltung mit einer gebildeten Persönlichkeit wie Demetrios ist immer nützlich.«

Er erwiderte die Begrüßung des Gardisten, der die schwere Eisenstange hochhob und die Tür öffnete. Artem genoss die kühle frische Nachtluft. In diesem Moment stieß der Grieche wieder zu ihnen; er hatte einen Umhang über sein Hausgewand geworfen und hielt einen Leuchter mit zwei brennenden Kerzen in der Hand.

»Ich kenne mich im Anwesen des Fürsten noch nicht gut aus, deshalb habe ich das Licht mitgenommen. Wir können aber auch darauf verzichten, wenn wir die Sterne betrachten wollen. Den Lauf der Gestirne zu verfolgen, ist eine meiner Lieblingsbeschäftigungen. Kennst du dich ein bisschen in Astronomie aus?«, fragte er Philippos.

Da der Junge den Kopf schüttelte, fuhr Demetrios fort:

»Es stimmt, dass hier in Rostow die Sterne kleiner und weiter entfernt erscheinen als in Konstantinopel. Ich habe die Konstellation der Sterne beobachtet, als wir den Dnjepr hinauffuhren. Leider war es etwas beschwerlich, da ich meine gewohnten Geräte nicht zur Hand hatte, die die Sterne optisch näher an die Augen heranrücken.«

Der griechische Würdenträger und Artem – Letzterer hielt Philippos fest an der Hand – überquerten den von der schmalen Mondsichel schwach beleuchteten Hof.

Artem schob den Riegel des Gartentores zurück und betrat als erster einen von Blumenbüschen gesäumten Pfad. Die letzten Rosen des Jahres verströmten einen angenehmen Duft, der sich mit dem Geruch der feuchten, mit Blättern bedeckten Erde vermischte.

»Es ist eine Freude, ein Kind dieses Alters zu sehen, das dermaßen lebhaft und intelligent ist!«, erklärte Demetrios nach kurzem Schweigen. »Das erinnert mich an meine eigene Jugend und meinen ausgeprägten Wissensdrang. Die Astronomie, die den Lauf der Gestirne erforscht, ist eine der sieben freien Künste, weißt du das, mein Junge?«

Philippos hatte keine Lust zu antworten. In keiner Weise durch Philippos' dickköpfiges Verhalten beeindruckt, fuhr der Grieche in seinen Ausführungen fort.

»Es ist nötig, dass du sie kennst; ohne Studien wirst du niemals nennenswerten Erfolg haben! Die anderen freien Künste sind die Grammatik, die uns hilft, intelligent zu sprechen, die Rhetorik, die die Unterhaltung ausschmückt, die Arithmetik, die zum Rechnen dient, die Musik, die uns beglückt, die Philosophie, die tröstet und schließlich die Dialektik, die uns hilft, die Wahrheit zu entdecken.«

»Wir brauchen Eure Dialektik überhaupt nicht!«, gab Philippos prompt zurück. »Artems Stein hilft uns, die Wahrheit ohne Eure byzantinischen Weisheiten herauszufinden. Dank Artems ungewöhnlichem Stein gelingt es ihm stets, den Schuldigen zu finden!«

Artem zerrte an Philippos' Hand, woraufhin der Junge schwieg.

»Tatsächlich? Was ist das für ein Stein?«, fragte Demetrios neugierig. »Einige unserer Gelehrten suchen nach einem Gegenstand, der außergewöhnliche Eigenschaften besitzt. Man nennt ihn den Stein der Weisen. Handelt es sich darum?«

»Ganz und gar nicht, Magistrat«, antwortete Artem widerwillig. »Philippos sprach von einem warägischen Stein, der von meinen Vorfahren stammt. Das ist eine Reliquie, die nur für mich von Bedeutung ist. Sagen wir, dieses Objekt hilft mir, mich besser zu konzentrieren!«

»Ich muss gestehen, Bojar, solch ein Geständnis hatte ich nicht erwartet!«, bemerkte Demetrios lächelnd. »Euer Ansehen an Wladimirs Hof ist sehr groß. Ich kann Euch mir nicht vorstellen, mit Kieseln zu spielen wie irgendein Bursche aus dem Volk, damit, sagen wir, Euer Geist erhellt wird! Braucht Ihr demnach die Präsenz einer bestimmten Materie für rein intellektuelle Überlegungen? Die Intelligenz, die ein Geschenk Gottes ist, und die Visionen, an die man glaubt, können von großer Hilfe sein, wenn man eine Lösung sucht. Dass Euch jedoch ein einfacher Kieselstein beim Nachdenken hilft …

so etwas Ausgefallenes muss ich wahrhaftig in meinem Heft notieren!«

»Ich denke nicht, dass dies der Mühe wert ist«, begann Artem kalt, Ihr solltet …«

Er schwieg, da quer durch die Bäume Stimmenlärm vom Portal her zu ihnen drang.

»Wer kann um diese Stunde noch in den Palast kommen?«, murmelte der Druschine.

Die Gardisten hatten den Besucher anscheinend passieren lassen müssen, da Artem Schläge gegen die Eingangstür hörte. Zur selben Zeit rief eine Stimme, die er nicht identifizieren konnte, mehrmals seinen Namen.

»Ihr müsst mich entschuldigen, Magistrat!«, rief Artem und wandte sich bereits zum Gartenausgang.

Der Grieche und Philippos folgten ihm auf dem Fuß. Artem ging um den Palast herum. Im zweitem Stockwerk waren einige Fenster hell erleuchtet, und oben auf der Freitreppe sah er die Gestalt eines Mannes. In diesem Moment öffnete sich die Tür und der Gardist richtete seine Lanze auf die Brust des Unbekannten. Der Druschine war mit einigen Sätzen dicht bei der Treppe angelangt.

»Ich bin hier. Wer hat nach mir verlangt?«, rief Artem. Der Mann drehte sich um, und Artem erkannte Jdan. Der junge Bojar trug noch dieselbe Kleidung wie am Morgen, aber keine Kopfbedeckung, und der Kragen seiner Tunika war aufgeknöpft. Der offen stehende Mund und die aus den Höhlen hervortretenden Augen machten aus seinem bleichen Gesicht ein Abbild des Schreckens.

»Was geht hier vor?«, wollte Artem wissen, da Jdan ihn mit verstörter Miene anstarrte.

Der junge Mann schluckte mühsam, bevor er mit leiser Stimme sagte:

»Ihr müsst mit mir kommen. Mein Vater … Bojar Radigost …«

»Was ist mit Bojar Radigost? Nun sprich!«

»Er ist ermordet worden! Man stach ihm mit dem Dolch mitten ins Herz!«

Artem schickte Philippos los, um die Vasallen zu holen und befahl einem herbeigeeilten Diener, einen Becher frischen Wassers zu bringen. Dann schickte er Demetrios ohne weitere Erklärungen auf sein Zimmer. Der Grieche, dessen Selbstsicherheit verschwunden war, ging wortlos weg und hielt mit zitternder Hand sein Licht. Jdan trank das Wasser gierig, setzte sich dann erschöpft auf die breite, rot überzogene Bank, die an den Wänden des Vestibüls entlanglief. In diesem Augenblick kamen Mitko und Wassilij im Laufschritt herein und vergaßen dabei, den Gruß des Gardisten zu erwidern. Beide trugen das Kettenhemd und hatten ihr Schwert am Gürtel festgemacht.

»Wartet hier mit Jdan auf mich«, ordnete Artem an und eilte zur Treppe. »Philippos, kommst du?«, rief er dem Kind zu, das draußen geblieben war.

Einige Minuten später kam der Druschine wieder in das Vestibül. Er hatte sich in aller Eile ein dunkelbraunes Cape umgeworfen und sein breites Lederkoppel mit dem Schwert umgebunden. Jdan schien sich beruhigt zu haben, aber seine in dunklen Höhlen liegenden Augen wirkten immer noch völlig verstört.

»Ich bin zu Pferd gekommen«, sagte er. »Unser Anwesen ist nicht weit von hier, aber …«

»Nehmen wir unsere Pferde«, befahl Artem.

Die Drei saßen auf und fanden sich bei dem jungen Mann ein, der sein Pferd beim Portal hatte verschnaufen lassen. Die kleine Truppe überquerte im Galopp den verlassenen Platz und ritt auf der Hauptstraße weiter. Einige Häuser waren noch hell erleuchtet, und man konnte die sehr beliebte Musik auf einem harfenähnlichen Instrument hören und den melodischen Gesang weiblicher Stimmen: Die jungen Leute von Rostow profitierten von der Gastfreundlichkeit einer Bojarenfamilie, die eine heiratsfähige Tochter hatte und das Kohlkopffest bis spät in die Nacht dauern ließ.

Die Reiter verließen die Hauptstraße und folgten Jdan in eine ruhige Straße des westlichen Viertels, wo die reichsten Bojaren der Stadt wohnten. Sie hielten vor einem hohen Portal an, dessen reiche Ornamente noch im schwachen Mondlicht zu sehen waren.

»Wo sind die Bediensteten?«, fragte Artem, den die völlige Stille im Anwesen des Statthalters verwunderte.

»Mein Vater hat alle Diener schon am frühen Abend beurlaubt«, antwortete Jdan. »Ich weiß nicht warum. Seit seiner Rückkehr aus dem Palast verhielt er sich eigenartig ...«

»Ihr könnt gleich noch darüber sprechen, führt uns zuerst zu dem Leichnam«, unterbrach ihn Artem und band seinen Schimmel am Eingangspfosten fest.

Die Vasallen und Jdan folgten seinem Beispiel. Der junge Bojar stieg langsam die Treppenstufen hinauf und öffnete die Tür. Sie war nicht verriegelt. Zwei hohe Kupferkandelaber erhellten das mit massiven Truhen vollgestellte Vorzimmer.

»Das Licht?«, fragte Artem lakonisch.

»Die Diener haben es auf Wunsch meines Vaters angezündet, bevor sie weggingen. Ich habe nichts angerührt.«

Jdan führte sie quer durch einen großen dunklen Saal zu einem erleuchteten Zimmer. Die Tür stand offen. Es war der Arbeitsraum des Statthalters. Jdan vermied hineinzuschauen und ging schnell zur Seite, um die Druschinen vorbeigehen zu lassen.

Artem setzte den Fuß auf die Schwelle und blieb sofort stehen. In der Mitte des Zimmers erblickte er Radigosts Leichnam auf einem großen Wollteppich. Der alte Bojar lag ausgestreckt auf dem Rücken, die Arme gekreuzt, die

Beine leicht gespreizt. Seine glasigen Augen starrten auf die Deckenbalken; die Augenbrauen waren hochgezogen und der Mund halb geöffnet, als ob der Statthalter im Augenblick des Todes eine Frage hätte formulieren wollen. Der Tod war auf Grund einer schweren Verletzung in der Herzgegend eingetreten. Das ganze Vorderteil seines goldbestickten Kaftans war mit Blut beschmiert, das auch an der Seite heruntergelaufen war und einen großen dunklen Flecken auf dem Teppich hinterließ. Artem kniete dicht neben dem Körper nieder und knöpfte den Kaftan auf, um die Verletzung untersuchen zu können. Jdan, der auf der Schwelle stehen geblieben war, stöhnte auf und begann zu weinen.

»Mitko, kümmere dich um ihn,« stieß Artem hervor, ohne den Blick von der furchtbaren Wunde, die in der Brust des alten Mannes klaffte, zu lösen.

Während Mitko Jdan in den großen Saal führte, betrachtete Artem das Gesicht des Toten und die Lage des Körpers. Dann wandte er sich ab und ging durch Radigosts Arbeitszimmer. Die Läden des einzigen Fensters waren von innen geschlossen. Auf dem aus Eichenholz geschnitzten Arbeitstisch stapelten sich Rollen von Birkenholzrinden. Die Dokumente waren zurückgeschoben worden, um für einen Krug Met und zwei silberne Trinkgefäße auf einem Tablett Platz zu schaffen. Die Becher waren noch halb gefüllt. Ein imposanter Sessel und zwei mit Kissen belegte Sitze umstanden den Tisch. Schwere Truhen waren mit Eisenringen im Boden verankert. Darüber hingen verschiedene Regale.

»Mein Vater bewahrte auf den Gestellen alle Dokumente auf, die er in seiner offiziellen Funktion zu bearbeiten hatte: die Steuern, der Tribut in Form von Naturalien und andere an Wladimir abzuführende Umlagen«, murmelte Jdan, als er ins Arbeitszimmer zurückkam.

Mitko hatte ihn ein Glas Branntwein trinken lassen, sodass Jdan sich wieder einigermaßen im Griff hatte.

»Bojar, Ihr findet dort auch die Liste der Schuldner und die Schuldscheine. Alle Dokumente, die sich auf die Buchführung des Anwesens und geschäftliche Angelegenheiten meines Vaters beziehen, sind allerdings in den Kisten eingeschlossen.«

»Welche Art Handel betrieb Euer Vater?«, fragte Artem.

»Pelze. Ihr dürft nicht vergessen, die Hälfte unserer Länder sind mit dichten Wäldern bedeckt. Als mein Vater den Unterschied der in Rostow und Tsar-Gorod üblichen Preise entdeckte, hat er Jäger und Handwerker beschäftigt und sich in sehr lukrative Handelsgeschäfte gestürzt.«

»Berichtet mir jetzt, was heute Abend geschehen ist«, ordnete Artem an. »Und gehen wir in den Saal hinüber, wo wir besser miteinander sprechen können.«

Die Druschinen folgten Jdan in das Zimmer, das sie schon bei der Ankunft durchquert hatten. Jdan fand einen Feuerstein auf dem Leuchtertisch und entzündete drei große Silberkandelaber. Artem betrachtete neugierig die im Ausland hergestellten Wandteppiche, die Jagd- und Schlachtenszenen darstellten. Die vier Männer setzten sich auf die Bank, die einen langen Tisch aus blank polierter Eiche flankierte.

»Habt Ihr die geringste Vorstellung, warum Bojar Radigost allen Dienern freigegeben hat?«, wollte Artem wissen.

»Er erwartete jemanden, aber es handelte sich auf keinen Fall um einen gewöhnlichen Besuch. Nach seiner Rückkehr aus dem Palast – ich weiß, dass er die Verhaftung Strigos, des Mörders meiner Schwester, erzwungen hat – war mein Vater in recht seltsamer Stimmung. Während des Abendessens schien er mir bekümmert und überreizt zugleich zu sein. Natürlich sagte er mir nicht, was ihn beschäftigte – das tat er niemals! Er schickte mich dann in meine Bibliothek im ersten Stock, wohin ich mich gerne zurückzog. Schließlich war ich mit meiner Arbeit wegen des Kohlkopffestes im Rückstand ...«

Jdan wurde puterrot, sprach dann aber weiter, da Artem mit undurchdringlicher Miene schwieg.

»Ich war damit beschäftigt, ein altes Manuskript noch einmal abzuschreiben, da der Text um jeden Preis gerettet werden sollte. Es handelte sich um ein bereits sehr brüchiges Stück. Als es Abend wurde, unterbrach ich meine Arbeit und rief einen Diener herbei, der mir Feuer bringen sollte. Dabei hörte ich, wie mein Vater alle Bediensteten wegschickte. Wir blieben also allein im Haus. Später – es dürfte nach neun gewesen sein – bin ich hinuntergegangen. Ich fragte ihn, ob er irgendetwas brauche, aber er hat mich zurückgeschickt und geschrien, ich solle ihn in Ruhe lassen und nicht unter irgendeinem Vorwand stören. Ich war verblüfft, dass er seine besten Kleider trug, die er sonst nur anlegt, wenn er sich an den Hof begibt oder zu den Treffen der Notablen ...«

Jdan warf einen Blick zum Arbeitszimmer, in dem der Leichnam lag, und seufzte kummervoll.

»Ich schloss daraus, dass der Besucher sehr wichtig sein müsse. Natürlich war ich neugierig, diese geheimnisvolle Person zu sehen, aber mein Vater hasste es, wenn ich mich in seine Angelegenheiten mischte!

So habe ich nicht einmal die Ankunft des Unbekannten wahrgenommen, so vertieft war ich in meine Arbeit! Dann habe ich Stimmenlärm gehört, mein Vater schien mit seinem Gesprächspartner zu streiten ... Aber Euch ist bekannt, dass Bojar Radigost nicht gerade von heiterem Gemüt war; die Dispute zwischen ihm und seinen Geschäftspartnern arteten oft aus. Ich habe dem Ganzen daher nicht viel Aufmerksamkeit gewidmet und meine Arbeit fortgesetzt.

Nach einer halben Stunde bin ich wie jeden Abend hinuntergegangen, um ihm eine gute Nacht zu wünschen. Die Stille im Haus war beklemmend. Ich habe angeklopft und die Tür geöffnet, und als ich keine Antwort bekam ... Allmächtiger Gott, Nastasia ist noch nicht beerdigt, und jetzt mein Vater ...«

Jdan verbarg sein Gesicht in den Händen.

Ich bitte Euch, Euren Schmerz zu überwinden und mir zu helfen«, beharrte Artem ruhig. »Beantwortet meine Frage: Bewahrte Euer Vater Waffen in seinem Arbeitszimmer auf?«

»Nicht, dass ich wüsste. Die einzigen Waffen, die er besitzt, befinden sich in diesem Zimmer. Ihr seht sie an den Wänden – dort zwischen den Wandteppichen – drei Schwerter und seine Streitäxte. Er ließ die Waffen gerne bewundern, die seine militärische Karriere bezeugten. Seht Ihr das Schwert mit gekrümmtem Blatt? Das ist eine Kriegstrophäe; mein Vater hat sie in der Schlacht von Listwen einem besiegten kumanischen Krieger abgenommen.«

»Besaß er keine Dolche?«

»Sie sind hier untergebracht.«

Artem ging zu dem Kasten, dessen Deckel Jdan hochhob, und untersuchte die Dolche mit dünnen geraden oder gebogenen Blättern, ihre mit Edelsteinen oder Perlmutt überzogenen Griffe. Der junge Mann bestätigte, dass keine Waffe oder irgendein anderer Gegenstand fehlte. Augenscheinlich hatte der geheimnisvolle Besucher nichts von den persönlichen Dingen des Statthalters geraubt.

»Sehen wir uns den Leichnam noch einmal an«, befahl Artem. »Anschließend könnt Ihr die Bediensteten zurückrufen, um die sterblichen Überreste Eures Vaters in die Hauskapelle zu bringen.«

Der Druschine zeigte den Vasallen die Wunde.

»Der Mörder hat seinen Dolch sofort wieder herausgezogen«, erklärte er, deshalb hat Bojar Radigost so viel Blut verloren. Der Dolchstich hat zum sofortigen Tod des Statthalters geführt. Radigost muss völlig überrascht worden sein, da es keine Kampfspuren gibt und er nicht bewaffnet war.«

»Es gibt auch keine Spuren eines Einbruchs«, bekräftigte Wassilij. »Der mysteriöse Gast ist höchst wahrscheinlich der Mörder des alten Bojaren!«

»Und er wurde nach allen Regeln der Gastfreundschaft empfangen«, ergänzte Mitko. »Der Krug Met und die zwei kaum berührten Becher beweisen es.«

»Beachtet die Form der Wunde«, fuhr Artem fort. »Der Mörder hat die Tatwaffe beseitigt, aber wir können eine zweckdienliche Beschreibung des Dolches dank des im Fleisch verursachten Einschnitts geben. Seht, der Mörder hat den Dolch an einer Stoffbahn des Kaftans abgewischt. Das macht die Vorstellung, die ich von der Form des Blattes habe, noch genauer. Aber was ist …«

In einer Kaftanfalte schimmerte gelb ein kleiner geschliffener Stein.

»Das ist ein Topas«, stellte der Druschine fest, der ihn im Licht der Kerzen prüfte. »Wir haben Glück! Dieser Stein stammt sicher aus den Einlegearbeiten, die den Dolchgriff schmücken. Die Waffe dürfte leichter zu erkennen sein, als ich zunächst dachte. Wir reiten jetzt los«, entschied er und steckte den kostbaren Fund in seine Tasche. »Wir haben alles für uns Wichtige gesehen und können unsere Meinungen darüber auf dem Rückweg austauschen.«

Sie verabschiedeten sich von Jdan, der sie bis zum Portal begleitete, bevor er sich zu der Bedienstetenunterkunft wandte. Die Druschinen führten außerhalb Radigosts Anwesen ihre Pferde im Schritt, um über den Vorfall sprechen zu können. Tiefe Ruhe herrschte zu dieser Stunde in dem Wohnviertel.

»Alles weist darauf hin, dass Bojar Radigost seinem Gast in keiner Weise misstraute«, betonte Mitko.

»Das ist richtig«, bestätigte Wassilij. »Er kannte seinen Besucher, der aus denselben Kreisen stammen muss, sonst hätte ihn Radigost, überheblich wie er war, nicht so zuvorkommend bewirtet.«

»Ich bin derselben Ansicht«, fügte Artem hinzu. » Es handelt sich weder um einen gemeinen Dieb, noch um einen Schuldner, den man in die Verzweiflung getrieben hat. Die Dokumente auf den Regalen liegen unverändert – so wie sie der Bojar vor einer Woche geordnet hat – das heißt am ersten September, dem Tag, an dem alle Einwohner den für den Fürsten bestimmten Tribut an den Statthalter abführen müssen. Ich habe eine dünne Staubschicht wahrgenommen, die beweist, dass weder Radigost noch irgendeine andere Person seitdem etwas angefasst haben.«

»Könnte dieser Mord mit dem an Nastasia in Verbindung stehen?«, stellte Wassilij zur Diskussion.

Als eine Gruppe junger Leute aus der einzigen noch erleuchteten Wohnung auf die Straße kam, schwieg der Vasall. Die Feiernden verließen singend das Anwesen. Ein junger Diener begleitete sie bis zum Ausgang. Die jungen Leute schienen im Lauf des Abends eine Menge getrunken zu haben und einer der Burschen holte sich noch Met aus einem der beiden Zuber, die während der ganzen Festtage gefüllt in der Nähe des Portals standen. Die anderen gingen schon los und fluchten und lachten nach Herzenslust. Artem gab seinem Pferd die Sporen, um die Saufbrüder hinter sich zu lassen. Als sie wieder auf der Hauptstraße ritten, nahm Wassilij das Gespräch erneut auf.

»Vielleicht hat Radigost ein Indiz entdeckt, das die Identifizierung des Mörders seiner Tochter erlaubte. Was denkst du darüber, Bojar Artem?«

»Das ist nicht ausgeschlossen«, gab Artem zurück. »In diesem Fall aber hätte der Statthalter im Verlauf der Unterhaltung Verdacht schöpfen müssen, denn noch am Nachmittag stand Strigo als Nastasias Mörder für ihn fest. Aber diese Hypothese passt schlecht zu dem von

Nastasia hinterlassenen Hinweis und dem Bild, das wir uns von dem Schuldigen gemacht haben. Keiner der Hauptverdächtigen in dieser Sache kommt als Radigosts Mörder in Frage: Strigo sitzt hinter Gittern, Aldine hätte nicht die körperliche Kraft dafür, und Jdan kann ich mir schlecht als Vatermörder vorstellen! Trotzdem gewinnt er am meisten durch den Tod seines Vaters …«

»Deiner Ansicht nach steht dieses Verbrechen eher mit dem Diebstahl des byzantinischen Schmucks in Verbindung?«, fuhr Mitko fort.

»Das erscheint mir am wahrscheinlichsten. Jdan hat nicht als Einziger die besorgte Miene von Radigost bemerkt; mir ging diese Überlegung schon am Nachmittag durch den Kopf, als sich der Statthalter ungewöhnlich lange im Palast aufhielt. Zunächst dachte ich, er wolle unbedingt Strigos Verhaftung mitbekommen. Jetzt aber glaube ich, dass er aus einem ganz anderen Grund so spät wegging!«

»Wenn das zutrifft, hält sich der Auftraggeber des Diebstahls im Palast auf!«, rief Mitko triumphierend aus.

»Nicht unbedingt«, gab Artem zu bedenken. »Vielleicht hat Radigost auch jemanden von außerhalb im Palast getroffen.«

Die Drei ritten schweigend weiter. Sie hatten den Platz überquert und die Umfassungsmauer des Palastes erreicht. Artem hielt sein Pferd in einiger Entfernung zum Eingang an, sodass die zwei wachhabenden Soldaten sie nicht hören konnten.

»Eines ist sicher«, erklärte er. »Wo immer unser Mann sich befindet, der wichtigste Anhaltspunkt für eine baldige Verhaftung ist die Waffe, die er benutzt hat, um Radigost zu töten.«

»Wir haben sie aber nicht gesehen!«, widersprachen die Vasallen im Chor.

»Es gibt nur den Topas, der uns eine Vorstellung vom Griff ermöglicht!«, klagte Mitko.

»Wir besitzen genaue Auskünfte über die Waffe«, entgegnete Artem. » Die Form der Wunde zeigt uns, dass es sich um einen Dolch mit ziemlich kurzem, aber breitem und kräftigem Blatt handelt. Diese Waffe gehört nicht Radigost; seine kleine Sammlung ist vollzählig. Außerdem gleicht der vom Mörder benutzte Dolch keinem in Russland verbreiteten Modell: Es handelt sich weder um ein Blatt, das ein russischer Waffenschmied hergestellt hat, noch um einen byzantinischen Dolch, noch um einen von germanischen Meistern gefertigten Dolch. Alle diese Waffen sind von unterschiedlicher Härtung, ihre Blätter sind gerade und dünn, niemals dick. Es ist auch keine kumanische oder petschenegische Waffe, die sich durch ihre gekrümmten Blätter unterscheiden. Es ist kein Zweifel möglich: In meinem ganzen Leben habe ich keinen Dolch dieser Art gesehen!«

»Deshalb hat der Mörder seine Waffe auch aus Radigosts Leichnam entfernt«, fügte Mitko hinzu.

»Und das ist auch das wertvollste Indiz, das uns erlauben wird, den Kriminellen dingfest zu machen«, fügte Wassilij hinzu. Ein dermaßen ausgefallener Dolch bleibt nicht unbemerkt, und welche Vorsichtsmaßnahmen auch immer der Mörder noch ergreifen wird, wir werden sicherlich jemanden finden, der sich an ihn erinnert.«

»Vergesst nicht, dass nur ein Bojar einen mit Edelsteinen eingelegten Dolch besitzen kann!«, erinnerte Artem. »Wenn wir nur den Deserteur Gleb ergreifen könnten! Gründlich verhört, würde er uns zu dem eigentlichen Drahtzieher des Schmuckdiebstahls, der zugleich der Mörder Radigosts ist, führen.«

5. Kapitel

Die Morgendämmerung hatte kaum begonnen, den Himmel rotzufärben, als Wassilij – er trug eine Tunika aus weißem Leinen und eine weite braune Hose – seine Stube im Gebäude der Vasallen verließ. Er betrat das Nachbarzimmer, das genau wie sein eigenes eingerichtet war: eine Kleiderkiste und zwei Kleiderständer – auf dem ein hing die Rüstung, auf dem anderen die Paradeuniform der Druschinen – füllten fast den ganzen Raum. Ein kleiner Tisch, ein Hocker und eine Schlafbank vervollständigten die Ausstattung. Mitkos Schwert und Streitaxt hingen über seinem Bett.

Wassilij warf einen amüsierten Blick auf die Regale. Auf ihnen stapelten sich kleine Schachteln aus bemaltem Holz, gefaltete Taschentücher, mit Seidenbändern geschmückte Haarlocken und andere Zeichen der Aufmerksamkeit, die die jungen Mädchen Mitko schenkten. Dann berührte er seinen Kameraden leicht an der Schulter. Der blonde Hüne war sofort wach, setzte sich auf und räkelte sich genüsslich.

»So etwas! Keine neue Trophäe!«, spottete Wassilij und zeigte auf die besagten Objekte zarter Zuneigung. Du beginnst einzurosten!«

»Ja, ja«, seufzte Mitko. »Siehst du die blonde Haarsträhne an dem roten Band? Das ist meine letzte Eroberung und sie ist schon gut vier Wochen alt. Du hast Recht, ich muss meinen Ruf verteidigen!«

»Heute wirst du dich nicht darum kümmern können«, bemerkte Wassilij, wieder ernst geworden. »Wir haben zwei Morde und den Raub eines außergewöhnlichen Schatzes aufzuklären … und nicht den Hauch einer Spur!«

»Sei nicht so humorlos, mein Freund. Es bleiben uns noch zwei Tage! Wie Artem gestern sagte, steht der Mord am Statthalter mit dem Verschwinden des Schmucks in Verbindung. Der Verbrecher hat seinen ersten Fehler begangen, indem er sich einer ganz und gar ungewöhnlichen Waffe bediente. Mit ein wenig Glück …«

»Glück haben wir bitter nötig!«, gab Wassilij zurück. »Wir wissen, dass der alte Mann von einer hoch gestellten Persönlichkeit ermordet worden ist, doch unsere Informanten verkehren kaum mit Bojaren!«

»Wie auch immer, bei unseren Erkundungen müssen wir unerkannt bleiben. Was hältst du davon, unsere bescheidene Händlerkleidung wieder anzuziehen?«, schlug Mitko vor und zeigte lachend auf seinen Kleiderkoffer.

Wassilij nickte und fügte hinzu:

»Legen wir unter den Kaftanen trotzdem unsere Westen aus Eisenplatten an! Wenn wir den Eigentümer des Dolches treffen, will er vielleicht die Wirksamkeit seiner Waffe aufs Neue ausprobieren!«

Als die zwei Vasallen auf den Flur hinausgingen, waren sie mit Kaftanen aus abgeschabtem Samt ausstaffiert. Kleine Kappen vervollständigten ihre Aufmachung. Sie begutachteten sich gegenseitig, nickten befriedigt und gingen schnell zur Treppe. Der am Ausgang postierte Wächter grüßte sie militärisch, konnte sich aber ein komplizenhaftes Augenzwinkern nicht verkneifen, da er ohne Zweifel dachte, dass die beiden Druschinen ein paar freie Stunden in charmanter Gesellschaft verbringen wollten und zwar an Orten, deren Besuch Wladimir seinen Vasallen verboten hatte.

Mitko und Wassilij überquerten den Platz und gingen zur Hauptstraße, wo die Diener mit verschlafenen Gesichtern den Holzboden vor den Eingängen der Geschäfte, Gast- und Badehäuser kehrten. Einem fliegenden Händler, der einen großen Korb auf seinem Kopf trug, kauften sie zwei Dutzend noch warme Fleischkrapfen ab. Als sie auf den Marktplatz kamen, waren sie mit ihrem Frühstück fertig.

Die ersten Kunden gingen zwischen den Ladentischen und den vor Waren überbordenden Kisten hin und her und diskutierten heftig die Preise. Die Händler hatten es sich auf Klappstühlen vor ihren mit Stoff bedeckten Ladentischen bequem gemacht; einige hatten leichte Dächer angebracht mit vier Pfählen und einem Rechteck aus Leder oder Leinen, um ihre Ware zu schützen. Den ärmsten unter ihnen blieb nur der Platz zwischen den Ladentischen. Ihre Ware breiteten sie auf zurechtgeschnittenen Stoffstücken auf dem blanken Boden aus.

Die Vasallen gingen schnell an den noch zur Hälfte leeren Gängen vorbei und gelangten zum nördlichen Stadttor, das direkt zum Hafen führte.

Auf der anderen Seite der Einfriedung führte ein breiter mit Eichenbohlen ausgelegter Weg den grasbewachsenen Hügel hinunter und direkt zum Hafen – Hauptquelle des Reichtums von Rostow, das sich am Schnittpunkt zweier bedeutender Flusswege befand. Hier floss der Korostol in die Wolga. Fuhr man im Osten die Wolga hinunter – am bulgarischen Königreich vorbei –, mündete der Weg in die großen Karawanenstraßen von Samarkand, Taschkent und Buchara. Im Westen gelangten die Holzboote auf den Dnjepr und damit auf den berühmten Weg der Waräger zu den Griechen.

Die Vasallen stiegen zur Mohle hinunter, ließen den Hafen links liegen und gingen auf die Brücke, die die Stadt mit einem Wohnviertel armer Handwerker auf der anderen Seite des Flusses verband. In Kriegszeiten mussten die Einwohner ihre Wohnungen verlassen und sich in das Innere der Stadtmauer zurückziehen. Aber schon seit drei Jahren verhinderten die mit Kiew verbündeten Armeen des Fürsten das Vordringen der Steppenhorden. Diese friedvollen Jahre ermutigten die Bewohner, außerhalb der schützenden Mauer zu bauen.

Am anderen Flussufer angelangt, drängten sich die beiden Vasallen in ein Labyrinth ungepflasterter Sträßchen, an denen flache Häuser mit Strohdächern standen. Mitko und Wassilij mussten über Wasserlachen springen, in Lumpen gehüllten Kindern, zahlreichen Hunden und Hühnern ausweichen, die um sie herumstreunten, bevor sie bei einer einfachen Schmiedewerkstatt ankamen. Ein aus einigen schlecht justierten Planken zusammengeschusterter Ladentisch bot dem Blick der Passanten Nägel, Vorhängeschlösser, Kreuzhaken, Messerblätter und andere Gegenstände des täglichen Gebrauchs.

Als der Lärm des Schmiedehammers in der Werkstatt einmal aufhörte, stieß Mitko einen langen Pfiff aus. Sie brauchten nicht lange zu warten. Ein ziemlich großer, nachlässig gekleideter Bursche von ungefähr vierzehn Jahren kam aus der Werkstatt. Er begrüßte die Vasallen mit einem Lächeln, das sein Gesicht mit den eingefallenen Wangen erhellte. Mitko und Wassilij folgten seinem Zeichen, gingen um das Haus herum und betraten den hinteren Teil der Werkstatt. Über das Fenster war eine Schweinsblase gespannt, sodass nur ein schwaches Licht auf den wackeligen Tisch, eine Bank und einen Ofen ohne Kamineinfassung fiel. In einer Ecke war eine Nachtlampe vor einer kleinen verrußten Ikone angezündet; gegenüber verdeckte ein geflickter schmutziger Vorhang zur Hälfte eine Schlafbank.

»Ist niemand da, Jan? Und deine Stiefmutter?«, fragte Mitko, als er sich auf die an die Mauer gelehnte Bank setzte.

»Weggegangen«, antwortete der Jugendliche kurz, während ein tiefer Hass in seinen Augen aufblitzte.

Die Vasallen kannten die Schwierigkeiten Jans mit

seiner Familie. Jan ertrug die Streitereien mit seiner Stiefmutter und seinem Vater, einem eingeschworenen Säufer, nicht mehr. Vor zwei Jahren hatte der Junge angefangen, sich mit Gesindel einzulassen und wurde ein kleiner Taschendieb; Mitko hatte ihn eines Tages auf frischer Tat ertappt und ihn seitdem als Informanten eingesetzt. Der Junge träumte davon, sein Elternhaus zu verlassen und Goldschmiedelehrling zu werden. Aber dafür musste er das von angesehenen Handwerkern verlangte Lehrgeld zahlen können. Deshalb freute er sich, etwas Geld auf die Seite legen zu können.

»Ich bin im Bilde!«, erklärte Jan, sobald die Druschinen den Diebstahl des fürstlichen Schmucks erwähnt hatten. »Die ganze Stadt spricht seit gestern Abend darüber. Und wisst Ihr, was man sagt? Je schneller der griechische Schmuck Rostow verlässt, desto besser ist das für den Fürsten und uns alle! Es läge ein Fluch auf dem Schatz, die Zarin, die diese Steine besaß, wäre eine Hexe gewesen und der Tod der Tochter des Statthalters sei erst der Anfang ihrer Rache!«

»Gott bewahre!«, rief Mitko aus, bekreuzigte sich und spuckte kräftig über seine linke Schulter, um die bösen Geister zu verjagen. »Glaubst du daran?«, fragte er Wassilij.

»Man wird sehen!«, erwiderte Wassilij und wiederholte die Gesten seines Gefährten. »Philippos hat mir von dem Fluch erzählt, den die Kaiserin Theophanu dem Schmuck auferlegt haben soll. Und dann hat dieser eingebildete Demetrios noch eine düstere Geschichte im Zusammenhang mit dem Schmuck zum Besten gegeben. Ich denke nicht, dass seine Äußerungen außerordentlich wichtig sind, aber die anderen griechischen Würdenträger haben seine Ansichten bestätigt.«

Nach einem Moment des Schweigens fügte Wassilij hinzu:

»Verflucht oder nicht, wir haben den Befehl, den

Schmuck zu finden und ihn dem Fürsten zurückzubringen. Er allein hat zu entscheiden, was er damit machen wird, und nicht dieser freche Schuft, der gewagt hat, ihn zu stehlen.«

»Beim allmächtigen Gott, du hast Recht, alter Bruder«, pflichtete Mitko bei. »Was zählt, ist, ihn in die Hände zu bekommen! Uns kann der Fluch schließlich nicht treffen, da uns der Schmuck gar nicht gehört! Jan, versuche dich zu erinnern, wie deine Kameraden über diesen Schatz gesprochen haben! Wir wollen wissen, ob bereits irgendjemand versucht hat, über den Weiterverkauf des Schmucks zu verhandeln.«

»Nein«, sagte der Junge nach kurzem Überlegen, »niemand hat versucht, den Schmuck zu verkaufen. Da bin ich mir ganz sicher! Ich kenne die Burschen gut; sie sagen mir nicht alles, aber mir wäre aufgefallen, wenn einer von ihnen mit solch einem dicken Fisch zugange wäre!«

»Und die Spione von Wseslaw, dem Fürst ohne Land?«, erkundigte sich Mitko. »Diese Bande von Plünderern schädigt Wladimir weiterhin mit allen erdenklichen Mitteln, und seine Leute sind nicht weit von Rostow!«

»Das schon«, bestätigte Jan. »Wseslaws Männer verlieren Wladimir nicht aus dem Auge und sind über alles, was er unternimmt, auf dem Laufenden. Ich denke da an den Mönch, den der alte Michael seit gestern Abend beherbergt. Ich musste abends bei dem alten Mann vorbeigehen, um ihm den Haken, den mein Vater für seinen Brunnen angefertigt hat, zu bringen. Dabei sah ich diesen angeblichen Mönch. Er sagte, er sei auf dem Weg zum Kloster von Zalessk. Aber seinem Galgengesicht nach zu urteilen, ist er so wenig Mönch wie Ihr oder ich! Aber Michael ist dermaßen leichtgläubig; er ist überzeugt, seine Gastfreundschaft einem heiligen Mann angeboten zu haben!«

»Michael, der umherziehende Wasserverkäufer? Bring

uns schnell zu seinem Haus. Vielleicht ist der Mönch noch da!«, rief Mitko und erhob sich schlagartig.

»Einverstanden, aber ich kann nicht dort bleiben. Mein Vater wird mich jeden Augenblick rufen. Gestern noch hat er mich geschlagen … Aber eines Tages werde ich mich aus dem Staub machen. Dann ist Schluss mit dem ganzen Schrott, Ihr werdet schon sehen! Ich stelle dann Gefäße aus Gold und Silber her, wie ich sie in der Kirche gesehen habe …«

»Die Zeit drängt«, unterbrach ihn Wassilij. »Hier ein Geldstück für dich. Das bringt dich dem Tag deines Aufbruchs ein bisschen näher. Jetzt los!«

Dankbar nahm Jan das kleine Silberstück an sich und steckte es in die Tasche.

»Wir nehmen eine Abkürzung«, kündigte er an. »Passt auf, wo Ihr hintretet!«

Als sie das Haus verließen, warf er einen ängstlichen Blick auf die Schmiedewerkstatt, ging zum Zaun, löste ein Brett heraus, das nur durch einen Nagel fest gehalten wurde, und schlüpfte durch das Loch hinaus. Mit einigen Schwierigkeiten zwängten sich auch die beiden Männer durch die schmale Öffnung und folgten dem Jungen in ein Labyrinth von kleinen engen Gässchen. Dabei stolperten sie über Abfallhaufen und kletterten über Reste zerfallener Hütten. Endlich blieb Jan stehen und murmelte:

»Wie sind in Michaels Hinterhof. Ich verlasse euch hier. Viel Glück!«

Mitko gab dem Burschen einen freundschaftlichen Schlag auf den Rücken, und Jan verschwand hinter dem alten Zaun.

Die Vasallen blickten sich um. Michaels Haus, vom Aussehen her etwas weniger erbärmlich als der Rest des Viertels, befand sich am äußersten Ende der Stadt. Wenn der mysteriöse Besucher ein Spion Wseslaws war, musste er sich in seinem Versteck nahe der Hauptstraße nach

Smolensk sicher fühlen. Mitko flüsterte seinem Kameraden etwas ins Ohr. Wassilij schüttelte den Kopf. Mit skeptischen Mienen gingen sie in das Haus hinein.

»Michael! Wo ist Michael?«, rief Mitko.

Ein Mönch, ungefähr dreißig Jahre alt, erschien im Zimmer. Er trug ein langes schwarzes Kleidungsstück mit Kapuze, und sein grobes Gesicht machte nicht gerade einen Vertrauen erweckenden Eindruck auf die Vasallen. Der Mann stellte den dampfenden Napf, den er in der Hand hielt, auf den Tisch, runzelte die Stirn und schaute die Neuankömmlinge fragend an.

»Mein Vater, habt Mitleid …« stotterte Mitko. »Sagt dem alten Michael, er soll herauskommen, es geht um Leben oder Tod!«

»Wer seid Ihr?«, erkundigte sich der Mönch.

»Nur zwei arme Flüchtlinge … Euch können wir es gestehen, ehrwürdiger Vater«, murmelte Mitko in vertraulichem Ton. »Wir kommen von Zalessk, und die Soldaten des Fürsten sind uns auf den Fersen! Ein alter Freund meines verstorbenen Vaters hatte Mitleid mit uns und erklärte uns, wie wir Michaels Haus finden. Er könne uns für ein paar Tage verstecken!«

»Michael ist noch nicht zurückgekommen«, erklärte der Mönch. »Aber sagt, meine Kinder, was habt ihr getan, dass die Garden hinter euch her sind?«

»Mein Freund hat sich wegen eines Mädchens mit einem Druschinen aus Zalessk gestritten, wenn Ihr erlaubt«, vertraute ihm Wassilij an.

»Um Christi Willen, dieser freche Hund wollte mir ins Gesicht schlagen … Ich will sagen, dieser Soldat hat auf jeden Fall einen Verweis verdient! Nur, woher sollte ich wissen, dass sein Kopf zerbrechlich wie ein Hühnerei war? Es ist nur ein bedauerlicher Unfall gewesen, aber die Schergen des Fürsten wollten nichts davon hören! Zudem hat mein Freund hier dem Verwundeten Hilfe geleistet, aber sein Eifer hat den Zustand des Opfers nur noch verschlimmert. Deshalb sind wir jetzt beide auf dem Weg nach Rostow und vergießen Tränen darüber, dass wir Beruf und Ehefrauen verlassen mussten …«

»Verlobte«, stellte Wassilij richtig.

Er beobachtete den Mönch unauffällig, der schlauerweise auf der anderen Seite des Tisches stehen blieb, sodass man ihn nicht überraschend angreifen konnte. Er war genauso groß wie Mitko, und sein weites Gewand verbarg kaum seinen kräftigen Körperbau. Das war ein ernst zu nehmender Gegner, zumal in den Falten seiner Soutane auch ein Schwert stecken konnte. Mitko erzählte dreist weiter:

»Wir sind die ganze Nacht marschiert, mein Vater. Seit gestern Morgen haben wir nichts gegessen außer wilden Kräutern, die wir am Wegrand sammelten. Wir sind völlig ausgehungert!«

Mitko sog tief den Geruch ein, der aus dem abgestellten Essnapf aufstieg.

»Dieser köstliche Duft …«

Plötzlich riss Mitko die Augen auf und starrte auf die Mahlzeit des Geistlichen.

»Mein Vater … Ihr esst freitags Fleisch!«, rief Mitko verblüfft aus.

»Das ist … ich habe eine besondere Erlaubnis vom Vater Superior«, nuschelte der Mönch. »Kommen wir auf eure Situation zurück, meine Kinder. Sie ist nicht gerade beneidenswert. Michael kann euch nicht retten, und ihr werdet niemals der für den Mord an einem Druschinen festgesetzten Strafe entgehen. Aber Gott, in seiner unendlichen Güte, hat mich geschickt, um euch zu helfen … Denn ich kann euch einen Handel vorschlagen.«

»Welcher Art?«, fragte Wassilij misstrauisch. »Wir haben keine Berufung, Gott zu dienen …«

»Was haltet ihr davon, einem anderen Fürsten als Wladimir zu dienen?«, warf der falsche Mönch ein und sah die Vasallen scharf an.

»Einem anderen Fürsten? Wie soll das möglich sein?«, fragte Mitko verwundert. »Alle anderen Fürsten sind doch mit Wladimir verbündet!«

»Alle außer Wseslaw!«, erklärte der Mann ruhig. »Seid ihr einmal in seiner Armee, kann euch Wladimirs Rache nicht mehr erreichen. Jedenfalls habt ihr kaum eine andere Wahl!«, stellte er abschließend fest und griff wieder nach seinem Napf.

Er schlang den Inhalt hinunter, betrachtete die beiden Besucher jedoch,weiterhin mit seinen kleinen tief liegenden Augen aufmerksam.

»Mein Vater ... Ich will sagen, verehrungswürdiger Herr ...«, brachte Mitko mit schwacher Stimme hervor und fuhr sich mit der Hand über die Stirn. »Macht mit uns, was Ihr für richtig haltet, aber gebt uns etwas zu essen!«

Der Vasall schwankte, brach dann zusammen. Der falsche Mönch stieß einen ärgerlichen Seufzer aus und ging zu dem unbeweglich daliegenden Körper. Ohne eine Sekunde zu verlieren, ergriff Mitko den Kerl an den Knöcheln und zog ihn zu sich hinunter. Der Mann verlor das Gleichgewicht und schlug lang hin. Aber schnell wie der Blitz stand er zur gleichen Zeit wie Mitko wieder auf den Beinen – ein Furcht erregendes Schwert in der Hand, das er aus den Stoffbahnen seiner Kleidung herausgezogen hatte. Wassilij gab ihm einen kräftigen Faustschlag auf die Schläfe. Der Mann taumelte, während Mitko sein rechtes Handgelenk fasste und es verdrehte. Das Schwert des Schurken fiel zu Boden. Er riss sich von Mitkos Händen los, machte einen Sprung zur Seite, und plötzlich blitzte eine lange Klinge in seiner anderen Hand. Wassilij stoppte ihn, entging dabei knapp einem Messerstich und stieß ihm seine Faust in die Magengrube. Der Kerl klappte zusammen; im gleichen Moment hieb ihm Mitko mit solcher Wucht ins Gesicht, dass der Mann auf der anderen Seite des Raumes landete. Sein Kopf schlug gegen den Rand der Bank. Der Unbekannte ließ das Messer los, stieß einen dumpfen Schrei aus und fiel zu Boden. Er war überwältigt.

»Ich hoffe, dass Wseslaws Männer nicht alle von diesem Kaliber sind!«, bemerkte Mitko trocken. »Sonst wird Wladimir nicht so schnell mit dem Fürsten ohne Land fertig werden!«

»Was mich am meisten gestört hat, ist sein Aufzug«, meinte Wassilij. »Mein Fechtmeister hat mich gelehrt, die lebenswichtigen Punkte des menschlichen Körpers anzuvisieren, und ich bin immer seinem Rat gefolgt. Diese Soutane jedoch mit ihren tausend Falten … Halt, das ist keine schlechte Idee für unsere kleinen unauffälligen Ausflüge in die Stadt! Die Mönchsverkleidung kann sich als sehr nützlich erweisen, wenn man bewaffnet bleiben will. Wir müssen unsere Garderobe komplettieren!«

Mitko holte eine Schnur aus seiner Tasche, und die Vasallen banden dem Unbekannten die Hände auf den Rücken. Als dieser wieder zu Bewusstsein kam, stellten sie ihn ohne viel Federlesens auf die Füße.

»So rekrutiert man also auf Wseslaws Rechnung?«, brüllte Mitko.

Der Koloss warf ihm einen hasserfüllten Blick zu, bekam die Zähne aber nicht auseinander.

»Dreckiger Spion, du wirst antworten, wenn dich ein Druschine des Fürsten fragt!«, schrie Mitko.

Wassilij bezog hinter dem Gefangenen Stellung und begann seine gefesselten Hände anzuheben. Er ahmte damit eine einfache aber wirkungsvolle Foltermaßnahme nach, die darauf beruhte, die am Rücken gefesselten Handgelenke des Opfers an einem Haken festzumachen, den man fortlaufend hochzog, bis beide Schultern ausgerenkt waren. Der Mann beugte sich nach vorn, fiel dann auf die Knie. Sein Gesicht verwandelte sich vor Schmerz in eine Grimasse.

»Hört auf«, schrie er. »Was wollt ihr von mir?«

»Was treibst du in Rostow?«, brüllte ihn Mitko an. »Gib zu, dass du über den Verkauf deines letzten Raubzuges verhandeln solltest!«

»Wenn ihr schon alles wisst, warum fragt ihr mich dann aus?«, murrte der Gefangene.

»Wem hast du den Schmuck angeboten?«, hakte Mitko nach.

»Ich hatte keine Zeit, mich an jemand bestimmten zu wenden«, ich wollte einen kleinen Hehler finden ...«

Ohne seinen Satz zu beenden, heulte der Mann vor Schmerz auf, da Wassilij seine gefesselten Handgelenke brutal nach oben gezogen hatte.

»Du lügst, heimtückischer Kerl!«, tobte Mitko. »Nicht das kleinste Stück des Schmucks der Theophanu kann man an einen kleinen Hehler verkaufen!«

»Wessen Schmuck?«, stöhnte der Gefangene. »Wovon sprecht ihr überhaupt? Ich verstehe nichts von euren Geschichten, das schwöre ich!«

»Um welche Beute handelt es sich dann? Über was solltest du verhandeln? Antworte!«

»Wir haben auf der Straße von Smolensk einen Handelskonvoi überfallen«, stammelte der Mann. »Das war ein guter Fang, wir fanden Proviant, Ballen von Seide, Schmuckstücke ... Wseslaw hat mich in die Stadt geschickt, um einen Mann zu finden, der die Ware in Umlauf bringen konnte.«

»Und was ist mit Gleb, Wladimirs Soldat, den du vor zwei Tagen getroffen hast?«, stieß Mitko hervor und ohrfeigte den Straßenräuber kräftig.

»Vielleicht kennst du ihn auch nicht mehr?«

»Ich habe noch nie was von ihm gehört!«, winselte der Mann. »Ein geflohener Sklave ist vor kurzem zu uns gestoßen, aber kein Soldat Wladimirs!«

Mitko und Wassilij tauschten einen Blick aus. Sie hatten es mit einem feindlichen Spion und gefährlichen

Straßenräuber zu tun, aber was den Schmuck und den verschwundenen Gardisten anging, schien die Verblüffung des Mannes echt zu sein. In diesem Augenblick hörte man draußen die Räder eines Karrens knirschen. Eine Minute später kam ein alter Mann in einer geflickten Tunika herein. Es war Michael. Er blieb wie angewurzelt stehen, als er den bejammernswerten Zustand seines ehrenwerten Gastes und die drohende Miene der beiden Freunde sah. Bevor er um Hilfe rufen konnte, öffnete Mitko das Oberteil seines Kaftans und zeigte das Rangabzeichen, welches seine Jacke in Form kleiner Metallplaketten schmückte.

»Dieser Mann ist ein Spion von Wseslaw« erklärte er. »Bist du sein Komplize?«

»Bitte vergebt mir, edler Druschine«, stotterte Michael. »Wie konnte ich wissen, dass dieser Mönch … Ich bin Wasserverkäufer und zurückgekommen, um meine Kübel aufzufüllen. Da habe ich Lärm in meinem Haus gehört …«

»Ich glaube und vergebe dir«, warf Mitko mit würdevoller Miene ein. »Da du ein treuer Untertan Wladimirs bist, hindert uns nichts, deine Hilfe anzunehmen. Wir werden dein Pferd ausleihen, um diesen Halunken zum Palast zu bringen.«

Während der alte Mann sich von seinem Schrecken erholte, packte Wassilij den falschen Mönch am Kragen seiner Soutane und stieß ihn in Richtung Tür. Im Hof hingen die Vasallen die mit leeren Behältern beladene Karre ab. Wassilij ließ den Gefangenen auf das magere Pferd des Wasserverkäufers klettern und saß selbst hinten auf. Mitko reichte ihm Schwert und Messer des Mannes.

»Bei der geringsten verdächtigen Bewegung stoße ich dir deine eigene Klinge in die Rippen«, drohte Wassilij dem falschen Mönch.

Dann drehte er sich noch einmal zu Mitko um.

»Wir treffen uns in einer Stunde beim Eingang des Goldenen Hahns.«

Mitko nickte. In diesem kleinen Wirtshaus im Zentrum des Marktes hatten die Vasallen die größte Chance, einen weiteren Informanten zu treffen – den Straßenkomödianten Klim. Mitko versicherte dem alten Mann, man würde ihm sein Pferd bald zurückbringen; dann verließ er Michaels Hof und ging pfeifend zum Fluss hinunter.

Jetzt waren die Straßen schon belebter. Frauen mit bunten Schals um den Kopf, Hals und Handgelenke mit Eisen- oder Kupferschmuck behängt, gingen mit ihrem Einkaufskorb zum Markt. Fliegende Händler beeilten sich, mit ihren Tabletts aus Weidengeflecht zu den wohlhabenden Stadtvierteln zu kommen. Sie boten Krapfen oder Kuchen feil. Je näher Mitko der Brücke kam, desto voller wurden die Straßen und die Stände zahlreicher. Im Vorbeigehen erstand er eine Tüte Sonnenblumenkerne zum Knabbern und schlug den Weg zur Brücke ein.

In der Mitte stützte er sich auf das Geländer und beobachtete die Boote, die – ihr einziges Vierecksegel gehisst – leicht auf der glitzernden Wasseroberfläche dahinglitten. Andere Boote waren im Hafen vertäut, und Mitko bewunderte die geschnitzten Figuren am Bug, die den Schiffen ihren Namen gaben: *der Stier, die Schlange, der Adler, der Falke* … Er erkannte das kleine Schiff von Demetrios, das ihm an dem Tag im Hafen aufgefallen war, als die Druschinen die Gesandten von Tsar-Gorod mit der fürstlichen Flotte begleitet hatten. Es machte Spaß, das Schiff des griechischen Würdenträgers anzusehen, und Mitko betrachtete verträumt die goldenen, entlang der Planke aufgereihten Ringe, den hohen Mast, das scharlachrote Segel, das er sich im Wind gebläht vorstellte, und die langen Ruder, die es dem Schiff ermöglichten, genauso schnell voranzukommen wie mit dem Segel. Mit seinem geringen Tiefgang, Bug und Heck waren von der Form her gleich und ähnlich hoch, war das Boot schnell und leicht zu manövrieren, da es nicht wenden musste, um die Fahrtrichtung zu ändern.

Mitko bemerkte, dass ein Mitglied der Mannschaft den Zustand des Bootes überprüfte, jedes Ruder herausholte und in die an der Planke angebrachten Öffnungen zurücksteckte. In dem Augenblick, als der Matrose sich anschickte, das Boot zu verlassen, sah Mitko seine blonden Haare und die kupfernen Armbänder an den Handgelenken. Die Arme waren bis zu den Schultern nackt, seine Taille mit Leder umgürtet, und sein langer heller Schnurrbart hing noch über das Kinn herunter, genau wie bei Artem.

Die Haltung und das Äußere des Matrosen ließen keinen Zweifel zu: Die Mannschaft bestand aus Warägern, den besten Schiffern, die es gibt. Nun gut, das passte zu der Perfektion des Schiffes! Wie die meisten Reisenden, die den Dnjepr hinauffuhren, hatte der Grieche nach Überwindung der Stromschnellen ein anderes Boot nehmen müssen; an Luxus gewohnt, konnte er es sich leisten, das Beste zu wählen!

Rufe, die von der Mole herüberdrangen, rissen Mitko aus seinen Gedanken. Er bemerkte zuerst ein großes Handelsboot, das vor Anker ging; ein Matrose holte das große gelbe Segel ein, während die anderen mit dem Entladen der Fracht begannen. In der Nähe der Kisten, Ballen und auf der Mole gestapelten Fässer überwachte ein Kaufmann mit eindrucksvoller Wampe das Entladen seiner Güter. Aber augenscheinlich hatte ein Unfall den normalen Ablauf der Arbeit gestört.

Die Schiffer hatten mit dem Entladen aufgehört, die Gaffer versammelten sich gegenüber dem Boot, und alle sahen auf das grüne Wasser des Flusses zwischen Kai und äußerstem Ende der Mole. Plötzlich sah Mitko einen Männerarm aus dem Wasser herausragen. Für einen Augenblick schlug der Arm in die Luft und verschwand dann wieder unter der Wasseroberfläche.

Worauf warten die Leute? Der Junge wird ertrinken! dachte Mitko. Er lief schnell die Brücke herunter und stürzte in Richtung Mole. Noch im Laufen fing er an, seinen Kaftan aufzuknöpfen und die Klammern seiner Jacke zu lösen.

Aber bevor er dem Ertrinkenden zu Hilfe kommen konnte, bahnte sich ein großer Kerl quer durch die neugierige Menge einen Weg, entledigte sich seiner Jacke und sprang ins Wasser. Mitko gesellte sich zu den Zuschauern und betrachtete unruhig die Oberfläche des Flusses, während zwei Frauen neben ihm den Unfall ausführlich kommentierten: Ein junger Angestellter des dickbäuchigen Kaufmanns war auf der Mole ausgerutscht und ins Wasser gefallen. Da er nicht schwimmen konnte, war er augenblicklich untergegangen.

Nach einigen Minuten kam der große Bursche wieder an die Wasseroberfläche, um sich die Lungen mit Luft zu füllen, dann tauchte er erneut Wasser unter. Endlich erschien er mit dem beinahe Ertrunkenen an der Oberfläche des Flusses. Er zog ihn an den Haaren hinter sich her, immer bemüht, auch den Mund des Ohnmächtigen oberhalb des Wassers zu halten. Sobald sie das Pfahlwerk des Kais erreicht hatten, streckten sich ihnen ein Dutzend muskulöser Arme entgegen. Kaum wieder auf dem Kai, schüttelte sich der Retter, stieß die Gaffer zurück und ging schnell zu seiner auf der Mole liegenden Jacke.

»He, Gurat!«, schrie jemand. »Du machst dich schon aus dem Staub? Erwartest du nicht einmal, dass der Kaufmann dir ein Glas Schnaps anbietet?«

»Ich erwarte mehr als das!«, rief Gurat zurück.

Er versuchte, seine Jacke nicht nass zu machen, als er den Inhalt seiner Taschen untersuchte, bevor er sie zusammenfaltete und dann zum Molenrand ging, um die Stoffbahnen seiner Tunika auszuwringen.

»Ich will nicht, dass man mir zum Ausgleich meine

Jacke klaut,« knurrte er. »Ich kenne die Gesetze des Hafens: Der Fehler liegt niemals beim Dieb, sondern bei dem, der sich bestehlen lässt!«

Mitko betrachtete neugierig diesen großen rothaarigen Mannes mit der kräftigen Muskulatur und der glatten Haut. Er musste zu den Dockarbeitern gehören. Nachdem Gurat seine Jacke verstaut hatte, wandte er sich zur Menge, die um den jungen Angestellten herumstand. Der Junge schien außer Gefahr zu sein: Er hatte viel Wasser ausgespuckt und das Bewusstsein wiedererlangt. Gurat warf einen kurzen Blick auf den Mann und pflanzte sich dann vor dem Händler und Bootseigentümer auf.

»Ihr seid der Chef?«, sprach ihn Gurat forsch an und warf seine nassen Haare in den Nacken. »Ich habe das Leben Eures Angestellten gerettet. Ohne meine Hilfe würde Euer Gehilfe jetzt die Fische ernähren. Ihr schuldet mir eine halbe Griwna.«

»Was?«, schrie der Kaufmann aufbrausend. »Für den Preis, den du verlangst, hättest du diesen Nichtsnutz den Fischen als Futter lassen können. Er kostet mich doppelt so viel, als er mir einbringt! Hier, das ist alles, was ich dir geben kann.«

Der Händler holte drei kleine Kupfermünzen aus seiner dicken, am Gürtel hängenden Geldbörse heraus und reichte sie Gurat.

»Ihr Leute, seht, wie hoch dieser Geldfuchs das Leben der Menschen, die für ihn arbeiten, schätzt!«, höhnte Gurat und hielt die Münzen hoch. Statt mich anständig zu bezahlen, gefällt es diesem Suppentopf vielleicht besser, wenn ich den Jungen ins Wasser zurückwerfe! …«

Während Gurat den Kaufmann weiter beschimpfte, schaute Mitko auf den Stand der Sonne und bedauerte, nicht genug Zeit zu haben, um den Ausgang des Streits mitzuerleben.

An Gurats Stelle würde ich dem Kaufmann ein kleines unfreiwilliges Bad vorschlagen, dachte Mitko und verließ den Kai widerwillig. Es war beinahe elf Uhr, und er musste Wassilij im ›Goldenen Hahn‹ treffen. Der Vasall ging durch die Umfassungsmauer und dann zur Hauptpassage des Fischmarkts.

Die Gassen der Fischer machten denen der orientalischen Händler Platz – Chasaren, Araber und Wolgabulgaren – die mit gutturalem Akzent ihre Produkte anpriesen. Gewürze, Balsame, exotische medizinische Kräuter erfüllten die Luft mit ihren aromatischen Düften. An den letzten Ständen verkauften Stoffhändler Seide, aber auch die in den nördlichen Fürstentümern Russlands hoch geschätzten Streifenstoffe. Von der dichten Menge fortgetrieben kam Mitko auf einen kleinen runden Platz. Er ging zu einem einfachen Wirtshaus mit dem Schild: Zum Goldenen Hahn. Ein über der Tür hängendes Strohbündel verriet, dass das Gasthaus auch Übernachtungsmöglichkeiten anbot.

Im Inneren überblickte der Vasall die lärmende Menge: Verkäufer und einfache Handwerker saßen vor Metkrugen und wenig appetitanregenden Platten. Wassilij war noch nicht eingetroffen. Der junge Bedienstete betrachtete nachdenklich die Fliegen, die über dem vor Schmutz strotzenden Büfett herumflogen. Mitko fragte ihn, ob der Straßenkomödiant Klim da sei. Der Junge schüttelte den Kopf. Da alle Tische besetzt waren, ging Mitko wieder hinaus.

Da sah er eine hübsche Kurzwarenhändlerin, deren Stand sich auf der anderen Seite des Platzes befand, und ging unternehmungslustig auf die Auslagen zu. Die Händlerin schaute ihn an und richtete mit koketter Geste ihren Schal, der von einer Haarnadel fest gehalten wurde und ihr Haar völlig bedeckte. Die rote Jacke betonte höchst angenehm ihre rundliche volle Figur. Mitko begann, die auf dem Ladentisch ausgelegten Gegenstände aufmerksam zu betrachten.

»Dieses Band ist sehr hübsch«, meinte er und zeigte auf eine Rolle blauer Seide. »Aber ich finde, dass Ihr es zu teuer verkauft!«

Als die junge Frau protestieren wollte, fügte Mitko hinzu:

»Dennoch würde ich Euch eine ganze Griwna für drei Zoll des Bandes geben … unter der Bedingung, dass es eine Locke Eurer Haare schmückt! Ich bin sicher, dass sie blond und seidig wie die einer Najade sind!«

»Wie kommt Ihr dazu!«, erwiderte die Händlerin lachend. »Ihr kennt mich nicht, Fremder. Vielleicht bin ich wirklich eine Najade, und eine Strähne meiner Haare wird Euch auf den Grund des Flusses ziehen? Oder vielleicht bin ich eine Hexe, und ein Geschenk von mir wird Euch Unglück bringen – so wie der griechische Schmuck allen Unheil beschert, die sich ihm nähern!«

»Ihr schwätzt unsinniges Zeug!«, rief Mitko aus. »Was wisst Ihr von dem griechischen Schmuck, dumme Frau?«

»Ich weiß mehr darüber als Ihr, hochnäsiger Fremdling!«, gab die Frau zurück. »Ich habe noch Ohren zu hören, und ich weiß sehr wohl, was Klim gestern Abend auf dem Platz hier gesungen hat.«

»So … Klim hat neue Lieder verfasst«, warf Mitko nachdenklich ein. »Gut, ich werde sie bald hören!«

»So ist es, hört erst einmal den anderen zu, bevor Ihr Euer großes Maul aufmacht!«, empfahl ihm die junge Frau.

Dann fragte sie ihn mit sanfter Stimme:

»Wollt Ihr nichts kaufen?«

In diesem Augenblick sah Mitko Wassilij, der auf dem Platz auftauchte und sich schnell quer durch die Passanten hindurchschlängelte.

»Das nächste Mal, meine Schöne«, gab Mitko zurück. »Jetzt muss ich Euch verlassen!«

»Lügner« rief ihm die Frau hinterher. »Sagt lieber, Ihr

könnt Euch nichts leisten! Man braucht nur Eure zerrissenen Kleider ansehen …«

Mitko drängelte sich durch die Menge ohne weiter hinzuhören und traf auf Wassilij, als dieser gerade in das Gasthaus hineingehen wollte. Sie setzten sich an einen frei gewordenen Tisch und bestellten einen großen Krug Met.

»Klim ist nicht da«, verkündete Mitko. »Aber es ist bald Mittag, und dann gibt er auf dem Platz eine kleine Vorstellung. Ich würde gern seine neuen Strophen hören.«

Wassilij warf ihm einen erstaunten Blick zu, und Mitko fuhr mit leiser Stimme fort:

»Es scheint, dass er bei seinem gestrigen Auftritt den byzantinischen Schmuck und den Fluch erwähnt hat. Das fehlte uns noch! Die Leute lieben solche Geschichten. Sie gehen von einem zum anderen und Gerüchte können unsere Untersuchung nur behindern. Und wie war's bei dir? Hat alles geklappt?«

Wassilij nickte, nahm einen großen Schluck Met und erklärte:

»Ich habe Wseslaws Spion den Garden überstellt. Wir hatten auf dem Weg eine sehr aufschlussreiche Unterhaltung. Bojar Artem war nicht im Palast, aber ich denke, wir können selbst zu gewissen Schlussfolgerungen kommen. Die Spur zu Wseslaw ist nicht ergiebig.«

Er machte eine beschwichtigende Handbewegung, als Mitko anfangen wollte, ihn mit Fragen zu löchern und berichtete weiter:

»Hör zu, ich habe mir einen Spaß daraus gemacht, diesem Verräter all die Freuden aufzuzählen, die der Folterknecht für ihn bereithält und ihm die besonders wirkungsvollen Foltermethoden beschrieben, die die Russen von den Kumanen gelernt haben. Dieser elende Hund ist vor Angst bald gestorben. Ich bin sicher, es war nicht gelogen, als er behauptete, der Fürst ohne Land habe nichts mit dem Verschwinden des Schmucks zu tun. Bis jetzt hat Wseslaw den Gardisten Gleb noch nicht aufgenommen. Da dieser unauffindbar bleibt, ist die Form des Dolches, mit dem der Statthalter getötet wurde, das einzig verlässliche Indiz.«

»Und der Topas aus dem Dolchgriff«, fügte Mitko hinzu. »Wir werden Klim davon berichten müssen; während des Kohlkopffestes ist er oft bei Bojaren eingeladen. Aber wo bleibt dieser Possenreißer?«

»Ich hoffe, dass er nicht gerade im Rinnstein seinen Rausch ausschläft«, seufzte Wassilij.

Genau in diesem Moment drang eine kräftige Stimme, die ein Rezitativ vortrug, durch die offene Saaltür zu ihnen. Die Vasallen warfen einige Kupfermünzen auf den Tisch und stürzten nach draußen. Die Menge bildete einen dichten Kreis um den Komödianten. Klim war ein schlanker Mann mit geschmeidigem Körper, bekleidet mit einem bunten Hemd und roten Kniehosen. Zahlreiche Flicken bedeckten sein ausgewaschenes Kostüm. Klim war ungefähr dreißig Jahre alt und hatte das lebhafte Gesicht, die wachen intelligenten Augen, wie alle Leute seines Berufs. Sein dürftiger Kinnbart war von der gleichen strohigen Farbe wie seine dünngesäte Haarpracht.

Das Publikum schüttete sich vor Lachen aus, als Klim Luftsprünge machte, sich in groteske Positionen drehte, gestikulierte, mit seinem Stock und seiner auf dem Boden liegenden Mütze sprach. Dann sang er seine Lieder, die sich in erster Linie um die Abenteuer einer treulosen Bojarin, ihres tölpelhaften Ehemannes und des gewissenlosen Liebhabers drehten. Abwechselnd spielte er alle Rollen seiner Figuren; machte die gezierte Sprechweise der Bojarin nach, die kräftige Stimme des brummigen Ehemannes und die eitlen, prahlerischen Reden des Geliebten. Beifallsrufe und Lachsalven begleiteten Klims Vorführung bis zum Ende.

Als diese Nummer beendet war, holte der Komödiant mehrere Ringe und hölzerne Kugeln aus seiner Tasche und begann, mit verblüffender Geschicklichkeit zu jonglieren. Dann machte er wieder ein paar Luftsprünge und stimmte andere Lieder an. Die Vasallen spitzten die Ohren: Dieses Mal ging es tatsächlich um den Schmuck der Theophanu. In erhabenem Tonfall deklamierte der Schauspieler zuerst die Geschichte der heimtückischen Kaiserin, die sich mit Hilfe von Gift zweier Ehemänner entledigt hatte. Dann rollte Klim grimmig die Augen und beschrieb die Szene, wie die Kaiserin den Fluch aussprach. Schließlich sang der Komödiant Lieder, die den Tod der jungen Bojarin Nastasia beklagten. Das Gespenst der Theophanu hatte sie in die Hölle entführt und seine Wiederkehr versprochen, um auch Prinzessin Guita zu rauben.

Als die Darstellung beendet war, warteten Mitko und Wassilij, bis die Menge sich zerstreut hatte, um auf den Komödianten zuzugehen. Klim sammelte seine kleinen Geldstücke zusammen. Er bemerkte die Druschinen und wandte sich ihnen mit herzlichem Lachen und einem Augenzwinkern zu.

»Es freut mich, Euch zu sehen«, sagte der Schauspieler. »In fünfzehn Tagen reise ich wie jedes Jahr in die südlichen Fürstentümer. Ihr werdet zumindest meine letzte Ballade gehört haben! Diesmal handelt es sich nicht um ein satirisches Liedchen – es ist wirklich wahr! Und es gefällt den Leuten, wie Ihr sicher bemerkt habt!«

»Uns aber nicht«, gab Wassilij zurück.

»Das stimmt!«, bestätigte Mitko. »Was ist über dich gekommen, solch ein unheilvolles Thema auszuwählen?«

»Ich dachte, dass Lieder über den Tod dieser jungen schönen Bojarin gut beim Publikum ankommen würden«, warf Klim ein und fügte Beifall heischend hinzu: »Ein Darsteller muss sein Repertoire von Zeit zu Zeit erneuern!«

»Aber du erzählst Unsinn!«, platzte Mitko heraus. »Nastasias Tod hat nichts mit dem griechischen Schmuck zu tun. Eine sonderbare Idee, über Flüche und Gespenster zu deklamieren!«

Ohne eine Antwort zu geben, wickelte der Komödiant die Hand voll Münzen in ein schmieriges Stück Stoff und sammelte seine Kugeln und Ringe ein.

»Hör zu Klim, ich kenne dich sehr gut«, nahm Wassilij das Gespräch wieder auf und pflanzte sich vor dem Straßensänger auf. »Du verbirgst uns etwas! Hier, nimm diese Münze. Du hast sicher eine trockene Kehle vom Singen; trinke gleich einen Becher Met. Aber vorher sagst du uns, was du weißt!«

Ohne sich lange bitten zu lassen, nahm Klim die Münze. Nach kurzem Schweigen erklärte er:

»Ich habe diese Lieder komponiert, weil ich mit meinen eigenen Augen eine schreckliche Sache gesehen habe … Ich wusste, dass die junge Bojarin Nastasia sterben würde!«

»Wie das? Was hast du?«, schrien die Vasallen im Chor.

»Nun gut, es war nicht das Gespenst der Theophanu«, gestand Klim. »Ich habe die griechische Kaiserin in meinen Liedern erwähnt, weil das die Szene besser macht.«

»Was weiter?«, rief Mitko ungeduldig aus.

Was ich gesehen habe«, fuhr Klim fort, ohne sich zu beeilen, »war ebenfalls sehr schreckerregend! Vorgestern musste ich um die Mittagszeit in einem Haus des südlichen Viertels singen und tanzen. Das Essen hat ziemlich lange gedauert, und ich habe das Fest ungefähr um vier Uhr verlassen. Um zum Wirtshaus zu kommen, musste ich an der Rückseite des Palastes vorbeigehen. Ich erspähte Nastasia im Garten – durch die Hecke hindurch! Zuerst habe ich die Stimme der jungen Bojarin erkannt, aber sie schwieg schon wieder, bevor ich verstand, worüber sie sich unterhielt. Dann sah ich sie – schön wie der Tag in ihrer blauen, ganz mit Stickereien verzierten Robe! Die andere Person habe ich nur halb, von einem Baum verborgen, ausmachen können. Aber ich begriff sehr wohl, wer das war!«

»Du spannst uns auf die Folter! Wer war es?«, drängte Mitko und ergriff den Darsteller am offenen Kragen seines Hemdes.

Klim löste sich aus dem Griff, blickte betont würdevoll, sah sich vorsichtig um und flüsterte:

»Es war Wolos selbst, der Totengott, der Herrscher des Reichs der Finsternis!«

»Du machst dich über uns lustig!«, brüllte Wassilij zornig. »Wir erwarten von dir Hinweise und keine Belanglosigkeiten über heidnische Gottheiten!«

»Wenn es nicht Wolos war, war es der Teufel«, erklärte Klim ohne die Fassung zu verlieren. »Ich glaube wie Ihr an die Heilige Dreifaltigkeit. Das schließt jedoch nicht aus, dass ich plötzlich dachte, es wäre Wolos; er war ganz schwarz und behaart wie ein Bär, und ich habe das Bimmeln der an seinem Gürtel aufgehängten Schellen genau gehört!«

»Sag mir, wie viel Becher Wein hast du vor dem Verlassen dieses Hauses getrunken?«, warf Wassilij herablassend ein.

»Einige schon«, gestand der Komödiant widerwillig. »Aber ich war nicht betrunken, ich war gerade ein bisschen angeheitert. Ich habe sehr wohl Wolos gesehen … ich meine den Teufel, mit Nastasia im Garten. Er wollte ihr ankündigen, dass er bald käme, um ihre Seele zu holen und sie in die Hölle zu entführen!«

Die Vasallen schauten sich enttäuscht an. Klims Bericht war lediglich die Ausgeburt seiner Einbildungskraft, angeheizt durch den beim Fest getrunkenen Wein. Mitko stellte dem Sänger noch einige Fragen über den Dolch, den sie suchten, aber auch das blieb ohne Erfolg.

»Hört zu, warum fragt ihr nicht die Goldschmiede auf dem Markt?«, nahm Klim das Gespräch wieder auf. »Es ist gut möglich, dass der Schmuckdieb auf einen Unterhändler verzichtet und sich unmittelbar an die Kenner wendet! Auf alle Fälle«, fügte er hinzu, »verdient dieser Dolch mit eingearbeiteten Edelsteinen im Griff einen Besuch bei den Goldschmieden. Wer weiß, ob diese Waffe nicht auf Bestellung angefertigt wurde!«

»Natürlich befolgen wir deinen Rat«, stimmte Wassilij nach kurzem Überlegen zu. Nun mach dich aus dem Staub. Und pass auf, was du erzählst! Die Gerüchte machen schnell die Runde; wenn Wladimir von deiner Gespenstergeschichte erfährt, glaub mir, wird er das überhaupt nicht schätzen!«

Nach Klims Weggang begaben sich die Vasallen zu den Werkstätten der Waffen- und Goldschmiede, besuchten jedes Geschäft und befragten die Besitzer. Obwohl sie jedes Mal die von Wladimir versprochene Belohnung erwähnten, führte ihre Untersuchung zu nichts. Die Goldschmiede erinnerten sich an verschiedene Besuche der fürstlichen Gäste und an ihre Kommentare zum berühmten byzantinischen Schmuck, aber all diese Informationen boten den Druschinen nicht die geringste Spur. Niemand schien imstande zu sein, ihnen auch nur im Entferntesten bei der Identifizierung des geheimnisvollen Dolches helfen zu können.

Müde und verdrossen kehrten die beiden Freunde zum Goldenen Hahn zurück und ließen sich in einer Ecke mit einem Glas Branntwein nieder. Sie wollten gerade einige desillusionierende Überlegungen zum Ausgang ihrer heutigen Mission austauschen, als Mitko den wilden Rotschopf eines Burschen bemerkte, der die um ihn versammelten Stammgäste um Kopfeslänge überragte. Bei einem Krug Met diskutierte die Runde, aber die donnernde Stimme des rothaarigen Hünen übertönte die seiner Kumpels.

»Ich kenne diesen Riesenkerl!«, meinte Mitko und hörte den bis zu ihnen dringenden Reden zu. Er heißt Gurat. Heute Morgen hat er im Hafen einen ins Wasser gefallenen Handelsgehilfen gerettet und mit dem Chef des Burschen Streit bekommen.«

Mitko erzählte Wassilij kurz den Vorfall. Gurat beendete gerade seine Version der mit allen erdenklichen Einzelheiten ausgeschmückten Geschichte, die genauso viel Beifall bekamen wie die dreisten Kommentare zur Person des Kaufmanns. Dann neigten sich die Köpfe zu dem Gegenstand, den Gurat von seinem Gürtel losgemacht hatte.

»Was für ein schönes Stück! Das ist ein besonders wertvolles Stück!«, rief ein kleiner Mann mit schwarzem verfilztem Bart begeistert aus. »Es könnte einen mir bekannten Waffenschmied interessieren. Seine Werkstatt ist die dritte, vom Anfang der Gasse aus gesehen. Bring ihm das in meinem Auftrag. Mein Name ist Skarabäus; so nennt man mich hier.«

»Wie hast du es geschafft, diesen Dolch aus dem Wasser herauszuholen, ohne dass jemand es bemerkt hat?«, fragte der Nachbar des Bärtigen. »Der Kaufmann hätte behaupten können, dass der Dolch ihm gehört!«

»Das habe ich mir auch gesagt«, erklärte Gurat gewitzt. »Als ich ihn zusammen mit dem Burschen aus dem Wasser fischte, habe ich den Dolch unter meinem Gürtel verborgen. Das war ein Glücksfall. Wenn ich meine Tunika vor dem Abtauchen ausgezogen hätte, hätte ich meinen Fund nicht verstecken können! Kaum war ich aus dem Wasser gestiegen, lief ich schnell zu meiner Jacke, als ob ich fürchtete, sie wäre gestohlen worden – das ist zum Totlachen! Mir etwas stehlen! Kurz gesagt, während ich meine Jacke untersuchte, hat das Messer sein Versteck gewechselt … Ohne dass irgendjemand etwas davon bemerkt hat: Noch habe ich die Hand nicht verloren!«

Die Vasallen, denen kein einziges Wort der Unterhaltung entgangen war, wandten sich zum Ausgang und näherten sich dabei unauffällig der um Gurat versammelten Gruppe. Sie schauten dem Rotschopf über die Schulter und sahen einen prächtigen Dolch mit eingearbeiteten gelben Steinen im Griff.

»Also der dritte Laden in der Gasse der Waffenschmiede?«, fragte Gurat nach. »Ich hoffe, dass dein Kumpel mich nicht übers Ohr hauen will!«

Während Gurat den Dolch in seinen Gürtel zurücksteckte, sahen die Vasallen das Blatt in mattem Glanz schimmern. Es war dreieckig, die Ränder scharf wie ein Rasiermesser, die Welle mit einer Abzugsrinne versehen, die sich zum Heft hin verbreiterte.

»Wir ersparen dir die Mühe, zum Laden des Waffenschmieds zu gehen«, stieß Mitko hervor und legte seine schwere Hand auf die Schulter des Rotschopfs. »Im Namen des Fürsten hast du uns diese Waffe auszuhändigen!«

Der Mann erhob sich und sah die Vasallen wütend an. Hinter ihm tauchten ängstlich die neugierigen Köpfe seiner Kumpane auf. Andere Gäste drängten sich zu der Gruppe, wie magisch von der drohenden Stille angezogen, die sich im Raum ausgebreitet hatte.

»Es ist besser, du gehorchst«, bestätigte Wassilij Mitkos Befehl in sachlichem Ton. »Diese Waffe ist ein Beweisstück.«

Dabei öffnete er den Kragen seines Kaftans und zeigte Gurat sein Rangabzeichen auf der linken Schulter.

»Ein Beweisstück«, schrie Gurat, stieg auf den Tisch und holte schnell das gefährliche Messer unter seiner Jacke hervor. »Um Christi Willen, Ihr habt Recht! Das muss man mir beweisen, um sie mir wegnehmen zu können! Ihr seid genauso habgierig wie die fette Kaufmannsrattte, die mich heute Morgen geprellt hat!«

Die Menge ließ ein dumpfes Murren hören.

»Gurat hat Recht« rief irgendjemand. »Er hat das Messer gefunden, also gehört es ihm! Ihr glaubt Euch alles erlauben zu können, weil ihr Druschinen seid?«

Eine schnelle Entscheidung war nötig, denn die Männer, die ihnen Widerstand boten, waren von ihrem Recht überzeugt und bereit, es mit dem Messer in der Hand zu verteidigen. Auf jeden Fall waren sie zahlreich genug, um die Vasallen fest zu halten und Gurats Flucht zu decken.

»In Ordnung!«, erklärte Mitko. »Wir haben unsere Gründe, diese Waffe zu beschlagnahmen und Gurat die seinen, sie zu behalten. Eine Hörnerprobe soll unsere Auseinandersetzung entscheiden!«

Das unzufriedene Murren machte zustimmenden Rufen Platz. Das Volk liebte diese alte Sitte des Karneval, bei der die Männer Stiermasken trugen und sich miteinander messen mussten, indem sie heftig mit den Köpfen gegeneinander stießen. Dieses Spiel hatte die Hörnerprobe ins Leben gerufen, mit der zwei Gegner jeden Streitfall Stirn gegen Stirn regeln konnten.

»Davon soll es nicht abhängen!«, rief Gurat, sprang zu Boden und steckte den Dolch unter seine Jacke. »Das Messer gehört demjenigen, dessen Kopf standhält! Ihr seid alle Zeugen«, wandte er sich an die Zuschauer, »dass er es gewollt hat! Was stellt sich dieser elende Gardist mit seinem durch den Helm schon aufgeweichten Schädel vor?«

Mitko beachtete das allgemeine Gelächter nicht, sondern stellte sich Schulter an Schulter mit dem Rotschopf. Sie waren von gleicher Größe: Das war die einzige Bedingung für diese Prüfung. Die Leute räumten Tische und Hocker weg und machten Platz für die Hörnerprobe. Dann entfernten sich die beiden Kämpfer voneinander und zählten dabei laut ihre Schritte. Bei einer Distanz von zehn Ellen blieben sie stehen. Ein Mann mit einem schwarzen Bart trat aus dem Kreis heraus, bereit das Signal zu geben. Gurat atmete tief durch, warf sein fülliges Haar in den Nacken und nickte dem Bärtigen zu. Der Mann warf seine Kappe in die Luft. In dem Moment, in dem sie herunterfiel, stürzten sich die beiden Gegner aufeinander.

Mitkos Stirn stieß mit voller Wucht auf die des rothaarigen Hünen, und der Druschine hatte den Eindruck, einen Hammer vor den Kopf zu bekommen. Nach und nach nahm das Getöse, das ihm in den Ohren dröhnte, ab, und er hörte wieder die lebhafte Unterhaltung der Gäste. Die Zuschauer kommentierten den Aufeinanderprall. Mitko fühlte Wassilijs Hand auf seinem Arm und machte sich klar, dass er noch auf den Beinen stand: Das bedeutete, er hatte die erste Runde nicht verloren! Als sich der Nebel vor seinen Augen auflöste, sah er das besorgte Gesicht seines Freundes.

»Es geht schon, alter Bruder!«, flüsterte Wassilij. »Du wirst mit einer Beule davonkommen. Man kann sagen, es ist durchaus nützlich, einen harten Schädel zu haben! Schau dir mal den anderen an.«

Da erst bemerkte Mitko Gurat. Ausgestreckt am Fuß eines Tisches! Der Mann schien bewusstlos zu sein; sein bärtiger Kompagnon schüttete ihm Wasser über den Kopf. Mitko ging zum Tisch, ergriff einen Krug Met und trank in großen Schlucken. Als er ihn zurückstellte, war Gurat wieder zu Bewusstsein gekommen.

»Den Dolch, aber schnell!«, stieß Mitko mit rauer Stimme hervor. »Wenn du dich weigerst, schwöre ich dir, dass dein Kopf beim nächsten Schlag reif für ein Omelett ist.«

Widerwillig zog der Mann den Dolch aus seinem Gürtel und gab ihn dem Vasallen.

Mitko und Wassilij untersuchten ihn sorgfältig. Sie hatten sich nicht getäuscht. Die Form des Messers stimmte mit der von Artem gegebenen Beschreibung überein, und es fehlte einer der in den Griff eingearbeiteten Edelsteine. Mitko zog sein Taschentuch heraus und faltete es vorsichtig auseinander. Der Topas, den Artem ihnen überlassen hatte, war von derselben Form und strahlte in demselben matten Glanz wie die anderen Steine, die den Dolchgriff schmückten.

»Und jetzt«, erklärte Mitko, während er Dolch und Taschentuch einsteckte, »hör gut zu, Gurat. Ich werde dir zeigen, dass ich ein Ehrenmann bin. Die Druschinen sind keine Hunde! Wir haben ein Recht auf diesen Dolch, du hast jedoch Anrecht auf das Geld, das du beim Verkauf bekommen hättest. Hier, eine Viertelgriwna für dich; kein Schmied hätte dir mehr für diesen Dolch gegeben. Und vergleiche uns niemals wieder mit diesen raffgierigen Kaufleuten, die nur an ihren Vorteil denken. Wir Vasallen zahlen, was rechtens ist!«

Nach seiner Standpauke grüßte Mitko das Publikum mit einer würdevollen Verbeugung und ging, von Wassilij gefolgt, hinaus. Draußen meinte er:

»Glücklicherweise hat Bojar Artem vorausgesehen, dass unsere Untersuchung Kosten verursachen könnte! Für nichts auf der Welt hatte ich diesen Taugenichts, der mir beinahe den Schädel zertrümmert hätte, aus meiner eigener Tasche bezahlt!

Jetzt brauchte ich zarte Frauenhände, um meine Wunden zu pflegen!«

»Die kleine blonde Dienerin wird dir gern einen Verband anlegen! Wie heißt sie noch … Inga?«

»Nein, Inga ist das in der Küche angestellte Mädchen; außerdem schmollen beide. Während des Kohlkopffestes muss man die Mädchen mit spitzen Fingern anfassen. Das kannst du mir glauben!«

Die Vasallen diskutierten immer noch, als sie mit zügigen Schritten den Markt verließen und den Weg zum Palast einschlugen.

6. Kapitel

Am Morgen desselben Tages, als Mitko und Wassilij ihren abwechslungsreichen Erkundungsgang durch die Stadt machten, frühstückten Artem und Philippos wie üblich zusammen. Als Artem später in den Kerker hinunterging, um Strigo zu verhören, blieb der Junge im Zimmer. Kaum war er allein, stürzte Philippos zu seiner Kleidertruhe, holte Stiefel heraus und schlüpfte rasch hinein. Aus einem Versteck zog er eine kleine runde Metalldose. Er steckte sie in die innere Tasche seines Kaftans, brachte seine Sachen wieder in Ordnung und verließ das Zimmer. Er ging zur Treppe, die zur Mansardenwohnung führte.

Wie alle Personen männlichen Geschlechts, mit Ausnahme des Fürsten, durfte er die Wohnung der Frauen nicht betreten, aber dieses Verbot störte ihn heute überhaupt nicht. Philippos kam an den Treppenabsatz, wo ein Gardist sich gähnend auf seine Lanze stützte. Er langte in seine Tasche, holte einen Kieselstein heraus und warf ihn genau so, dass er den Rahmen des zum Hof geöffneten Fensters traf. Der Gardist hörte das Geräusch, ging zum Fenster und lehnte sich hinaus. Diesen Moment nutzte Philippos aus, um sich leise hinter dem Gardisten vorbeizuschleichen und die Stufen, die zur Dachwohnung führten, zu erklimmen.

Im Gang sah er gerade noch rechtzeitig eine Dienerin, die eine Vase mit verwelkten Rosen wegbrachte. Er verbarg sich hinter einer der großen Truhen, die im Durchgang standen, und wartete, bis die Dienerin die Treppe hinunterging. Dann wandte er sich zu Aldines Zimmer und klopfte leise. Die englische Zofe öffnete die Tür. Sie trug denselben grünen Sarafan mit Lederknöpfen wie am Vorabend, aber ihre roten Haare waren in zwei dichten Nackenknoten gebändigt. Als sie Philippos erblickte, weiteten sich ihre braunen Augen vor Erstaunen.

»Aber … wie bist du hereingekommen?«, fragte sie.

»Ihr begrüßt einen jungen Bojaren, der Euch einen Besuch abstattet, nicht gerade freundlich!«, gab Philippos zurück. »Beeilt Euch! Wenn Ihr wollt, dass ich Euch helfe, müsst Ihr mit mir kommen!«

Das Gesicht der jungen Frau verfinsterte sich, dann zog sie die Schultern hoch und meinte:

»Du bist ein netter Junge, ich weiß jedoch nicht, wie du mir helfen kannst. Bojar Artem führt die Untersuchung; nur er kann meinen Geliebten retten.«

»Genau. Die zwei Angelegenheiten, mit denen Artem beauftragt ist, gehen kaum voran; ich merke es an seiner Stimmung.«

Aldine zog Philippos schnell in ihr Zimmer.

»Es ist also wahr, dass er weiterhin Strigo verdächtigt, Nastasia ermordet zu haben? Und der Dieb des fürstlichen Schatzes läuft immer noch frei herum! Mein Gott, was soll aus uns nur werden?«

»Hört zu, Aldine«, unterbrach Philippos sie ungeduldig. »Ich will mich nicht mit den Vasallen vergleichen … aber auch ich versuche, die Schuldigen zu finden. Das kann meinem Vater helfen und zugleich Strigo entlasten. Gestern habt Ihr mir geschworen, dass Strigo kein Mörder ist. Seid Ihr immer noch derselben Meinung?«

»Um Christi Willen!«, warf die junge Frau ein, »natürlich ist er unschuldig! Strigo ist unfähig, auch nur die kleinste Entscheidung zu treffen, irgendeine Initiative zu ergreifen! Ich war sogar damit einverstanden, dass er mich entführt … Und was ist daraus geworden!«

Die Zofe stieß ein bitteres Lachen aus und erklärte Philippos:

»Strigo gehört zu dem Typ Männer, die darauf warten, dass man alles an ihrer Stelle richtet. Aber das ändert nichts. Er ist, wie er ist, und ich liebe ihn!«

»Dann kommt mit mir«, sagte Philippos entschlossen. » Wir werden versuchen … gewissermaßen ein Experiment. Meine Mutter hat mir dieses Ritual beigebracht; es heißt ›die Wahrheit im Feuer lesen‹. Mama besaß ein Pulver, das sie in die Flammen warf. Dann enthüllten sich die kompliziertesten Rätsel vor ihren Augen. Sie konnte sogar die Zukunft voraussagen. Nach dem Tod meiner Mutter – das war vor einigen Monaten –, hat mich Bojar Artem nach Rostow gebracht. Als ich unser Haus im Wald verließ, habe ich heimlich die kleine Dose Pulver mitgenommen. Warum jetzt nicht einen Versuch damit machen? Meine Mutter sagte, dass das Feuer niemals täuscht. Es wird uns vielleicht helfen, die Lösung all dieser Geheimnisse zu finden!«

»Wozu brauchst du mich dabei?«, fragte Aldine misstrauisch. »Die Hexerei macht mir Angst!«

»Meine Mutter war keine Hexe, sondern eine Kräuterheilerin«, verbesserte sie Philippos entrüstet. »Sie hatte nie irgendeinen Handel mit den Teufel! Wenn Ihr das nicht begreift, dann schade für Euch und Euren Strigo. Ich habe an Eure Mithilfe gedacht, da wir zu zweit sicher mehr sehen können.«

Die Zofe dachte nach, während sie an ihren langen Ohrringen herumspielte.

»In Ordnung«, entschied sie schließlich. »Wir müssen uns jedoch beeilen, da Guita in einer Stunde aufstehen wird. Wo können wir ein Feuer anzünden?«

»Im Bankettsaal!«, meinte Philippos strahlend. »Dort macht man jeden Abend Feuer, sicher liegen noch genug Holzscheite beim Kamin. Um diese Stunde begegnen wir dort niemandem!«

»Als erstes begegnest du dem Gardisten am Treppenabsatz«, gab Aldine zu bedenken. »Aber beunruhige dich nicht, ich weiß, was zu tun ist. Steck deine Mütze in die Tasche und steh gerade … Jetzt drehen …«

Kurz darauf verließ die junge Frau die Mansardenwohnung in Begleitung eines jungen Mädchens, das die von langen schwarzen Wimpern umrandeten Augen züchtig gesenkt hielt. Ein altes blumengemustertes Umschlagtuch hüllte Philippos von Kopf bis Fuß ein, nur die grünen Lederstiefel schauten unter seiner Verkleidung heraus. Als die beiden am Gardisten vorbeigingen, grüßte dieser Aldine, kratzte sich dann im Nacken und versuchte sich zu erinnern, wann er diese kleine Besucherin hatte die Treppe hinaufsteigen sehen. Da ihm allerdings die Gesichtszüge bekannt vorkamen, verzichtete er auf Fragen und vertiefte sich in längeres Nachdenken über die Wunderlichkeit der Frauen: Was sollte man davon halten, dass die kleine Dienerin eine Paar Stiefel trug anstatt der üblichen Hausschuhe aus Filz?

Wie Philippos erwartet hatte, war der Bankettsaal wie ausgestorben. Die Sonnenstrahlen drangen niemals in die Räume des Erdgeschosses; bei Festlichkeiten überraschte der durch Hunderte von Kerzen erleuchtete Saal durch seinen Glanz und die Erlesenheit seiner Dekorationen, jetzt aber machte er einen geradezu niederdrückenden und beinahe abweisenden Eindruck. Hinter dem Sitz des Fürsten sah der riesige Kamin wie das aufgerissene Maul eines Monsters aus.

»Es ist düster hier«, murmelte Aldine fröstelnd. »Dein magisches Pulver … Weckt es nicht zufällig die Gespenster auf?«

»Die Gespenster wohnen nicht in den Flammen,« erklärte Philippos mit Nachdruck und legte zugleich das lange Tuch ab. »Zündet das Feuer an! Ich schließe die Fensterläden, da das Tageslicht beim Beobachten der Flammen hinderlich sein kann. Das Licht von zwei Kerzen muss genügen.«

Sie ließen sich vor der Feuerstelle nieder. Philippos holte die Dose aus seiner Tasche, streute eine winzige Menge des bräunlichen Pulvers auf seine Handfläche und zog darin die Linien eines Zeichens, das Aldine nicht entziffern konnte.

»Hör zu Philippos, wir können es uns immer noch anders überlegen!«, flehte die Zofe ihn an. »Denk an den Fluch, der auf dem griechischen Schmuck liegt! Das Verschwinden des Schmucks und Nastasias Tod sind nur zwei Seiten derselben Geschichte – dessen bin ich sicher. Gott weiß, dass ich niemals eine besondere Neigung für die junge Bojarin hatte. Aber es ist so ein schrecklicher Tod, das Opfer eines rachsüchtigen Phantoms zu werden. Das Gespenst der Theophanu ist zurückgekehrt, es ist unter uns! Die Prinzessin hat seinen Duft gerochen!«

»Sind Euch schon Gespenster begegnet, die Parfum benutzen?«, fragte Philippos ernst.

»Gott sei Dank ist mir noch niemals ein Gespenst begegnet!«, bemerkte die Zofe und schlug das Kreuzzeichen. »Wieso? Dir vielleicht?«

»Ich habe niemals eins gesehen«, bekannte Philipos. »Aber ich glaube nicht, dass Gespenster sich wie die Menschen waschen und parfümieren! Außerdem brauchen die Phantome kein Belladonna, um sich auf ihre Opfer zu stürzen«, fügte er mit Überzeugung hinzu. »Jetzt, da alles vorbereitet ist, können wir keinen Rückzieher machen. Versucht vielmehr die Flammen zu beobachten! Also, ich fange an!«

Philippos verwischte das auf die Handfläche gemalte Zeichen, murmelte einige Wort, die einer Zauberformel glichen und warf das Pulver ins Feuer. Lange orangefarbene Flammenzungen stiegen über den Holzscheiten auf. Mit weit geöffneten Augen versenkte sich der Junge in die Betrachtung des Feuers. Einige Augenblicke herrschte vollkommene Stille in dem Raum.

»Ich sehe eine große dunkelhaarige Frau!«, flüsterte

plötzlich die Zofe. »Ihre Stirn schmückt ein wunderbares Diadem. Außerdem trägt sie eine Halskette und dazu passende Ohrringe. Ihr Blick hat einen unheilvollen Glanz … Das ist sicherlich die Kaiserin Theophanu!«

»Seltsam, ich sehe nichts …«, bemerkte der Junge.

Er beobachtete die Zofe heimlich.

»Aber Aldine!«, rief der Junge verärgert. »Ihr schummelt, Ihr habt die Augen geschlossen!«

Die Zofe seufzte, öffnete die Augen und senkte schuldbewusst den Kopf.

»Entschuldige. Ich hatte Angst, ins Feuer zu sehen. Diese Geschichte mit dem Fluch geht mir immer im Kopf herum. Jetzt nehme ich all meinen Mut zusammen. Komme, was wolle!«

Der Junge warf noch einmal etwas Pulver in das Feuer. Ein flammender Blitz war zu sehen, der sich sofort in mehrere Flammenzungen teilte, die geschmeidig wie Schlangen aufzüngelten und über der Glut tanzten. Plötzlich ergriff Philippos die junge Frau am Handgelenk.

»Schaut! Da, in der Mitte sind die Flammen nicht so klar wie zuvor. Dieses dunkle Gebilde, das sich nicht bewegt …«

»Ja, man würde sagen ein Kreuz«, flüsterte Aldine. »Ein purpurfarbenes Kreuz! Es scheint über der Glut zu schweben, als ob die Flammen es stützen würden!«

»Ein Kreuz mit gleich langen Seiten«, bestätigte Philippos mit vor Erregung zitternder Stimme. »Das ist ein byzantinisches Kreuz. Was sagt uns dieses Zeichen?«

»Ich hatte ja schon vermutet, dass die griechische Kaiserin im Zentrum dieser Angelegenheit steht!«, meinte Aldine stolz. »Jetzt hast du den Beweis dafür. Lösche um Himmels Willen schnell das Feuer! Lass uns fliehen, bevor das Gespenst der Theophanu sich rächen kommt!«

Ohne hinzuhören, betrachtete Philippos die Flammen. Das Feuer knisterte immer noch im Kamin, aber das magische Bild hatte sich verflüchtigt. Schließlich erhob sich der Junge schweigend und öffnete die Läden, um das schwache Tageslicht in den Raum hereinzulassen.

»Vergesst Euer Tuch nicht!«, erinnerte er die Zofe. »Dass Frauen immer dermaßen zerstreut sind!«

Was weißt du schon über die Frauen, in deinem Alter?«, fragte Aldine.

Sie beobachtete das Gesicht des Jungen genau und fügte dann hinzu:

»Willst du mir etwas sagen? Was ist los?«

»Ich verstehe nicht, was das alles bedeutet«, sagte Philippos mit gerunzelter Stirn. »Trotzdem, wir haben beide dasselbe gesehen: ein rotes Kreuz mit gleich langen Seiten, ein griechisches Kreuz! Meine Mutter sagte, dass das Feuer niemals lügt. Wir müssen den Sinn des Symbols entschlüsseln!«

Philippos spielte gedankenverloren mit den Fransen des Tuches und setzte sich auf eine Bank dicht bei der Tür. Aldine rückte an seine Seite.

»Was mich betrifft«, begann sie nachdenklich, »bin ich davon überzeugt, dass das byzantinische Kreuz in Zusammenhang mit der Kaiserin Theophanu steht.«

»Wartet!«, rief Philippos auf einmal. »Ich wusste, dass diese Vision mich an etwas erinnert. Jetzt fällt es mir wieder ein! Eben, als ich mich in der Mansardenwohnung versteckte, habe ich eine Truhe gesehen, die mit demselben Kreuz versehen war. Es ist nicht von roter Farbe, da es aus Metall ist. Aber im ganzen Palast ist dies der einzige Gegenstand, der an das erinnert, was wir gesehen haben!«

»Ich weiß, was dir durch den Kopf geht«, gab die Zofe zu bedenken. »Aber das kann nicht sein, sonst müsste man unterstellen, die Prinzessin ist in diese Geschichte verwickelt! Es handelt sich nämlich um Truhen, die Wladimirs Mutter Guita geschickt hat. Die eine ist in Byzanz hergestellt, die andere in Russland. Meine Herrin hat beide vor einigen Tagen ausgeräumt. Sie enthielten Kleider, sonst nichts, und jetzt sind sie leer!«

Wir gehen die Truhe mit dem griechischen Kreuz untersuchen«, meinte Philippos hartnäckig. »Wer weiß, ob sie nicht einen doppelten Boden hat? Vielleicht hat man etwas zwischen den Seitenwänden und dem Tuch, mit dem sie ausgeschlagen ist, verborgen. Vergesst nicht, das Feuer täuscht niemals!«

Er ergriff die Hand der Zofe und führte sie aus dem Saal.

»Aber was ist mit dem Gardist? Was machst du?«, meinte Aldine besorgt, während sie hinter dem Jungen herlief, der die Stufen im Laufschritt nahm.

Ohne zu antworten erreichte Philippos die zweite Etage. Er blieb stehen, um Atem zu holen, dann stieg er mit wichtigtuerischer Miene bis zum Treppenabsatz hoch, wo die Ordonanz postiert war. Die Wachablösung hatte stattgefunden: Der neue Gardist betrachtete den Jungen erstaunt.

»Bojar Artem hat mich ermächtigt, die Mansardenwohnung zu betreten«, erklärte Philippos und ging schnurstracks an dem Soldat vorbei. »Dieser Besuch ist für den weiteren Verlauf der Untersuchung notwendig.«

»Aber warum hat man mich nicht informiert?«, rief der Gardist aus.

»Fragt Bojar Bratoslaw!«

»Anhalten! Du hast nicht das Recht …«

Der Junge war jedoch schon mit der Zofe hinter der Flurtür verschwunden.

Philippos lief schnell zu den beiden zwischen an der Wand stehenden Truhen. Die kleinere war mit Eisen beschlagen, und ihre Seitenwände aus hellem Holz mit Blumenmotiven in auffallenden Farben verziert. Die andere Truhe war mindestens drei Ellen hoch und mit rotem Tuch überzogen. Philippos sah, dass sie nur mit einem großen byzantinischen Kreuz aus Eisen dekoriert war, das unter dem mit einem Vorhängeschloss ausgestatteten Verschluss angebracht war. Der Bursche versuchte sie zu öffnen, aber sie war abgeschlossen.

»Ihr habt doch behauptet, dass die beiden Kisten leer sind!«, merkte Philippos an.

»Das ist tatsächlich merkwürdig!«, wunderte sich Aldine. »Aber das Vorhängeschloss der zweiten Kiste ist noch offen. Du siehst, ich habe nicht gelogen!«

»Das heißt, dass irgendjemand dieses hier wieder geschlossen hat«, resümierte der Junge. »Das ist nicht schwierig, man braucht nur, auf den Bogen zu drücken. Diese Truhe hat etwas mit den geheimnisvollen Dingen, die im Palast vor sich gehen, zu tun.«

»Aber wie willst du sie öffnen?«, erkundigte sich Aldine. »Ich weiß nicht, wo der Schlüssel ist, und ich würde niemals wagen, die Prinzessin zu fragen!«

»Ich brauche keinen Schlüssel«, antwortete Philippos stolz und suchte in seiner Tasche herum. »Seht Ihr diese Haarnadel? Das ist ein Andenken an meine Mutter … Ein sehr nützliches Andenken zudem«, fügte er hinzu und führte die äußersten Enden der Haarnadel in das Metallgehäuse ein.

»Bojar Artem ist über das, was du mit dem Andenken deiner Mutter anstellst auf dem Laufenden?«, fragte Aldine skeptisch.

»Jeder hat seine Methoden«. gab Philippos zurück. »Bojar Artem und ich wären niemals so taktlos, uns gegenseitig zu diesem Thema auszufragen!«

Nachdem er das Vorhängeschloss geöffnet hatte, befahl er der Zofe:

»Helft mir, den Deckel hochzuheben. Er ist dermaßen schwer, dass ich mich frage, warum man das Schloss überhaupt noch schließen musste.«

Als Aldine den auf dem Deckel angebrachten Eisenring fest hielt, löste Philippos den kleinen Dolch von seinem Gürtel, von dem er sich niemals trennte, führte ihn in die schmale, sich bildende Öffnung zwischen den metallischen Rändern ein und benutzte ihn als Hebel.

»Was ist das für ein Geruch?«, schreckte Aldine zurück. »Er drückt mir aufs Gemüt!«

In diesem Augenblick gab der Deckel nach. Vor Schreck erstarrt, blickten der Junge und Aldine auf einen Leichnam! Der Mann in der Uniform eines Gardisten bot einen schrecklichen Anblick. Seine mit Biberpelz verzierte Kappe war nachlässig über seinen Körper geworfen. Das blonde Haar des Toten bedeckte sein Gesicht, aber Philippos und die Zofe konnten seine große angeschwollene Zunge sehen, die aus seinem weit geöffneten, bläulich schimmernden Mund heraushing.

Leichenblass griff sich Aldine ans Herz und lehnte sich gegen die Wand.

»Haltet durch«, murmelte Philippos. »Ich hole gleich Hilfe …«

Mit kaum hörbarer Stimme konnte er noch ›Wache‹ rufen, bevor es ihm übel wurde. Philippos schwankte, fiel auf die Knie und musste sich übergeben. Er spürte, dass Aldine ihm den Mund mit ihrem Schal abwischte, dann hörte er ihre Hilfeschreie. Wie im Traum erschien vor ihm das entsetzte Gesicht des Wachpostens und gleich darauf zu dem sich gleich das eines anderen Soldaten. Schließlich hoben ihn kräftige Arme vom Boden auf. Bojar Artems langer Schnurrbart kitzelte seine Wange, und Philippos hörte seine vertraute Stimme.

»Das wird dich lehren, keinen Alleingang mehr zu unternehmen! Konntest du mir nicht Bescheid sagen, bevor du dich in solch ein Abenteuer stürzt?«

»Was für ein Abenteuer?«, fragte Philippos mit kleinlauter Stimme und drückte sich an die Brust des Druschinen. »Wir wollten nur einen Blick in diese Truhe werfen …«

»Hör auf zu lügen!«

Er trug den Jungen in sein Zimmer und legte ihn aufs Bett.

»Aldine hat mir alles erzählt«, fuhr Artem fort. »Es ist zwecklos, euer Experiment als Zauberlehrlinge abzustreiten! Du gibst mir dieses verdammte Pulver, und ich verbiete dir, es noch einmal anzufassen!«

Mit einem Seufzer reichte der Junge dem Druschinen die kleine runde Dose.

»Was immer du darüber denkst, die Flammen haben uns etwas verraten«, erklärte Philippos und sah die beschlagnahmte Dose in Artems Tasche verschwinden. »Ich weiß, wer der Mann ist, den wir in der Truhe gefunden haben! Aber ich verstehe nicht, wie er in die Falle tappen konnte!«

Artem sah Philippos genau an. Das Gesicht des Jungen hatte wieder Farbe bekommen, und seine Augen glänzten vor Neugier. Die Übelkeit war wie weggeblasen.

»Hör zu, mein Kleiner. Jetzt ist nicht der Moment, Fragen zu stellen«, entschied der Druschine. »Du bleibst brav hier liegen, während ich mir den Toten ansehe. Dann hole ich dich ab, und wir können über alles sprechen.«

»Einverstanden!«, rief Philippos. »Außer, dir ist es lieber, wenn ich dich begleite …«

Statt einer Antwort drohte ihm Artem nur mit dem Zeigefinger und schlug die Tür zu.

Artem ging in die zweite Etage. Dort hatte man die Leiche abgelegt und wartete auf Artems offizielle Untersuchung. Trotz der grässlichen Grimasse, die das Gesicht des Toten entstellte, zweifelte Artem nicht im Geringsten an der Identität des Mannes. Es war der junge Wachsoldat, den er am Tag der Ankunft der Gesandten bemerkt hatte; der unglückliche Gleb, den man zu Unrecht verdächtigte, den Schmuck gestohlen und sich aus dem Staub gemacht zu haben. Also waren der Auftraggeber des Diebstahls und der Ausführende doch ein und dieselbe Person! Der Verbrecher hatte den Wachsoldaten ermordet und dann seinen Körper in einer der leeren Truhen versteckt.

Der Soldat war mit einem Umschlagtuch oder einem großen Taschentuch aus feiner Seide erwürgt worden. Das glatte Gewebe war in das Fleisch gedrungen und hatte die Halswirbel verletzt. Der Mörder musste sich dem Opfer unter irgendeinem Vorwand genähert, ihm das Tuch um den Hals geschlungen und es dann mit aller Kraft zusammengezogen haben. Es wäre unmöglich gewesen, einen der an den Außentüren des Palastes postierten Soldaten auf diese Weise zu erwürgen, da diese Helme mit Halsschutz aus Stahlschlingen trugen. Dagegen erleichterte die Ausrüstung der Wachen im Palastinneren das Verbrechen, da diese nur pelzbesetzte Kappen trugen.

Artem rief die beiden Soldaten, die mit einer Tragbahre am Treppenabsatz warteten. Die Leiche konnte ihm keine weiteren Aufschlüsse mehr geben. Artem hatte es mit einem Verbrecher von teuflischer Kaltblütigkeit zu tun, der vor nichts zurückschreckte, um sein Ziel zu erreichen. Er hatte den fürstlichen Schatz innerhalb des Palastes an sich gerissen – in unmittelbarer Nähe der tüchtigsten Druschinen! Der pure Hohn für den Fürsten und auch Artem! Und alle Anstrengungen, den Verbrecher zu entlarven, waren bis jetzt vergeblich gewesen!

Artem ging wieder in sein Zimmer und gab Philippos ein Zeichen, ihm zu folgen. Er führte den Jungen in den Garten, sprach aber erst mit ihm, als sie sich am Zaun unter den Fenstern der Mansardenwohnung hingesetzt hatten.

»Sieh genau hin, Philippos«, bat Artem. »Meinst du, es ist möglich, diese Mauer hinaufzuklettern und durch eins der Mansardenfenster in den Palast zu gelangen, oder durch das Fenster, das auf den Treppenabsatz geht, wo der Wachsoldat angegriffen wurde?«

Philippos erforschte genau das Sims, die Fensterbänke und die Vertiefungen in der Mauer.

»Nein«, erklärte er schließlich. »Ein ausgebildeter Akrobat könnte es vielleicht schaffen! Aber nur unter der Bedingung, dass er dünn und leicht wie eine Feder ist.«

»Also kein Mann mit einer Statur, die man braucht, um einen jungen kräftigen Soldaten zu erwürgen«, folgerte Artem. »Das beseitigt meine letzten Zweifel!«

Da Philippos ihn fragend ansah, drückte sich Artem genauer aus:

»Deine Antwort bestätigt mir, dass unser Mann – der Schmuckdieb, der auch der Mörder des Soldaten und des Statthalters ist, – nicht von außen gekommen ist, sondern aus dem Palast stammt.«

Während der Druschine und der Junge zur Freitreppe zurückgingen, bemerkte Philippos:

»Jetzt wissen wir, was mit dem Wachposten geschehen ist, und du verfügst über neue Hinweise zur Identifizierung des Schuldigen. Hast du die Schnur gefunden, mit der Gleb getötet wurde?«

»Genau genommen, habe ich überhaupt kein neues Indiz!«, betonte Artem. »Ganz sicher ist allerdings, dass der Mörder weder in der Stadt untergetaucht ist, noch sich mit den Männern Wseslaws in den Wäldern versteckt. Der Mörder ist hier unter uns! Der Soldat wurde nicht mit einer Schnur, sondern mit einem Tuch erwürgt. Im Grund ist es noch einleuchtender, an ein großes Seidentaschentuch zu denken.«

Aber so eins habe ich gesehen!«, rief Philippos und fügte mit leiserer Stimme hinzu: »Ich meine Jdans Taschentuch. Er besitzt ungefähr ein Dutzend, die sich alle ähneln und er trägt immer eins bei sich. Es sind große Taschentücher aus blauer Seide mit einer gelb aufgestickten Sonne.«

»Auch ich habe Jdans Taschentuch bemerkt«, stimmte

Artem zu. »Dieses Seidentuch ist ziemlich auffällig, aber ist er deswegen gleich verdächtig für uns? Alle Gäste besitzen große seidene Taschentücher ... die ausländischen eingeschlossen!«

Als sie kurze Zeit später den Vorraum betraten, verstummten sie. Sie trafen auf Bojar Andrej, der in Begleitung eines kleinen mageren Mannes war, der eine Soutane und die schwarze Kopfbedeckung der Geistlichen trug. Andrej begrüßte den Druschinen und stellte ihm den Mönch als Bruder Onufri aus dem Kloster der Heiligen Heiler Kosmus und Damianus vor. Der Mönch trug zwei große Bücherkästen, unter deren Gewicht er fast zusammenbrach.

»Dieses Kloster hat unsere Bibliothek sehr geehrt, indem es die Kopien zweier in unserem Besitz befindlicher Werke in Auftrag gab«, erklärte der zukünftige Bücherwart stolz. »Die Schreiber und Buchmaler, die unter meiner Aufsicht arbeiteten, haben ihre Aufgabe hervorragend bewältigt.«

»Bruder Onufri, Ihr gestattet mir sicher einen Blick auf die Manuskripte, die Ihr mitnehmt«, meinte Artem, während er betont lässig auf die voluminösen Kästen deutete.

»Aber sicher!«, antwortete der Mönch eilfertig.

Liebevoll lud er seine kostbare Last auf der Bank ab, die sich an der Wand entlang zog.

»Ich wusste gar nicht, dass Ihr Euch so sehr für Kalligrafie interessiert, Bojar!«, bemerkte Andrej mit gequältem Lächeln.

Artem überhörte diese Bemerkung und öffnete die zwei Kästen. Der erste enthielt ein in ziseliertes Silber gebundenes Manuskript mit einigen Zeichnungen, die die Geschichte der beiden Heiligen Kosmus und Damianus erzählten. Im zweiten Kasten fand er ein Buch von bescheidenerem Aussehen – mit einem Einband aus Holzbrettchen. Nachdem Artem sich vergewissert hatte, dass die Buchbehälter nichts anderes enthielten, gab er sie dem Mönch zurück und holte zu einer langen Rede aus, in der er Andrej Komplimente für seine Arbeit in der Kalligaphiewerkstatt machte. Wie Artem erwartet hatte, verabschiedete sich der Mönch unterdessen, da er nach der Erledigung seines Auftrages sofort abreisen wollte. Als sich die Tür hinter dem Mönch geschlossen hatte, unterbrach sich der Druschine mitten im Satz und sagte in strengem Ton:

»Es tut mir Leid, Euch an der üblichen Verabschiedung Eures Gastes gehindert zu haben, aber ich muss mit Euch unter vier Augen sprechen. »Solange der byzantinische Schmuck nicht wieder gefunden ist, darf keine Truhe, Kiste oder kein noch so kleines Kästchen den Palast verlassen, ohne dass das Objekt nicht vorher von meinen Männern gründlich untersucht worden ist. Nun verstoßt Ihr schon wieder gegen meinen Befehl! Muss erst der Fürst ihn Euch persönlich bekannt geben?«

Zu seiner Überraschung protestierte Andrej überhaupt nicht.

»Nein«, zischte er durch die Zähne, »ich muss den Befehl nicht aus dem Munde des allerheiligsten Wladimir hören. Tut, was Ihr glaubt, tun zu müssen, Bojar. Eure Männer können die Bibliothek von oben bis unten durchsuchen; es ist mir völlig egal!«

Artem betrachtete aufmerksam das Gesicht des jungen Bojaren. Seine Augen glänzten fieberig, Schweißperlen standen auf seiner Stirn, und seine blassen rissigen Lippen verzerrten sich zu einer Grimasse, die Schmerz und Verzweiflung ausdrückte.

»Ihr seid krank und überarbeitet«, fuhr Artem in versöhnlicherem Ton fort. »Ihr müsst einen Arzt aufsuchen. Es gibt Arzneien gegen Fieber …«

»Ihr versteht wirklich nichts, Bojar!«, unterbrach ihn Andrej verbittert. »Die Ärzte und ihre Mittel können mir nicht helfen. Seht Ihr nicht, dass wir alle an derselben Krankheit leiden?«

Andrejs Gesicht war leichenblass, seine Lippen zitterten, sein starrer glühender Blick glich dem eines Irren.

»Ich werde Euch den Namen dieser unheilbaren Krankheit nennen«, fuhr Andrej fort. »Es ist der Hochmut! Ihr entgeht ihm genauso wenig wie jeder andere hier. Alles, was Ihr versteht, ist, Befehle zu geben und Befehlen zu gehorchen; aber Ihr denkt mehr an Euren eigenen Ruhm als an den des Allerhöchsten! … Natürlich könnt Ihr mir antworten, dass ich auch aus Hochmut gesündigt habe …«

Andrej fuhr sich mit der Hand über seine nasse Stirn, sein Gesicht war plötzlich schmerzverzerrt. In diesem Augenblick ließen ihn Stimmen, die von der oberen Treppe zu hören waren, verstummen. Guita schritt in einer perlenbestickten Robe an Wladimirs Arm die Stufen herab. Der Fürst trug einen blauen Kaftan, der das intensive Blau seiner Augen noch betonte. Die fast übernatürliche Schönheit des Paares konnte den Schmerz von Wladimirs heimlichem Rivalen nur steigern. Andrejs Ungestüm war wie weggeblasen; stumm, mit verwirrtem Blick sah er ins Leere und stützte sich an einen Wandpfeiler, als fürchte er zu fallen.

Nachdem Wladimir Guita die Treppe hinuntergeleitet hatte, verbeugte er sich vor der Prinzessin, grüßte die beiden Bojaren mit einem Kopfnicken und stieg wieder hinauf. Guita, der zwei Zofen mit gefaltetem Schal und Samtkissen folgten, ging zum Ausgang. Sie lächelte Artem zu und wandte sich dann an Andrej:

»Ich mache einen Spaziergang durch den Garten. Wäre der zukünftige Bücherwart damit einverstanden, seiner ehemaligen Schülerin Gesellschaft zu leisten?«

Andrej murmelte jedoch einige Entschuldigungen, die sich auf seine Arbeit in der Bibliothek bezogen. Bleich wie ein Toter, mit gesenkten Augen und zusammengepressten Lippen verbeugte er sich tief vor der Prinzessin, drehte sich auf dem Absatz herum und stieg die Treppe hinauf. Guita zuckte mit den Schultern, winkte Philippos freundschaftlich zu und trat auf die Freitreppe hinaus. Der Junge warf Artem einen schelmischen Blick zu.

»Man könnte meinen, Andrej sucht nicht mehr die Gesellschaft der Prinzessin!«

»Ja, merkwürdig«, stimmte der Druschine zu. »Unser Pygmalion hat sich vielleicht damit abgefunden, seine Galathea zu verlieren!«

»Also deshalb hast du mich gebeten, dir den alten griechischen Mythos zu erzählen«, staunte Philippos. »Ich verstehe … Es tut mir Leid für Andrej. Ich mag keine unglücklich endenden Liebesgeschichten.«

Der Druschine warf Philippos einen argwöhnischen Blick zu. Sein letzter Satz war sicher das Vorspiel für ein Plädoyer zu Gunsten von Strigo und Aldine! Artem setzte eine strenge Miene auf und ging mit festem Schritt zur Treppe, als ihn der Junge am Ärmel zurückhielt und geheimnisvoll flüsterte:

»Geh nicht sofort hoch. Im Waffensaal wartet eine Dame, die dich sehen möchte.«

»Sieh mal einer an! Vielleicht ist sie der Geist der Theophanu«, knurrte Artem. »Oder ist es eher deine englische Freundin?«

»Nein, es ist nicht Aldine. Ich kann dir ihren Namen nicht verraten, aber du musst sie unbedingt sehen!«

Die Erwähnung des Waffensaals erinnerte Artem an den Statthalter und ihr letztes Gespräch nur einige Stunden vor seinem Tod. Radigost war sicher in diesen wenig besuchten Saal gegangen, um denjenigen zu treffen, der sein Mörder werden sollte. Unter Umständen besaß die Frau, die ihn sehen wollte, Informationen, die mit dem Verbrechen zusammenhingen! Neugierig geworden ging Artem auf die dicke Tür aus geschwärztem Holz zu.

Er schob den schweren, zusätzlich im Eingang befestigten Vorhang beiseite und spähte in das dämmrige Licht des Saals.

In Kriegszeiten beriet sich der Fürst hier mit der Großen Druschina und den Kommandanten der Jüngeren Druschina. Man brachte dann Bänke und Sessel hinein, und der Saal war vom Klirren der Waffen und den Stimmen der Krieger erfüllt. Jetzt war der große, mit Goldbrokat überzogene Sessel die einzige Sitzgelegenheit im Saal. An der rechten Seite des Thrones ragte die fürstliche Fahne – ein riesiges blaues Tuch aus blauer Seide, mit dem Bild des Erzengels Michael geschmückt, der einen Harnisch und einen roten Umhang trug, aus einem schmiedeeisernen Ständer heraus. Die Standarten der Kommandos der fürstlichen Armee mit Kreuzen und Heiligenbildern waren an der Wand aufgereiht. Darüber hing ein herrlicher byzantinischer Teppich, der eine Seeschlacht darstellte. Die schweren griechischen Schiffe, überragt vom Bild der Heiligen Jungfrau, schlugen die Schiffe der Barbaren in die Flucht, von denen einige in Flammen standen – Opfer des fürchterlichen griechischen Feuers!

Da Artem niemanden sah, zögerte er zunächst, entschloss sich dann aber, einige Augenblicke zu warten.

Er registrierte mit Befriedigung, dass einige Wandteppiche aus Tsar-Gorod durch Teppiche aus Kiew ersetzt worden waren, die nicht nur die fernen Siege der kaiserlichen Armee darstellten, sondern Schlachten, in denen die russischen Fürsten den Nomaden der Steppe gegenüberstanden. Zwischen den Wandbehängen hingen Schwerter, Dolche, Bogen, Speere und Lanzen unterschiedlichster Herkunft an den rot tapezierten Wänden. Die Waffen der Wikinger stellten fast die Hälfte der Sammlung, denn der Fürst, obwohl mütterlicherseits Grieche, war auf seine warägischen Vorfahren väterlicherseits besonders stolz.

Artem dachte mit Sehnsucht an seinen eigenen Vater, den tapferen Krieger Norrwan und die Heldenerzählungen der Barden, die seine Kindheit erfüllt hatten. Er vertiefte sich in die Betrachtung der zweischneidigen Schwerter, die ein Heft mit zwei parallel liegenden Stichblättern und einen runden Knauf aufwiesen. Die Scheiden, die neben den Schwerten hingen, waren mit Silberintarsien und eingravierten Runen verziert. Dann studierte er die Streitäxte aus breitem geschweiftem Eisen, die in zwei Spitzen ausliefen. Sein Vater hatte diese fürchterliche Angriffswaffe oft erwähnt, die man Hörneraxt nannte. Stolz glättete Artem seinen langen Schnurrbart. Wladimir hatte Recht, die Waräger waren bessere Krieger als die Griechen, die Söldner bevorzugten statt selbst zu kämpfen!

Ein leichtes Rascheln von Seide riss ihn aus seinen Gedanken. Artem drehte sich um und erblickte Mina in der Mitte des Saals, die ihn mit ihren dunkelgrauen Augen fixierte. Einen Augenblick lang starrten sie sich gegenseitig stumm an.

»Nun, junge Bojarin, was habt Ihr mir Wichtiges mitzuteilen?«, fragte Artem schließlich.

»Bitte verzeiht mir«, flüsterte Mina. »Euer Sohn hat mir geraten, Euch um Hilfe zu bitten. Wisst Ihr, was Wladimir heute Morgen angekündigt hat? Der Streit zwischen Bratoslaw und Renzo soll durch das Gottesgericht entschieden werden! Es findet morgen auf dem Platz der Kathedrale statt. Das wird reiner Mord sein!«

Artem sah das junge Mädchen mitleidig an. Er war hierher gekommen in der Hoffnung, eine Aussage zu den Mordfällen zu erhalten – und sich stattdessen musste er sich die Klagen eines leichtsinnigen jungen Mädchens anhören! Er kannte die Entscheidung des Fürsten bereits: Die beiden Rivalen würden einander im Duell gegenüberstehen, zunächst zu Pferd, dann zu Fuß, bis der Ausgang des Kampfes es erlaubte, den Sieger zu bestimmen. Mina hatte allen Grund, sich um den Venezianer Sorgen zu machen, denn Renzo – egal wie geschickt er mit Waffen umgehen konnte – hatte nicht das Format, sich mit Wladimirs bestem Krieger zu messen.

»Es tut mir sehr Leid, junge Bojarin, aber mein Sohn hätte Euch keine falschen Hoffnungen machen dürfen. Es liegt nicht in meiner Macht, die Entscheidung des Fürsten zu ändern. Außerdem billige ich Euer Verhalten keineswegs. Ihr seid mit Bratoslaw verlobt; welchen Wert hat Euer Wort? Und wie kann sich eine russische Bojarin einem Ausländer an den Hals werfen – einem gottlosen Italiener, was noch schlimmer ist!«

Mina errötete und blickte Artem mit funkelnden Augen an.

»Euer Sohn hat sich allerdings getäuscht. So hat er Euch nicht beschrieben. Bratoslaw wird Renzo töten; ich dachte, dass das Leben eines Menschen …«

»Ich unterbreche Euch, bevor Ihr Dummheiten sagt. Ihr wisst weder, wovon Ihr sprecht, noch mit wem Ihr es zu tun habt. Ich habe mit Renzo gesprochen. Er denkt überhaupt nicht daran, Euch zu heiraten! Wenn Ihr Bratoslaw nicht liebt, könnt Ihr die Verlobung noch lösen. Euer Vater zahlt die im Gesetz vorgesehene Entschädigung, und wenn sich der Fürst Eurer Entscheidung nicht widersetzt, werdet Ihr einen anderen ehrenwerten jungen Mann finden … Was haltet Ihr von Jdan? Er ist verliebt in Euch.«

»Jdan weiß nicht, was Liebe ist«, antwortete Mina mit einem Lächeln. »Er behandelt mich wie einen Gegenstand für seine Gedichte. Ich sollte eher sagen, er misshandelt mich, wenn man sieht, was er schreibt. Nein, sprecht mir nicht von Jdan! Bojar, Ihr würdet einen sehr schlechten Heiratsvermittler abgeben!«

»In der Tat eine Berufung, die mich niemals gereizt hat«, antwortete Artem trocken. »Ihr hättet daran denken sollen, bevor Ihr mir von eurem Liebeskummer erzählt!«

»Es stimmt, das ist alles meine Schuld«, gab Mina zerknirscht zu. »Ich hätte diese Verlobung niemals eingehen dürfen. Und jetzt wird Bratoslaw von meinem Vater und Wladimir unterstützt! … Ich werde nicht mehr auf Renzo zu sprechen kommen, Bojar. Aber ich bitte Euch, beim Fürsten ein Wort für mich einzulegen, damit er mich nicht zu dieser Ehe zwingt. Als Gegenleistung werde ich Euch sagen …«

»Ihr werdet mir alles sagen, was Ihr wisst. Aber nicht als Gegenleistung, sondern weil es für die Untersuchung notwendig ist. Ich werde Euch die Sache erleichtern. Ihr wollt mir anvertrauen, was Ihr gestern gesehen habt, als Ihr Euch im Waffensaal versteckt hieltet.

»Wie habt Ihr das erraten?«, fragte Mina mit weit aufgerissenen Augen. »Hat mich jemand beobachtet?«

»Es ist unwichtig, wie ich es erfahren habe. Nun sprecht!«

Mina seufzte und hob an:

»Ich war mit den jungen Leuten zusammen, die in den Palast gekommen waren, um das Kohlkopffest zu feiern. Eigentlich hatte ich aber mit Renzo eine Verabredung, und zwar im Vestibül. Er verspätete sich. Plötzlich hörte ich jemanden die Treppe herunterkommen und da flüchtete ich hier hinein, da ich dachte, dass niemand den Waffensaal aufsuchen würde. Aber ich täuschte mich. Kaum hatte ich mich versteckt, als die Tür aufging. Ich konnte die Person, die eingetreten war, nicht sehen, aber ich hörte, wie sie den Saal durchquerte und an der Wand gegenüber dem Eingang stehen blieb.«

»Wo wart Ihr?«, fragte Artem.

»Hinter Wladimirs Sitz.«

»Genau da habt Ihr Euch eben auch versteckt, als ich die Waffen studierte, oder? Gestern und heute konntet Ihr einen Blick auf die eintretende Person werfen ohne von ihr gesehen zu werden!«

»Das war kein kurzer Blick!«, warf Mina ein. »Ich habe sie bestimmt zehn Minuten lang beobachtet. Es war Aldine. Sie stand regungslos da und starrte auf die Waffen, die an der Wand zwischen den Fenstern aufgehängt sind. Leider konnte ich wegen des schlechten Lichts nicht sehen, was sie genau betrachtete. Dafür konnte ich ihre Gesichtszüge erkennen. Ihr Ausdruck war so düster, so rätselhaft … Er ließ mir das Blut in den Adern erstarren! Dabei bin ich überhaupt nicht ängstlich; ich habe zum Beispiel vor dem Geist der Theophanu, von dem jetzt jeder spricht, nicht die geringste Angst. Aber da … Diese Unbeweglichkeit, dieser starre Blick, diese fürchterlichen Waffen, von denen sie die Augen nicht ließ … Sofort stellte ich mir die grässlichsten Dinge vor. Dachte Aldine an ein Verbrechen? Heute sage ich mir, dass in alledem kein Sinn steckt und ich der Engländerin Unrecht tue. Aber dieses Mädchen ist derart merkwürdig!«

Artem rollte erstaunt seinen Schnurrbart um den Zeigefinger. Er zweifelte nicht an Minas Aufrichtigkeit. Aber, anstatt ihm mehr über Radigosts geheimnisvolles Treffen mitzuteilen, lieferte sie ihm hier eine Information, die ganz schlecht zu seinen anderen Hinweisen passte.

»Ich danke Euch für Eure Aussage«, meinte Artem schließlich. »Um die Gelegenheit zu nutzen, stelle ich Euch noch eine Frage. Ich suche einen Dolch …«

Der Druschine beschrieb ihr sehr ausführlich den geheimnisvollen Dolch. Das junge Mädchen dachte nach und schüttelte dann entschieden den Kopf.

»Ich bin sicher, solch eine Waffe niemals gesehen zu haben. Vielleicht hätte ich den Griff mit den Topasintarsien vergessen können, aber nicht die Form der Klinge! Allerdings … Ihr habt mir Eure Zweifel über die Herkunft des Dolches mitgeteilt. Habt Ihr nicht daran gedacht, dass es sich um eine sächsische Waffe handeln könnte?«

Artem sah Mina scharf an. Ohne ein Wort zu wechseln, hatten sie dasselbe gedacht; ein Gedanke war übergesprungen wie eine Anspielung, die man laut ausgesprochen hätte.

»Trotz allem, was Ihr mir anvertraut habt, kann ich mir schwer vorstellen, wie Aldine mit einem Dolch hantiert«, erklärte Artem nach einer Pause. »Jetzt muss ich Euch verlassen, junge Bojarin. Ich werde Euch nicht hinausbegleiten; ich würde Euch einen schlechten Dienst erweisen, wenn Ihr wollt, dass niemand von Eurem Besuch erfährt.«

Mina verbeugte sich. Einen Augenblick lang entstellte ein tiefer Schmerz ihre Gesichtszüge, dann verschwand sie hinter dem Vorhang an der Tür. Artem ging zu den Waffen, die an der Wand zwischen zwei hohen vergitterten Fenstern hingen. Dieser Teil der Sammlung war den Stücken ausländischer Herkunft gewidmet. Den Ehrenplatz nahm ein großes, gerade verlaufendes Schwert ein, in dessen Knauf gelbe Steine eingelegt waren. Seine breite zweischneidige Klinge war etwas schartig. Artem hatte diese Waffe noch nie zuvor gesehen. Sicher gehörte sie zu Wladimirs neuesten Anschaffungen. Nachdem er jedes an der Wand hängende Stück genau betrachtet hatte, musste er sich eingestehen, dass er immer noch nichts sah, was Aldine hätte interessieren können. Minas Bericht war also ein weiteres Rätsel!

Als er zum Vorzimmer zurückkehrte, erkannte Artem Mitkos Lachen und dessen sonore Stimme, die auch die dicken Mauern des Palastes nicht ersticken konnten. Er befahl der Wache, Aldine zu holen und sie sofort zu ihm zu bringen. Dann ging er hinein. Mitko und Wassilij, die ihr Kostüm einfacher Handlungsgehilfen gegen ihre Vasallenuniform eingetauscht hatten, saßen vor dem Schreibertisch und warteten auf den Druschinen. Als Artem sie begrüßte und zu seinem Platz ging, fiel ihm der metallische Reflex der auf dem Tisch liegenden Waffe auf.

»Philippos hat uns gesagt, dass du mit Mina beschäftigt bist«, erklärte Mitko. »Hat dir diese zierliche junge Bojarin etwas mitteilen können?«

»Nichts Interessantes, verglichen mit eurem Fund!«, rief Artem und studierte den Dolch ausgiebig. »Erzählt mir, wie ihr in den Besitz der Tatwaffe gekommen seid!«

»Dank deiner Beschreibung konnten wir den Dolch identifizieren«, erklärte Mitko. »Der Mörder hat ihn in den Fluss geworfen und zwar schon in der Mordnacht. Pech für ihn, dass ein Hafenarbeiter ihn gleichzeitig mit einem Mann, der fast ertrunken wäre, wieder herausgefischt hat. Es war ein Handlungsgehilfe, der in den Fluss gefallen war, und ich war Zeuge des Unfalls. Aber dieser mutige Hafenarbeiter, der genauso geschickt ist, Kisten und Ballen zu transportieren, wie alles zu klauen, was so herumliegt, hat die Klinge in der Hoffnung aufbewahrt, sie einem Waffenhändler verkaufen zu können. Später begegneten wir ihm in einer Kneipe auf dem Markt …«

»Und dann hat der unbesiegbare Mitko gezeigt, aus welchem Holz die Druschinen geschnitzt sind!«, fuhr Wassilij dazwischen. »Er ging siegreich aus einer Kraftprobe hervor, die uns erlaubte, den Dolch mitzunehmen.«

»Da du darauf bestehst, altes Haus«, meinte Mitko, »erzähl doch selbst, was passiert ist. Ich bin zu bescheiden, um die solide Beschaffenheit meines Schädels zu rühmen!«

Wassilij berichtete von dem Hörnerkampf, was Artem amüsierte.

»Morgen wird unser venezianischer Gast seine Tapferkeit in einem wohl furchtbareren Duell zeigen müssen«, bemerkte der Druschine.

Artem informierte die Vasallen über das Gottesgericht, das nach dem Willen des Fürsten dem Streit zwischen Bratoslaw und Renzo ein Ende bereiten würde.

»Außerdem beglückwünsche ich Euch, da ihr einen Spion des Fürsten ohne Land gefangen genommen habt. Wegen seiner panischen Angst vor der Folter hat er den Namen von Wseslaws Informanten im Palast preisgegeben. Wisst ihr, wer es ist? Sarguis, der Leibarzt des Fürsten! Dieser gerissene Spitzbube hat schließlich sein doppeltes Spiel gestanden. Der Arzt sitzt hinter Schloss und Riegel, aber bis jetzt hat er weder die Folter noch irgendeine andere Strafe erleiden müssen.

Wladimir denkt daran, ihn gegen drei Gefangene des Fürsten ohne Land auszutauschen. Die Aufgaben des Palastarztes werden vorübergehend von Sarguis' Assistenten wahrgenommen, der unschuldig ist. Was euren Gefangenen von heute Morgen angeht, dieser Mann wird freigelassen. Er wird Wseslaw eine Botschaft des Fürsten überbringen, die besagt, dass Wladimir den Frieden will! Es wird weder eine Schlacht noch Verfolgung geben, sofern sein rebellischer Onkel unverzüglich die Gebiete um Rostow verlässt.«

Die Vasallen, die Artem mit größter Aufmerksamkeit zugehört hatten, sahen sich verdrossen an.

»Sarguis ist ein Schurke, wie alle, die zwei Herren dienen, aber er hat niemanden getötet«, bemerkte Mitko bitter, während der Schuft, den wir verhaftet haben, ein Plünderer und Mörder ist. Also haben wir diesen gefährlichen Straßenräuber ganz umsonst gefasst!«

»Seid nicht enttäuscht, meine Freunde, früher oder später wird dieser Halunke für alle seine Verbrechen bestraft; wenn nicht durch das Gericht des Fürsten, so wird sich die göttliche Vorsehung darum kümmern. Im Augenblick dürfen uns Wseslaws Männer nur in dem Maß beschäftigen, wie sie in die Schmuckaffäre verwickelt sind. Euer Spion hat uns wertvolle Hinweise geliefert, die die Entdeckung von Glebs Leiche bestätigt haben. Jetzt können wir Wseslaw als Schuldigen endgültig ausschließen.«

»Ja, Philippos hat uns von seinem makabren Abenteuer heute Morgen erzählt«, sagte Wassilij. »Siehst du jetzt klarer, was die Verbrechen betrifft, Bojar?«

»Du hast Recht, Wassilij«, räumte Artem ein, während er seinen Schnurrbart hin- und herzwirbelte. »Es ist Zeit, dass ich euch die zwei Hypothesen darlege, die ich seit dem Beginn der tragischen Ereignisse ins Auge gefasst habe. Die erste besagt, dass es sich bei den Verbrechen um zwei voneinander unabhängige Vorfälle handelt: den Mord an Nastasia und den Schmuckdiebstahl. Nach dem Hinweis der Bojarin Nastasia ist der Mörder entweder Jdan oder Strigo. Die Schuld des letzteren wird durch das Medaillon bestätigt, das beim Opfer entdeckt wurde. Heute Morgen habe ich den jungen Bojaren deswegen verhört, aber er blieb stumm wie ein Fisch und begnügte sich damit, eine leidende Miene aufzusetzen.

Ich schließe auch Aldine aus dem Kreis der Verdächtigen nicht aus. Dieses junge Mädchen ist von anderem Kaliber als Strigo! Es ist durchaus möglich, dass sie uns von Anfang an eine Komödie vorgespielt und ihr unglückliches Belladonna-Experiment nur erfunden hat, um mich in die Irre zu führen.

Was das Verschwinden des Schmucks angeht, so gehört der Schuldige zu den Gästen oder zu den Angehörigen des Fürsten. Dieser hat natürlich sein Verbrechen geplant und schritt bereits am ersten Tag der Festlichkeiten zur Tat. Während der Mittagsruhe hat er mit seinem Seidentuch den Wachposten erwürgt und sich der Schmuckstücke bemächtigt. Noch weiß ich nicht, wie der Statthalter den Verbrecher verdächtigen konnte, aber er war auf der richtigen Fährte. Berechnend und gierig, wie er war, wollte er zuerst über den Preis für sein Schweigen verhandeln: Um ihn zu bestimmen, trifft er den Schuldigen erst im Waffensaal, dann bei Anbruch der Nacht bei sich zu Hause. Aber er hat die Dreistigkeit des Verbrechers unterschätzt, der – statt zu verhandeln – den alten Bojaren ein für alle Mal zum Schweigen bringt. In derselben Nacht entledigt sich der Mörder der Tatwaffe, indem er sie in den Fluss wirft.«

»Jetzt, da wir den Dolch haben«, meinte Mitko, »wird es leichter sein, den Besitzer zu identifizieren! Hast du dazu eine Idee, Bojar?«

»Ja, bestätigte Artem, während er den mit Edelsteinen verzierten Knauf streichelte, »aber ich will euch zunächst noch meine andere Hypothese darlegen. Möglicherweise handelt es sich von Anfang an um ein- und dieselbe Affäre. Nastasias Mörder ist kein anderer als der Verbrecher, der den byzantinischen Schmuck raubte und sich der Reihe nach aller Personen entledigt hat, die sich ihm auf diesem Weg entgegenstellten.«

»Der Vers jedoch«, gab Wassilij zu bedenken, »›die verbrecherische Hand voller Geschenke‹ erlaubt nur, Jdan zu verdächtigen und mit noch größerer Wahrscheinlichkeit Strigo!«

»Nastasias Aussage«, widersprach Artem, »bleibt trotz allem unzuverlässig, denn sie stellt den Standpunkt der jungen Bojarin dar. Sie zweifelte überhaupt nicht an der Schuld ihres Verlobten oder gar ihres Bruders. Ich bin fast sicher, dass sie auf Strigo anspielte, so empört wie sie über die Taktlosigkeit seines Geschenks war … jedoch, ohne es zu wissen, hat sie ein wichtiges Indiz entdeckt, was zu ihrer Ermordung führte, ohne dass sie selbst einen Zusammenhang herstellte zwischen ihrer Vergiftung und dem Indiz. Vergesst nicht, dass noch niemand etwas von dem Diebstahl und der Ermordung des Gardisten wusste, als Nastasia starb.«

»Aber dann«, brachte Wassilij vor, hat Nastasia wahrscheinlich mit ihrem Vater gesprochen! Der alte Radigost besaß dieselbe Information, und er starb durch dieselbe Hand wie seine Tochter!«

»Ich glaube, diese Betrachtungsweise macht durchaus

Sinn«, bestätigte Artem. »Nastasia wusste etwas, das ihr nach der Entdeckung des Diebstahls und der Ermordung des Gardisten ermöglicht hätte, den Verbrecher zu identifizieren. Sie starb, ohne begriffen zu haben, warum und durch wen sie vergiftet wurde. Dem Statthalter war auch nicht bewusst geworden, dass seine Tochter wegen des Schmucks sterben musste. Er hielt den Dieb nicht für fähig, einen Mord zu begehen; er wollte von der Entdeckung seiner Tochter profitieren, was zu seinem Untergang führte.«

»Im Laufe unserer Ermittlungen auf dem Markt mussten wir alle Goldschmiedewerkstätten besichtigen«, mischte sich nun Mitko ein. »Ich denke an diesen Handwerker, der sich mit Nastasia unterhalten hatte.«

»Tatsächlich«, bekräftigte Wassilij, »erinnerte sich einer der Goldschmiede sehr gut an den Besuch der fürstlichen Gäste. Er hatte ein langes Gespräch mit Nastasia. Nicht nur, dass die junge Bojarin ihm die Schmuckstücke beschrieb, sie stellte auch genaue Fragen, die den Goldschmied verblüfften. Nastasia wollte wissen, ob die Handwerker in Rostow in der Lage seien, derartige Schmuckstücke herzustellen oder zu reparieren.«

»Sie interessierte sich demnach eingehend für den Schmuck«, folgerte Artem mit Genugtuung. »Das untermauert meine zweite Hypothese! Erzählt mir, was ihr heute bei eurem Gang durch die Stadt erfahren habt. Jede Einzelheit kann sich als sehr nützlich erweisen!«

»Kann ich dir eine Frage stellen, Bojar? Sie beunruhigt mich sehr«, sagte Mitko und runzelte die Stirn.

Als Artem nickte, fuhr er verlegen fort:

»Ich weiß, dass diese Art Klatsch dir nicht liegt, aber wir dürfen nicht vernachlässigen, was das Volk sagt …«

Er schwieg und warf einen bittenden Blick zu Wassilij. Dieser zögerte und stimmte dann zu:

»Sicher, die Gerüchte, die man so hört, führen manchmal zu Entdeckungen …«

»Aber worum handelt es sich denn?«, fragte Artem gereizt.

»Um den Fluch der Kaiserin Theophanu«, antworteten die Vasallen im Chor.

Sie erzählten dem Druschinen von der düsteren Ballade des Straßenkomödianten Klim und erwähnten auch die anderen Leute, die vom Geist der Theophanu gesprochen hatten. Zum Schluss kamen sie noch auf Wolos zu sprechen, den schrecklichen Gott der heidnischen Slawen, den Herr der Finsternis, den Klim in Nastasias Nähe gesehen haben will, und zwar am Todestag der jungen Bojarin.

»Ihr solltet euch schämen, solche Albernheiten anzuhören«, schimpfte Artem. »Ich hatte schon Mühe, Guita zu beruhigen, die genauso abergläubisch ist wie alle jungen Mädchen, obwohl sie eine Prinzessin ist!«

»Ich habe es dir ja gesagt!«, tadelte Wassilij den Freund. »Bojar Artem, deine Theorie ist sehr überzeugend, aber weißt du jetzt schon etwas über den geheimnisvollen Besitzer des Dolches? Wen hast du wegen der drei scheußlichen Morde und des Schmuckdiebstahls in Verdacht?«

In diesem Moment schlug sich Mitko heftig vor die Stirn.

»Das ist doch ganz offensichtlich! Wir haben an alle möglichen Länder gedacht, um die Herkunft dieses Dolches zu bestimmen, obwohl man sich die Verdächtigen eigentlich nur vor Augen führen musste. Dieser Dolch stammt aus Venedig – genau wie sein Besitzer! Ich habe richtig geraten, oder?«

Artem schwieg einige Sekunden.

»Deine Überlegung ist nicht falsch«, gab er schließlich zu. »Man muss aber trotzdem überprüfen, ob …«

Artem beendete seinen Satz nicht, da die Tür aufging und der wachhabende Gardist meldete:

»Sie ist da, Bojar! Endlich habe ich die englische Zofe

gefunden. Sie war im Hof, nahe beim Guckfenster eines Kerkers. Ich glaube, dass sie mit dem Gefangenen Strigo sprach …«

»Lass sie eintreten«, unterbrach ihn Artem.

Als Aldine schüchtern in den Raum kam, meinte Artem zu den Vasallen:

»Das wird die letzten Unklarheiten in dieser dunklen Affäre erhellen können.«

Die junge Frau ging auf die drei Druschinen zu. Auf Artems Zeichen hin stellte Mitko einen weiteren Stuhl vor den Tisch des Schreibers.

»Ihr schmiedet also weiterhin Komplotte mit dem Gefangenen Strigo«, warf der Druschine Aldine vor, als diese vor ihm Platz nahm.

»Ich habe nichts Schlechtes getan«, gab die Zofe aufmüpfig zurück. »Ich kann Euch Wort für Wort wiederholen, was wir uns gesagt haben. Aber ich bezweifle, dass Ihr unser Gespräch verstehen könnt, Bojar, unempfänglich für die Liebe, wie Ihr seid!«

»Ihr habt Recht, das ist ein Thema, das mich gleichgültig lässt«, bestatigte der Druschine gelassen. »Ich interessiere mich mehr für Waffen, genau wie Ihr – falls nicht, was hattet Ihr gestern Nachmittag im Waffensaal zu tun? Antwortet!«

»Ihr braucht nicht so zu schreien, Bojar, ich werde es Euch sagen«, entgegnete Aldine mit verächtlich herabgezogenen Mundwinkeln. Obwohl ich nicht verstehe, inwieweit das Euch betrifft! … Von Zeit zu Zeit gehe ich tatsächlich in Wladimirs Waffensaal. Und ich bin nicht die Einzige. Prinzessin Guita könnt ihr ebenfalls dort antreffen, und zwar aus demselben Grund wie mich: Wir betrachten das Schwert König Harolds. Es ist der einzige Gegenstand, der uns an unseren vergangenen Ruhm erinnert, an unser Land, das von den Normannen besudelt wurde, und an unsere Ehre – die alles ist, was uns geblieben ist.«

Nach diesen Worten schwieg die Zofe. Ihre Augen glänzten vor Stolz, was ihrem hübschen frischen, von Sommersprossen bedecktem Gesicht einen pathetischen Ausdruck verlieh.

»Hier haben wir die Lösung des letzten Rätsels«, erklärte Artem. »Es ist also das Schwert von Guitas Vater, das an der Wand zwischen den Fenstern hängt!«

»In der Tat. Mein Vater, der an der Seite des Königs gekämpft und sein Leben verloren hat, besaß ein ähnliches Schwert. Ich komme also manchmal, um meine Erinnerungen aufzufrischen ... Mir ist jedoch nicht klar, Bojar, wieso Euch das Schicksal unseres unglücklichen Landes dermaßen interessiert«, fügte Aldine schnippisch hinzu, als sie sich erhob. »Wenn das die einzige Frage war, die Ihr mir stellen wolltet, werde ich Euch verlassen, denn die Prinzessin ...«

Aldines Gesichtsausdruck veränderte sich plötzlich. Mit aufgerissenen Augen starrte sie auf den Dolch, der auf dem Tisch lag! Kaum hatte sie sich wieder etwas beruhigt, fragte Aldine mit gereiztem Unterton in der Stimme:

»Wie ... Dieser Dolch, wo habt Ihr ihn gefunden?«

»Ich stelle hier die Fragen! Kennt Ihr diese Waffe?«

»Natürlich ... Dieser Dolch gehörte meinem Vater. Ich nahm ihn nach Russland mit, so wie Guita das Schwert des Königs! Aber dann gab ich ihn ... Ich verstehe das nicht.«

»Wem habt Ihr ihn gegeben?«, hakte Artem nach, der sich bemühte, seine Ungeduld zu zügeln, während Mitko und Wassilij den Atem anhielten.

»Dem Bojaren Andrej. Er ... er leidet sehr, denn er liebt die Prinzessin. Aber Guita ist in Wladimir verliebt, und Andrejs Leidenschaft ist ihr nie zu Bewusstsein gekommen. Also wollte ich ihn ein wenig trösten und habe ihm diesen Dolch geschenkt, da unser Land ihm ja nicht gleichgültig ist. Das war, als ich den Bojaren Strigo noch nicht kannte ...«

Ohne ihr weiter zuzuhören, blickte Artem die Vasallen fragend an.

»Wir werden ihn bestimmt in der Bibliothek finden«, stieß er hervor. »Los, wir müssen ihn schnellstens verhaften!«

Die Druschinen liefen los. Im Flur befahl Artem dem Gardisten, ihm sein Schwert zu geben. Er zog es aus der Scheide, und seine Gefährten folgten seinem Beispiel.

»Darauf war ich nicht gefasst!«, rief Mitko, während die drei Männer den Flur entlangliefen. »Dieser verdammte Italiener hat also gar nichts damit zu tun!«

»Für mich ist das auch eine Überraschung«, gab Artem zu.

Er stoppte die Vasallen mit einer Handbewegung vor der Bibliothekstür und erklärte leise:

»Passt gut auf. Dieser Mann ist ein gefährlicher Irrer. Heute habe ich deutlich die Anzeichen seiner Krankheit erkannt, aber ich wäre nie darauf gekommen, wozu er fähig ist!«

Nachdem die Druschinen vorsichtig die Tür geöffnet hatten, drangen sie in den Saal ein. Zwei junge Schreiber arbeiteten beim Licht der Kerzenleuchter, die auf ihren Pulten standen. Sie legten die Schreibfedern beiseite und blickten neugierig auf die Eindringlinge.

»Wo ist Bojar Andrej?«, fragte Artem.

»Er ist nicht da«, antwortete einer der Burschen. »Er fühlte sich nicht wohl heute und ist bestimmt in seine Gemächer gegangen.«

»Nein, vielleicht ist er noch in der Kirche«, entgegnete ein anderer Schreiber. »Ich hörte, wie er sagte, er wolle in der Kathedrale zur Heiligen Jungfrau beten. Es stimmt, er sah krank aus! Seine Hände zitterten, und er sprach mit sich selbst …«

Eilig verließen die Druschinen den Saal. Im Flur erklärte Artem:

»Die Kathedrale müsste zu dieser Stunde geschlossen

sein, aber Andrej ist wohl durch die überdachte Galerie gegangen, die die zweite Etage mit dem Seitenschiff verbindet. Lauft dorthin! Falls er zu fliehen versucht, verhaftet ihn. Wenn ihr ihn betend vorfindet, haltet euch bereit einzuschreiten, aber wartet auf mich.«

Die Vasallen stürmten immer zwei Stufen auf einmal nehmend, die Treppe empor. Artem folgte ihnen so schnell es ihm seine alte Knieverletzung erlaubte. In der Galerie bemerkte er durch die Seitenwände aus Holzgitter die goldenen Zwiebeldächer, die im Mondlicht über der majestätischen Silhouette der Kathedrale glänzten. Artem überdachte schnell die unerwartete Wende, die die Ereignisse genommen hatten. Wenn Andrej Widerstand leisten würde, konnten die Druschinen ihn nicht in der Kirche verhaften, ohne Bischof Hilarion kommen zu lassen. Artem hoffte, mit dem Täter sprechen und ihn zur Aufgabe überreden zu können. Aber das war nur möglich, wenn ihn Reue überkommen hätte! Nun, drei Menschenleben waren schon Andrejs verbotener Leidenschaft geopfert worden. Man musste ihn um jeden Preis unschädlich machen, denn ob reuig oder nicht, sein Mordwahn konnte ihn zu einem weiteren Verbrechen veranlassen.

Beim Betreten der Kathedrale befand sich Artem auf der Ebene des Balkons, auf dem sich der Fürst während des Gottesdienstes aufhielt. Artem sah nun aus der Nähe das große Mosaik, das Wladimir darstellte, der Christus ein Miniaturbild der Kathedrale darbietet. Dank ihrer geschickten Anordnung glitzerten Tausende kleiner emaillierter Fragmente in dem schwachen Licht, das von unten kam.

Als er über die Balustrade blickte, bemerkte Artem die sechs großen Kandelaber am Eingang, von denen noch zwei angezündet waren. Ungefähr zwölf Kerzen brannten vor dem mit einem roten Tuch bedeckten Altar und erleuchteten das purpur- und goldfarbene Allerheiligste.

Der Rest der Kirche war in Dunkel gehüllt, und nur einige Ikonen mit Reliquienkästchen, die mit Emaille und Perlen geschmückt waren, glänzten im Schein der Nachtlichter. Er erinnerte sich an die Worte des Schreibers, ging die Wendeltreppe hinunter und dann zur Kapelle, die der Heiligen Jungfrau gewidmet war. Sie lag unter der Westarkade. Plötzlich tauchte Wassilij aus dem Dunkel auf und legte seine Hand auf den Arm des Druschinen.

»Er ist da«, flüsterte der Vasall und deutete mit dem Kopf auf die Kapelle. »Ich glaube, dass die Verhaftung nicht schwierig sein wird. Wenn du erst mit ihm reden willst, halten wir uns am Eingang auf.«

Artem nickte und folgte Wassilij, wobei er dessen geschmeidigen und leisen Gang bewunderte. Ihm selbst gelang es nicht voranzukommen, ohne dass die Steinplatten unter seinen Stiefeln widerhallten, denn die in die Wände eingefügten Krüge erhöhten zwar den Wohlklang der Gesänge, verstärkten aber auch jedes andere Geräusch im Innern der Kirche.

Als er sich am Eingang der Kapelle befand, richtete Artem seinen Blick auf die Silhouette, die vor dem Altar kniete. Andrej betete. Über ihm schien die Heilige Jungfrau zu schweben. Sie trug eine malvenfarbene Tunika, und ihre Arme waren erhoben, als wolle sie die Welt umarmen.

Artem zögerte, dann reichte er Mitko, dessen dunkle Gestalt sich zu seiner Rechten abzeichnete, sein Schwert und trat ein.

Andrej war sich der Gegenwart des Druschinen nicht bewusst und schien in Trance zu sein. Er murmelte Bruchstücke von Gebeten, wobei ihm unaufhörlich Tränen über seine bleichen Wangen liefen. Als Artem ihn sanft an der Schulter berührte, durchfuhr den jungen Mann ein heftiges Zittern. Ohne sich zu erheben, drehte er sich um und starrte mit seinen geröteten, von tiefen Schatten umgebenen Augen auf den Druschinen.

»Kommt mit mir, Bojar Andrej«, sagte Artem: »Ihr habt gebetet und Euer Herz Unserem Herrn geöffnet. Jetzt müsst Ihr Euch vor den Menschen verantworten!«

»Ich weiß«, entgegnete Andrej leise. »Nur ... Wer wird mich verstehen? Es graut mir vor mir selbst, ich kann keine Vergebung erwarten!«

»Es ist nicht meine Aufgabe, Euch zu richten. Ich will nur, dass Ihr mir alles erzählt. Das wird Euch Erleichterung bringen, glaubt mir.«

Andrej neigte den Kopf und erhob sich mühsam. Er zitterte, die Beine versagten ihm den Dienst. Artem rief die Vasallen. Sie stützten den jungen Bojaren und führten ihn zum Palast.

Auf der zweiten Etage begegneten sie dem Fürsten. Artem klärte Wladimir kurz über die letzten Enthüllungen auf. Mit vor Wut und Empörung entstelltem Gesicht hörte der Fürst schweigend zu. Er wollte Andrej ansprechen, begnügte sich jedoch damit, dem jungen Mann einen vernichtenden Blick zuzuwerfen. Andrej wirkte seltsam betäubt, seine Augen waren erloschen, und sein Gesicht ähnelte einer Wachsmaske.

»Fürst, es ist besser, wenn Ihr mich mit ihm allein lasst«, erklärte Artem, nachdem Mitko und Wassilij den jungen Mann vor den Tisch des Schreibers gesetzt hatten. Eure Gegenwart würde ihn nur peinlich berühren. Ich muss aber ein vollständiges Geständnis bekommen, damit Euer Gericht über ihn das Urteil sprechen kann.«

Widerwillig verließ der Fürst das Vorzimmer, gefolgt von den Vasallen. Als Artem mit dem Gefangenen allein war, schaute der Druschine die jämmerliche, auf den Stuhl gesunkene Gestalt an und fragte behutsam:

»Ihr habt aus Liebe zu Guita getötet, nicht wahr?«

Langsam belebte sich Andrejs Blick, als ob ihm eine ferne Erinnerung wieder in den Sinn käme.

»Aus Liebe zu Guita?«

Plötzlich verzerrten sich seine Lippen zu einem bitteren Lachen.

»Das glaubte ich. Aber ich habe aus Hochmut gesündigt! Ich verglich mich mit dem allmächtigen Gott, dem Herrn über Leben und Tod. Mein Wissen habe ich mit Guita geteilt. Sie war mein Geschöpf! Ich habe ihr das Kostbarste gegeben, worüber ich verfüge … Es schien mir nicht gerecht, dass sie einem anderen gehörte! Ich dachte, alles sei mir erlaubt, um sie zu behalten …«

»Ihr habt also den Schmuck entwendet! Das war das einzige Mittel, ihre Hochzeit hinauszuschieben, ja sogar zu verhindern. Deshalb habt Ihr zuerst die Wache getötet, dann Nastasia und den Statthalter, der damit drohte, alles dem Fürsten zu offenbaren. So war es doch?«

»Ja, ich habe getötet …«

Andrej warf einen entsetzten Blick auf seine Hände.

»Da war so viel Blut! Überall Blut … Ich verließ Radigosts Haus und lief wie ein Irrer durch die Stadt. Schließlich stand ich am Kai und warf diesen verfluchten Dolch ins Wasser. Ich hätte besser daran getan, mich selbst in den Fluss zu werfen! Wenn Ihr wüsstet, Bojar Artem, welchen Ekel und welche Verachtung ich mir selbst gegenüber empfinde …«

Andrejs Blick wurde starr. Er schwankte.

»Und jetzt kehrt meine Krankheit zurück!«, sagte er mit dumpfer Stimme. »Das ist meine Strafe …«

Von Krämpfen geschüttelt, fiel er zu Boden. Der Druschine klatschte in die Hände. Wladimir und die Vasallen stießen die Wache beiseite und stürzten herein.

»Es geht ihm sehr schlecht«, schrie Artem, »man muss einen Arzt kommen lassen!«

Der wachhabende Gardist rannte los, neugierige Gesichter erschienen in der Tür, Philippos schlängelte sich durch den Menschenauflauf und kam, gefolgt von Demetrios, herein.

Ich kenne diese Krankheit!«, erklärte der Grieche.

»Man muss ihm ein Tuch in den Mund stecken, damit er sich nicht die Zunge mit den Zähnen durchtrennt!«

Artem warf Philippos einen fragenden Blick zu.

»Er hat Recht«, bestätigte der Junge. »Er macht eine Krise durch …«

»Epilepsie«, erklärte der Grieche. Er braucht ein beruhigendes Mittel – sobald er wieder etwas zu sich nehmen kann! Er wird dann gleich schlafen. Danach wird er in der Lage sein, auf Eure Fragen zu antworten, Bojar!«

Der Arzt, dessen Haus auf der anderen Seite des Platzes lag, kam eine Viertelstunde später. Er bestätigte Demetrios' Diagnose. Wenn der Anfall vorüber sei, würde der Kranke mehrere Stunden schlafen; das Verhör könnte also erst am nächsten Morgen stattfinden. Grundsätzlich konnte der Fürst zufrieden sein: Der Gefangene hatte ein Geständnis abgelegt. Zu klären war nur noch der Ort, an dem der Täter den Schmuck versteckt hatte. So weit war die Angelegenheit als erledigt zu betrachten.

Während der Arzt sich zusammen mit Philippos um den Kranken kümmerte, wies Artem die Vasallen an, Andrej nach der Behandlung ins Gefängnis zu bringen. Gleichzeitig ordnete er Strigos Freilassung an, da auf Aldines Verehrer ab sofort kein Verdacht mehr lastete. Völlig erschöpft und von grässlichen Kopfschmerzen geplagt, erreichte Artem sein Zimmer. Er konnte einfach nicht begreifen, warum diese Untersuchung, die jetzt erfolgreich abgeschlossen war, in ihm ein Gefühl der Leere hinterließ, in das sich ein Beigeschmack von Niederlage mischte. Ja, er musste sich eingestehen, dass er sich getäuscht hatte. Er hatte eine Theorie aufgestellt, nach der ein gefühlskalter und berechnender Mörder mitleidlos alle Personen tötete, die sich zwischen ihn und den begehrten Schatz stellten.

Nun aber hatte er es auf einmal mit einem kranken Hirn, einem gefährlichen Wahnsinnigen zu tun, der glaubte, sich über die Gesetze stellen und um jeden Preis sein Bedürfnis, diese Frau zu besitzen, stillen zu können. Andrejs zerrütteter Geist weigerte sich zuzugeben, dass Guita ihr Herz einem anderen geschenkt hatte; für ihn war die Prinzessin sein ureigenster Besitz! Aber, letzten Endes, was erhoffte sich dieser arme Irre? … Das Unbehagen, das Artem empfand, entstand wahrscheinlich aus diesem unangebrachten Mitleid. Oder war es nicht eher die bittere Feststellung, dass er sich einmal in seinen Schlussfolgerungen getäuscht hatte?

Ohne weiter das Für und Wider zu bedenken, warf sich der Druschine auf sein Bett, schloss die Augen und überließ sich dem Schmerz, der gegen seine Schläfen hämmerte. Alles, was er sich wünschte, war, dass Philippos beim Nachhausekommen nicht zu viel Lärm machte.

7. Kapitel

Am nächsten Morgen fuhr Artem aus dem Schlaf hoch. Er strich sich mit der Hand über das Gesicht und stieß einen Fluch aus: Auf seinem Kopfkissen saß eine kleine weiße Maus und spielte mit ihrem langen rosa Schwanz auf seinen Wangen herum. Blitzschnell hatte er das Tier auf den Boden geworfen und sich aufgesetzt. Wütend blickte Artem zu Philippos. Der Junge schüttelte sich vor Lachen, was ihn nicht daran hinderte, die Maus einzufangen, bevor sie unter das Bett flüchten konnte.

»Der Apotheker Manuk hat sie mir gestern Abend geschenkt«, erwähnte Philippos betont beiläufig und übersah Artems strenge Miene. Er wollte an ihr irgendein Präparat ausprobieren, aber ich bat ihn, sie mir zu geben. Ist sie nicht putzig?«

»Du hättest sie mir ruhig ein wenig später vorstellen können«, wies ihn Artem zurecht.

»Du gewöhnst dich besser gleich an sie, denn sie wird bei uns bleiben«, offenbarte ihm Philippos und streichelte vorsichtig das kleine Tier. »Im übrigen hast du schon viel zulange geschlafen. Weißt du, dass es schon nach neun ist? Gleich wird das Duell zwischen Renzo und Bratoslaw beginnen. Ich habe einen Krug Wasser bringen lassen, damit du dich waschen kannst. Wir treffen uns dann unten, da ich noch eine dringende Angelegenheit erledigen muss.«

»Noch ein geheimes Treffen mit deiner Freundin Aldine vermutlich?«

»Was du schon wieder denkst«, erwiderte der Junge verstimmt. »Seit sie ihren Strigo wieder hat, kennt sie mich kaum noch, die Undankbare! Nein, ich gehe nur zu den Ställen; ich möchte mir die Pferde der beiden Gegner einmal näher ansehen.«

Artem kannte Philippos' Leidenschaft für Pferde. Aber er dachte auch an die unerklärliche Sympathie, die der Junge für Renzo empfand – ein Gefühl, das Artem keineswegs teilte.

»Pass auf, falls du schon wieder irgendetwas ausheckst …« sagte er, aber Philippos war schon aus dem Zimmer.

Eine Viertelstunde später begab sich der Druschine zum Gefängnis. Die schwere Eisentür war mit einer Querstange verschlossen und zusätzlich mit einem Kettenschloss gesichert. Der Wachposten salutierte, öffnete die Tür und ging die ausgetretenen Stufen hinunter, die zum Kellergeschoss führten. Artem folgte ihm in den feuchten Gang zu den Zellen. Sie hielten vor der letzten Tür an, und Artem spähte durch das vergitterte kleine Fenster.

Andrej war in der Zelle untergebracht, die Strigo am Vorabend verlassen hatte. Der Druschine sah den jungen Bojaren auf der mit einem Strohsack bedeckten Bank kauern. Ein schwacher Lichtstrahl drang durch das Kellerfenster und ließ auf dem Boden ein Tablett mit einem Krug Wasser, einem Brotkanten und einen dampfenden Napf erkennen.

»Ich habe ihm gerade etwas zu essen gebracht«, gab der Wachposten Auskunft. »Es war unmöglich, ihn zu wecken; er schläft wie ein Murmeltier.«

»Der Arzt vermutet, er werde bis zum Mittag schlafen«, erklärte Artem. »Ich wollte nur sicher sein, dass alles in Ordnung ist.«

»Ja, natürlich!«, sagte der Gardist gleichgültig. »Aber er wird sich über seinen kalten Brei ärgern, wenn er aufwacht!

Artem stieg vorsichtig die rutschigen Stufen hinauf und verließ das Gefängnis. Er hatte gehofft, der Kranke wäre schneller wieder auf den Beinen. Eigentlich hatte der Gefangene nichts Entscheidendes mehr zu gestehen. Der Druschine war überzeugt, dass Andrej allein gehandelt hatte, ohne Komplizen – wie alle, die aus Leidenschaft Morde begehen. Aber ein wichtiger Punkt war noch zu klären: Was hatte Andrej mit dem Schmuck gemacht?

Am Abend musste der Fürst einen Boten nach Kiew schicken, um den griechischen Gesandten mitzuteilen, der Schmuck sei wieder gefunden! Aber nun konnte er vor Mittag nichts anderes tun, als sich zum Fürsten und seinem Hofstaat zu begeben und dem Gottesurteil beizuwohnen.

Philippos erwartete ihn am Portal. Gemeinsam zwängten sie sich durch die Menge auf dem Vorplatz und erreichten endlich die Estrade, auf der Wladimir und Guita schon Platz genommen hatten. Hinter ihnen saßen die Bojaren in ihren langen feierlichen Mänteln. Artem entdeckte einen freien Sitz und grüßte Demetrios zu seiner Linken. Er sah, dass Philippos jemandem einen verschwörerischen Blick zuwarf. Dann setzte sich der Junge auf die Bretter zwischen den Knien des Druschinen. Nun erst entdeckte Artem Mina. Sie saß neben Guita und trug einen dunkelblauen Mantel, aber weder Halskette noch Ohrringe. Artem fragte sich, ob das junge Mädchen Philippos' aufmunterndes Zeichen bemerkt hatte; sie saß kerzengerade, schien ins Leere zu blicken und spielte gedankenverloren mit dem breiten Band am Zopfende. Aldine wirkte sehr blass.

»Nun ja, da ist ja der Zankapfel«, stichelte Demetrios. »Ihr Russen solltet besser unseren Gewohnheiten folgen und die Frauen in die Kemenate verbannen. Diese dummen Kreaturen machen doch nur Ärger.«

»Edler Magistrat«, mischte sich Philippos augenzwinkernd ein, »was haben Euch die Frauen denn getan, dass Ihr sie so streng behandelt?«

Demetrios' Lächeln erstarb. Er wollte gerade antworten, als das Geschrei der Menge den Auftritt der Gegner ankündigte. Artem sah zwei Reiter aus der Palastumfriedung kommen. Sie schienen auf der Menschenwoge zu schwimmen und sich wie in Zeitlupe der doppelten Reihe Wachposten zuzuwenden, die vor der Estrade einen Platz absicherten.

Als die Glocken der Kathedrale zehn Uhr schlugen, durchbrachen die Reiter die Absperrung und verneigten sich vor dem Fürsten.

Bratoslaw trug einen mit Goldrand verzierten Helm und ein prächtiges Kettenhemd, das bis zu seinen Schenkeln reichte, eine weite Hose und weiche Lederstiefel. Er ritt ein herrliches schwarzes Pferd, dessen schlanke Beine hin- und hertänzeln. Luchsfell bedeckte die Kruppe des Tieres, und silberne Glöckchen waren an seinen Sprunggelenken befestigt. Bratoslaw war mit einer Lanze und einem Degen bewaffnet, der an seinem Gürtel hing. Während er seine Lanze schwenkte, trieb er sein Pferd zurück und blieb dann regungslos in Erwartung des Signals stehen.

Auf der anderen Seite der Arena erhob auch Renzo seine Waffe. Er trug weder eine Kopfbedeckung noch ein Kettenhemd, sondern seine übliche grüne Tunika und die Hose, die sich hauteng an seine langen muskulösen Beine schmiegte. Gutmütig lachend kommentierte die Menge die Torheit dieses Latiners, der sich mit dem besten Krieger Wladimirs messen wollte. Wenn Renzo mit Bällen und Holzringen wie irgendein Jahrmarktsjongleur angetreten wäre, so hätten diese Gegenstände in seinen Händen weniger deplatziert gewirkt als ein Degen und eine Lanze. Sein Pferd schien zu klein für ihn: Die Stute aus der Steppe ähnelte der, die Strigo Aldine geschenkt hatte. Man hatte den Eindruck, dem Schauspiel einer Wanderbühne beizuwohnen, in dem ein Clown Perun, den Gott des Donners und des Krieges, herausforderte.

In diesem Moment stieg der Herold des Fürsten auf die Estrade und verkündete:

»Bürger von Rostow! Auf Grund der Klagen, die Bojar Bratoslaw gegen den edlen Reisenden Renzo De' Moretti erhoben hat, wird ein Gottesurteil stattfinden. Betet, damit die heilige Dreifaltigkeit den Sieg dem gewährt, der im Recht ist. Edle Herren«, rief er den beiden Reitern zu, »möchtet Ihr noch einen letzten Wunsch äußern?«

Bratoslaw, der seinen Rivalen mit hasserfülltem Blick anstarrte, schüttelte schweigend den Kopf. Renzo hingegen, dem der Herold die Frage auf Griechisch wiederholt hatte, nickte. Er führte sein Pferd vor die Estrade und wandte sich an den Fürsten.»Edler Wladimir! Es ist möglich, dass ich nicht mehr lange unter den Lebenden weile. Bei uns Venezianern ist es vor einem Duell üblich, die Dame unseres Herzens um ein Unterpfand der Liebe zu bitten – einen Handschuh, einen Ring, ein Taschentuch … So hätte, falls ich sterbe, der Tod doch noch einen Sinn für mich.«

Renzo schwieg und warf Mina einen feurigen Blick zu. Nach kurzem Schweigen erklärte Wladimir:

»Es sei Euch gewährt, da dies bei Euch Sitte ist. Euch, junge Bojarin, befehle ich, dem edlen Herrn Renzo einen Gegenstand zu geben, der Euch gehört.«

Totenblass erhob sich Mina und heftete den Blick auf den Venezianer, als ob sie in Gedanken von ihm Abschied nähme. Das Leiden, das in ihrem Gesicht geschrieben stand, ließ ihre grauen Augen fast schwarz erscheinen. Sie betrachtete verzweifelt ihre Hände, die kein Ring schmückte. Schließlich löste Mina das malvenfarbene Band aus ihrem Zopf und versuchte dabei zu verbergen, wie sehr sie zitterte. Sie reichte Renzo das seidene Band, und der Venezianer schwenkte es über seinem Kopf.

»Das ist meine Standarte!«, rief er aus.

Er lehnte seine Lanze gegen die Estrade und schlang geschickt das Band um deren Schaft. Bratoslaw, der diese Szene mit zusammengebissenen Zähnen beobachtet hatte, war am Ende seiner Beherrschung und rief Mina zu:

»Seid Ihr blind geworden, junge Bojarin? Seht Ihr nicht, dass die Finger dieses Mannes Dutzende von Bändern wie das Eure um seine Lanze geschlungen haben? Nun gut! Mögen Eure aufgelösten Haare, für die Ihr Euch nicht einmal schämt, die Trauer ankündigen, die Ihr bald für diesen Unglückskomödianten empfinden werdet!«

»Komödiant?«, sagte Renzo und wiederholte so auf Griechisch das einzige russische Wort, das er von Bratoslaws Rede verstanden hatte.

»Aber Ihr seht doch wie ein Kaspar aus, mit diesen Glöckchen, die Ihr Eurem Streitross umgehängt habt!«

»Genug!«, rief der Fürst. »Jeder achte die Landessitten seines Rivalen. Begebt Euch wieder auf Eure Plätze!«

Die beiden Reiter entfernten sich voneinander. Die Menge hielt den Atem an, als Wladimir sich bekreuzigte und erklärte: »Der Kampf möge beginnen!«

Angewidert von dieser Szenerie, die in einem Abschlachten enden würde, vertiefte sich Artem lieber in das Studium der Schnitzereien, die die Arkaden der Kathedrale schmückten. Es herrschte Totenstille. Die Hufe der beiden Pferde hallten auf dem Holzboden wider. Aber statt des Klirrens der Klingen hörte Artem erst Rufe der Verblüffung, dann Gelächter.

Er sah in die Arena. Bratoslaws Pferd beschnupperte Renzos Stute und erwies ihr größte Aufmerksamkeit! Bratoslaw trieb die Sporen in die Flanken seines Pferdes. Der schöne Hengst bäumte sich auf und ließ ein kräftiges lustvolles Wiehern hören. Statt sich zu entfernen, blieb er jedoch bei der Stute und bekundete ihr von neuem seine Zuneigung. Bratoslaw entfuhr ein Fluch, aber der Fürst selbst brach in Gelächter aus, dann lachten auch Guita und die Zuschauer der vorderen Reihen. Die, die das Schauspiel nicht sehen konnten, wurden von ihren Nachbarn ins Bild gesetzt, und bald schüttete sich der ganze Platz vor Lachen aus.

»Ich bin sicher, dass du diesen Scherz eingefädelt hast«, bemerkte Artem.

»Aber keineswegs!«, gab Philippos zurück. »Ich werde es dir erklären. Renzos eigenes Pferd hat ganz und gar nichts von einem Streitross; also hat er sich ein anderes im Stall des Fürsten ausgesucht. Nun will es der Zufall, dass dieses eine junge Stute ist und, da Bratoslaw einen Hengst reitet …«

»Das reicht, du brauchst nichts weiter zu erklären«, brummte Artem. »Ich vermute aber, dass du Renzos kluge Wahl beeinflusst hast!«

Philippos hatte keine Zeit mehr zu antworten. Der Herold verkündete, dass der Kampf nun ohne Pferde ausgetragen würde. Langsam erstarb das Gelächter und die Menge verstummte. Wladimirs Stallmeister führte die Pferde fort. Als ein Soldat den Gegnern die Lanzen abnahm, entfernte Renzo das malvenfarbene Band von der seinen und verstaute es in der Tasche seiner Tunika. Ein anderer Soldat reichte beiden Männern einen Schild aus Leder, der mit Kupfer beschlagen war. Nach den Regeln des Kampfes Mann gegen Mann mussten entweder beide Gegner eine Rüstung tragen oder keiner von beiden. Deshalb musste Bratoslaw sein langes Kettenhemd ausziehen. Er legte auch seinen schweren Gürtel ab, an dem die Scheide seines Degens befestigt war, und erhob seine Waffe mit herausfordernder Geste. Die beiden Männer bezogen Stellung. Als es vollkommen still war, rief Wladimir:

»Beginnt!«

Die Rivalen stürzten aufeinander zu, und ihre Klingen kreuzten sich. Sofort begriff Artem, dass Renzo ein erfahrener Raufbold war, obwohl er offensichtlich nie einen Fechtmeister gehabt hatte. Das Lächeln des Venezianers war verschwunden. Sein Gesicht war ernst, aber vollkommen entspannt. Bratoslaw hingegen trug einen arroganten Ausdruck zur Schau. Aber die Wildheit und die Wut seines Angriffs straften die hochmütige Kälte seiner Gesichtszüge Lügen. Nachdem Renzo Bratoslaws Blitzattacke durch geschicktes Ausweichen begegnet war, fuhr Renzo fort, die Hiebe seines Gegners mit Leichtigkeit und Geschmeidigkeit zu parieren.

Da er selbst eine gute Klinge führte, folgte Artem dem Kampf jetzt mit wachsendem Interesse. In dem Maß, wie Renzo zurückwich, einen Ausfall machte und nachstieß, geschickte Finten und unvorhersehbare Schläge miteinander verband, verringerte sich die Antipathie, die der Druschine für den Venezianer empfand, um einer gewissen Bewunderung Platz zu machen. Artem sah, wie Bratoslaw seinem Gegner einen fürchterlichen Hieb versetzte und hielt den Atem an – genau wie Philippos. Die Klinge des jungen Bojaren verfehlte Renzos Hüfte um ein Haar und hinterließ eine blutige Spur auf seinem Unterarm. Der Venezianer wich zurück, führte eine Reihe schneller Finten aus und schaffte es, wieder in die Offensive zu gehen.

Aber Renzo verlor Blut, und es war klar, dass er dieses Tempo nicht lange durchhalten konnte. In einer verzweifelten Anstrengung – so schien es Artem – stürzte er sich noch einmal auf Bratoslaw, und die beiden Gegner verwickelten sich in einen Kampf Körper gegen Körper, sodass sie sich fast berührten. Sie blieben unbeweglich stehen, hielten ihre Degen senkrecht, Griff gegen Griff. Plötzlich machte Renzo mit der linken Hand eine kaum wahrnehmbare Bewegung und, schnell wie der Blitz zog er sich zurück. Bratoslaw ging wieder in Stellung, für den nächsten Angriff bereit … aber er schwankte und wäre beinahe der Länge nach zu Boden gestürzt.

Die Zuschauer trauten ihren Augen nicht und blieben sekundenlang stumm. Dann wich das Schweigen einem gewaltigen Gelächter: Renzo hatte Bratoslaws Hosenbänder gelöst. Das weite Kleidungsstück war mit einem Schlag gefallen, aber die Stiefel hielten es auf der Höhe der Waden und umschlossen die Beine des Kriegers so sicher, als ob sie gefesselt seien. Vor Lachen weinend betrachtete die Menge Bratoslaw, der mit gezücktem Degen ungläubig auf seine nackten Knie und seine Unterhose aus feiner weißer Baumwolle starrte. Statt seine Hose hochzuziehen, versuchte Bratoslaw in Panik seine Blöße mit der freien Hand zu bedecken, was die Zuschauer nicht daran hinderte, alles zu kommentieren, was der dünne Stoff ihrem Blick enthüllte.

Mit seinem verwundeten Arm näherte sich Renzo der Estrade und wandte sich mit unerschütterter Miene an den Fürsten:

»Edler Wladimir! Ich habe an diesem Kampf teilgenommen, da mir meine Ehre die Flucht verbot. Es ist aber nichts Ehrenrühriges daran, weiterleben zu wollen. Niemand in der ganzen Welt kann Eure Krieger besiegen! Mein Verdienst ist nicht sehr groß. Es ist mir nur gelungen, dem Degen meines Gegners auszuweichen, ohne deshalb mein Gesicht zu verlieren.

Renzo verneigte sich vor dem Fürsten. Wladimir sah zu Guita, die noch ganz rot vor Lachen war.

»In Christi Namen, Ihr habt uns sehr erheitert, Herr Renzo«, erklärte Wladimir. »Der Kampf ist beendet. Umarmt Euch!«

Bratoslaw, der es inzwischen geschafft hatte, Ordnung in seinen Aufzug zu bringen, wagte nicht, sich dem Befehl zu widersetzen. Seine Wange streifte die des Venezianers, und Wladimir nickte zufrieden.

»Abscheuliche Verbrechen haben meine Verlobung überschattet«, fuhr er fort, »aber jetzt ist das Geheimnis aufgeklärt und der Mörder verhaftet. Ich will, dass alle feiern. Was Eure Unstimmigkeiten angeht, so regele ich dies heute Nachmittag mit Minas Vater. Zusammen werden wir entscheiden, ob sie Bratoslaw heiraten oder er eine Entschädigung für die erlittene Schmach erhalten soll.«

Am Ende seiner Rede erhob sich Wladimir und reichte Guita den Arm. Der Herold verkündete der Menge den Ausgang des Kampfes. Glücklich über die vergnügliche Zerstreuung, die ihnen geboten worden war und auch über den Fortgang der Festlichkeiten, spendeten die Einwohner von Rostow Wladimir Beifall.

Die Wachen machten einen Weg von der Estrade bis zum Portal frei, und der Fürst begab sich in den Palast. Artem und Philippos folgten ihm. Vor Freude übersprudelnd gab der Junge seine Stellungnahme zum Kampf ab; aber der Druschine hörte ihm nur mit halbem Ohr zu. Bald war Mittag, und er würde endlich das Verhör mit Andrej beenden können. Kaum hatte er sich dem Eingang des Kerkers genähert, als der Wachposten ihm mitteilte:

»Der Gefangene ist immer noch nicht aufgewacht, Bojar. Einmal habe ich versucht, ihn zu schütteln. Er hat sich kaum bewegt.«

Verärgert über dieses unerwartete Hindernis rief Artem Philippos und befahl ihm, den Assistenten des Palastarztes zu holen, der Sarguis seit seiner Verhaftung vertrat.

»Er hat eine Apothekerausbildung«, erläuterte Artem. »Und das interessiert mich. Er soll mitbringen – ach, ich habe den Namen dieses Medikaments vergessen. Das Pulver reizt zum Niesen und hilft, das Bewusstsein wieder zu erlangen; er wird schon verstehen, um welche Substanz es sich handelt.«

Nachdem Philippos gegangen war, näherte sich Artem dem wilden Rosenstrauch, der am Gartenzaun wuchs, und atmete dessen feinen Duft ein. Plötzlich hörte er Stimmen von der Mittelallee her. Es waren Mina und Renzo, die sich offenbar stritten. Stutzig geworden, verbarg sich der Druschine hinter den Sträuchern und warf einen diskreten Blick in den Garten. Die beiden jungen Leute hatten auf halbem Weg zwischen der Gartenlaube und dem Seitentürchen angehalten. Renzo, an dessen Tunika ein Ärmel bis zum Ellbogen abgeschnitten und dessen Unterarm verbunden war, schien müde und blasser zu sein als sonst. Mina machte ihm Vorwürfe:

»Aber warum? Warum kannst du mich nicht in dein Land mitnehmen?«, fragte das junge Mädchen, dem fast die Stimme versagte.

»Ich habe es dir doch schon erklärt«, antwortete Renzo überdrüssig. »Ich kann es dir auch noch einmal deutlicher sagen. Ich bin nur ein Vagabund, ohne Glauben und Moral. Sieh mal, Demetrios wird dir bestätigen, dass ich niemals auch nur einen Fuß in den kaiserlichen Palast von Konstantinopel gesetzt habe. Ich habe gelogen. Ich bin nicht adlig, habe kein Haus, bin nicht für die Ehe geschaffen … Und ich habe andere Pläne. Ist dir das jetzt klar?«

»Pläne, die mit diesen tollen Geschöpfen zusammenhängen, die du in deinen Erzählungen immer erwähnst!«, bemerkte Mina bitter. »Du liebst eine von ihnen, stimmt's?«

»Aber nein!«, schrie Renzo zornig, »aber, wenn du es unbedingt wissen willst, die meisten dieser Geschöpfe existieren gar nicht, und die anderen sind auch nicht so fantastisch, wie ich sie beschrieben habe.«

»Nein, jetzt lügst du. Alles, was du erzählst, existiert. Ich will auch die weite Welt kennen lernen! Vor zwei Tagen hast du mir gesagt, du wolltest mich mit dir nehmen. Während der Mittagsruhe, erinnerst du dich? Und außerdem, warum hast du dich überhaupt mit Bratoslaw geschlagen?«

»Der Ehre wegen«, seufzte Renzo. »Und was das andere angeht, seien wir doch einmal ehrlich, junge Bojarin. Ich sehe dich kaum die Welt an der Seite eines Abenteurers meines Schlags durchstreifen. Im Gegenteil, ich stelle mir vor, dass du mit einem Mann deines Standes verheiratet bist, umgeben von einem Haufen Kinder, wie du das Essen für die Familie überwachst, zu dem man die Kohlsuppe serviert … Ihr wirst auch du nicht entgehen können! Ich weiß nicht warum, aber die Russen lieben dieses Gemüse leidenschaftlich.«

Mina biss sich auf die Lippen und senkte den Kopf. Nach kurzem Schweigen sagte sie mit gleichgültiger Stimme:

»Zeig mir deinen Dolch.«

»Schon wieder eine Laune«, rief Renzo gereizt. »Vielleicht willst du ihn ja mit dem vergleichen, der Nastasias Vater getötet hat?«

Der Venezianer zuckte mit den Schultern und löste seinen Dolch vom Gürtel. Artem sah die lange spitze Klinge in der Sonne glänzen. Mina nahm den Dolch, prüfte ihn einige Sekunden, dann – mit einer raschen Geste – richtete sie ihn plötzlich auf die Kehle des Venezianers.

»Ich werde dich töten!«, schleuderte sie ihm mit sich überschlagender Stimme ins Gesicht. »Du hast mich verspottet wie zuvor Bratoslaw. Aber ich werde dich nicht verfehlen, ich nicht!«

»Ich werde nichts tun, um mich zu verteidigen. Nicht gegen eine Frau, selbst wenn sie wahnsinnig ist.«

Schweißtropfen standen Artem auf der Stirn, aber er wagte nicht einzugreifen. Ein Wort oder eine abrupte Geste – und die Klinge würde Renzos Hals durchbohren! Nach einem Augenblick, der eine Ewigkeit zu dauern schien, wich Mina zurück. Als sie noch einmal den Dolch erhob, machte Artem einen Schritt zum Tor hin, blieb aber stehen, als er sah, dass die Haltung des jungen

Mädchens keine Drohung mehr ausdrückte. Mina legte den Dolch an ihren Zopf und strengte sich an, ohne fremde Hilfe ihr dichtes Haar abzuschneiden. Der Zopf fiel lautlos in den Sand der Allee.

»Du hast also beschlossen, den Schleier zu nehmen?«, fragte Renzo amüsiert.

»Nein«, erwiderte Mina ruhig. »Ich will reisen. Aber da eine allein stehende Frau das nicht kann, werde ich mich als Mann verkleiden. Es tut mir leid für dich, Renzo. Du weißt nicht, was du verlierst, denn ...«

Plötzlich tauchte Philippos neben Artem auf.

»Ich habe dich überall gesucht«, begann der Junge, schwieg aber sofort, als er sah, dass Artem den Zeigefinger auf seine Lippen drückte.

Während Mina und Renzo erstaunt in Richtung Tor blickten, glitt der Druschine den Zaun entlang und entfernte sich rasch aus dem Garten. Philippos folgte ihm auf Zehenspitzen. Als sie in der Mitte des Hofes angekommen waren, rief der Junge:

»Wen hast du gerade beobachtet?«

»Deine Freunde Renzo und Mina«, sagte Artem leise. »Ich habe sehr interessante Dinge erfahren! Aber ich hatte dich ja schon vor diesen beiden wenig Vertrauen erweckenden Personen gewarnt!«

»Auch Mina?«, fragte Philippos mit aufgerissenen Augen.

»Ihr Verhalten ist noch unglaublicher als das von Renzo! Nun haben wir aber genug über diese verrückte junge Frau gesprochen. Hast du den Apotheker kommen lassen?«

»Manuk, den Mitarbeiter von Sarguis? Er steht vor dem Gefängniseingang.«

Der Apotheker, wie Sarguis Armenier, ein junger Mann mit glänzenden braunen Augen, verbeugte sich vor Artem. Dieser befahl dem Wachposten, sie auf der Stelle in Andrejs Zelle zu führen.

»Der Arzt, der ihn gestern behandelte, meinte, er müsse zwei oder drei Stunden nach seiner Krise wieder zu sich kommen«, erklärte Artem dem Apotheker. »Der Arzt riet mir dringend, den Gefangenen bis Mittag schlafen zu lassen. Ich habe diese Anweisung befolgt, aber jetzt kann ich nicht mehr warten.«

»Macht Euch keine Sorgen, Bojar. »Das Mittel, das ich besorgt habe, weckt Tote auf!«

Während sie sich noch unterhielten, löste der Armenier die Verschnürung eines kleinen Beutels aus feinem Leder und entnahm ihm eine Dose und einen kleinen Silberlöffel. Er setzte sich auf den Strohsack neben dem Kranken und streute ein wenig weißes Pulver auf den Löffel. Er hielt das Pulver an die Nasenlöcher des Kranken, dessen Kopf er etwas angehoben hatte. Jetzt würde Andrej niesen …

Plötzlich stieß der Apotheker einen schrecklichen Schrei aus.

»Er atmet nicht mehr, Bojar. Ich glaube … ich glaube, er ist tot!«

Als der junge Mann mit einem Satz aufsprang, fiel der Kopf des Gefangenen leblos auf das Kissen zurück. Artem kniete neben dem Körper nieder. Er war noch warm, aber das Herz schlug nicht mehr.

»Tot?«, stammelte der Wachposten. »Aber vor einer Stunde bewegte er sich noch! Zumindest kam es mir so vor!«

»Idiot!«, wetterte Artem, der merkte, wie in ihm eine Welle ohnmächtiger Wut aufstieg. »Du hast nicht bemerkt, dass er im Sterben lag – falls er nicht schon tot war! Und du, Arztlehrling, bist du in der Lage, die Todesursache sicher festzustellen? Ich müsste einen Arzt aus der Stadt kommen lassen, aber wir haben keine Zeit zu verlieren. Gib dein Bestes, Manuk!«

»Ich denke, dass ich es kann«, sagte der junge Mann ernst.

»Zwar ist Epilepsie unheilbar, sie ist jedoch keineswegs tödlich. Meiner Ansicht nach hat sein Leiden nicht seinen Tod herbeigeführt. Aber ich kann Euch erst mehr sagen, wenn ich den Körper untersucht habe. Man sieht nichts in diesem Verlies.«

Artem nickte und schickte den Posten los, um zwei weitere Soldaten und eine Bahre zu holen. Dann beauftragte er Philippos, die Vasallen zu rufen, die wohl im Refektorium der fürstlichen Druschinen zu Mittag aßen.

»Nun, was hast du denn?«, fragte Artem, als er erstaunt feststellte, dass Philippos' Blick verzweifelt den Boden absuchte.

»Ich suche meine weiße Maus«, antwortete der Junge verlegen, »sie ist aus meinem Ärmel entwischt.«

Unter Artems strengem Blick errötete Philippos, drehte sich auf dem Absatz herum und verschwand wie der Blitz. Einige Augenblicke später kam der Posten zurück. Die beiden Soldaten, die ihn begleiteten, legten den Leichnam auf die Bahre und trugen ihn in den Hof. Artem befahl ihnen, ihre Last neben dem Gefängniseingang abzusetzen und während der Untersuchung des Apothekers vor Ort zu bleiben. Der junge Armenier runzelte die Stirn, um ernsthafter zu erscheinen. Er beugte sich über den Körper und rief im selben Moment aufgeregt:

»Seht Ihr die bläulichen Flecken, hier, auf den Armen und der Brust? Das sind Hautblutungen. Sie sind überall. Der Unglückliche wurde windelweich geschlagen; vielleicht ist das die Todesursache!«

»Es gibt aber keine Spur von Blut«, gab Artem zu bedenken.

In diesem Moment kamen die Vasallen und Philippos dazu. Schweigend betrachteten sie Andrejs Körper, dann ging Mitko zum Wachposten und sagte mit heiserer Stimme:

»Hast du ihn in diesen Zustand versetzt? Ich dreh dir den Hals um! Andrej sollte wegen Mordes gerichtet werden, aber er war eingesperrt, und es gab überhaupt keinen Grund, ihn so zuzurichten!«

»Edler Druschine, ich schwöre bei der Heiligen Dreifaltigkeit, dass ich nichts getan habe!«, wehrte sich der Gardist.

»Und wer war es dann?«, brüllte Mitko. »Der Geist der Theophanu vielleicht?«

»Ich weiß nicht, was passiert ist«, klagte der Wachposten. »Ich bin seit heute Morgen da, und während dieser Zeit ist nur der Bojar Artem vorbeigekommen. Es stimmt, dass nachts keine Wache vor dem Gefängnis postiert ist, aber der Eingang wird dann noch durch ein zusätzliches Vorhängeschloss gesichert. Es ist unmöglich, diese Tür gewaltsam zu öffnen.«

»Zumindest in diesem Punkt hat er Recht«, mischte sich Wassilij ein. »Das Palasttor ist nicht weit entfernt, die beiden Wachen, die dort in der Nacht postiert sind, hätten die Geräusche gehört.«

»Was mich beunruhigt, ist die Tatsache, dass es auf dem Körper nicht die geringste Kratzwunde gibt«, erklärte Artem.

Er wandte sich an den Apotheker Manuk: »Untersuch zuerst den Hals, dann den Rücken des Opfers. Vielleicht gibt es Wirbel, die sich verschoben haben.«

Von Philippos unterstützt führte der Apotheker seine Aufgabe durch, wandte sich dann an Artem und schüttelte den Kopf.

»Gehen wir in die Zelle hinunter«, befahl der Druschine den Vasallen.

Sie untersuchten gerade sorgfältig den Kerker, als Philippos plötzlich ausrief:

»Da ist ja meine weiße Maus! Aber … was hat sie denn?«

Das Tier lag unter der Bank. Der Junge hob es behutsam auf und betastete seinen reglosen Körper. Die Füße der Maus zitterten leicht, dann erstarrte das Tier.

»Sieh mal, Bojar!«, sagte Wassilij und hob ein kleines Stück Fladenbrot auf, nahe der Stelle, an der Philippos seine Maus entdeckt hatte. »Das kleine Tier kann nicht das ganze Stück gefressen haben. Wäre es möglich, dass unser Gefangener auch davon gekostet hat?«

»Dann wäre Andrej also vergiftet worden«, folgerte Mitko.

Artem antwortete nicht. Er nahm das Stück Fladenbrot aus Wassilijs Händen, wickelte es in sein Taschentuch und verstaute das Päckchen in seiner Tasche. Immer noch schweigend verließ er die Zelle. Die Vasallen und Philippos folgten dicht hinter ihm. Der Junge presste die tote Maus an seine Brust und seine Augen waren voller Tränen.

Draußen näherte sich Artem der Bahre. Nachdem er einige neugierige Diener, die die Soldaten auszufragen versuchten, verscheucht hatte, wandte er sich an den Apotheker:

»Kennst du ein Gift, dessen äußere Zeichen Hautblutungen ähneln?«

Manuk überlegte, kratzte sich nachdenklich an der Nase. Nach kurzem Schweigen richtete er seinen wachen Blick auf Artem und erklärte:

»Ich verstehe, worauf Ihr hinauswollt, Bojar. Es gibt tatsächlich eine Medizin auf der Grundlage der Tonkabohne, die dazu dient, die Fließeigenschaft und den Kreislauf des Blutes zu verbessern. In hoher Dosis ist dieses Heilmittel äußerst gefährlich, denn es verursacht innere Blutungen, die zum Tode führen. Zweifellos ist es möglich, diese Zubereitung für verbrecherische Zwecke zu nutzen. Wenn es das ist, was Ihr denkt, so müsst Ihr auch wissen, dass dieses Gift geschmacklos ist und erst nach einigen Stunden wirkt!«

»Ich nehme an, dass medizinische Kenntnisse notwendig sind, um sich dieser Substanz als Gift zu bedienen?«, erkundigte sich Artem.

»Nicht unbedingt«, antwortete Manuk. »Der Baum, an dem die Tonkabohne reift, wächst nur in heißen Ländern, aber das Medikament ist ziemlich verbreitet. Jeder Apotheker auf dem Markt ist in der Lage, seine Wirkung zu beschreiben, denn die Arzneihändler sind verpflichtet, ihre Kunden über mögliche Unfälle aufzuklären.«

»Sieh mal, Bojar«, schrie Philippos und zeigte auf den Kadaver der Maus. »Sie hat die gleichen bläulichen Flecken!«

Artem und der Apotheker beugten sich über den kleinen leblosen Körper. Das weiße Fell des Tieres verdeckte nicht die Hautblutungen, die seinen Körper bedeckten. Schweigend nahm Artem sein Tuch aus der Tasche und zeigte das Fladenstück, das er im Kerker aufgehoben hatte.

»Das ist der Beweis, den wir für die Feststellung der Todesursache brauchen«, bestätigte der Apotheker ganz aufgeregt. »Wenn ich recht verstanden habe, so hat die Maus nur an den Resten des Brotes geknabbert. Das schnelle Auftreten der Symptome beweist, dass es eine sehr starke Dosis Gift enthielt – eine tödliche Dosis!«

»Ich danke dir«, sagte Artem, indem er Manuk mit einem freundlichen Nicken entließ. »Deine Auskünfte waren sehr nützlich. Bei der Gelegenheit: Ich werde dem Fürsten mitteilen, dass er mit Sarguis' Vertreter zufrieden sein kann.«

»Die Armenier sind die besten Ärzte der Welt«, antwortete der junge Mann mit Stolz in den Augen. »Ich muss noch viel lernen, aber ich versuche, mich meines Meisters würdig zu erweisen … denn Sarguis ist ein ausgezeichneter Arzt, egal welche Missetaten er begangen hat.«

Er errötete, verbeugte sich vor Artem und ging hastig

hinaus. Artem beauftragte die Soldaten, den Körper wegzutragen und ihn in das kleine Gebäude neben der Kapelle im hinteren Teil des Hofes zu legen; dort wusch man die toten Bediensteten, die keine Angehörigen hatten. Als Artem mit den Vasallen und Philippos allein war, gab er seinen Gefährten ein Zeichen, ihm zu folgen und ging zum Garten hinüber. Nachdem er festgestellt hatte, dass sie allein waren, ließen sich die drei Druschinen und der Junge in der Gartenlaube nieder. Erst dann gab Artem seinem Zorn nach.

»Diese verfluchte Affäre wird wohl nie enden«, schrie er und donnerte mit der Faust auf den kleinen Tisch. Andrej war im Begriff, uns wesentliche Enthüllungen zu liefern, und nun hat man auch ihn aus dem Weg geräumt!«

»Es war ein Kinderspiel, den vergifteten Brotfladen durch das Fenster zu schieben. Aber wer hätte sich auch vorstellen können, dass Andrej einen Komplizen hatte?«

»Auch diese Möglichkeit hätte ich in Betracht ziehen müssen«, antwortete Artem. »Man muss es jedoch anders ausdrücken. Nicht Andrej hatte einen Komplizen – ganz im Gegenteil: er, der junge Bojar, wurde von einem gefährlichen Verbrecher geschickt benutzt! Nach Andrejs Geständnis dachte ich natürlich, dass der Schmuckdiebstahl und die Morde nur verschiedene Aspekte eines Verbrechens aus Leidenschaft seien. Im Grunde hat Andrej nur den Mord an dem Statthalter gestanden. Der Rest seiner Rede war ohne Zusammenhang.

Heute hätte er uns weitere Einzelheiten und die Rolle, die er in dieser mysteriösen Angelegenheit gespielt hat, enthüllen können. Wahrscheinlich hätte er uns auch den Namen des Hauptschuldigen sagen können! ... Das ist ein völlig skrupelloser Mörder, dessen Motiv Theophanus unschätzbarer Schmuck ist. Er hat sich die unerlaubte Leidenschaft des Bojaren zu Nutze gemacht, und als er feststellte, dass Andrej alles gestehen würde, hat er sich seines Komplizen entledigt, indem er einen vergifteten Brotfladen in seinen Kerker schmuggelte.«

»Wie konnte er nur so naiv sein und etwas aus den Händen des Mannes annehmen, den er verraten wollte!«, warf Wassilij ein.

»Andrej hat nie begriffen, mit welch teuflischem Geschöpf er es zu tun hatte. Er muss bei Einbruch der Nacht zu Bewusstsein gekommen sein. Erschöpft und ausgehungert wie er war, hat er ohne jedes Misstrauen das vergiftete Brot aus den Händen seines Mörders, der sein Erwachen abpasste, entgegengenommen.«

»Aber wer ist dieser abscheuliche Verbrecher, dessen Dreistigkeit jeglicher Vernunft zu trotzen scheint?«, wetterte Mitko. »Ich gebe zu, dass ich keinen Durchblick mehr habe … Wegen des Dolches verdächtigte ich den Venezianer … zu Unrecht«, fügte er verlegen hinzu.

»Zu Unrecht?«, gab Wassilij zurück. »Im Gegenteil, ich denke, dass wir gute Gründe haben, Renzo zu verdächtigen. Natürlich hat er den Statthalter nicht getötet, aber es ist doch sehr wahrscheinlich, dass er der Hauptschuldige ist. Heute Morgen vor dem Gottesurteil, als Renzo seinen Charme spielen ließ, um den Damen zu gefallen, war ich von der Geschicklichkeit beeindruckt, mit der er Minas Band um seine Lanze knüpfte. Sogar Bratoslaw, der gewiss kein guter Beobachter ist, machte eine Bemerkung über die allzu flinken Hände des Venezianers. Ich kann mir recht gut vorstellen, wie Renzo im Handumdrehen ein Seidenband um Glebs Hals schlingt!«

»Gut argumentiert«, stimmte Artem zu. »Im übrigen weiß ich jetzt, dass der Venezianer mich belogen hat! Während der Mittagsruhe war er nicht allein! Aber die Tatsache, dass er heimlich Mina getroffen hat, ist wohl noch kein Beweis für seine Schuld. Solange ich kein sicheres Indiz habe, ist es sinnlos, diese beiden Individuen noch einmal zu verhören: Renzo ist schwer in die Enge zu treiben, und glaubt mir, Mina ebenso!«

»Dennoch dürfen wir keine Zeit verlieren!«, beharrte Wassilij. »Warum sollen wir nicht auf die bewährte Taktik zurückgreifen, nämlich unseren Hauptverdächtigen einem scharfen Verhör zu unterziehen, bis er seine Verbrechen gesteht?«

»Unmöglich«, unterbrach ihn Artem. »Wir haben nicht nur einen, sondern mehrere Verdächtige. Zunächst die ausländischen Gäste, samt den griechischen Botschaftern. Demetrios erzählte mir von einem geplanten Komplott gegen den Kaiser. Wer weiß, ob nicht der sagenhafte Schmuck der Einsatz war? Im Übrigen kann Demetrios zu einer aufrührerischen Gruppe gehören, die sich gegen die Macht des Kaisers wendet. Natürlich ist da auch noch Renzo, eine höchst undurchsichtige Person! Jeder der Fremden hat den Vorteil, sich des Schmucks entledigen zu können, sobald er Russland verlässt – selbst wenn, wir sagten es schon, Tsar-Gorod der letzte Ort der Welt ist, an dem der Täter den kaiserlichen Schatz verkaufen könnte. Andererseits stehen auch Strigo und Jdan auf meiner Liste der möglichen Täter.« Mit einer Geste unterbrach Artem den Protest der Vasallen, strich sich mit der Hand über die Stirn und fuhr fort:

»Nehmen wir einmal Strigos Fall. Er wusste, dass sein Vater ihn enterbt, wenn er nicht auf Aldine verzichtet. Dazu ist er aber nicht fähig! Ohne einen Pfennig Geld jedoch, verliebt in eine junge Ausländerin ohne Mitgift, hat er nicht viel zu verlieren, wenn er Russland verlässt. Da bietet sich ihm eine unverhoffte günstige Gelegenheit: Statt mit leeren Händen zu gehen, kann er den Schmuck mitnehmen, der dem Paar ein Vermögen sichert. Er erwürgt den Wachposten, bemächtigt sich des Schatzes und beseitigt Nastasia, die ein ihn belastendes Indiz gefunden hat. Nach seiner Verhaftung kann er über das kleine Kerkerfenster mit Andrej Kontakt aufnehmen, der ihn über die Erpressung des Statthalters aufklärt. Andrej tötet Radigost, wird aber seinerseits von Strigo beseitigt, der die Enthüllungen seines Komplizen fürchtet. Dieser könnte ja von Gewissensbissen gequält sein. Vergesst nicht, dass Strigo in der Nacht, in der Andrej ermordet wurde, bereits frei war!«

»Aber Jdan?«, fragte Mitko. »Welches Interesse hätte er gehabt, den Schmuck zu stehlen, da er jetzt das riesige Vermögen seines Vaters besitzt?«

»Als Nastasia noch lebte, hätte Jdan nur einen winzigen Teil von Radigosts Vermögen geerbt. Im Übrigen war seine Lage keineswegs beneidenswert, denn sein Vater machte ihm jede noch so geringe Ausgabe zum Vorwurf. Nun, Jdan ist in Mina verliebt, die ihrerseits darauf brennt, etwas von der Welt zu sehen. Der byzantinische Schatz erlaubt ihm, das Herz seiner Schönen zu erobern, indem er ihr ihre Wünsche erfüllt! … Aber ein Verbrechen zieht ein anderes nach sich, und Jdan sieht sich gezwungen, alle Personen zu töten, die seinen Wahnsinnsplan zum Scheitern bringen könnten.«

»Aber wie sollen wir dann den wahren Schuldigen entlarven?«, erregte sich Mitko und schüttelte verzweifelt seinen Kopf. Was hast du vor, Bojar?«

»Zunächst werde ich dem Fürsten die Nachricht von Andrejs Tod überbringen«, erklärte Artem und erhob sich. »Dann werde ich die ganze Sache noch einmal von Anfang an durchdenken. Verlasst den Palast nicht und haltet euch zum Eingreifen bereit, sobald ihr von mir ein Zeichen bekommt: Wir müssen unter allen Umständen weitere Opfer vermeiden.«

Ohne seinen Gefährten noch einen Blick zu schenken, schritt Artem zum Gartenausgang. Mitko und Wassilij folgten ihm mit unruhigem Blick. Trotz der Bestimmtheit seines Tons zeigte sich tiefe Bestürzung auf dem müden Gesicht des Bojaren. Es war das erste Mal, dass sie ihren Kommandanten so hilflos sahen. Sie wagten nicht, einander anzusehen, um die Angst zu verbergen, die ihnen das Herz zuschnürte, und verließen schnell die Gartenlaube.

Philippos blieb allein im Garten zurück und begann traurig, eine Stelle zu suchen, an der er die weiße Maus beerdigen konnte.

Als Artem den Bankettsaal betrat, war das Festessen in vollem Gang. Der Druschine ließ seinen Blick über die Gäste schweifen und bemerkte Strigo, dessen Gesicht inzwischen wieder Farbe angenommen hatte. Strigo ließ Aldine, die links neben der Prinzessin saß, nicht aus den Augen. Zu seiner Überraschung sah Artem auch Mina. Mit gesenktem Kopf lauschte sie Jdan, der wieder einmal eines seiner Gedichte vortrug. Mina trug eine mit Bändern und Schleier geschmückte Haube. Der Schleier reichte ihr bis zu den Hüften. Guitas Zofen hatten offenbar ihre ganze Kunst aufgeboten, um die verstümmelte Haarpracht der jungen Bojarin zu verbergen. Artems Blick suchte Renzo und entdeckte ihn neben Demetrios am Tisch des Fürsten. Bratoslaw hingegen war nirgends zu sehen.

Artem bahnte sich einen Weg in die Mitte des Saals und wartete, bis alle Blicke auf ihn gerichtet waren.

»Ich hoffe, dass Ihr uns keine Hiobsbotschaft bringt, Bojar!«, rief Wladimir in die Stille hinein. »Das würde uns gar nicht zusagen, da Herr Renzo gerade eine köstliche Geschichte erzählt: von seiner Reise auf die Zyklopeninsel!«

Da der Druschine schwieg, verschwand Wladimirs Lächeln. Artem verneigte sich tief und erklärte:

»Vergeb mir, Fürst. Es ist in der Tat eine unheilvolle Nachricht, die ich überbringe. Bojar Andrej ist tot, vergiftet, während der Hauptschuldige immer noch frei herumläuft.«

Starr vor Entsetzen hörten die Gäste Artems Zusammenfassung der jüngsten Ereignisse. Als sein Bericht zu-ende war, rief Guita totenblass aus:

»Geliebter Verlobter, ich flehe Euch an: Verzichtet auf weitere Nachforschungen! Theophanus Geist rächt sich an uns. Zur Hölle mit diesem verfluchten Schatz, der schon so viele Menschenleben gekostet hat.

Wladimir warf der Prinzessin einen unzufriedenen und zugleich besorgten Blick zu.

»Edler Magistrat«, wandte er sich an Demetrios. »Das meiner Verlobten zugedachte Geschenk erschreckt sie mehr als dass es sie erfreut. Niemand hier kennt die Vergangenheit Eures Landes besser als Ihr. Glaubt Ihr, dass diese Geschichten vom Geist und Fluch der Theophanu etwas Wahres enthalten?«

»Mit Verlaub, Fürst, ich glaube nicht an Geister«, erklärte der Grieche bestimmt, bevor er in gelehrtem Ton fortfuhr: »Es ist hingegen nicht ausgeschlossen, dass ein Objekt, das so viele Begehrlichkeiten auf sich zieht, schließlich – wie soll ich sagen? – eine gewissen Aufladung negativer Kräfte in sich vereint. Diese Kräfte, Ausdruck des bösen Prinzips, können eine unheilvolle Wirkung auf die Person ausüben, die vorübergehend das Objekt besitzt – im Volksmund heißt es dann, es bringt Unglück.«

»Und Ihr, edler Renzo, unermüdlich Reisender, Ihr habt das Gute und das Böse im Laufe Eurer Reisen in so vielen Formen und Erscheinungen gesehen, was meint Ihr?«, fuhr Wladimir fort.

»Um bei der Wahrheit zu bleiben, ich weiß nicht, was ich Euch antworten soll, Fürst«, antwortete Renzo mit einem verlegenen Lächeln. »An der Stelle des Heiligen Basilius hätte ich – wenn ich mir diese Bemerkung erlauben darf – kein solch unheilvolles Objekt als Hochzeitsgeschenk gewählt. Im Unterschied zu Demetrios glaube ich jedoch an Geister – ich habe sogar schon zahlreiche getroffen … Aber was mich betrifft, mir würde Theophanus Geist keine Furcht einjagen. Ich werde mich immer mit einer Frau verstehen, selbst, wenn es nur ihr Geist ist!«

»Fürst«, schaltete sich Artem ein, »ich kann Euch versichern, dass es sich keineswegs um einen Geist handelt, sondern um ein Wesen aus Fleisch und Blut, einen Mörder, dessen Grausamkeit seiner Dreistigkeit ebenbürtig ist.«

»Nun denn, da Ihr Euch dessen so sicher seid, findet ihn!«, schleuderte ihm Wladimir entgegen, dessen Gesichtszüge vom Zorn entstellt waren. »Es geht um die Zukunft Eures Landes und die Ehre Eures Fürsten – aber auch um Eure eigene, Bojar Artem. Ich hatte Euch drei Tage gegeben – es bleiben Euch nur noch einige Stunden. Noch bevor es Abend geworden ist, führt Ihr mir den Verbrecher vor, den Ihr ja so gut beschreibt. Geht jetzt!«

Artem verneigte sich und verließ den Saal. Wie in Trance überquerte er den leeren Hof und ging aus der Umfriedung heraus. Mit großen Schritten kam er auf den Platz und hatte nur noch einen Wunsch, nämlich der erstickenden Atmosphäre des Palasts zu entkommen. Er ging die Hauptstraße hinunter, überquerte wie ein Blinder den Markt und achtete nicht auf die erbosten Zurufe der Passanten, die er zur Seite stieß.

Schließlich durchschritt er das Nordtor der Stadt. Den Hafen ließ er zu seiner Linken liegen, ging den Quai entlang bis zum äußersten Ende, um sich dann auf die wuchtigen Eichenbretter zu setzen, die über das Wasser hinausragten. Nur die fernen Schreie der Schiffer und das Plätschern des Wassers gegen die Rammpfähle des Quais drangen durch die Stille. Er wühlte in seiner Tasche und zog den mit einer Geheimschrift verzierten Stein heraus, seinen warägischen Talisman, den er mit den Fingerspitzen streichelte. Aber der Versuch, sich zu konzentrieren, misslang: Gedankenfetzen wirbelten durch seinen müden Kopf wie Nachtfalter, die eine Kerze umschwirren. Er ließ die Beine ins Leere baumeln, neigte sich über die grüne schillernde Oberfläche des Flusses und tauchte seinen Blick hinein, als ob er diese Wassermasse und ihr geheimnisvolles stilles Leben durchdringen wollte.

Seltsamerweise erfüllte ihn die Betrachtung des Wassers, die ihm doch eigentlich helfen sollte sich zu konzentrieren, mit unerklärlicher Unruhe. Nastasias blasses Gesicht mit den erweiterten Pupillen tauchte vor ihm auf, dann der sächsische Dolch, der die Brust des Statthalters durchbohrte. Aber schon verwischte sich dieses Bild und wurde abgelöst von Andrejs schmaler Gestalt, die heftige Krämpfe schüttelten. Und schließlich erschien das grässliche bläuliche Gesicht des Wachpostens vor seinen Augen. Machte es sich über Artem lustig, da es ihm die Zunge herausstreckte? Gleb war mit einer Kordel erwürgt worden – oder war es ein Taschentuch gewesen? Unbehagen erfasste den Druschinen. Er wollte sich der flüssigen Spiegelfläche unter ihm entziehen, aber wie betäubt konnte er seinen Blick nicht abwenden.

Plötzlich hatte er den Eindruck, sich auf dem Grund dieses trüben und unbeweglichen Wassers zu befinden. Er konnte weder Fuß fassen, noch gelang es ihm, an der Oberfläche aufzutauchen.

Es meinte, irgendein boshafter Geist führte ihm die gigantische Täuschung vor Augen, in die die Welt getaucht war. Nichts hatte mehr seine wahre Gestalt, jeder Gegenstand schien unecht, gefangen in den trüben Tiefen des Zerrspiegels eines Zauberers. Das Fläschchen Belladonna, das blaue Taschentuch aus Seide, der Dolch und der warägische Stein fingen an zu leben, indem sie sich dem Blick und der Berührung, aber auch dem Verstand des Menschen entzogen, der sie zu begreifen versuchte.

Artem sah deutlich den sächsischen Dolch, der immer

dünner wurde und dem venezianischen Dolch Renzos glich, bevor er sich in den langen Zopf einer Frau verwandelte. Jedoch war Artem klar, dass dies nicht ein Zopf, sondern eine Schlange war; schon erkannte er deutlich den kleinen Kopf des Reptils, das sich da langsam hinschlängelte und ihn dabei mit seinen topasgelben Augen anstarrte. Von Panik ergriffen dachte Artem: Nur keine Bewegung, ich stelle mich tot. Sich tot stellen? Diese Worte erfüllten ihn mit einem unerklärlichen Schrecken. Sogar der Sprache war er nicht mehr mächtig! Als Komplizen des bösen Geistes gehorchten Artem auch die Wörter nicht mehr, sie waren ein Teil des Riesenbetrugs, der die Welt regierte, sie stellten tausend Fallen auf, die bereit waren, sich zu schließen. Nastasias letzte Worte hatten überhaupt keinen Sinn mehr, sie entzogen sich dem Geist des Druschinen. Glatt, kompakt und glänzend wie vom Wasser polierte Kiesel schickten sie Artem ein deformiertes, grinsendes und unkenntliches Bild zurück …

Aber dieses Bild war sein eigenes Spiegelbild. Artem starrte dieses fahle, aufgelöst wirkende Gesicht an, das auf der grünlichen Wasseroberfläche zu schwimmen schien. Er sah, wie er seine wirren Haare mit der Hand zurückstrich und musste auf einmal lächeln. Wenn Philippos mich so sähe, würde er mir vorwerfen, ohne Kopfbedeckung ausgegangen zu sein, was sich nicht gehört für einen Bojaren! Der Junge hatte Recht.

Plötzlich fühlte Artem, wie Ruhe über ihn kam. Sein Spiegelbild war sein Spiegelbild, und es lag nur an ihm, dessen Unklarheit zu beseitigen. Es war seine Aufgabe, die Logik seiner Argumente den Tücken des bösen Geistes entgegenzusetzen! Solange er noch er selbst war, konnte er die richtige Sicht der Dinge an die Stelle des Trugbildes setzen, sein Scheitern eingestehen und wieder bei Null beginnen oder so weit vorstoßen, bis er den Faden fand, der ihn zur Lösung des Rätsels führte.

Ein schwaches Geräusch riss ihn aus seinen Gedanken. Er wandte sich um und sah einen kleinen Jungen, bekleidet mit einer abgenutzten, aber sauberen Leinentunika. Das Kind hockte neben dem warägischen Talisman und betrachtete neugierig die Zeichnung, die in den Stein geritzt war.

»Was machst du mit dem Stein?«, fragte es. »Du kannst ihn doch nicht gebrauchen, schenk ihn mir!«

»Aber doch, ich brauche ihn!«, entgegnete Artem, während ein Lächeln sein müdes Gesicht erhellte. »Er hilft mir beim Nachdenken!«

»Beim Nachdenken?«, wiederholte das Kind erstaunt. »Das ist aber ein merkwürdiges Spiel!« Enttäuscht zog es davon, den Quai entlang.

Selbst der gelehrte Demetrios hat nicht begriffen, warum ich an diesem Stein hänge«, dachte Artem amüsiert. »Wie lieben es doch die Weisen, über die Bedeutung von Geist und Materie nach zu denken! Geist und Materie, Geist und Buchstabe ... Aber genau! Die Geschichte hatte mit der Ermordung Nastasias begonnen; er würde das Rätsel nur lösen können, wenn er die letzten Worte der jungen Bojarin wieder aufnähme – und zwar wörtlich! Artem dachte noch einige Minuten nach, stand auf und ging mit entschiedenen Schritten zu dem Weg aus Eichenbohlen, der vom Quai zur Stadtmauer führte.

Als er auf den Hof des Palasts kam, bemerkte Artem die Vasallen, die wieder ihre Kettenhemden angelegt und ihre Degen daran befestigt hatten. An die Freitreppe gelehnt, knabberte Wassilij mürrisch Sonnenblumenkerne. Mitko plauderte mit einer Dienerin. Sie hatte ihr Trageholz und die beiden Eimer auf den Boden gestellt und neckte Mitko mit aufreizender Miene. Aber der blonde Hüne antwortete ihr nur widerwillig, hing seinen Gedanken nach, die ebenso düster waren wie die seines Kameraden. Sobald die Vasallen Artem sahen, belebten sich ihre Gesichter.

»Wir sind so weit, Bojar! Gibt es etwas Neues?«

»Ich brauche euch noch nicht«, antwortete Artem. »Macht doch nicht so ein Gesicht! Nur Mut! Ich werde mich sofort mit dem eifrigen Bibelleser Demetrios unterhalten um herausfinden, ob ich mich bei der Übersetzung des Psalmverses, auf den Nastasia angespielt hat, nicht getäuscht habe.«

Artem schritt durch die Vorhalle und stieg die Treppe empor. Als er in der zweiten Etage angekommen war, blieb er vor Demetrios' Zimmern stehen. Eine ganz junge Dienerin verließ sie gerade mit einem Korb. Fischgeruch lag in der Luft, er schien aus dem Korb zu kommen. Neugierig geworden sah Artem hinein und sah ein Paar roter Schuhe aus Saffianleder. Die Dienerin konnte ihr Lachen nicht mehr unterdrücken.

»Elende Schmutzliese, du wagst es, das komisch zu finden!«, schrie der Grieche, der gerade auf der Schwelle erschien.

Als er Artem erblickte, schickte er die Dienerin mit einer Handbewegung fort und beklagte sich bei dem Druschinen:

»Die Dreistigkeit des Personals kennt keine Grenzen mehr! Ich werde den Fürsten von dieser beispiellosen Disziplinlosigkeit unterrichten! ... Seht Bojar, mir ist etwas sehr Ärgerliches passiert,« fuhr er fort, indem er Artem hereinbat. »Ich war gerade am Hafen, um den Zustand der ›Geflügelten Schlange‹ zu überprüfen – so heißt mein Schiff! Auf dem Rückweg überquerte ich den Fischmarkt, und eine Hausfrau leerte einen Kübel Salzwasser auf dem Weg – ich sollte besser sagen über meinen Füßen – aus. Meine Schuhe stinken nach Fisch! Ich habe also angeordnet, sie zu reinigen. Sieh, was diese Idiotin mir gebracht hat!«

Mit einem gezwungenen Lächeln zeigte Demetrios Artem ein Paar Schuhe aus Lindenbast.

»Immerhin sind sie sehr bequem«, bemerkte Artem höflich. »Es kommt sogar vor, dass selbst die Bojaren ...«

»O nein«, explodierte Demetrios. »Könnt Ihr Euch einen griechischen Würdenträger vorstellen, der wie ein russischer Bauer ausstaffiert ist? ... Da ziehe ich doch lieber meine festlichen Schuhe an, während ich auf die Reinigung meiner Alltagsschuhe warte. Sie sind schön, nicht wahr? Der Purpur und die Perlenkreuze stellen unser heiliges Reich dar; die Silberglöckchen symbolisieren meinen Eifer, als demütiger Beamter dem Staat zu dienen. All dieser Luxus hat auch eine tiefere Bedeutung, die eng gebunden ist an ...«

»Entschuldigt, dass ich Euch unterbreche, Magistrat«, fiel ihm Artem ins Wort, »aber ich möchte, dass Ihr mich über ein ernsteres Thema aufklärt als den Sinn und Zweck einiger Eurer Kleidungsstücke. Ihr könnt mir einen großen Dienst erweisen auf Grund Eurer Kenntnis der Heiligen Schrift. Ich nehme an, dass sie zu Eurer täglichen Lektüre gehört.«

»Natürlich«, bestätigte der Grieche. Aber ich verstehe nicht ...«

»Ich werde es Euch erklären. Erinnert Ihr Euch an Nastasias letzte Worte vor ihrem Tod? Sie versuchte, das Wort Psalm auszusprechen, in Anspielung auf den Vers, der in ihren Augen ein unheilvolles Vorzeichen war. Falls ich mich nicht täusche, ist es der folgende Vers, der sie so bestürzt hat: ›Sie haben verbrecherische Hände, ihre Rechte ist voller Geschenke.‹ Ich möchte den Sinn dieser Worte verstehen. Wenn ich ihre Bedeutung entschlüssle, werde ich endlich den Verbrecher entlarven, der seit drei Tagen Angst und Schrecken im Palast verbreitet.

Demetrios verneigte sich höflich vor Artem und bedeutete ihm, in sein Zimmer zu folgen. Er lud den Druschinen ein, sich auf dem einzigen Sitzplatz des Zimmers niederzulassen. Dann nahm er von seinem Nachttisch ein kostbares Psalterbuch mit einem goldensilbernen Einband, setzte sich auf sein Bett und begann, die großen Pergamentseiten durchzublättern.

»Psalm 26, Vers 10«, erklärte er schließlich. »Das Zitat stimmt, Bojar, Ihr habt ein ausgezeichnetes Gedächtnis. Was kann ich noch für Euch tun?«

»Seht, Magistrat, im Augenblick ihres Todes war Nastasia bei vollem Bewusstsein und schien verstanden zu haben, was ihr widerfuhr und warum. Was diesen Vers betrifft, wollte sie damit offensichtlich die Aufmerksamkeit nicht auf Andrej lenken, sondern auf ihren Verlobten oder ihren Bruder. Ich komme jetzt auf meine erste Theorie zurück. Ich hätte gerne, dass wir zusammen alle möglichen Interpretationen dieses Verses untersuchen. An wen müsste man außer an Strigo und Jdan noch denken?«

Der Druschine und der griechische Würdenträger führten sich die Persönlichkeit eines jeden Gastes vor Augen, ohne die Botschafter zu vergessen. Diesmal machte Demetrios nicht die geringste Anspielung auf die Intrigen, die die Welt der Höflinge von Tsar-Gorod spalteten. Er begnügte sich damit, traurig den Kopf zu schütteln, und murmelte:

»Niemand hat das Recht, die Wahl des hochheiligen Kaisers zu kritisieren ... Man muss aber zugeben, dass Theophanus Schmuck nicht das ideale Geschenk für die junge Prinzessin Guita ist!«

Dann entsprach Demetrios Artems Bitte und kommentierte den Vers. Nach einer Viertelstunde wurde dem Druschinen klar, dass diese literarische Erörterung, die mit Zitaten gespickt war, ihm nicht weiter als seine eigenen Schlussfolgerungen bringen würde. Nachdem er höflich abgewartet hatte, bis der Grieche einmal Luft holen musste, beeilte sich der Druschine, ihm zu danken. Mit zusammengepressten Lippen schlug Demetrios den Psalter zu. Da Artem nicht wusste, wie er das Gespräch beenden sollte, ohne die gelehrte Persönlichkeit allzu sehr zu brüskieren, bewunderte er den prächtigen Einband, der Kaiser Basilius, den Bulgarentöter, auf seine Lanze gestützt darstellte. Über dem Bild des Kaisers, das mit Rubinen und Perlen verziert war, befand sich der segnende Christus, umgeben von zwei Cherubinen; unter den Füßen des Kaisers berührte ein mit einem Tierfell bekleideter Barbar die Lanze mit einer Geste der Unterwerfung.

»Ich habe dieses Psalterbuch von Michael Psellos zurückgekauft«, erklärte Demetrios stolz. »Ich würde nicht zu gestehen wagen, wie viel ich dafür bezahlt habe, aber der Einband und die Miniaturen sind das Werk der besten Künstler des Klosters der Vierzig Märtyrer.«

Kunstwerke stellen einen unschätzbaren Wert dar«, stimmte Artem mit höflichem Lächeln zu. »Ich danke Euch, dass Ihr mir Eure kostbare Zeit geopfert habt. Nun muss ich gehn!«

Der Grieche verneigte sich feierlich und begleitete den Druschinen bis zur Tür. Durch das schmale Fenster am Treppenabsatz warf er einen besorgten Blick zur Sonne: Wladimirs Bote müsste noch vor der Abenddämmerung in Kiew sein. Es bleiben ihm kaum noch zwei Stunden!

Artem ging auf die Freitreppe hinaus. Sollte der Garten leer sein, so könnte er sich dort aufhalten und nachdenken; das wäre besser, als sich in das Vorzimmer des Empfangssaals einzuschließen, in dem er das Gefühl hatte, sich auf der Stelle zu drehen!

Als er die Stufen hinabstieg, bemerkte er Mina, die soeben den Palast verlassen hatte und sich zum Portal wandte. Bevor sie den Ausgang erreichte, blieb sie stehen, als ob sie einen Geist gesehen hätte: Renzo, der hinter dem Gebäude aufgetaucht war, stand vor ihr und starrte das junge Mädchen mit einem ernsten, eindringlichen Blick an.

»Ich werde bald abreisen. Erlaubst du mir, junge Bojarin, mich von dir zu verabschieden?«

Mina antwortete nicht, aber als Renzo eine Geste in

Richtung Garten machte, neigte sie den Kopf und folgte ihm schweigend.

Dieses verdammte Paar nimmt schon wieder die Gartenlaube in Beschlag! fluchte Artem. Schließlich setzte er sich auf eine Holzbank nahe der Palastmauer und lehnte seinen müden Rücken gegen die Pfähle mit ihren vergoldeten Spitzen. Er glättete seinen Schnurrbart und vertiefte sich wieder in seine Überlegungen. In Gedanken ging er noch einmal das Gespräch mit Demetrios durch, dachte an die Szene zwischen Mina und Renzo, deren Zeuge er gewesen war, und dann, erneut, an dieses Wort, das die sterbende Nastasia kaum noch hatte aussprechen können – diese Silbe, auf der er das zerbrechliche Gebäude seiner Theorie aufbauen wollte … Plötzlich hielt er den Atem an. Aber natürlich! Er schlug sich die Hand vor die Stirn. Wie dumm er doch gewesen war! Die schändliche Kreatur, die für so viele Verbrechen verantwortlich war, hatte sich auf seine Kosten amüsiert … Aber damit war jetzt Schluss.

Mit strahlendem Gesicht erhob sich Artem schwungvoll und klatschte in die Hände. Er befahl dem herbeigeeilten Diener, die Vasallen so schnell wie möglich in den Garten zu bestellen. Es sei dringend! Ein anderer Diener lief los, um den Fürsten zu benachrichtigen, den Artem bat, alle Gäste im Empfangssaal zu versammeln. Der Druschine hielt nach Philippos Ausschau, aber der Junge war nicht zu sehen. Schade, doch die Zeit drängte. Entschlossenen Schritts ging er in den Garten, als er Mina sah, die ihm entgegenkam.

»Geht nicht, junge Bojarin«, rief er ihr zu, »Ihr habt alle sofort im Empfangssaal zu erscheinen. Es geht um wichtige Enthüllungen. Seid so gut und überbringt Renzo De' Moretti diesen Befehl.«

Das junge Mädchen öffnete den Mund, um zu protestieren, aber als sie Artems stahlharter Blick traf, senkte sie den Kopf und machte sich auf den Weg. Der Druschine drehte sich auf dem Absatz herum und eilte zum Palast. In dem Augenblick, als er die erste Etage erreichte, holten ihn Mitko und Wassilij ein.

»Dieses Mal haben wir ihn!«, erklärte der Druschine, während der Funke, den die Vasallen so gut kannten, in seinen Augen tanzte.

8. Kapitel

Mitko und Wassilij waren schon im Begriff, ihre Schwerter zu ziehen, aber Artem hielt sie mit einer Geste zurück.

Ich habe den Fürsten gebeten, alle Gäste in den Empfangssaal zu laden«, sagte er leise. »Die Beweise, die ich besitze, reichen noch nicht aus, den Betreffenden als Mörder zu überführen. Aber ich glaube, dass ich ihn zwingen kann, seine Verbrechen öffentlich zu gestehen. Erst dann greift ihr ein ...«

Er schwieg, denn soeben erschienen Wladimir und Guita oben auf der Treppe. Im selben Moment tauchte Bratoslaw, der die Treppe in eine paar Sätzen hinaufgeeilt war, an der anderen Seite des Treppenabsatzes auf. Sein markantes Gesicht hatte einen beleidigten Ausdruck.

»Da seid Ihr ja endlich«, schleuderte Wladimir dem jungen Krieger entgegen. »Wie erklärt Ihr Eure Abwesenheit während des Essens?«

»Eure Hoheit mögen mir verzeihen«, antwortete Bratoslaw mit trostloser Stimme. »Ich fühlte mich nicht wohl.«

»Euer plötzliches Unwohlsein hat mir sehr missfallen«, entgegnete Wladimir kalt, »der edle Herr Renzo wird uns bald verlassen, aber Ihr gehört zu meiner Armee! Die Krieger des Fürsten verstehen zu siegen. Muss ich Euch erklären, dass sie auch verlieren können müssen?«

Bratoslaw errötete bis unter die Haarwurzeln. Ohne ihn weiter zu beachten, gab Wladimir Artem ein Zeichen und ging durch das verwaiste Vorzimmer in den Empfangssaal. Mit zerknirschtem Gesicht folgte Bratoslaw dem fürstlichen Paar.

Mitko und Wassilij tauschten vielsagende Blicke aus,

aber Artems ernster Gesichtsausdruck vertrieb ihnen die Lust am Scherzen. Die drei Druschinen betraten gleichfalls den Saal. Die Diener hatten bereits die Bänke entfernt, die normalerweise in der Mitte standen, und nur ungefähr zehn Sitze an der Wand aufgereiht. An der anderen Seite des Saals waren einige Sessel zwischen zwei Fenster gestellt, die sich in Richtung der herrlichen Sonnenuntergang öffneten.

Der Fürst begrüßte seine Gäste und lud sie ein, Platz zu nehmen. Statt sich jedoch zur Estrade mit den Thronsesseln zu begeben, setzten sich Wladimir und Guita auf zwei Stühle zwischen den Fenstern. Demetrios und Renzo ließen sich zur Rechten und zur Linken des fürstlichen Paares nieder, während Strigo, Jdan, Bratoslaw und Mina die Sitze gegenüber einnahmen.

Solch ein Arrangement hatte Artem nun überhaupt nicht vorhergesehen, sondern erwartet, dass der Fürst wie gewöhnlich auf seinem Thron säße und die Gäste auf den Bänken in der Mitte des Saales.

Dann wäre es Mitko und Wassilij möglich gewesen, schnell den Ausgang zu blockieren, und er selbst hätte sich an den Fenstern postiert … Aber jetzt war es unmöglich, die vom Fürsten gewählte Anordnung zu ändern. Er wies also die Vasallen an, die freien Plätze gegenüber dem Fürsten einzunehmen.

Sobald Artem sich in der Mitte des Saals befand, wandte sich Wladimir mit kalter Stimme an ihn:

»Bojar, ich habe alle Gäste versammelt, so wie Ihr es von mir verlangt habt. Ich hoffe, dass sich Eure Enthüllungen dieses Mal nicht nur auf eine unvollständige Lösung des Rätsels beschränken. Wir hören!«

»Fürst, bitte vergebt mir! Ich habe die Anwesenheit aller, wirklich aller Gäste gewünscht. Es fehlt jedoch Aldine …«

»In der Tat«, unterbrach ihn Wladimir. »Aldine ist mit Philippos ausgeritten.«

»Mit Philippos?«, wiederholte Artem und runzelte die Stirn.

Einen Augenblick lang schwieg er, von einem düsteren Gedanken beunruhigt.

»Aber ja, mit Eurem Adoptivsohn. Versucht nicht, mir weiszumachen, dass die Abwesenheit der Zofe Euch am Reden hindert. Im Übrigen werden sie gleich zurück sein.«

»Nein, Fürst, nichts hindert mich daran zu beginnen. Ich werde griechisch sprechen, sodass Herr Renzo mir folgen kann, denn meine Rede richtet sich an alle Geladenen. Vier grauenhafte Morde wurden seit Beginn der Festlichkeiten verübt – drei sind noch nicht aufgeklärt, ebenso wenig wie der Raub des byzantinischen Schatzes. Leider verfüge ich nicht über die nötige Zeit, um die Beweise gegen den Verbrecher zusammenzutragen. Deshalb ist die gegenwärtige Versammlung eine äußerst dringende Maßnahme. Die Verbrechen betreffen Euch alle – ob als Zeugen ... oder als Verdächtige. Daher habe ich mich entschlossen, Euch meine Verdachtsmomente zu unterbreiten. Auf diese Weise werden wir eine gute Chance haben, den Verbrecher am Ende dieser Konfrontation zu entlarven.«

Artem schwieg. Mit nachdenklicher Miene machte er einige Schritte zur Estrade hin, auf der der Thron stand, um sich dann abrupt umzudrehen und seinen Blick auf die Versammlung zu richten. Bleich und angespannt fixierte ihn Strigo mit ängstlichem Blick. Neben ihm wand sich Jdan nervös auf seinem Sitz. Von Zeit zu Zeit blickte er kurz zu Mina, die ohne zu blinzeln auf Artem starrten. Bratoslaw hingegen trug größte Gleichgültigkeit zur Schau und blickte zutiefst gelangweilt aus dem Fenster.

Die Strahlen der untergehenden Sonne drangen in den Saal, und deren goldenes, schräg einfallendes Licht hob jede Veränderung des Gesichtsausdrucks der vier

Personen hervor. Aber die Sitze, die das fürstliche Paar und die beiden ausländischen Gäste belegt hatten, befanden sich im Gegenlicht. Artem musste die Augen zusammenkneifen, um deren Züge zu erkennen. Renzo sah den Druschinen unverwandt an, und einen Augenblick lang schien es Artem, als ob die weißen Zähne des Venezianers ihn mit einem höhnischen Lächeln anblitzten. Demetrios' Gesichtsausdruck hingegen war von höflichem Interesse. Das ruhige Gesicht des Griechen und das undurchdringliche des Fürsten kontrastierten mit der Blässe und den angespannten Zügen der Prinzessin.

Artems langes Schweigen begann auf den Anwesenden zu lasten, und Guita entfuhr ein nervöser Seufzer. Demetrios warf einen mitfühlenden Blick auf seine Nachbarin und wandte sich an Wladimir:

»Mögen Eure Hoheit dem Bojaren Artem befehlen fortzufahren. Sein Bericht wird – dessen bin ich mir sicher – seinem Ruf als guter Spürhund entsprechen, aber er möge doch nicht die Damen mit den schwachen Nerven warten lassen!«

»Edler Magistrat, macht Euch keine Sorgen um Guita«, antwortete Wladimir, indem er es sich in seinem Sessel bequemer machte. »Ich bin in der Lage, meiner Verlobten alle Unterstützung zu gewähren, die sie unter Umständen braucht. Was den Bojaren Artem angeht ... Der Gesandte muss vor Anbruch der Nacht nach Kiew aufbrechen. Artem darf sich keinen Irrtum mehr leisten, und er weiß es. Er verfahre also nach seinem Gutdünken.«

»Ich danke Euch für Euer Vertrauen, Fürst«, sagte Artem mit einer Verbeugung. »Zu allererst möchte ich den entscheidenden Punkt genauer erläutern: der Mord an Nastasia muss in Verbindung mit den Verbrechen gesehen werden, die den Raub des Schmucks betreffen. Die Bojarin wurde getötet, da sie ein wichtiges Indiz entdeckt hatte. Jeder kennt die Umstände ihrer Vergiftung. Auch können wir – nach Andrejs Geständnissen und seinem tragischen Tod – leicht den Fortgang der schrecklichen Handlung nachvollziehen. Habgier und Gerissenheit, aber auch Radigosts gleichzeitige Verbohrtheit führten den Statthalter in sein Verderben. Andrej hingegen wurde das Opfer seiner Leidenschaft für die Prinzessin und auch seines blinden Vertrauens, das er einem skrupellosen Mörder geschenkt hat.«

Artem hielt inne. Hatte er nicht soeben ein Geräusch hinter der Tür gehört? Sollte Philippos zurück sein, so musste er unbedingt in Sicherheit gebracht werden. – Aber nein, wenn die Zofe und der Junge zurückgekehrt sein sollten, hätte er sie gehört, denn die Fenster lagen zum Hof. Sich räuspernd fuhr Artem fort:

»Ich werde mich also nicht mit den Einzelheiten der Mordfälle aufhalten, die mittlerweile leicht zu rekonstruieren sind. Nur die Verdachtsmomente werde ich in Erinnerung rufen, die ich im Lauf der Ermittlungen herausgefunden habe. Als ich einen der Gäste befragte, verblüffte mich eine seltsame Auskunft. Der betreffende Mann hatte mir gerade mitgeteilt, was er in der fraglichen Zeit getan hatte. Seiner Meinung nach war er während der Mittagsruhe allein im Garten gewesen. Wenig später fügte er hinzu, dass er seine Zeit angenehmer verbracht hätte als – ich zitiere – einem schwachsinnigen Wachposten aufzulauern, um sich in die Mansardenwohnung zu schleichen. Nun wissen wir aber, dass der Posten Gleb während der Siesta erwürgt wurde. Im Übrigen zieht ein einfacher Wachsoldat niemals die Aufmerksamkeit auf sich … Es sei denn, man hätte einen besonderen Grund, um ihn zu beobachten! Der Mann hatte mich also belogen. Während der Mittagszeit war dieser keineswegs im Garten gewesen, sondern in der Dachwohnung. Dieser Mann, dessen tüchtiges Mundwerk ihn schließlich verraten hat, ist … Herr Renzo.«

Guita stieß einen leisen Schrei aus und schmiegte sich an den Fürsten, während Wladimir sich mit seinem ganzen Körper seinem Nachbarn zuwandte und ihn mit einem flammenden Blick durchbohrte. Gleichzeitig erhoben sich die Vasallen mit einem Satz, die Hände am Schwert, bereit, sich auf den Venezianer zu stürzen. Als Artem sie mit einer Geste zurückhielt, war es Minas Stimme, leise aber deutlich vernehmbar, die plötzlich durch den Saal drang:

»Bojar Artem, Renzo ist unschuldig. Er hat nur gelogen, um mich zu schützen. Ich war es, die den Wachposten bestochen hat, um Renzo in die Mansarde zu führen. Während der ganzen Mittagszeit war er mit mir zusammen, in dem Zimmer, in dem ich nach dem Bankett ausruhen wollte. Wir haben uns nicht einen Moment getrennt; ich bin bereit, das auf die Bibel zu beschwören.«

»Das ist nicht nötig«, entgegnete Artem. »Ich weiß, dass Ihr die Wahrheit sagt. Eben im Garten war ich unfreiwilliger Zeuge einer … Auseinandersetzung zwischen Euch und Renzo. Sie hat mir erlaubt zu folgern, was sich während der Mittagsruhe zwischen Euch abgespielt hat«

»Ihr hättet diese Enthüllung für Euch behalten können, Bojar!«, rief Renzo. »Wegen Eurer Lüge«, wetterte Artem. »hielt ich Euch seit dem Beginn der Untersuchung für den Schuldigen! Ich hätte Euch der Folter unterwerfen können, um Euch Geständnisse zu entreißen, aber Eure stürmische Unterhaltung hat mich umgestimmt. Alles in allem habt Ihr lediglich einen unangenehmen Augenblick erlebt – gebt zu, das ist nicht zu viel!«

Artem trotzte dem empörten Blick des Venezianers. Nach kurzem Schweigen fuhr er mit gleichgültiger Miene fort:

»Ich teile Euch nur meine Schlussfolgerungen mit. Vor zwei Stunden habe ich endlich die richtige Spur entdeckt. Deshalb muss ich nun die ganze Affäre von Beginn an aufrollen und auf das erste wichtige Indiz zurückkommen: das letzte Wort, das Nastasia vor ihrem Tod ausgesprochen hat.«

»Bojar«, rief der Fürst ungeduldig, »wir alle haben dieses Wort gehört! Dieses Indiz führt nirgendwohin. Beeindruckt durch das unheilvolle Omen war die Unglückliche im Delirium!«

»O nein! Nastasia fantasierte nicht, weit gefehlt. Sie hatte nur einfach nicht mehr die Zeit, uns das verständlich zu machen, was sie enthüllen wollte. Erinnert Euch, Fürst, dass sie nur den Anfang eines Wortes ›Psal …‹ gesagt hat. Und alle dachten wir an den Vers über ›die verbrecherischen Hände voller Geschenke‹. Sie versuchte aber gar nicht das Wort ›Psalm‹ zu sagen, sondern das Wort ›Psalter‹! Eben erwies mir der verehrungswürdige Demetrios einen bedeutenden Dienst, indem er mir half, das Rätsel dieses Hinweises zu durchdringen. Eure Hilfe, Magistrat, hat nichts mit dem zusätzlichen Kommentar zu tun, den Ihr mir dankenswerterweise auch noch gegeben habt. Ihr habt mir geholfen, ohne es zu wissen!«

»Also, da kann ich Euch nicht mehr folgen, Bojar«, meinte Demetrios stirnrunzelnd. »Ich habe einen äußerst ausführlichen Kommentar des Verses gegeben, der Euch interessierte, meinetwegen, aber ich habe niemals den Psalter des Fürsten erwähnt. Welche Absurdität!«

»Nein, von ihm habt Ihr nicht gesprochen«, stimmte Artem unbewegt zu. »Und das aus gutem Grund: Es handelt sich nicht um das Psalterbuch Wladimirs, sondern um Euer eigenes!«

Unter den ungläubigen Blicken der Geladenen pflanzte sich Artem vor dem griechischen Würdenträger auf und richtete anklagend seinen Zeigefinger auf ihn.

»Ihr seid es, den die sterbende Nastasia vor allen als ihren Mörder bezeichnete … aber auch als den

Schmuckdieb!«, erklärte der Druschine laut und deutlich. »Denn die Bojarin hatte Euch beim Diebstahl des Schmucks beobachtet und gesehen, wie Ihr ihn dann in der Schatulle des Psalters versteckt habt. Sie wusste alles; also musste sie verschwinden!«

»Er hat den Verstand verloren!«, rief Demetrios. »Dieser Mann würde alles Mögliche behaupten, nur um die Schmach seiner erbärmlichen Niederlage zu verhindern. Meine Landsleute, die Gesandten des Kaisers, warten in Kiew auf Nachrichten über den Schmuck. Aber das Geschenk des allerheiligsten Kaisers ist immer noch nicht gefunden! Wisst Ihr Fürst«, fügte er hinzu, indem er sich zu Wladimir drehte, »dass Ihr die Situation verschlimmert, wenn Ihr es zulasst, dass dieser Irre einen hohen Würdenträger des Kaiserreichs beleidigt?«

Der Fürst warf dem Griechen einen kurzen undurchdringlichen Blick zu und bedeutete Artem fortzufahren.

»Nichts zu machen, Magistrat, Euer Psalter hat Euch verraten: Das ist der einzige Fehler, den Ihr gemacht habt: den Gegenstand vorzuführen, den Nastasia erwähnen wollte, um Euch anzuklagen. Ja, Demetrios, Euer herrlich in Gold und Silber gebundener Psalter, dieses kostbare Buch, ausgemalt von den besten Künstlern Tsar-Gorods konnte nicht ohne Schatulle aufbewahrt werden! Als ich eben in Eurem Zimmer war, habe ich von ihr aber keine Spur gesehen!

Das Fehlen der Schatulle hat einen Grund: Sie wurde nämlich für andere Zwecke benutzt! ... Sie diente als Versteck für den gestohlenen Schmuck. Nachdem Ihr den Wachposten am Eingang der Mansardenwohnung erwürgt hattet, ist es Euch gelungen, seine Leiche zu verbergen, bevor Nastasia Euch überraschte. Aber die junge Frau hat gesehen, wie Ihr den Schmuck geraubt und ihn in der Schatulle Eures Psalterbuches versteckt habt.

Sogleich habt Ihr Nastasia ein Märchen erzählt, das

ihren Verdacht zerstreute. Aber angesichts des Todes hat die junge Bojarin alles durchschaut. Sie versuchte, uns ihre Entdeckung mitzuteilen, die Entdeckung, die sie das Leben kostete … Leider hatte mich die Neigung junger Mädchen, böse Vorzeichen und andere Albernheiten dieser Art sehr ernst zu nehmen, derart verwirrt, dass ich meine Nachforschungen in die falsche Richtung lenkte. Heute habe ich endlich den wahren Sinn von Nastasias Hinweis verstanden!«

»Und wie hätte ich es anstellen sollen, dieses reizende junge Mädchen mit einem so lebhaften Geist zu vergiften?«, fragte Demetrios interessiert. »Ihr wisst ja wohl noch, dass das Fläschchen Belladonna sich in meinem Zimmer befand, als der Mord geschah – ich sollte eher sagen, in den Händen eines anderen genauso aufgeweckten jungen Mädchens, das sich gerade einem gelehrten Selbstexperiment hingab.«

»Gleich nach Eurer Unterhaltung mit Nastasia habt Ihr eine tödliche Dosis entnommen. Während des Abendbanketts hattet Ihr das Gift in Reichweite; es befand sich im Tintenfass, das Ihr immer am Gürtel mit Euch herumtragt. Deshalb konntet Ihr dieses Tintenfass am nächsten Tag auch nicht benutzen: Es war nämlich leer, und Ihr hattet es weder gereinigt noch mit Tinte gefüllt.«

Demetrios, der Artem zugehört und dauernd über die schwarzen Locken seines Bartkranzes gefahren war, brach plötzlich in solch ein unwiderstehliches Lachen aus, dass selbst der Fürst lächeln musste. Der Grieche fing sogar noch an, auf den Boden zu trampeln, sodass die Glöckchen seiner schönen purpurfarbenen Schuhe einen silberhellen Klang von sich gaben.

»Aber jeder hätte auf dieselbe Weise jeden anderen Behälter benutzen können«, gluckste er zwischen zwei Heiterkeitsanfällen, »wie diese dicken Phiolen aus Ton, die Ihr mit euren primitiven Drogen füllt. Und vor allem, könnt Ihr mir sagen, warum? Ein byzantinischer Würdenträger meines Ranges, ein Ratgeber und dem Kaiser nahe Stehender … Warum hätte ich diese Verbrechen begehen sollen, nur um das Geschenk meines Kaisers zu stehlen?«

»Man muss doch feststellen«, stimmte Wladimir zu, »dass es Eurer Beweisführung an Logik mangelt! Welchen Grund hätte Demetrios – einer der reichsten Patrizier und hoher Beamter von Tsar-Gorod – einen gefährlichen und unverkäuflichen Schatz an sich zu reißen?«

»Demetrios hat den Schmuck nicht entwendet, um sich zu bereichern«, entgegnete Artem. »Der Magistrat besitzt ein beträchtliches persönliches Vermögen und benötigt keineswegs Geld. Um sein Motiv zu verstehen, Fürst, müsst Ihr zunächst an den künstlerischen und historischen Wert dieser Schmuckstücke denken. Erinnert Euch, dass dieser Schmuck zum nationalen Schatz des byzantinischen Reichs gehört – und das seit mehr als hundert Jahren! Nun stellt Euch vor, der Schmuck der Theophanu verlässt Byzanz, wird für heutige diplomatische und militärische Erfordernisse geopfert und einem Fürsten geschenkt – mit Verlaub, Fürst – einem obskuren russischen Archonten!«

Artem begann, vor der Estrade hin- und herzugehen; alle Blicke waren auf ihn gerichtet.

»Alle hier Anwesenden, denkt schließlich daran«, fuhr er nach kurzem Schweigen fort, »dass wir in Demetrios' Augen ein Volk von Wilden sind, kaum der Unwissenheit entronnen. Wenn die Griechen unter sich sind, nennen sie uns immer noch Skythen! Wir verehren die Heilige Dreifaltigkeit erst seit 82 Jahren, und unser Staat ist kaum älter, während der Ruhm des byzantinischen Reichs, die Quelle des wahren Glaubens und des wahren Lichts, seit Jahrhunderten in die Welt ausstrahlt.

Deshalb sind wir nicht würdig, diesen Schatz zu besitzen. Barbarische Söldner zu bezahlen, die die Grenzen von Byzanz verteidigen, ist eine Sache, das Erbe des Reichs zu vergeuden, ist eine ganz andere! Der Magistrat glaubt wirklich, dass der Kaiser schlecht beraten war und eine von Staatsfeinden angezettelte Intrige der Grund für diese frevelhafte Wahl ist. Indem er den unschätzbaren Schmuck wieder dem kaiserlichen Tresor zuführt, hofft Demetrios, dem Kaiser seine Verantwortung für die Schätze des Reiches vor Augen zu führen.«

Der Grieche lachte nun nicht mehr. Zwei oder drei Mal hatte er sogar mit dem Kopf genickt, als wolle er den Ausführungen Artems zustimmen. Als der Druschine seine Rede beendet hatte, erklärte er:

»Ich bin angenehm überrascht, Bojar, dass jemand so gut das Wesentliche meines Denkens ausdrücken kann. Das ist umso erstaunlicher, als Ihr kein Grieche seid; schade, dass Ihr in diesem Land von Ignoranten lebt! In Konstantinopel hättet Ihr eine weitaus interessantere Laufbahn einschlagen können, als flüchtige Diebe, Mörder und Leibeigene zu jagen! Nun ja, jedem sein Schicksal … Doch bleiben wir ernst: Wie richtig auch immer Eure Argumentation sei, so liegt es doch nicht in Eurer Macht, irgendetwas zu beweisen. Ich werde also in Ruhe Euer Land verlassen und nehme mit mir … eine Menge Erinnerungen.«

»Ihr irrt Euch, Magistrat«, sagte Artem ruhig. »Es hat Euch nämlich jemand während der Mittagsruhe im Garten gesehen – Nastasia und Euch! Diese Person ist bereit, gegen Euch auszusagen.«

»Wer ist es?«, fragte Demetrios mit angespannter Stimme, während ein Schatten von Beunruhigung über sein Gesicht strich. »Ihr wollt mich täuschen, Bojar!«

»Keineswegs«, erwiderte Artem und blieb vor dem Griechen stehen, der sich, vom Blick des Druschinen festgenagelt, tief in seinen Sitz drückte. »Es handelt sich um einen Wanderschauspieler, genannt Klim. »Am Tag des Empfangs der Gesandten hat er Euch durch die

Pfähle des Gartenzauns bemerkt. Er hörte, wie Nastasia mit Euch über den Schmuck sprach! Er hat Eure ganze Unterhaltung mitbekommen. Nichts ist ihm entgangen – nicht einmal das Klingeln der Glöckchen Eurer Festschuhe, die Ihr an jenem Tag trugt und die Ihr auch jetzt tragt. Diese Zeugenaussage gilt beim Gerichtshof des Fürsten als zulässig und reicht aus, um Eure Schuld nachzuweisen. Ihr werdet dazu verurteilt werden, Euer ganzes Leben lang Sklave der Wilden zu sein, die Ihr so sehr verachtet, Magistrat!«

Demetrios sprang auf, stieß Artem brutal beiseite und wich zurück, bis sein Rücken den Rand der Estrade berührte. Eine lange feine Klinge blitzte in seiner Hand auf und reflektierte die letzten Strahlen der Sonne.

»Wagt es nicht, Euch mir zu nähern, Druschinenhund!«, brüllte er, und seine Augen glitzerten wie die eines Wahnsinnigen. »Ich, Sklave der Skythen? Diese Worte werden Euch teuer zu stehen kommen!«

Die Vasallen erhoben sich unauffällig, bereit, Artem beizustehen. Ohne den Griechen aus den Augen zu lassen, hielt sie der Druschine zurück. Er war selbst bewaffnet, und Demetrios' Dolch war nichts gegen sein Schwert, das er im Bruchteil einer Sekunde aus der Scheide ziehen konnte. Aber im Falle einer Konfrontation könnte der Grieche tödlich verletzt werden! Wenn er stürbe, ohne das Versteck des Schmucks preiszugeben … Als ob er die Gedanken des Druschinen lesen könnte, rief Demetrios: »Ihr glaubt wahrscheinlich, Ihr hättet gewonnen, Druschine? Macht Euch nichts vor. Niemals werdet Ihr den Schmuck der Theophanu berühren, niemals werde ich erlauben, dass ein unbedeutender russischer Fürst das besitzt, was rechtmäßig dem aus Purpur geborenen Kaiser zukommt. Ja, Ihr habt eben recht gehabt, als Ihr sagtet, der Kaiser sei irregeleitet worden. Der Beamte für auswärtige Angelegenheiten hat es so eingerichtet, dass ich bei der Auswahl des Geschenks für Wladimir nicht konsultiert wurde. Aber eine einzige Audienz beim Kaiser genügt, um dieses hinterhältige Komplott zu enthüllen.«

»In Wahrheit, Magistrat, ist Euer Eifer Besessenheit!«, schleuderte ihm Artem angewidert entgegen. »Eure eigenen Diplomaten …«.

»Ich weiß, ich weiß!«, unterbrach ihn Demetrios. »Der Senat bevorzugt diesen Grundsatz: »Eisen für unsere Feinde, Gold für unsere Freunde! Ein schlimmer strategischer Fehler! Unser Reich ist vollkommen wie die Kuppel der Sophienkirche, es ist das größte des Universums und hat es überhaupt nicht nötig, sich mit unbedeutenden Völkern zu verbinden, die sich in finsterster Barbarei befinden.«

»Ich habe Euer Psalterbuch gesehen, Demetrios. Das Bild auf dem Einband muss Euren Blick entzücken. Für Euch entsprechen wir alle dem Bild dieser Wilden unter der siegreichen Lanze des Kaisers!«

»In der Tat!«, rief der Grieche, bevor er in wachsender Erregung weitere Beleidigungen ausstieß: »Der allerheiligste Kaiser Basilius, der Bulgarentöter, hatte die beste Lösung des Problems der minderwertigen Völker vorgegeben: sie mitleidlos auszurotten. Es gibt eine Zwischenlösung, nämlich sie zu versklaven. Vor ihrem Tod können sie sich noch nützlich machen, indem sie gewisse Arbeiten verrichten. Es ist jedoch unsinnig, dafür den geringsten Teil des Schatzes zu verschwenden! Ein Objekt wie der Schmuck der Theophanu den Barbaren zu opfern, ist ein Staatsverbrechen!« Ich habe nur getan, was mir mein Pflichtgefühl gebot. Selbst wenn sich das Unterfangen schwieriger als vorgesehen gestaltete …«, fügte er mit einem heiseren Lachen hinzu.

»Wie ist es Euch gelungen, den Wachposten zu überwältigen?«

»Das war ein Kinderspiel! In meiner Eigenschaft als Reisender, der sich für Euer Land interessiert – Ihr könnt Euch selbst ausmalen, was es in Wirklichkeit für mich ist –, habe ich diesen Schwachkopf über die Uniform der Wachen ausgefragt. Ich konnte mich ihm also nähern, wobei er seine Kappe abnahm, damit ich sie bewunderte … Dann habe ich die Leiche in die Mansardenwohnung geschleppt, um irgendeinen Kleiderkoffer zu finden – die Zimmer der Frauen sind ja voll davon, und tatsächlich stand einer im Flur. Alles lief so ab, wie ich es mir erhofft hatte. Ich brauchte mich nicht einmal meiner Tatwaffe zu entledigen, da ich ja eines meiner Taschentücher benutzt hatte!«

Demetrios hielt inne. Er warf einen herausfordernden Blick auf Artem, zog aus seiner Tasche ein großes Seidentuch und wischte sich damit die Lippen. Er machte einige Schritte, als ob er sich die Beine vertreten wollte, bevor er fortfuhr:

»Und dann musste diese Schnüfflerin Nastasia die ganze Angelegenheit komplizieren! Sie überraschte mich in der Dachwohnung. Während der Mittagsruhe wollte sie den Schmuck probieren, da sie wusste, dass Guita die Vorbereitungen für das Abendbankett überwachte. Die Neugier dieser dummen Kreatur war grenzenlos! Ohne mein Wissen war sie mir bis in mein Zimmer gefolgt, das sie ausgerechnet dann betrat, als ich den Schmuck in der Schatulle einschließen wollte! Durch ihre Fragen in die Enge getrieben, machte ich ihr weis, dass ich als Sohn eines Goldschmieds einen winzigen Schaden reparieren konnte, der die Vollkommenheit beeinträchtigte und ihn einer Fürstin unwürdig machte. Es handelte sich angeblich um den Stift eines Ohrrings …

Habt Ihr die Einzelheiten meiner Erzählung genossen, als Ihr Euren Zeugen befragt habt?«

Artem antwortete nichts und der Grieche schien verstimmt.

»Mangelt es Euch an Humor, dass Ihr meinen Erfindungsreichtum nicht zu schätzen wisst?«, stieß er in scharfem Ton hervor. »Jedoch, der pikanteste Beitrag zu dieser Affäre war der des unsäglichen Bojaren Andrej. Es war mir gelungen, dieser Larve meinen Gedanken einzuflüstern, dass die Überlegenheit des Wissens manche Menschen über die Gesetze stellt. Aber ich hatte es nicht für gut gehalten hinzuzufügen, dass ein Wesen eines minderwertigen Volkes nur davon träumen könnte! ... Ich muss gestehen, dass ich mit mir zufrieden bin. Ich habe den Fehler des Kaisers korrigiert und das Ansehen des Reichs wieder hergestellt; ich habe meinen Gerechtigkeitssinn befriedigt, indem ich ein dummes, allzu neugieriges Mädchen, einen schamlosen Erpresser und einen Möchtegerngebildeten, der von verbotener Liebe träumte, bestrafte. Außerdem hat mich diese ganze Sache amüsiert!«

»Das kann ich mir gut vorstellen«, warf Artem in neutralem Ton ein. »Nur eine Kleinigkeit entzieht sich meinem Verständnis: Wie konnte der Schmuck der Durchsuchung des Palastes entgehen?«

Einige Sekunden lang sah Demetrios den Druschinen schweigend an, um dann mit einem liebenswürdigen Lächeln zu erklären:

»Wie ich Euch schon sagte, Bojar, hat mich diese Affäre auch gut unterhalten! Glaubt Ihr, dass ich so dumm bin, um die von Euch gestellte Falle nicht zu sehen? Wenn ich mein Versteck verrate, würden sich Eure Männer augenblicklich auf mich stürzen! Nein, Ihr müsst Eure Niederlage eingestehen, Bojar!«

»Was erwartet Ihr noch, Wahnsinniger!«, gab Artem zurück. »Der Palast ist umzingelt, überall sind Soldaten!«

»Lügen ist zwecklos, Bojar«, antwortete Demetrios ruhig. »Als ich zu dieser Versammlung kam, habe ich mich davon überzeugt, dass die Soldaten keinen Befehl hatten. Es sind nicht mehr als die üblichen Wachen inner- und außerhalb des Palastes. Und wie gewöhnlich sind es sehr wenige.«

Artem näherte sich unmerklich dem Griechen, doch Demetrios wich behände zurück und befand sich wieder in der Nähe seines Sitzplatzes. Blitzschnell packte er Guita am Arm und zog sie zu sich heran. Niemand hatte Zeit, auch nur die geringste Bewegung zu machen, nicht einmal Wladimir, der wie erstarrt in seinem Sessel saß und seine Verlobte ansah, die der Mörder an der Taille fest hielt, während er zugleich seinen Dolch auf ihre Kehle richtete. Unbeweglich wie eine Puppe stand Guita im Raum und drohte, jede Sekunde in Ohnmacht zu fallen.

Sofort erfasste Artem die Situation. Eine abrupte Geste, eine Drohgebärde würden in einer Katastrophe enden, denn zur Sicherung seines Rückzugs würde der Mörder nicht zögern, die Prinzessin der Reihe seiner Opfer hinzuzufügen.

»Wladimir!«, schrie Demetrios. »Ihr habt die Wahl, die Frau oder der Schmuck!«

Artems Blick kreuzte den des Fürsten. Wladimir schüttelte den Kopf, sagte dann mit tonloser Stimme, die der Druschine kaum wieder erkennen konnte:

»Macht, was Ihr wollt, Demetrios, aber lasst sie leben!«

»Das klingt schon besser«, stimmte der Grieche zu. »Ich habe überhaupt keinen Grund, der Engländerin böse zu sein. Es wird ihr nichts geschehen, wenn Ihr mich mit dem Schmuck gehen lasst, den ich wieder in Sicherheit gebracht habe. Gebt mir den Schlüssel zum Empfangssaal: Ihr habt ihn bei Euch, ich sah, wie der Diener ihn Euch gab.«

Mit zitternder Hand zog Wladimir einen großen Schlüssel aus seiner Tasche und warf ihn dem Griechen vor die Füße. Ohne Guita loszulassen, bückte sich Demetrios langsam, sodass die Prinzessin zur gleichen Bewegung gezwungen war.

Er nahm den Schlüssel an sich und richtete sich wieder auf. In diesen Sekunden hielt er den Dolch fest an Guitas Kehle und verlor auch Artem und die Vasallen nicht aus den Augen.

»Und jetzt«, erklärte Demetrios, »werde ich Euch einschließen. Dann begebe ich mich zu meinem Versteck, um den Schmuck zu holen. Verhaltet Euch alle ruhig, ich brauche nicht lange und Ihr werdet gar nicht die Zeit haben, die Wachen zu rufen. Im übrigen, Fürst, rate ich Euch auch sehr davon ab: Eure Verlobte wird dann vor mir sterben!«

Der Grieche hatte offenbar den Druck seiner Klinge verschärft, denn auf dem Hals der Prinzessin war ein Blutstropfen zu sehen. Wladimir stöhnte gequält auf. Demetrios fixierte Artem:

»Ihr ahnt sicher, Bojar, dass die Engländerin mit mir gehen wird. Ich lasse sie erst frei, wenn ich an den Stromschnellen des Dnjepr bin.«

»Ihr seid verrückt, Magistrat, wir fangen Euch auf dem Korostol schon ein. Ihr könnt Euch vorstellen, dass Ihr nicht gleichzeitig Guita überwachen und Euer Schiff gegen eine Hundertschaft von Bojaren verteidigen könnt!«

»Noch einmal, Bojar, Ihr unterschätzt mich!«, grinste Demetrios. »Ihr seid schließlich doch nicht so intelligent, wie ich dachte. Bevor ich nach Rostow kam, habe ich das schnellste Schiff erworben, das ich finden konnte, mit einer Mannschaft, die in der Navigationskunst äußerst bewandert ist. Es ist ein Wikingerschiff! Wladimir besitzt kein einziges Schiff, das meins einholen könnte. Während Ihr noch herumbrüllt, um die Aufmerksamkeit Eurer faulen Wachen zu erregen, bin ich längst an Bord ...«

»Einen Augenblick, Magistrat«, sagte da plötzlich eine Stimme, die vom anderen Ende des Saals kam.

Es war Renzo. Mit seinen übereinander geschlagenen Beinen, seinen bequem auf die Stuhllehnen gestützten

Armen schien der Venezianer die Verkörperung der Gelassenheit zu sein.

»Was Euer Schiff angeht, habt Ihr Recht. Ich habe es gesehen«, fuhr Renzo fort. »Es ist ein wahres Wunder, ganz und gar der Schönheit der englischen Prinzessin würdig. Ich verstehe, dass Ihr sie entführen wollt. Guita ist dermaßen verführerisch ... Nur werdet Ihr gezwungen sein, ohne den berühmten Schmuck zu gehen. Aber was wollt Ihr, man kann nicht alles haben!«

»Bewahrt Eure Scherze für die Russen auf, die sich ja an Euren Possen ergötzen!«, entgegnete Demetrios, während er Guita zur Tür zog. Und wenn das eine List ist, um Zeit zu gewinnen, das zieht nicht! Lebt wohl!«

»Aber Ihr gewinnt doch Zeit, wenn Ihr die Beine unter den Arm nehmt«, sagte Renzo ruhig. »Ihr braucht Euch nicht zu Eurem Versteck zu begeben, denn es ist leer. Seht Ihr, Demetrios, Bojar Artem war nicht der Einzige, der Ermittlungen über den verschwundenen Schmuck anstellte. Unsere Ziele waren jedoch unterschiedlich. So hat der Bojar den Dieb entdeckt ... und ich die Beute.«

Demetrios blieb stehen und starrte Renzo ungläubig an.

»Ich gebe Euch eine Minute, nicht mehr«, rief er. »Äußert Euch!«

»Eine Sekunde reicht mir«, meinte Renzo bescheiden. »Ich wollte den Schmuck und ich habe ihn. Das ist alles.«

»Ihr lügt, gottloser Latiner!«, brüllte Demetrios. »Ihr wollt mich nur verunsichern!«

Aber keineswegs!«, protestierte Renzo. Er zuckte mit den Schultern und sprach weiter:

»Wisst Ihr, warum ich Euch warne? Ein Schurke Eurer Spezies ist mir sympathischer als alle diese würdevollen Personen, die sich auf die Seite des Gesetzes stellen. Nun, wenn Ihr einen Beweis wollt, kann ich Eure kostbare Schatulle beschreiben: Niemand hat sie gesehen außer der jungen Bojarin, die nicht mehr unter den Lebenden weilt, und mir, da ich sie schließlich gefunden habe. … Auf ihr ist eine Art Ritter mit einem Heiligenschein abgebildet – die Heiligen sind nicht gerade meine Stärke, aber es ist wahrscheinlich der Erzengel Michael, da er eine Rüstung trägt. Darüber ist ein Christusbild. Der Erzengel trägt eine Lanze, wie es sich gehört, und unter der Lanze sieht man ganz kleine Personen mit gebeugten Rücken; das müssen Sünder sein … wie Ihr und ich. Seid Ihr überzeugt?«

Für einen Augenblick schien Demetrios zur Salzsäule erstarrt. Dann stieß er einen schrecklichen Schrei aus, voller Wut und Enttäuschung. Seine Hand, die krampfhaft den Dolch hielt, zitterte, und ein dünnes Rinnsal Blut lief Guitas schlanken Hals hinunter. Eine beklemmende Sekunde lang dachte Artem, ein Verhängnis sei unabwendbar! Aber Demetrios bekam sich schnell wieder in die Gewalt. Ohne seine Umklammerung zu lockern, zog er die Prinzessin zum nächstgelegenen Fenster. Jetzt, da es nichts mehr zu verlieren gab, hatte der Grieche sich für den kürzesten, ungefährlichsten Weg entschieden, und auch den um den Palast zu verlassen.

Genau in diesem Augenblick hörte Artem das Geräusch von Hufen auf dem Pflaster des Hofes. Philippos' und Aldines Stimme erklangen unter den Fenstern. Die Pferde blieben stehen. Demetrios warf einen raschen Blick auf den Hof und kletterte mit der Geschmeidigkeit einer Katze auf das Fenstersims. Gleichzeitig stieß er Guita mit einer brutalen Geste von sich. Als die Prinzessin schwankte, bevor sie auf den Boden fiel, dann sprang Demetrios ins Leere.

Mit zwei Sätzen war Artem am Fenster. Er stieg seinerseits auf das Sims, sah, wie der Grieche, der in einem Blumenbeet gelandet war, aufstand und auf die Zofe und den Jungen zulief.

»Achtung«, brüllte der Druschine.

Philippos und Aldine drehten sich um. Das junge Mädchen war vom Pferd abgestiegen und beschäftigte sich noch mit der Stute, die ihr Strigo geschenkt hatte. Im Gegensatz zu Aldine war Philippos noch nicht von seinem Lieblingspferd, Artems Schimmel, abgestiegen. Das Schauspiel des verehrungswürdigen Magistrats, der mit vollem Tempo auf sie zulief, erstaunte den Jungen und Aldine eher, als dass es sie erschreckte. Dann landete auch Artem auf dem Rosenbeet. Er überwand seinen Knieschmerz, erhob sich, zog sein Schwert und verfolgte den Griechen.

Ungefähr dreißig Ellen trennten sie voneinander, als Demetrios die Pferde erreichte. Er wandte sich der Zofe zu und hob zugleich seinen Dolch, der im Purpurglanz aufblitzte. Aldine hätte dem Stoß nicht ausweichen können, aber der Grieche hatte keine Sekunde zu verlieren; dieses Mal wollte er nicht töten, sondern nur Angst einflößen. Aldine stieß einen durchdringenden Schrei aus, drehte sich um sich selbst und lief zum Palast. Ohne dem Jungen, der wie versteinert auf seinem Pferd saß, die geringste Aufmerksamkeit zu schenken, schwang sich Demetrios mit einem Satz auf den Sattel der Stute und galoppierte zum Palasttor, das noch offen stand.

»Man muss ihn aufhalten!«, schrie Philippos, der aus seiner Starre erwacht war.

Er sprang zu Boden.

»Dein Pferd ist bereit, Bojar, nimm es!«

Als Artem sein Pferd erreichte, stieß Philippos einen langen gellenden Pfiff aus. Normalerweise gelang es dem Jungen auf diese Weise, ein durchgehendes Pferd zum Stehen zu bringen. Aber dieses Mal geschah das Gegenteil. War es der Instinkt des Pferdes, das einen ungeübten Reiter witterte? Oder das wilde Temperament der Stute, die aus der Steppe kam und sich gerade erst an ihre Reiterin gewöhnt hatte? Jedenfalls machte das Tier einen Satz zur Seite, bäumte sich auf und galoppierte geradewegs auf die Palisade zu. Vergeblich versuchte der griechische Würdenträger, das Pferd in eine andere Richtung zu lenken. Das Pferd erreichte die Einfriedung und sprang! Der Körper des Reiters löste sich von dem des Pferdes. Einen Augenblick lang schien er in der Luft zu schweben … Schreiend fiel der Grieche auf die Zaunpfähle. Der Länge nach aufgespießt, durchfuhr ihn ein Zucken – dann erstarrte er wie eine zerstörte Marionette.

»Ich habe es nicht mit Absicht getan!«, rief Philippos, während er mit entsetztem Blick die blutgetränkten Spitzen ansah, die aus dem Körper herausragten. Ich wollte sein Pferd zum Stehen bringen!«

»Beruhige dich«, sagte Artem. »Es war ein Unfall.« Er zog Philippos an sich und drückte den Kopf des Jungen an seine Brust.

»Natürlich bist du nicht schuld, Philippos!«, rief Aldine, die auf die beiden zueilte. »Du weißt doch, dass meine Stute noch sehr wild ist und sich häufig aufbäumt.«

Gemeinsam führten der Druschine und die Zofe den Jungen weg. Jetzt füllten die Soldaten der Druschina des Fürsten den Hof. Einige verjagten die Neugierigen, die auf dem Platz an der anderen Seite des Portals zusammenströmten, andere befassten sich mit der Leiche. Als Artem die Stufen der Freitreppe erreichte, erschienen der Fürst und Bratoslaw in der Türöffnung.

»Es handelt sich in der Tat um einen Unfall«, erklärte Wladimir. »Aber der Schuft hat einen so grausamen Tod wohlverdient. Er glaubte, er könnte meinem Gericht entgehen; nun hat ihn die göttliche Gerechtigkeit eingeholt!«

»Diese schreckliche Angelegenheit ist nun endlich beendet«, fügte Artem hinzu, wobei er sich aufs Treppengeländer stützte, um sein Bein zu entlasten.

»Ich überlasse Herrn Renzo die Ehre, Euch den

Schmuck zurückzubringen, Fürst. Alles in allem waren uns die Umtriebe dieser einfallsreichen Person recht nützlich! Ich nehme an, dass Eure Hoheit meine Anwesenheit nicht mehr benötigt.«

»Ich möchte vor allen eine Erklärung abgeben«, antwortete Wladimir. »Dann werden wir Renzo zu dem Ort begleiten, an dem er den Schmuck versteckt hat. Erwartet mich also mit den anderen im Empfangssaal. Ich komme sofort zurück.«

Nachdem der Fürst schnell einige Befehle gegeben hatte, ging er wieder zu seinen Gästen. Guita, die einen Verband um den Hals trug, richtete einen Blick, in dem sich Furcht und Erstaunen mischten, auf den leeren Sitz an ihrer Seite. Sie neigte sich zu Wladimir und flüsterte ihm etwas ins Ohr.

»Bojar Artem«, sagte der Fürst, »meine Verlobte wünscht eine letzte Erklärung in dieser Sache. Jetzt, da der Schuldige entlarvt ist, wissen wir, dass Theophanus Geist mit diesen Verbrechen nichts zu tun hat Aber wie erklärt Ihr den Duft des Parfums in Guitas Zimmer am Tage, an dem der Schmuck verschwand? Der Prinzessin ist es niemals gelungen, ihn zu identifizieren!«

»In der Tat, es handelte sich gar nicht um ein Parfum«, antwortete Artem. »Nastasia und Demetrios benutzten beide aromatische Essenzen. An jenem Tag hatte jeder von ihnen eine Spur seiner Anwesenheit im Zimmer der Prinzessin hinterlassen, aber die Mischung der beiden Duftstoffe war unmöglich zu identifizieren. Ich kann Prinzessin Guita nur versichern, dass der Geist der Theophanu nicht existiert.«

»Gut, die Angelegenheit scheint mir klar zu sein«, erklärte der Fürst. »Jetzt …«

»Wenn Eure Hoheit erlauben, würde auch ich dem Bojaren Artem eine letzte Frage stellen«, schaltete sich Mitko ein. Als der Fürst mit dem Kopf nickte, erkundigte sich der Vasall aufgeregt:

»Wie hast du herausbekommen, Bojar, dass Demetrios sich am Tage des Mordes mit Nastasia im Garten unterhalten hat? Als ihr auf den angeblichen Zeugen dieses Gesprächs zu sprechen kamt, habt ihr den Namen Klim benutzt. Wassilij und ich haben den Schauspieler befragt; er hat sich irgendein der Hölle entsprungenes, behaartes Monster ausgemalt, aber Demetrios hat er nie gesehen. Und trotzdem ist der Grieche in die Falle gegangen!«

»Er ist in die Falle gegangen, weil Klims Aussage authentisch ist«, antwortete Artem, wobei sein Blick vor Befriedigung glänzte. Der Schauspieler war betrunken, hatte aber Nastasia in Begleitung einer Person gesehen, die er jedoch nicht beschreiben konnte, da sie von dem Gebüsch verdeckt war. Er dachte an den Gott Wolos, den Herrn des Reichs der Finsternis, den die heidnischen Slawen sich mit einem Bärenfell bekleidet vorstellten, das ein mit Glöckchen versehener Gürtel in der Taille zusammenhält.

Wenn Klim Nastasias Gesprächspartner nicht sehen konnte, so hörte er ihn zumindest! Und eben dieses Klingeln der Glöckchen war es, das in seinem Kopf das Bild des Gottes Wolos hervorrief ... Heute bemerkte ich bei meinem Besuch in Demetrios Zimmer seine Festschuhe. Ich dachte an den silberhellen Klang der an seinen Schuhen befestigten Glöckchen – und plötzlich erfasste ich den Sinn von Klims Vision. Dieser Umstand bestätigte die Schuld Demetrios'; er erlaubte mir auch, ihn aus dem Konzept zu bringen, indem ich von einem Augenzeugen sprach. Sicher, streng genommen ist Klims Zeugenaussage unzulässig ... Aber diese List war das einzige Mittel, dem Schuldigen das Geständnis zu entreißen!«

»Glückwunsch, Bojar!«, rief Wladimir lächelnd aus. »Das war eine fromme Lüge. Jetzt bitte ich Renzo De' Moretti, uns zu dem Ort zu führen, an dem er den

Schmuck versteckt hat: die Sonne steht schon tief, und ich könnte ihn nicht entlassen, bevor nicht das Geschenk des Kaisers in die Gemächer meiner Verlobten zurückkehrt.«

Renzo erhob sich peinlich berührt. Er räusperte sich und erklärte dann mit einer Verbeugung:

»Fürst, bitte vergebt mir! Die Geschichte, die ich Demetrios erzählt habe, ist auch eine fromme Lüge. Ich habe sie nur erfunden, um die Prinzessin zu befreien.«

»Jetzt ist nicht der Moment für Scherze, mein Herr!«, rief Wladimir aus.

»Aber ich bin ganz ernst«, entgegnete der Venezianer. Glaubt mir, es betrübt mich, Euch zu enttäuschen. Ich werde Euch alles erklären. Da ich drei Jahre in Konstantinopel verbrachte, habe ich auf dem Gebiet der Kunst gewisse Kenntnisse erworben … Ich weiß vor allem, dass bei einem wertvollen Buch in der Regel derselbe Künstler den Auftrag erhält, Einband und Schatulle eines Psalters anzufertigen. Meistens stellt der Meister dasselbe Motiv auf dem Buchdeckel und auf dem Rücken der Schatulle dar.

Als Bojar Artem vorhin an die Schatulle erinnerte, sprach er von den Barbaren, die durch die siegreiche Lanze eines Kaisers unterworfen worden waren. Dann erwähnte Demetrios den Namen Basilius, des Bulgarentöters … Ob das Werk nun von einem berühmten oder einem anonymen Künstler angefertigt wurde – das Bild an sich ist ziemlich verbreitet; ich konnte mich ohne jede Schwierigkeit daran erinnern. Ich ließ den Griechen glauben, dass ich den Schmuck in meinem Versteck hätte, indem ich den Rücken der Schatulle beschrieb – in ziemlich simpler Weise … aber das war notwendig, damit er den Eindruck gewann, es mit einem dummen, aber ehrlichen Individuum zu tun zu haben.«

»Wahrlich das Gegenteil von Euch«, bemerkte Wladimir bitter. »Wie kann ich sicher sein, dass Ihr nicht schon wieder lügt?«

»Mit Verlaub, Fürst, überlegt!«, rief Renzo aus. »Welches Interesse sollte ich haben, so mit dem Griechen zu sprechen? Wenn der Schmuck wirklich in meinem Besitz wäre, hätte ich nur die Flucht oder Verhaftung von Demetrios abwarten müssen, um mich dann zu meinem Versteck zu begeben!«

»Verzeiht, mein Herr,« gab der Fürst zu, »Ihr habt Guita das Leben gerettet, ich bin Euch zu Dank verpflichtet … und da verdächtige ich Euch der allerschwärzesten Absichten! Aber dann hat Demetrios sein Geheimnis in die Hölle mitgenommen! Wie sollen wir jetzt den Schmuck finden?«

»Es reicht, logisch zu denken!«, ließ sich plötzlich eine frische Stimme vernehmen.

Philippos wandte sich an den Fürsten und erklärte:

»Wenn ich richtig verstanden habe, ist der Schmuck immer noch in der Schatulle eingeschlossen. Und die beste Methode, eine Schatulle zu verstecken, ist, sie mit anderen Bücherschatullen zu umgeben! So bleibt sie unbemerkt, und der geeignetste Ort dafür ist in der Bibliothek!«

»Philippos hat Recht«, bestätigte Artem. »Deshalb hat die Durchsuchung des Palasts zu keinem Ergebnis geführt, Fürst. Andrej hat Eure Bücherleidenschaft ausgenutzt und in Eurem Namen verboten, gewisse Manuskripte zu berühren. Wir gehen sofort in die Bibliothek!«

Wladimir eilte als erster aus dem Saal und zog Guita am Arm mit. Auch die drei Druschinen und die Gäste gingen zu dem großen Saal, der schon im Dämmerlicht lag. Keine Kerze war angezündet, kein Schreiber saß gebeugt über seinem Pult: Die Verhaftung und der Tod von Bojar Andrej hatten die übliche Routine im Büchermagazin gestört und die jungen Kopisten ließen ihre Arbeit im Stich.

Der Fürst rief ungeduldig die Diener herbei. Die Kerzen der sechs großen Kadelaber wurden angezündet, und der düstere Eindruck verlor sich. Wladimir legte Wert darauf, persönlich an der Suche teilzunehmen und ließ seinen Blick über die Regale schweifen, auf denen Bücherschatullen und Manuskripte mit schweren Metalleinbänden bunt durcheinander aufgehäuft waren. Da er nicht wusste, wo er beginnen sollte, sah er Artem fragend an.

Artem wandte sich zwei großen Kästen zu. Jeder war mit einer kurzen Kette, die mit einem soliden Schloss versehen war, gesichert; auf den oberen Seiten konnte man ein Kupferornament in Form eines byzantinischen Kreuzes erkennen. Es waren die Kästen, die Demetrios' Bücher enthielten. Philippos, der Artem nicht von den Fersen wich, warf dem Druschinen einen viel sagenden Blick zu.

»Also gut«, sagte Artem und unterdrückte ein Lächeln. »Lass uns mal deine Talente sehen!«

Mit Vergnügen zog Philippos eine lange Haarnadel aus seiner Tasche und nahm zuerst den mit Purpur bezogenen Kasten in Angriff. Er ließ das Schloss aufspringen und trat dann zur Seite, um Artem Platz zu machen. Der Druschine hob den schweren Deckel an. Da lag die Schatulle, vor seinen Augen, auf einem Stapel Manuskripte! Wie Renzo geahnt hatte, entsprach das Bild auf der Vorderseite der Schatulle genau jenem, das Artem auf dem Einbanddeckel des Psalterbuchs gesehen hatte. Der Druschine nahm den kostbaren Gegenstand und reichte ihn Wladimir.

Schweigend betrachtete der Fürst das Bild des Kaisers, der in die Geschichte eingegangen war, weil er ein ganzes Volk niedergemetzelt hatte. Weinblätter umrahmten die Gestalt, der Kopf war von einem Heiligenschein umgeben, und die Hand des Kaisers hielt eine Lanze, die auf drei winzige, in Furcht erstarrte Personen gerichtet war. Mit einer entschlossenen Geste öffnete der Prinz die Schatulle.

Auf rotem Samt ausgebreitet entlockte der prächtige Schmuck den Gästen einen Schrei der Bewunderung. Am Tag der Präsentation der Geschenke hatten sie die märchenhaften Schmuckstücke nur von weitem gesehen. Diesmal konnten sie nicht nur den Glanz und die außergewöhnliche Größe der Diamanten und Rubine bewundern, sondern auch die hervorragende Arbeit des Goldschmieds, der jedem Schmuckstück die Form fantastischer Blumen gegeben hatte, deren anmutig geschwungene Stiele und Ranken in einer lebendigen Bewegung ineinander verflochten waren.

»Fast ein Jahrhundert ist vergangen, seit dieser Schmuck zum letzten Mal getragen wurde«, erklärte Wladimir feierlich. »Heute verlässt er den staubigen Behälter. Er wird dazu dienen, die Schönheit einer Frau zu verherrlichen, einer Frau, die der ganzen Liebe würdig ist, die der unbekannte Künstler in dieses Werk gelegt hat.«

Der Fürst entnahm der Schatulle das Diadem und setzte es auf Guitas blondes Haar. Die Augen der Prinzessin glänzten selbst wie Diamanten, und eine Träne lief ihr über die Wange. Zu bewegt, um sprechen zu können, verneigte sie sich schweigend und drückte ihre Lippen auf die Hand ihres Verlobten. Wladimir hingegen versuchte, seine Gefühle zu verbergen, indem er wieder seine Rolle als Souverän einnahm. Er rief einen Wachposten und wies ihn an, dem Boten sofort mitzuteilen, dass er nach Kiew abreisen könne, um den Gesandten die gute Nachricht zu überbringen. Er wandte sich an Guita und verkündete:

»Die Hochzeitsfeier wird morgen früh stattfinden. Ich werde sogleich anordnen, dass man Bischof Hilarion Bescheid gibt und meine Herolde die Neuigkeit in der Stadt verbreiten. Es bleiben mir allerdings noch drei Dinge, die ich vor der Wiederaufnahme der Feierlichkeiten klären muss. Zunächst lege ich Wert darauf klarzustellen, dass der schändliche Verrat des Statthalters in keiner Weise das Ansehen seines Sohnes Jdan geschmälert hat. Andrej ist tot, und die Stelle des Bücherwarts ist noch immer nicht besetzt. Ich habe entschieden, sie Jdan zu geben. Ab Morgen, Bojar, nehmt Ihr Eure neuen Aufgaben wahr!«

Idan, der vor Freude errötet war, verneigte sich linkisch vor dem Fürsten, während Wladimir fortfuhr:

»Der zweite Punkt betrifft Strigo. Nastasia ist nicht mehr, und Strigo hat sich als völlig unschuldig erwiesen. Er kann also ein junges Mädchen seiner Wahl heiraten – wir wissen ja alle, um wen es sich handelt –, muss allerdings die vierzig Tage Trauerzeit für seine verstorbene Verlobte einhalten.

Die beiden jungen Leute verbeugten sich vor dem Fürsten, und die Zofe blickte Strigo glücklich lächelnd an.

»Erlaubt mir, Fürst«, unterbrach Artem, »diese Gelegenheit zu nutzen, um Aldine einen Gegenstand zurückzugeben, der ihr sowieso gehört.«

Der Druschine ging auf Aldine zu und gab ihr das Medaillon aus Emaille, auf dem das Gesicht der Heiligen Jungfrau abgebildet war, eben jenes, das Radigost bei seiner toten Tochter gefunden hatte.

»Dieses Medaillon gehört Strigo, aber er hat es dir geschenkt, nicht wahr?«

»Ja … Aber ich hatte es verlegt und es überall gesucht!«

»Du hattest es in Demetrios' Zimmer verloren – während deines kleinen Belladonna-Experiments. Der Grieche hat das Medaillon in seinen Gemächern gefunden, genau in dem Augenblick, als er und ich hinaufgingen, um zu überprüfen, ob der Flakon noch da sei. Da er das Schmuckstück, das er auf Strigos Brust gesehen hatte, wieder erkannte, begriff Demetrios sofort den Vorteil, den er daraus ziehen konnte. Der untreue Verlobte gab den idealen Schuldigen ab! Als er dann in den Bankettsaal zurückkehrte, lud er mich ein zu überprüfen, ob Nastasia das Fläschchen nicht bei sich hätte. Genau in dem Moment, indem ich meine Untersuchung beendete, ließ er das Medaillon in die Tasche der jungen Bojarin gleiten und entfernte sich schnell.«

»Der Statthalter«, bemerkte Wladimir, »hat das Medaillon aber doch am Hals seiner Tochter gefunden, was beweist …«

»Eure Hoheit mögen sich erinnern: Radigost entdeckte den Gegenstand nicht selbst! Es war Nastasias Zofe, die sich um die Totenwäsche kümmerte. Sicher hat sie das Medaillon in der Kleidung ihrer Herrin gefunden und es dem alten Bojaren mit den anderen Sachen seiner Tochter überreicht. Da die Kette nicht gerissen war, folgerte Radigost, dass Strigo seiner Verlobten das Medaillon als Zeichen der Versöhnung geschenkt hatte … Ich muss leider sagen, dass Strigo mir bei seiner Verteidigung nicht sehr geholfen hat, so verschlossen, wie er war!«

»Ich war verzweifelt, Bojar«, stammelte der junge Mann verwirrt.

Aber der Fürst unterbrach ihn:

»Jetzt ist auch das letzte Geheimnis aufgeklärt! Ich komme also zum dritten Punkt, den ich noch regeln muss. Edler Renzo, Ihr habt das Leben meiner Verlobten gerettet; die russischen Fürsten belohnen einen derart bedeutenden Dienst mit ihrem eigenen Schwert, ihrem schönsten Mantel und dem besten Reitpferd aus ihren Ställen. Aber Ihr seid Ausländer, und ich kenne Eure Vorlieben nicht. Bittet mich, um was Ihr wollt!«

»Fürst«, antwortete Renzo mit einer sehr tiefen Verbeugung, ich wäre gern dem russischen Brauch gefolgt … Aber ich möchte Euch um etwas ganz Bestimmtes bitten: um die Hand der jungen Bojarin Mina. Sprecht in meinem Sinn mit ihrem Vater und gebt mir Euren Segen. Nichts anderes wünsche ich. Der Fürst sah Renzo ungläubig an, dann brach er in ein herzerfrischendes Gelächter aus.

»Wir werden Euch in Rostow wirklich vermissen! Es gelingt Euch doch immer wieder, alle in Erstaunen zu versetzen! Gott allein weiß, wie es der jungen Bojarin gelungen ist, Euch umzustimmen! Aber wenn Ihr einverstanden seid … Bratoslaw wird fünf Griwnen erhalten, um ihn für den Bruch des Verlöbnisses zu entschädigen; und Ihr beide könnt Eure Hochzeit morgen gleichzeitig mit Guita und mir feiern.«

Zum ersten Mal sah Artem, dass Minas sonst sehr blasse Wangen erröteten. Die Lippen des jungen Mädchens zitterten. Sie nahm ihre hohe mit Bändern geschmückte Kopfbedeckung ab und warf sie auf den Boden. Ihre kurzen schwarzen Locken ließen sie wie einen Jüngling aussehen, der sich als Mädchen verkleidet hat.

»Seht, Fürst, »wie ich ihn umgestimmt habe«, rief Mina. »Nach meiner Sittsamkeit musste ich auch noch mein Haar opfern, um Renzo von meiner Entscheidung zu überzeugen, die Welt zu entdecken – allein oder in seiner Gesellschaft. Ich habe ihm bewiesen, dass ich seinen Schutz nicht brauche, um einen Traum zu verwirklichen! Also hat Renzo nur sein Herz sprechen lassen!«

Sie warf dem Venezianer einen langen Blick zu, und ihre grauen Augen erglänzten in einem Lächeln, das aufblitzte wie ein Sonnenstrahl an einem stürmischen Himmel.

Es wurde Abend, als Artem und Philippos sich in die Gartenlaube vor einen großen Krug Met setzten. Die Dämmerung und die Stille machten Artem schweigsam; Philippos wurde allerdings nicht müde, mit hochrotem Kopf die Ereignisse der letzten drei Tage durchzugehen. Auf einmal knarrte die Pforte, und ein Paar betrat den Garten. Als es in der Mitte der Allee stehen blieb, drang die Stimme des jungen Mädchens bis zur Laube.

»Nein, nein und nochmals nein!«, rief Mina. »Zuerst

gehen wir in dein Land; dann entscheiden wir über die weiteren Reisen.«

»Offensichtlich sind das der allgegenwärtige Venezianer und seine süße Freundin Mina!«, brummte Artem. »Wir werden erst nach ihrer Abreise zur Ruhe kommen.«

»Wie, sie zanken sich immer noch!«, meinte Philippos. »Mir reicht es, wir haben jetzt genug vom Krach zwischen verlobten Paaren!«

Er ging die Stufen der Laube hinunter und lief zu Renzo und Mina. Sobald er das Paar erreicht hatte, setzte er eine feierliche Miene auf und sprach auf Griechisch ein Dutzend Formeln, die dem zukünftigen Ehepaar Glück und Harmonie wünschten. Zum Schluss wandte er sich auf Russisch an Mina, wobei seine Augen spöttisch funkelten:

»Und Euch, junger Bojarin, sage ich, was man nach der Sitte dieses Landes sagt: »Möge die Gattin dem Gatten folgen wie der Faden der Nadel!«

»Wenn du die Frauen einmal besser kennst, Philippos, wirst du wissen, dass sie lernen, mit der Nadel umzugehen, bevor sie den Faden handhaben!«

Trotz Renzos Hartnäckigkeit waren weder der Junge noch das junge Mädchen bereit, ihre letzten Worte zu übersetzen. Hand in Hand verschwand das Paar in einem Seitenweg. Artem folgte ihm mit melancholischem Blick. Als Philippos wieder in der Laube war, sagte der Druschine:

»Mach dir keine Sorgen um sie, sie sind wie füreinander geschaffen … Sie sind beide ein bisschen verrückt … Aber alles in allem handelt es sich vielleicht nur um eine andere Art, die Welt zu betrachten!«

»Ich ziehe jedoch Aldine vor, sie ist viel sanfter! Wenn ich daran denke, was Renzo alles wird ertragen müssen …!«

»Und du glaubst, dass du leicht zu ertragen bist mit all deinen Albernheiten?«, entgegnete Artem.

Er strich dem Jungen über die Haare und drückte ihn an sich.

»Gleich werden Mitko und Wassilij uns abholen«, fügte er nach einer Weile hinzu. »Wir werden in einem guten Gasthaus, das unsere Freunde kennen, zu Abend essen. Die Luftveränderung wird uns gut tun!«

»Ich hoffe, dass du nicht wieder deine Kopfbedeckung vergisst«, seufzte Philippos. »Sonst werde ich sie demnächst verstecken … Und zwar so gut, dass es selbst dem berühmten Ermittler Artem, dem Sohn des Norrwan, nicht gelingen wird, sie zu finden.«

Nachwort

Die in diesem Buch erzählten Ereignisse spielen im Jahr 1070. Zu diesem Zeitpunkt erfährt der erste russische Staat den Höhepunkt seiner Ausdehnung. Das Kiewer Reich wurde von den Warägern[1] gegründet und verdankt diesen auch seinen Namen, denn die Byzantiner und die Slawen nannten die Skandinavier, die auf dem Dnjepr schifften und das Schwarze Meer überquerten, um nach Byzanz zu kommen, *Rus* oder *Rhos*. Die Waräger begannen, sich vor allem in den von den Slawen im 9. Jahrhundert bewohnten Gebieten niederzulassen – insbesondere in Nowgorod und Kiew. Nach der *Nestorchronik*[2] – den bekanntesten Annalen im Kiewer Reich – waren dies die Einwohner von Nowgorod und einige andere regionale Volksgruppen, Slawen oder andere, die die Waräger aufforderten, die Herrschaft zu übernehmen.

Die Anfänge des russischen Staates begründen eine einzigartige Epoche in der Weltgeschichte: Ein Volk fordert ein anderes auf, es zu regieren und überträgt ihm die Oberherrschaft über sein ganzes Land. Die *Nestorchronik* zitiert die Vorschläge der slawischen Gesandten an die Waräger: »Unser Land ist groß und fruchtbar, aber es befindet sich in Unordnung. Kommt, um über uns zu herrschen und zu verfügen!« (»Unordnung« bezeichnet hier ohne Zweifel die unaufhörlichen Kriege zwischen den regionalen Stämmen.) Der berühmte rus-

---

[1] Wikinger (wahrscheinlich Schweden), die Handel zwischen Skandivanien und dem Schwarzen Meer betrieben.

[2] Diese Chronik stammt aus dem Jahr 1100, aber ihr Autor, der Mönch Nestor vom Kiewer Höhlenkloster, benutzte auch ältere Quellen, um die Geschichte seines Lebens zu beschreiben.

sische Historiker Nikolai Karamsin kommentiert dieses Ereignis folgendermaßen: »Die Slawen verstanden sich darauf, für die Freiheit zu kämpfen, aber nicht, sie zu nutzen.« Der Waräger Rurik, erster Fürst von Nowgorod, wird als der Begründer des Staates angesehen, aber 882 wird Kiew zur Hauptstadt, als Oleg, Verwandter und Nachfolger von Rurik, die Stadt einnahm und die warägischen Statthalter Askold und Dir in den Tod schickte. Oleg vergrößerte das Staatsgebiet im Norden und Süden von Kiew beträchtlich (Region von Witebsk, Tschernikow, Galitsch ...), bevor er die Staatsgewalt Rurik, Igors Sohn, übergab.

Die Dynastie der Rurikiden regiert bis zum Einfall der Tataren im 13. Jahrhundert und mit der Achse Wolkhow-Lowat-Dnjepr bis zum 16. Jahrhundert. Die Waräger stellen also die ersten herrschenden Fürsten, die eine einigende Funktion auf den entstehenden Staat durch Ausdehnung seiner Grenzen ausübten. Außerdem vermischten sich die Militärs und die in Russland niedergelassenen Kaufleute mit den Slawen und trugen so zur Identitätsfindung des russischen Volkes bei. Der Einfluss der Waräger wurde auf allen Gebieten unschätzbar, von Handel und Schifffahrt – Fähigkeiten, die die Wikinger in der ganzen Welt berühmt machten – bis zur Kriegsführung und zum Ersten juristischen System!

Andererseits diente das Kiewer Reich seit seinen Anfängen als Sprachrohr des byzantinischen Einflusses. Am Ende des 9. Jahrhunderts riefen die byzantinischen Evangelisten Cyrillus und Methodius nicht nur die Kirche und die slawonische Liturgie ins Leben, sondern auch das kyrillische Alphabet, das von den Russen übernommen wurde. 955 konvertierte Olga, ein mit außergewöhnlicher Intelligenz und Entschlossenheit ausgestattetes Staatsoberhaupt, zum Christentum. Sein Enkel Wladimir I., genannt der Große, tyrannisch und ausschweifend, aber von unerreichtem politischem Genie, übernahm die Rolle des Einigers der christlichen Kirche. 988 ließ er sich in Konstantinopel zur gleichen Zeit taufen, als er die Schwester des Kaiser Basilius II., des Bulgarentöters, und Konstantins VIII. heiratete. Seit seiner Rückkehr nach Kiew zwang Wladimir I. seinen Untertanen das Christentum auf und verbreitete es in der griechischen Auslegung. Sein Werk wurde von seinen Nachfolgern fortgesetzt.

Der byzantinische Einfluss drückt der russischen Gesellschaft in verschiedensten Richtungen seinen Stempel auf: in Religion und Sprache, ebenso der Kultur im weiteren Sinn, wie der Malerei und Architektur bis hin zu Erziehung und weltlicher Literatur. Konstantinopel schickt nicht nur Evangelisten nach Russland, sondern auch Architekten, die den Bau von Kirchen leiten, Maler, die an der Innenausstattung mitarbeiten, Künstler, die sich auf die Ausschmückung von Manuskripten verstehen. Andererseits verbringen Künstler und Schriftgelehrte oft ihre Lehr- oder Studienzeit in Tsar-Gorod (Konstantinopel).

Aber der Austausch beschränkt sich nicht nur auf Religion, Kultur und Handel. Byzanz braucht militärische Hilfe, um die Grenzen des Imperiums auszuweiten und vor allem, um sie zu verteidigen. So geht es bei den Abkommen mit Kiew meistens um militärische Unterstützung durch die Skythen, Barbaren, deren Tapferkeit und Kampfesgeist Byzanz zu schätzen weiß. Der vielfältige Einfluss von Byzanz verstärkt die Ausbreitung des Christentums im Land, selbst wenn die russische Kirche schnell zu wachsender Unabhängigkeit innerhalb der orthodoxen Kirche gelangt. Auf dem Gebiet der Kunst bleibt die Prägung durch Konstantinopel unauslöschlich; sie überdauert weit das Ende des byzantinischen Reiches und hinterlässt zahlreiche Schulen und Traditionen.

So kann man von drei Faktoren sprechen, die den unglaublichen wirtschaftlichen und kulturellen Aufschwung der Gesellschaft, die sich um die Mitte des 11. Jahrhunderts ausgebreitet hat, begünstigt haben: als erstes die Einsetzung der Waräger, ihr Anteil an Organisation und Entwicklung des Staates, und die Tatsache, dass die Neuankömmlinge von den lokalen und regionalen Bevölkerungsgruppen in erstaunlich harmonischer Weise eingegliedert wurden; zweitens die Christianisierung des Landes, die Erschaffung der russischen und slawonischen Sprache (liturgische Sprache) und andere Auswirkungen des byzantinischen Einflusses; drittens das Genie bestimmter Führer, wie Olga, Wladimir der Große, Jaroslaw der Weise und bald danach Wladimir II. Monomach. Diese historischen Faktoren, wie auch die geographische Lage des Landes, die bestimmt war durch den Flussweg der Waräger zu den Griechen, einer erstrangigen Handelsstraße, lassen verstehen, wie die erste russische Gesellschaft ihre Eigenständigkeit entwickelte.

Mitte des 11. Jahrhunderts ist das Kiewer Reich also auf dem Gipfel seiner politischen, wirtschaftlichen und kulturellen Entwicklung. Das Land ist in mehrere, durch die Nachkommen von Rurik regierte Fürstentümer eingeteilt – alle dem Großfürsten von Kiew unterstellt. Die Fürsten verschwören sich oft gegeneinander, um sich ihre Lehnsgüter zu entreißen, aber sie schließen sich auch wieder zusammen, um die Angriffe der Nomadenstämme aus den Steppen zurückzuschlagen: die Kumanen und die Petschenegen! Diese relative Einheit, die das Land seit Jaroslaw dem Weisen bestimmt, behauptet sich während der ganzen Regierungszeit Wladimirs II., Jaroslaws Enkel, der 1113 Großfürst von Kiew wird und unter dem Namen Wladimir Monomach in die Geschichte eingeht – einem der weit blickendsten und gerechtesten Fürsten, die das Kiewer Reich kannte. Dies wird die letzte Blütezeit sein, bevor die Horden der Tataren einfallen und das Land wegfegen und es für die nächsten drei Jahrhunderte in die Nacht der Sklaverei und Barbarei tauchen.

Fürst Wladimir (1053–1125) ist eine berühmte historische Persönlichkeit. Im Jahr 1070 ist er noch nicht unter dem Namen Wladimir II. Monomach bekannt; da ist er erst achtzehn Jahre alt, aber bereits der designierte Fürst von Rostow. Außer der Hauptstadt umfasst das Fürstentum noch andere wichtige Städte (Susdal, Wolok, Belosersk, Zalessk) und die umgebenden Gebiete. Der Fürst übt seine Herrschaft unumschränkt im ganzen Territorium aus. Seine Befehlsgewalt – Verwaltung der Lehen, Ausübung der Justiz, Aufrechterhaltung der Ordnung, Erhebung von Steuern, militärische Operationen gegen die Nomaden der Steppe – stützt sich auf seine Armee (die Druschina des Fürsten). Die Macht des Fürsten ist nur durch die Notwendigkeit, einmal im Jahr die Wetsche – die Versammlung aller freien Männer der Hauptstadt – zu konsultieren, eingeschränkt. Die Wetsche tritt im Allgemeinen um den ersten September herum (dem Jahresbeginn nach dem alten slawischen Kalender) zusammen, um verschiedene Probleme des täglichen Lebens zu regeln – zum Beispiel die jährliche Höhe des an den Prinzen zu zahlenden Tributs, Arbeiten von öffentlichem Interesse usw.. Die Wetsche muss für die Dauer eines Jahres den Kommandanten der Stadt wählen (dieser befiehlt über tausend Männer), der dem Fürsten bei der Verwaltung der Stadt zustimmen oder auch widersprechen kann. Die Ausübung der Justiz im Lehnsgebiet ist gänzlich dem Tribunal des Fürsten unterworfen, ausgenommen Angelegenheiten, die in die Zuständigkeit der Kirche fallen. Bei militärischen Operationen entscheidet der Fürst selbst oder im Einvernehmen mit dem Großfürsten von Kiew, der die Druschina jedes Fürsten für eine militärische Maßnahme größeren Umfangs anrufen kann.

Die Hauptstreitmacht der Armee des Prinzen wird von den Vasallen (»junge Krieger«) gestellt. In Friedenszeiten führen die Druschinen verschiedene Aufgaben durch, wie Steuern eintreiben, dem Fürst als Garde dienen, bestimmte Handelskonvois schützen usw.. Die Vasallen, die man auch die Arme des Fürsten nennt, erhalten Lohn und leben im Palast. Für einen Feldzug oder in Zeiten politischer Spannungen füllt der Fürst sein Heer auf, indem er Druschinen aus allen Schichten der Bevölkerung, hauptsächlich unter den Bauern und Handwerkern, rekrutiert.

Abgesehen von seiner Armee, stützt sich der Fürst auf die Aristokratie – die Bojaren. Diese sind oft, aber nicht notwendigerweise, warägischer Abstammung. Diese Bevölkerungsschicht umfasst den ortsansässigen Adel – reiche Grundbesitzer –, aber auch militärische Führer, Waffenbrüder und Freunde des Fürsten. Im Gegensatz zur Druschina der Vasallen stellen die mächtigsten Bojaren die Druschina der Älteren. Wenn es sich um eine Staatsaffäre handelt, berät sich der Fürst stets mit der Älteren Druschina. Fünf Jahrhunderte später entledigt sich Iwan der Schreckliche des Großteils der Bojaren, da sie für die Zentralmacht zu gefährlich geworden waren. Unter Wladimir II. helfen die Bojaren, die der Älteren Druschina angehören, dem Fürst, seine Herrschaft zu festigen, denn viele von ihnen haben an seiner Seite gekämpft oder seinem Vater gedient. Einige von ihnen werden sogar privilegierte Ratgeber, Männer seines Vertrauens. So wird Artem, eine erfundene, aber authentische Figur, von Wsewolod, Wladimirs Vater, ausgewählt worden sein, damit er dem jungen Fürsten bei der Klärung bestimmter Verbrechen, die dem Tribunal unterstellt sind, hilft.

Seien es militärische Führer oder Großgrundbesitzer, die Bojaren repräsentieren eine der drei Hauptkategorien, die in dieser Epoche die russische Gesellschaft bilden. Die zweite besteht aus dem niederen Adel, Druschinen (gleich welchen Ranges außer den Oberbefehlshabern, die immer Bojaren sind), Händlern, Handwerkern und Bauern. Die dritte Kategorie machen die Leibeigenen aus. Diese, wenn sie keine Sklaven sind, sind oft ehemalige Gefangene. Aber auch ein freier Mann kann ein Leibeigener werden, wenn er seine Schulden nicht bezahlt oder auf Grund eines Gerichtsurteils.

Im Rechtswesen muss jedes Verbrechen oder Delikt durch den Kläger vor dem Fürsten selbst oder dem Tribunal vorgetragen werden. Dies geschieht zu festgesetzten Terminen, meistens vor Weihnachten, vor Ostern oder um den ersten September herum – an Sankt Simeon, dem traditionellen Beginn des neuen Jahres. Das Tribunal des Fürsten ist die höchste Autorität im Justizwesen.

Die Gesetzgebung des Kiewer Reichs, deren Grundprinzipien ebenfalls von den Warägern überliefert wurden, besteht seit der Herrschaft von Jaroslaw dem Weisen (1019–1054), Sohn Wladimirs I. und Großvater von Wladimir II. Monomach. Der Gesetzeskodex von Jaroslaw legt ein detailliertes und genaues System von Abgaben und Geldbußen fest, die für die Staatskasse oder die Opfer und deren Verwandten bestimmt sind. Dieses System lässt sich auf alle möglichen Verbrechen anwenden – vom Diebstahl bis zum Mord. Das Gesetzbuch von Jaroslaw überrascht nicht nur durch seine gewissenhafte Zumessung der Strafen und durch die Vielzahl seiner Anwendungsmöglichkeiten. Häufig erstaunt es durch seine Modernität, seit man zum Beispiel weiß, dass jede Anklage durch sieben Zeugen – die unter Eid aussagen – gestützt sein muss (Meineid wurde schwer bestraft), und dass der Kläger zusammen mit dem Angeklagten vor zwölf freien Männern erscheinen muss, die ihre eigene Meinung zu der Angelegenheit zum

Ausdruck bringen, bevor das Urteil durch das Tribunal verkündet wird. Diese Sitte ist gleichfalls durch die skandinavischen Gesetze überliefert.

Solch eine Prozessordnung wurde im Mittelalter fast überall in Europa praktiziert. Im Wesentlichen ist sie auf das Geständnis und die unter Schwur geleisteten Zeugenaussagen gegründet. Die Geständnisse können durch Folter erpresst oder durch das Gottesurteil erzwungen werden: der Einzelkampf, die Probe mit glühendem Eisen oder mit kochendem Wasser, aus dem der Angeklagte einen Eisenring herausziehen muss. Wenn der Kläger über keinen Zeugen verfügt, kann er selbst dem Gottesurteil unterworfen werden, bevor seine Aussage vom Tribunal in Betracht gezogen wird.

Die Strafen tragen einerseits der Schwere des Vergehens Rechnung, andererseits dem sozialen Status des Opfers – immer gemäß dem von den Warägern ererbten Gesetzeskodex! So hat jeder seinen Geldwert, sein Wergeld: Der Mord an einem Bojaren zum Beispiel wird durch eine Entschädigung von achtzig Griwnen gesühnt, der Mord an einem Leibeigenen dagegen mit fünf Griwnen und einer Geldstrafe von zwölf Griwnen, die an die Staatskasse gezahlt werden müssen. Außerdem hat ein Mitglied der Familie des Opfers das Recht, den Mörder im Einzelkampf herauszufordern und ihn zu töten.

Außer dieser »legitimen« Rache existierte die Todesstrafe als solche im Kodex von Jaroslaw nicht, und die schwersten Delikte werden durch lebenslange Sklaverei bestraft. Tritt jedoch eine außergewöhnliche Situation ein, dann können die Ratgeber des Fürsten oder auch die Vertreter der Wetsche vom Tribunal ungewöhnliche Maßnahmen fordern. Diese Gesetzgebung wird auf das gesamte Gebiet des Kiewer Reichs angewandt und ist für alle gültig. Jeder Mann wird seinem sozialen Status nach gerichtet, unabhängig von seiner ethnischen Zugehörigkeit. Auf der juristischen Ebene gibt es also keinen Unterschied zwischen den Warägern, den Slawen und den ortsansässigen Bevölkerungsgruppen verschiedener Herkunft.

Um diese Anmerkungen abzuschließen, muss man betonen, dass die russische Gesellschaft in der zweiten Hälfte des 11. Jahrhunderts dynamischer und homogener war, als man glaubt. Ungeachtet der Verschiedenheit der Sprach- und Kulturgemeinschaften, die diese Länder bevölkern, kann man bereits von Sitten und Gebräuchen sprechen, mehr oder minder neuen »Traditionen« und sogar von einer russischen Mentalität und einem »Nationalcharakter«. Auf alle Fälle ist man von der berühmten slawischen Seele – einem im 19. Jahrhundert entstandenen Klischee – weit entfernt. Dagegen kann der Leser von heute die Wurzeln Russlands von Gogol, Tolstoi und selbst die des derzeitigen Russlands erkennen. Wenn man an drei Jahrhunderte Tatarenjoch denkt, an verschiedene »Zeiten der Unruhe« und andere lange Perioden der Stagnation, die das Land im Lauf der Zeit gekannt hat, wenn man weiß, dass die Sklaverei erst 1861 abgeschafft wurde, wenn man sich klar macht, dass das Volk sich immer hartnäckig an seine Überzeugungen und Traditionen geklammert hat, unter Iwan dem Schrecklichen wie unter Peter dem Großen, unter Nikolaus II. wie unter dem sowjetischen Regime, begreift man, warum das Kiewer Reich – so weit entfernt und so »exotisch« – bisweilen sonderbar vertraut erscheinen kann.

Artems Autorität ist durch seinen Stand am Hof des Fürsten und seinen Rang als Bojar und Befehlshaber der Druschinen gesichert. Als fürstlicher Ermittler und Ratgeber bedient sich Artem zweier Männer seines Vertrauens, der Vasallen Mitko und Wassilij. Wenn auch die hier erzählten Abenteuer erfunden sind, so trifft das jedoch nicht auf das Ereignis zu, das als Ausgangspunkt und Rahmen dient: die Heirat von Wladimir und Guita.

Guita, die Tochter Harolds II., ist eine historische Persönlichkeit. Nach der Niederlage der angelsächsischen Armeen in der Schlacht von Hastings, im Jahr 1066, irrte Guita von Land zu Land, bevor sie an den Hof Haralds III., König von Norwegen, kam.

Seine Frau, Königin Elisabeth, war die Tochter von Fürst Jaroslaw dem Weisen. Dieser war nicht nur berühmt, weil er den GesetzesKodex aufgestellt hatte, sondern auch wegen seiner Politik, die man heute als international bezeichnen würde. Während seiner Regierungszeit (1019–1054) bemühte er sich, die Beziehungen zwischen Russland, Westeuropa und Byzanz zu festigen. Er selbst hatte die Tochter des Schwedenkönigs geehelicht, und seine Söhne verheiratete er mit deutschen und byzantinischen Prinzessinnen, ebenso seine drei Töchter mit Herrschern mächtiger Königreiche. Anastasia und Anne vermählten sich mit Andreas I., König von Ungarn, beziehungsweise mit Heinrich I., König von Frankreich. Der norwegische Prinz Harald, der an Jaroslaws Hof empfangen wurde, hielt um die Hand der schönen Elisabeth an. Der Bewerber wurde zunächst abgewiesen. Nachdem er aber durch die Welt gereist und mehrere Kriege geführt hatte, kam er reich und mit dem Ruf eines unbesiegbaren Helden an Jaroslaws Hof zurück. Jaroslaw stimmte schließlich der Heirat zu, und so wurde Elisabeth später Königin von Norwegen.

Während Guitas Aufenthalt an Elisabeths Hof hatte sie die Idee, die englische Waise mit ihrem Neffen, dem jungen Fürsten Wladimir, zu verloben. Zu dieser Zeit war die Eroberung der Normannen noch nicht beendet, sodass Guita die legitime Erbin der Krone Englands war. Die englische Prinzessin verließ dann Norwegen, um sich endgültig in Russland niederzulassen. Erwähnenswert ist noch, dass sie Wladimir fünf Söhne schenkte und glücklich an der Seite des Fürsten bis zu ihrem Tod lebte.

Der Brauch der russischen Fürsten, ihre Hochzeit zugleich mit anderen adligen Paaren zu feiern, ist keine Erfindung. Die Fürsten waren der Ansicht, dass eine gemeinsame Hochzeitszeremonie mehrerer Paare dazu diente, ihre Verbindungen mit dem ortsansässigen Adel – den sie oft nicht gut kannten, da der Großfürst ihnen jederzeit das Lehen nehmen konnte – zu festigen.

In der Szene, in der die junge Bojarin Nastasia sich bemüht, ihre Zukunft vorauszusehen, indem sie per Zufall einen Psalmvers auswählt, handelt es sich nur um eine der unzähligen Praktiken, denen sich russische Mädchen in der Verlobungszeit gerne hingaben. Dieser Aberglaube gehörte zum täglichen Leben im Kiewer Reich. Trotz der Christianisierung durch Wladimir I. im 10. Jahrhundert sind heidnische Bräuche im Allgemeinen Bewusstsein noch tief verankert. Und sie werden über Jahrhunderte weiter lebendig bleiben. Zur Zeit Artems gelang es den einfachen Leuten, ihren neuen Glauben an die Dreifaltigkeit mit einer gewissen ängstlichen Scheu vor dem Donnergott Perun, dem Sonnengott Iarilo, aber auch vor Wolos, dem Herrscher des Totenreichs, und anderen Gottheiten des slawischen Pantheons, zu vermischen.

Andere in diesem Roman vorkommende byzantinische Personen veranschaulichen die Mentalität und die Tätigkeiten der Griechen jener Epoche. Die Beschreibungen von Byzanz sind authentisch: Die Einrichtung des Thronsaales im kaiserlichen Palast, die Etikette, der Rang gewisser hoher Würdenträger, aber auch die Haltung gegenüber Russland – einem nach griechischer Ansicht kleinen Land! Der übertriebene Ehrgeiz des Magistrats, den Interessen des Kaiserreichs zu dienen, ist vollkommen verständlich, wenn man weiß, dass die hohen Beamten einen wichtigen Teil der Staatsautorität innehatten. Bei seiner Ernennung musste jeder Beamte einen feierlichen Schwur leisten, mit dem er sich verpflichtete, alle mit dem Amt verbundenen Aufgaben im Interesse des Reiches nach besten Kräften zu bewältigen und dem Kaiser die Verantwortlichen jeglicher Missetaten zu enthüllen. Michael Psellos ist eine sehr bekannte historische Persönlichkeit mit vielfältigen Talenten: Philosoph, Historiker, Schriftsteller, Theologe. Er war zudem ein geschickter Politiker und ein gefährlicher Intrigant.

Noch einige Worte zum erstaunlichen Reichtum der fürstlichen Bibliothek, das Büchermagazin genannt. Trotz seines jugendlichen Alters hatte der zukünftige Wladimir Monomach ein hohes Ansehen als Gelehrter und Bücherfreund. Wladimirs Mutter – eine byzantinische Prinzessin – war Griechin, sein Vater Russe, das heißt warägischer Abstammung, und er selbst wurde dreisprachig erzogen. Er beherrschte auch Latein, Deutsch und die Sprache der Petschenegen, ohne verschiedene slawische Dialekte mitzuzählen.

Wladimir ließ von Konstantinopel regelmäßig Manuskripte kommen, darunter auch die von »heidnischen Philosophen«, die die byzantinische Kirche viel stärker verfolgte als die russische. Das Büchermagazin stand den Bibliophilen der Stadt zur Verfügung, die dort die Werke ihrer Wahl benutzen konnten. Die Gebildeten waren nicht notwendigerweise Bojaren. Die drei Schulen von Rostow waren in erster Linie für Kinder adliger Herkunft bestimmt, aber auch Kinder von Kaufleuten und vermögenden Handwerkern wurden aufgenommen. Die größte Schule wurde von dreiundvierzig Jungen und elf Mädchen besucht. Die Heilige Schrift wurde gelehrt, aber auch Arithmetik und natürlich Lesen und Schreiben in slawischer Sprache. Griechisch und Latein wurden wahlweise angeboten, aber die griechische Sprache wurde von den Adligen wegen des Austausches mit Byzanz auf jedem Gebiet als unerlässlich angesehen, während Latein oft von Kaufleuten bevorzugt wurde, die diese Sprache als nützlich für ihre Kinder einschätzten in Bezug auf den Handel mit dem Okzident.

Was die weiteren hier erwähnten Einzelheiten des täglichen Lebens betrifft – wie die innere Organisation des Palastes, die Besonderheiten des Bojarenlebens, der Handel, das Leben in den armen Stadtvierteln, die Beschreibung der Kathedrale von Rostow und vieles mehr, sind diese zuverlässig belegt. Einzelne Gebräuche haben bis heute überlebt – wie das Baderitual und die Weissagungen durch das Psalterbuch. Die Teeliebhaber werden dagegen enttäuscht sein, dass dieses von den Russen favorisierte Getränk erst nach der beschriebenen Epoche eingeführt worden ist durch die Begegnung mit den asiatischen Völkern.

Glossar

Bojar, Bojarin (verheiratete Frau), junge Bojarin: Die Adligen des alten Russlands. Dieser Ausdruck, entstanden im 10. Jahrhundert, bezeichnete zuerst die nahen Waffengefährten des Fürsten, dann im weiteren Sinn jede Person von adliger Herkunft – warägisch oder slawisch. Ein Bojar konnte Mitglied der Druschina des Fürsten sein oder in seinem Heimatort auf seinen Ländereien leben.

Druschina: Die Armee des Fürsten, die sich aus der Älteren Druschina, auch Große Druschina genannt, und der Druschina der Vasallen (das heißt jüngere Krieger) oder Kleine Druschina, zusammensetzte. Nicht der Name, sondern das Alter der Krieger und ihr sozialer Status entschieden über die Zugehörigkeit zur Älteren oder Jüngeren Druschina.

Auch: Jede militärische Abteilung von mittlerer Bedeutung, der Krieger (oft auch Söldner) im Dienst des Fürsten oder eines Bojaren angehörten.

Druschine: Krieger, der der Älteren Druschina oder der Druschina der Vasallen angehört.

Griwna: das wichtigste russische Geld: 250 Gramm Silber oder massives Gold. Es gab die halbe Griwna, die Viertelgriwna usw.

Kumanen: Nomadenvolk türkischen Ursprungs aus Zentralasien, Hauptfeind der Russen zwischen dem 11. Jahrhundert und dem Beginn des dreizehnten Jahrhunderts, dem die Tataren folgen.

Statthalter: Kommandant der Stadt, der in der hier beschriebenen Epoche für ein Jahr von der Wetsche gewählt wurde.

Waräger: Name, den die Byzantiner und die Slawen den Wikingern gaben. Diese Skandinavier, ausgezeichnete Schifffahrer, Krieger und Kaufleute waren die Gründer des Kiewer Reiches.

Vasall: siehe Druschina.

Wetsche: Vereinigung aller freien Männer der Stadt.